Le bois des amoureux

Gilles Lapouge

Le bois des amoureux

ROMAN

Albin Michel

IL A ÉTÉ TIRÉ DE CET OUVRAGE

Vingt exemplaires
sur vélin bouffant des papeteries Salzer
dont dix exemplaires numérotés de 1 *à* 10
et dix exemplaires, hors commerce, numérotés de I *à* X.

À Claude et Jacqueline Mettra

1

L'HOMME qui régnait sur le château du Verger, dans les années qui suivirent la Première Guerre mondiale, s'appelait M. Judrin. Il avait enseigné le latin, le grec, le français et la géographie au lycée Gassendi. Il disait : « La géographie, je veux dire l'histoire. » Il n'était pas trop d'aujourd'hui. Il était d'il y a longtemps. Il disait également : « Je suis professeur d'honnête homme. »

Il s'habillait d'une jaquette grise, d'un gilet gris, d'un pantalon gris et d'une chemise blanche à col dur. Ses costumes étaient taillés dans des tissus de fine fabrique, des lainages souples, des velours, de l'alpaga. Quand le ciel était clément, il se complétait d'un vaste chapeau de paille. Au village, on se servait de ce chapeau comme d'une grenouille. On disait : « Ça va cogner. Le professeur a sorti le panama. » Le dimanche, il sifflait Horace, montait au village et assistait au début de la messe car le latin lui manquait.

M. Judrin était grand, maigre et très malicieux pour un professeur. Le matin, il se levait dans l'obscurité. Il marchait comme un absent. Il coulait son long corps dans la cuisine. Il ne faisait pas plus de raffut qu'un souvenir. Les enfants le menaient en bateau : « On t'entend même pas. Quand tu descends, on dirait un monte-en-l'air, et, tu sais, un monte-en-l'air qui descend, c'est rare. Les gendarmes aiment pas. Tu devrais jeter tes pantoufles. Tu t'achèterais des souliers à clous. Sinon ils te coffrent. »

Cela l'amusait. Il tirait une oreille d'enfant au hasard. Il confondait un peu les oreilles. Les cousins et les cousines avaient peur de lui, mais pas trop et même pas du tout. Ils le mettaient dans leur poche. Leurs plaisanteries étaient tendres.

Dans la grande bâtisse, les heures roupillaient. On en trouvait partout. Elles étaient comme des chats, blotties sur les canapés, dans les armoires, sur le banc de pierre de la cour d'honneur, dans les chuchotements des tantes et des femmes de ménage. On ne les avait pas rechampies depuis quelques générations. Elles étaient usées jusqu'à la trame et décolorées. On les connaissait par cœur et le professeur Judrin détestait l'ennui. Aussi, il souriait souvent. On lui demandait pourquoi. Il disait : « Je ne souris pas parce que je suis content. Je souris pour être content », et d'autres fois, il disait : « Je souris en général. » Quand il ne faisait pas son intéressant, il avait du charme, de l'inattendu.

Si un enfant se moquait de lui, il renversait la tête en arrière. Sa bouche formait un trou disgracieux entre la moustache et une barbiche rare et effilée, soyeuse, très blanche, et alors on voyait sa langue, sa mort. Ses yeux étaient pâles. Un jour, à Grenoble, un homme lui avait demandé la permission de regarder ses yeux, à cause de la mer. Le professeur avait donné cette permission et, maintenant, il racontait cette histoire mais elle était vieille, elle aussi, et ses yeux avaient bien changé, ils ne ressemblaient plus du tout à la mer. L'homme de Grenoble était sans doute un ancien marin.

Dès le matin, le professeur avait une cigarette éteinte collée aux lèvres. Des fois un petit cigare, un crapulos, comme s'il s'était endormi la veille entre deux bouffées. Levé avant tout le monde, il fourgonnait dans la cuisinière, puis il passait à côté, dans le salon-salle à manger qui ouvrait sur la cour par deux immenses portes-fenêtres. Les chaises et les canapés étaient recouverts de reps jaune et rouge, à bout d'usure, comme chez la princesse Mathilde, qui était tout de même la fille de Jérôme Bonaparte et qui connaissait M. Flaubert, ces deux pestes de Goncourt, M. Taine et M. Renan mais c'était avant la guerre de 1870. En attendant que les autres se bougent, M. Judrin ébarbait les mèches des lampes à pétrole.

Il déplaçait quelques *Petit Marseillais*, quelques *Chasseur français* et des épingles de sûreté, des crayons, le pèse-lettre, une sacoche et aussi ces boutons de nacre que les femmes recousent du matin au soir sur les chemises, et l'oncle Jules, l'avocat, qui faisait flèche de tout bois pour honorer sa réputation de rigolo, avait dit un jour : « Enfin, père, à quoi ça servirait, les femmes, si Dieu n'avait pas créé les chemises et les boutons de chemise à recoudre ? Ça prouve bien que Dieu existe. Est-ce que les Pères de l'Église n'ont pas dit quelque chose comme ça ? »

M. Judrin ne vidait pas les cendriers car il aimait l'odeur du tabac froid. Du bout du pied, il enfonçait la pédale de l'harmonium. C'était un instrument malade. Ses soufflets étaient hors d'âge. Une des belles-filles de M. Judrin, la femme du notaire de Grenoble, était grande, belle, très romantique. Elle disait qu'elle avait de beaux seins. Elle connaissait cent opérettes. Le soir, à la veillée, elle les jouait sur l'harmonium. Les musiques qui en sortaient étaient petites. Ce n'était pas de la musique, c'était de la poussière et du souvenir, mais la tante Catherine disait : « Ce n'est pas ma faute. C'est l'harmonium », et elle était si gaie !

Généralement, quand elle refermait sa partition, quelques notes s'élevaient, lointainement, en écho des derniers arpèges. Elles venaient du fond de la bâtisse, et la tante Catherine disait : « Ça y est. Voilà parrain Élie qui me répond. Quand est-ce qu'il dort, celui-là ? », et elle plaquait quelques nouveaux accords sur son harmonium et parrain Élie répondait. Il ne faisait pas la fine bouche. Il répétait tout ce que Catherine jouait, une chanson de Tino Rossi, une ouverture de Wagner, une comptine ou un *Dies irae*. Catherine attaquait un autre morceau pour le mettre à l'épreuve. Il répondait encore. Il était très scrupuleux. Il reproduisait même les fausses notes. Catherine disait : « J'ai l'impression que ma musique revient du fond d'un miroir. »

L'été, le professeur commençait sa journée en faisant les cent pas dans la cour, entre le rocking-chair, le bouquet de bambous dont les couleurs tremblent souvent, le transat, les chaises cannées, les deux bancs verts, le bassin vide et l'acacia dont le tronc avait été si souvent consolidé à mesure de son âge qu'on ne savait plus si c'était un arbre en bois ou un arbre en ciment, un de ces arbres postiches que le Kronprinz fabriquait pendant la guerre de 14-18 pour y fourrer dedans un soldat allemand qui vous tuait comme un lapin, à en croire *Bécassine pendant la guerre* que M. Judrin lisait aux enfants, le soir, car la lueur dorée de la lampe à pétrole était douce à ses yeux, et il aimait

Madame de Grand Air, Loulotte et Bécassine elle-même, surtout quand elle retirait sa coiffe et qu'elle montrait les deux queues de souris de ses cheveux jaunes.

Cet acacia était un mystère : on disait que M. Judrin y avait enfoui jadis, dans le ciment, un flacon contenant un message, un grimoire, une bouteille à la mer – une mer de terre ferme, comme disait l'oncle Jules – pour le jour de la mort de l'arbre mais l'arbre n'était jamais mort et M. Judrin, quand on lui demandait ce qu'il avait griffonné sur ce bout de papier, disait : « Comment voulez-vous que je sache ? Je ne vais pas couper cet arbre, quand même, pour savoir ce que j'ai mis là-dedans... » C'était un de ses travers. Comme il avait été professeur du lycée Gassendi, il croyait toujours avoir de l'esprit et l'esprit, ça va et ça vient, surtout quand la vie va. En tout cas, le ciment n'incommodait pas le vieil acacia. Des surgeons de branches fraîches sortaient du tronc à travers les fissures du ciment. C'est fou, un arbre.

Il arrivait qu'un lapin parte entre les jambes de M. Judrin et s'enfonce dans le jardin qui continuait la cour, de l'autre côté d'une barrière de bois qu'un des oncles, mais un gendre, celui-là, pas un fils, celui de Dellys, celui qui était commandant d'un régiment de tirailleurs algériens, repeignait en vert chaque année, au début des vacances d'été.

M. Judrin courait après le lapin. Le jardin était un fouillis de thuyas et de fusains, on l'appelait le labyrinthe et, comme les lapins sont très bons en labyrinthes, ils échappaient au professeur, et M. Judrin disait aux enfants : « Est-ce que vous connaissez la légende d'Icare, le Minotaure ? » Les enfants disaient : « Oui », et faisaient le geste de se raser la joue du tranchant de la main.

Le professeur haussait les épaules, allait jusqu'au bassin de la cour, s'asseyait sur la margelle. Un canon de bronze sortait d'une sculpture qui représentait Neptune. Le canon était toujours sec. Neptune s'étouffait avec ce gros tuyau dans la bouche. C'est pourquoi il gonflait ses joues. Il semblait énervé. Le professeur disait : « Pour un dieu de la mer, vraiment, pas une goutte d'eau... ou bien les maçons se seront trompés, ils ont confondu avec Vulcain. Vous voyez, quand on ne travaille pas en classe, après, on se trompe quand on fait un bassin. On met Vulcain à la place de Neptune et il n'y a plus d'eau... » Il tapotait la grosse figure de Neptune et il se dirigeait vers le portail.

Là, il redressait la taille. Les reins un peu cambrés, une main en visière et campé dans ses bottines noires, il lorgnait le bosquet et l'allée qui grimpe vers le village. Il fronçait les sourcils, comme s'il n'avait jamais vu le clocher bleu ou gris, le chemin de pierre, la rangée d'érables qui bordaient le chemin sur la droite du côté des Esmiol et encore moins le rouge de ces érables en automne, ou plutôt il regardait tous ces arbres d'un œil incrédule, comme si le paysage, et même le vent, et même les bruits et même la couleur pourpre du ciel, avaient été livrés dans la nuit.

Certains matins, le chien venait lui dire bonjour. M. Judrin lui avait donné un nom assez rare, Horace, ce qui faisait d'une pierre deux coups, à la fois le poète latin et le héros de Corneille, celui qui tue les trois Curiaces. C'était un nom à la carte. On pouvait choisir le poète ou bien le frère de Camille. Horace était un bleu d'Auvergne, indépendant mais très réfléchi. Il dormait dans l'ancienne écurie qu'on appelait la grande remise, avec l'âne.

Le dimanche, l'été, quand la demie de sept heures sonnait au clocher, Horace aboyait. La campagne avait généralement l'air d'un premier jour. Les oncles sentaient le savon à barbe. Le chien prenait la tête du convoi de tantes, d'oncles, de cousins et d'ombrelles qui montait au village. Il assistait à la messe. Deux heures plus tard, il remettait ça quand le professeur se rendait à l'église, à son tour, pour la grand-messe. Il avait le droit et même la mission de s'asseoir sur le banc de la famille Judrin. Il ne bougeait pas une oreille. Le professeur ne s'attardait guère. Il levait le camp, comme il disait, dès que le curé Portes avait célébré l'Élévation. Le chien ne le suivait pas. Il restait assis, tout seul, sur le banc. Peut-être, il priait à la place de M. Judrin. Il prenait son rôle au sérieux. Il ne quittait pas l'église avant que le prêtre ait prononcé *« Ite missa est »*. Le professeur l'attendait sur la place de l'église, le félicitait, disait qu'il lui économisait un peu de Purgatoire.

Le professeur aimait les enfants. Est-ce qu'il les connaissait, est-ce qu'il les distinguait entre eux ? Avec toutes ces femmes, il y avait de nouvelles fournées de garçons et de filles chaque été et même à Pâques. Les plus grands ne revenaient pas au château. Ils faisaient leurs militaires. Ils se mariaient. Ils avaient des enfants. Ils étaient au loin et c'est ça, les familles.

Les plaisanteries de Judrin ne marchaient pas à tous les coups. Aussi, il prenait les devants. Il accompagnait ses mots d'un rire étouffé pour le cas où sa drôlerie ferait fiasco. Il soupirait. Le rire était mélangé à sa voix. Il était bon comme le pain et, quand il était heureux, on avait envie de l'embrasser mais on n'osait pas, et d'autres fois il mettait mal à l'aise, et les tristesses noircissaient le ciel. Le soir, il jouait aux dames avec une des tantes, de préférence Catherine à cause de ses rires.

Il avait pris sa retraite mais il n'oubliait pas le lycée Gassendi, les salles, les ténèbres, les hivers et les ciels, les gros poêles de fonte portés au rouge avec leurs tuyaux coudés comme des problèmes de géométrie, car Gassendi était né à Digne, près de Digne, à Champtercier justement, à quelques kilomètres du village, entre la montagne de Campanelle et le pic d'Oise que l'on apercevait très bien depuis le bosquet et mieux encore de la chambre de parrain Élie, au deuxième étage, sur les arrières de la maison, mais on ne savait pas de qui il était le parrain, ce parrain Élie. Sa porte était toujours entrouverte. On le voyait principalement de dos. Il était assis devant un grand bureau encombré de livres, parfois devant un piano. Il ne quittait jamais la pièce. Il fumait beaucoup de cigarettes. Il regardait souvent le pic d'Oise et la montagne de Campanelle mais les branches du châtaignier bouchaient la vue pendant l'été et l'automne. C'est pourquoi il préférait l'hiver qui démesurait les paysages. Une femme du village s'occupait de lui. Elle s'appelait Gertrude Blanchet.

M. Judrin avait passé toute sa vie au lycée de Digne, comme élève ou comme professeur. Il y avait appris le latin. Plus tard, il avait introduit ce latin dans la caboche des petits de commerçants, des petits de paysans, qui étaient allés faire la guerre dans les forêts de l'Argonne avant de retrouver, en 1918, leurs champs de pommes de terre ou les bancs de la faculté d'Aix-en-Provence. Lui aussi, il avait fait le soldat. Ce n'était pas son genre. Si ça se trouve, il avait tué quelqu'un.

Heureusement qu'un jour les Français et les Allemands

avaient soufflé dans leurs clairons, boches et français, une musique de clairon comme une cavatine, comme un bruit de pet, et tout s'était arrangé.

Le dernier morceau de guerre avalé, Judrin avait regagné son lycée. Il y avait retrouvé un mois de janvier tapi dans la grisaille, un vieux janvier calfeutré depuis des années, comme une blatte, mais en bon état, avec tous ses ressorts et ses rouages qui n'avaient jamais cessé de cliqueter pendant la Marne, l'Aisne, le Chemin des Dames et les Éparges, avec aussi les eaux d'octobre de la Bléone, les odeurs de charbon du poêle Godin, du nom de son inventeur qui était le disciple de ce philosophe Fourier que le professeur tenait pour un guignol, et ce petit vent déchiré qui avait tournoyé tous les matins, tous les matins, entre le gymnase et les ormeaux et les marronniers de la cour d'honneur, pendant ces quatre années, et pourtant, il aurait pu en profiter pour aller à la campagne, ce vent, ou pour se reposer, mais non, il avait fait son petit bonhomme de vent, même pendant la bataille de Verdun et pourquoi le vent continue-t-il de souffler quand il n'y a personne ? disait M. Judrin.

Le 3 janvier de l'année 1919 et tout juste démobilisé, il s'était assis à son pupitre. Il dit : « *Dicebamus hesterna die.* » Il chérissait la langue latine. Elle était solide. Elle tranchait les temps. C'était un Meccano ou un pont du Gard. La sentence qu'il préférait était : « *Asinus asinum fricat* », car il était très affectionné aux ânes. Il y en avait un dans la grande remise, un vieux. Le cuir qu'on fait avec les ânes s'appelle le *chagrin*, c'était bien trouvé.

De toute sa vie, le professeur n'avait fréquenté que les tranchées de la guerre et les montagnes des Basses-Alpes.

Il avait quitté Digne à vingt ans, c'est-à-dire au début du siècle, au moment où le petit père Combes avait chassé les religieuses du Sacré-Cœur, leur avait soufflé dessus, sur leurs joues roses et blanches et sur leurs oratoires pleins de fleurs et de rameaux d'olivier pendant la semaine sainte, et elles avaient disparu comme des bulles de savon, les religieuses, et leur grande maison au pied de la colline de Saint-Vincent s'était endormie, et également les cordeliers et les déchaux, et tout un quartier de la petite ville était du silence.

Judrin avait passé une licence de lettres à Aix-en-Provence. Il avait flirté avec une actrice de l'opéra qui est situé dans la rue de la Mule-Noire en haut du cours Mirabeau. Il la voyait aux Deux Garçons. Elle ne s'était pas rendu compte qu'il flirtait avec elle car il était inexpérimenté. Aussi, il reprit le train après avoir échoué au concours de l'agrégation. Il retrouva ses Basses-Alpes. Là, il s'était marié avec une jeune fille de Champtercier petite et avenante dont les parents vendaient du grain et possédaient du bien. Ils avaient eu sept enfants. Elle était morte.

Il n'avait jamais quitté Digne et Champtercier. Comme voyage, la guerre lui avait suffi. Et à quoi ça rime, de voyager ? Il disait : « Regardez parrain Élie. Il a beaucoup voyagé, il est allé à Shanghai et à Montevideo, maintenant il ne sort jamais de sa chambre, il fait des fausses notes sur son piano, il regarde le pic d'Oise et Campanelle et encore, seulement en hiver à cause des branches du grand marronnier. »

Beaucoup de ses camarades d'Aix avaient suivi une autre voie et ils enseignaient au Tonkin ou à Madagascar, mais ils étaient bien avancés, une fois à Hanoi, à Tananarive, à Bobo Diolasso ! De deux choses l'une : ou bien ils revenaient, et pourquoi tout ce fourbi ? Ou bien ils restaient à Hanoi et alors le pays lointain devenait un pays proche. Un pays lointain, ce n'est jamais qu'un pays proche, mais lointain ! C'est ça, le hic. Il disait ça, mais, certaines nuits, quand le vent faisait du boucan sur les tuiles, il se demandait s'il n'aurait pas dû aller au Tonkin.

La seule chose dont il avait besoin, c'était le latin. Encore une chance qu'il y ait eu des Latins en Italie, parce que, sans eux, qu'est-ce qu'il serait devenu ? Si par exemple il y avait eu des Coréens à Rome ou des Paraguayens, il aurait été joli ! Professeur de coréen ? Il n'existe peut-être même pas de déclinaisons en coréen, alors que, des déclinaisons latines, il y en a des quantités, il suffit de fouiner un peu. C'est vrai qu'il en reste quelques-unes à Tombouctou et à Tananarive car les missionnaires français en ont mis un peu partout, mais dans quel état elles sont ! Et en plus, on en trouve d'excellentes dans les Basses-Alpes. Alors ? Pourquoi aller chercher des datifs ou des ablatifs en Indochine ? Des fois, son rire dérapait, un peu un son de crécelle.

M. Judrin n'enseignait pas que le latin et le grec. Il donnait aussi des cours de géographie. Il faisait un autre de ses numéros.

– Je connais ma géographie, quand même ! Pas besoin d'aller vérifier sur place. C'est même pour ça que je goûte la géographie. Elle vous permet de rester au chaud, à la maison. À la rigueur, je consens que les hommes aient eu envie de voyager mais il y a bien longtemps, quand la géographie n'avait pas été inventée, pour inventer la géographie, justement, mais aujourd'hui ? À quoi ça rime de voyager quand il y a partout des atlas et des manuels de géo ? Qu'est-ce que j'irais foutre à Valparaiso ? Et à

Sydney ? M. Vidal de la Blache connaît son affaire, et s'il nous dit que Valparaiso est une ville du Chili, on peut le croire sur parole... Il est inspecteur de l'Instruction publique. J'irais contrôler ce que dit M. Vidal de la Blache ? Allons ! Allons ! Est-ce que je mets en doute le théorème de Pythagore chaque fois que je rencontre une hypoténuse ?

Il tripotait son lorgnon. Quand ses drôleries avaient eu leur effet, il écarquillait les yeux et le lorgnon tombait. Le double cercle de verre se balançait devant son gilet, au bout d'un cordon noir, en lançant des éclairs. Le vieux monsieur se massait les paupières de la pointe des doigts. Il faisait ça. Puis, avant de rajuster le lorgnon, il tendait le cou tout en fixant un point éloigné, l'horloge de l'église, le pigeonnier du château du Verger entouré de ses carreaux de porcelaine rouge et blanche pour empêcher les rats de manger les jeunes pigeons, les pommes vernissées de la fin de l'été ou bien les forêts du printemps ou celles de l'hiver, ou de l'automne ou de l'été. Ses yeux étaient tout nus, indécents, décolorés, et c'est cela, révérend, avait-il dit au curé Portes, c'est cela, un peu de buée sur les yeux, un voile, ça me fait penser à ces linges écrus qu'on met sur les fauteuils à la fin de l'été, quand on ferme la maison, vous voyez, mon père, et le curé Portes voyait.

Judrin replaçait le lorgnon sur son nez après l'avoir frotté avec son mouchoir et les enfants pensaient qu'un grand-père comme ça, c'est épatant, on ne doit pas le gaspiller. Le soir, il refermait son livre. Il disait :

– C'est ça. Plus on sait et plus on voit qu'on ne sait pas grand-chose.

Les enfants ne comprenaient pas, et il disait :

– Je veux dire que plus on sait et plus on sait moins.

Les petits sautaient sur l'aubaine :

– Tu vois. Pourquoi tu nous fais travailler tout le temps avec tes devoirs de vacances ? Toi-même tu le dis que ça sert à rien parce que plus on sait et plus on sait moins. Et pour savoir moins, nous, on est bons !

Les enfants étaient heureux. On ne savait pas que faire de tant de bonheur. On en trouvait des paquets dans la grosse maison, dans l'écurie, dans la grande remise où l'âne mâchait toujours son chagrin, dans le pétrin et dans la souillarde, dans le bosquet d'en haut et dans le bosquet d'en bas, dans les cabinets en plein air avec leurs parfums de tilleul et de caca, dans le soleil des blés, dans les trèfles de l'été dont on grignotait les fleurs mauves parce qu'elles étaient sucrées, dans les respirations des tantes et des oncles, après le dîner, sur les canapés de la princesse Mathilde, et dans la flamme jaune et bleuâtre des lampes à pétrole, dans les lampes Pigeon qui monteraient toutes seules jusqu'aux chambres du deuxième étage, tout à l'heure, sans même être tenues par des fantômes, tenues par la nuit, et cette odeur écœurante de pétrole chaud, et peut-être était-ce la même chose, le bonheur et le chagrin.

2

ON était tombé sur un homme, dans la fin d'un jour, mais pas du tout comme on aurait vu s'avancer un vagabond, sur le chemin qui descendait du monument aux morts, entre les prunelliers et la rangée de frênes et d'érables à travers laquelle on devinait, sur la droite, la meule des Esmiol et celle des Bourmat, qui avaient brûlé dans un ancien mois d'août, quand les enfants avaient charrié des seaux d'eau toute la nuit. Les meules de foin ressemblaient à de gros lingots d'or rouge. Elles étaient transparentes. Gertrude était là. Gertrude était une jeune femme, cette nuit-là, et est-ce que parrain Élie vivait déjà dans sa chambre du premier étage, avec ses pastilles à la menthe, son pic d'Oise dans la fenêtre et ses collections de *L'Illustration* ou bien il faisait la vie sur la Côte d'Azur ?

Personne n'avait vu s'approcher l'homme. Il s'était confectionné en douce, à croire qu'il avait toujours été là, dans l'ombre remuée des érables, dans le vent fou de cette fin de jour, et il avait pris forme brusquement, comme s'il avait écarté le ciel et les arbres pour se faire une place, avec un calot de militaire et des souliers énormes, tandis que le soleil s'en allait, et l'inconnu en avait profité pour bondir comme un illusionniste maladroit au beau milieu de la piste, et ce fut une bénédiction, ce type, car à chaque vacance les enfants revenaient au domaine.

Ils arrivaient de partout, de Solliès-Pont, qui est une ville pleine de cerises, et d'autres venaient de l'Ardèche, de Grenoble ou de Marseille, car M. et Mme Judrin avaient eu sept enfants dont deux étaient morts très vite, et des cargaisons de petits-enfants, et certains venaient d'Algérie où leur père était le commandant d'armes d'une ville du Constantinois, Dellys, sous les monts du Djurdjura, dont le port minuscule était un ravissement. Le samedi matin, ils allaient à ce port. L'eau était huileuse, noire et lisse, avec des arcs-en-ciel. Ils jetaient des sous pour voir plonger les petits Arabes qui étaient des vraies loutres et, chaque dimanche matin, la musique des tirailleurs, qu'on appelait la *nouba*, éveillait toute la famille avec des trompettes et des tambours car c'est ainsi, quand on a un père commandant d'armes d'une ville de l'Empire français, et les cousins et les cousines étaient bouche bée.

L'été, tout le monde ralliait Champtercier. Les enfants y passaient un mois entier, ou deux mois, trois mois, et certaines années ils revenaient à Pâques ou à Noël, selon les familles. Les mois de juillet et d'août étaient exténuants. On crevait de chaud. La montagne du Siron, qui bouche la vue du côté de l'est, du nord-est, était un gros tas de terre mauve et fatiguée, une montagne pareille à un hippopotame, et quelqu'un disait, un oncle ou une tante, avachi dans sa chaise longue, ou peut-être un cousin, dans l'air inerte, dans l'air immobile, dans l'air tué des après-midi du grand salon, avec ces mouches qui agonisaient sur leur papier tue-mouches en remuant à toute allure leurs ailes sans jamais arriver à décoller, quelqu'un disait : « Avez-vous jamais entendu parler de ça, une montagne fatiguée ? »

Et une autre voix disait que les premiers jours de canicule étaient étouffants, et on ne savait pas d'où venait cette autre voix, mais ce n'était sûrement pas la voix de ce parrain Élie qui ne descendait jamais, qu'on aimait sans savoir pourquoi puisqu'on ne l'apercevait presque pas, ou alors de dos et comme une photographie, car il était vieux, il toussait et les grands n'en parlaient guère, y compris M. Judrin, ou surtout M. Judrin. On ne savait pas qui c'était, mais sa porte était entrebâillée. On passait la tête et on disait : « Bonjour, parrain Élie », et c'était plutôt pour vérifier qu'il y avait bien quelqu'un dans cette chambre et non des lumières mortes et des odeurs de camphre, de cigarettes froides et de cachous, et non du rien.

Pendant les vacances de Noël, la crête du Siron était pareille à une fêlure bleue et ce n'était pas la même montagne que celle du mois d'août. On avait comme ça plusieurs montagnes par an, et le professeur prononçait de sa voix lente, de sa voix géographique, comme disait la tante Marinette :

– Les montagnes se remplacent. Croyez-moi, mes enfants : il n'y a pas une géographie. Il y en a mille, une par jour. Une par minute. Elle ne se répète jamais, la géographie.

Et si une belle-fille, surtout celle qui jouait de l'harmonium, la tante Catherine qui pouvait tout se permettre avec le professeur, parce que ses rires étaient incroyables, disait que ses discours à lui, Judrin, n'étaient pas comme les paysages et qu'ils étaient toujours les mêmes, le professeur ne se fâchait pas. Pour ça aussi, il avait une théorie. Ah, pour l'attraper, celui-là ! Il expliquait que les professeurs, c'est ainsi : comme ils changent d'élèves chaque année, ils peuvent dire toujours les mêmes histoires et personne ne s'en aperçoit. C'est l'avantage de ce métier. Pas besoin de se creuser la tête. Et un jour la tante Marinette avait objecté :

– Vous aurez toujours le dernier mot, beau-papa, mais les redoublants ? Eux, ils voient bien que vous rabâchez.

Le professeur avait dit que les redoublants, de toute façon, ça n'écoute rien et ça croit toujours que les choses sont nouvelles, même quand elles datent de l'année précédente, c'est même pour ça qu'ils redoublent, parce que tout est toujours nouveau pour eux, même les choses de l'année d'avant. Une autre tante avait dit, cet été où on avait aperçu ce vagabond brusquement, un soir, un soir tout rouge dans le chemin aux prunelles, avec de gros croquenots de militaire : « C'est pour ça que les redoublants, c'est très gai et c'est très intelligent. Parce que tout est toujours neuf pour eux. Tout les émerveille. Parce qu'ils oublient tout à mesure. C'est eux qui ont raison, les redoublants... C'est une plaie, de se souvenir. »

L'homme du chemin aux prunelles cherchait du travail. Il savait faire des choses, il connaissait les chevaux, les fers à cheval, les travaux de la ferme, la géodésie, la vannerie, l'histoire de la clepsydre, celle de la France et de la Belgique, l'orthographe, la Suisse et le port de Nantucket. Est-ce qu'il ne se vantait pas ? Mais non ! On oubliait toujours que la guerre avait tout mis cul par-dessus tête et on aurait été bien surpris de savoir d'où ils arrivaient, tous ces vagabonds et tous ces cherche-midi qui pullulaient dans la haute plaine de Champtercier comme ils pullulent dans toutes les après-guerre.

Celui-là était un affamé d'études, mais en août 1914, il avait été convoqué à l'armée. Il savait fondre les cloches. Il ne possédait pas le matériel. Et, en plus, les clochers cassés, c'était plutôt dans le Nord et dans les provinces de l'Est, à Reims et à Amiens. Pourquoi le clocher de Champtercier serait-il démoli ? Il n'avait plus de cloche, c'est vrai, et il commençait à branler mais il était debout tandis que du côté de Bar-le-Duc, c'est une autre musique, sans jeu de mots !

En tout cas, si quelqu'un avait besoin d'un coup de main pour les prunes, pour les artichauts ou pour nettoyer une bergerie, il passait par là. Il était d'attaque. Un jour, il reprendrait des études. Il connaissait le latin mais, pour l'instant, c'est la route qu'il avait reprise et la route, c'était cocagne ! Il aurait aimé marcher sur toutes les routes, toutes les routes à la fois, est-ce que Monsieur se rendait compte de la quantité de routes qu'il y a dans un pays, pour ne pas parler du monde entier ? « Mon Dieu ! » avait opiné M. Judrin.

Le type eut un rire. Il ne dit rien d'autre. Tout d'un coup, il eut l'air de vouloir partir. Il n'était pas là depuis une minute et il trouvait déjà le temps long. Il dit : « Il faut bien être quelque part, pas vrai ? » M. Judrin en convint. Il fit un peu de cérémonie et dit : « Les prunes ? Les abricots ? Ça tombe bien. On fait des fruits séchés au soleil, sur les canisses. » Il retira son lorgnon et s'en servit pour montrer le chemin d'herbes et de cailloux qui descendait mollement le long du grand pré, vers une ferme dont on apercevait le toit rouge, comme rouillé, entre les deux gerbiers, un peu plus bas, à trois cents mètres de là.

– Voyez le fermier. Voyez Chaussegras. Il se plaint tout

le temps mais c'est un brave homme. Il vous dira qu'il a cinq enfants, c'est vrai, mais ils sont encore petits. Et même s'ils étaient grands, ils sont forts surtout en sieste, ils sont toujours premiers à la composition de sieste. Je les aime bien. Vous menez les chevaux ? Il va commencer les labours, Chaussegras. Vous verrez. Sa femme aussi est gentille. Elle a un chapeau noir. Dites-lui que c'est moi...

L'homme ne répondit pas tout de suite. Il attira vers lui le vieux professeur, sans façon, mais gentiment, en le prenant par son gilet, et il se plaça à portée de son oreille. Le professeur écouta et hocha la tête, retira son pince-nez, le replaça et s'écarta. Il semblait interloqué. Il fit quelques pas, passa un pouce et un index dans une des deux poches de son gilet, sortit sa montre, la remit dans la petite poche sans la consulter, et revint vers le type. Il posa une main sur son épaule et tendit le bras vers l'ouest, vers la montagne de Campanelle ou vers le ravin du Plantier ou bien vers le village de Thoard qui est après Campanelle, plein nord, on ne pouvait pas savoir. Ils eurent une conversation précipitée, passionnée ou distraite, et à faible voix. Tout cela fut l'affaire d'un instant et, plus tard, les enfants n'auraient pas pu jurer que cette scène avait eu lieu car à la fin de l'été, dans la haute plaine de Champtercier, le soleil, le soir, est comme une poussière, comme du cuivre ou comme une vapeur.

L'homme souleva son calot. Il se perdit en salamalecs. Il marchait depuis longtemps, depuis la fin de la guerre, et même depuis le début de la guerre car, dans les tranchées, il faisait le vaguemestre. Il courait dans tous les boyaux pour distribuer les lettres. Ensuite, il avait été versé dans les sapeurs et il construisait des ponts et des routes, comme tous les sapeurs, mais quand on ne savait plus où mettre de nouvelles routes, car on en avait collé partout et il ne peut pas y avoir que des routes dans un pays, sinon ce ne sont plus des routes, il recommençait à distribuer le courrier.

C'était formidable de marcher, on entend les shrapnells qui cassent les branches, et il aimait bien les facteurs, ils valent les dieux, ils donnent des ordres, ils font les familles, la mort, les naissances. Il enviait les facteurs. Il était comme eux. Il ne pensait qu'à aller de droite et de gauche. Il n'oubliait pas son histoire sainte. Abel, ça ne lui avait pas réussi de s'établir, de s'installer. Après l'armistice, il avait traîné en Afrique, au Tonkin, en Suisse, en Amérique, et il ne savait même plus d'où il arrivait. C'est vrai. À force d'aller ici et là, il avait perdu quelques pays, on perd bien un porte-monnaie ou un chapeau, pas vrai ? C'est même pourquoi il avait décidé de jeter l'ancre. Il était dans la dèche. Il n'avait gardé dans son sac que trois livres d'histoire, des cartes de géographie, des vieilles cartes du XVIIe siècle qui ont bien plus de routes et de sentiers que les cartes modernes car les campagnes grouillaient de gens et de routes, en ce temps-là, et une montre, et même cinq montres.

M. Judrin fit la moue, sortit sa montre et la fit tourner au bout de sa chaîne dorée pour manifester qu'il n'avait pas besoin d'une montre. Le type rigola. Il ne vendait pas de montres. Il en avait cinq. Comme ça, quand il avait besoin d'une heure, il sortait une montre ou l'autre, et c'était le soir ou bien le matin ou bien midi, au choix, à la carte, l'heure à la carte. C'était son truc ! Avoir plusieurs montres pour pouvoir choisir l'heure qu'on préfère. Comme un nabab. Il eut un rire agréable. Il ajouta que c'est pareil pour les chemins : il préférait qu'il y ait beaucoup d'heures et beaucoup de chemins.

Malheureusement, il avait dû en bazarder quelques-unes et, si ça continuait, la débine, le diable par la queue, il ne lui resterait plus qu'une seule montre. Une seule heure, et qu'est-ce que vous voulez faire, avec une seule heure ?

M. Judrin était conciliant. Il dit : « Pas grand-chose, en effet », mais l'autre éclata de rire, on ne savait pas s'il se moquait du monde ou pas, avec cette histoire de montres ! Le type répéta qu'il aimerait recommencer des études, mais quand ? Il était aussi grand que M. Judrin, en jeune et en costaud. Moins fin de figure et pas de barbiche mais une barbe enveloppante, pas blanche. Blonde et rousse plutôt et pleine de boucles et brillante. Soleil. Il n'était pas épais mais costaud comme du fer. Et son visage, on verrait à l'usage, car les visages, il faut attendre qu'ils sortent du bois pour pouvoir les lire. Il avait des yeux verts, le vert qu'on voit dans les vasques du torrent de Saint-Martin avec des griffures de cuivre et des frissons, et qui semblaient avoir été enfoncés dans les orbites après une bagarre ou une charge dans les tranchées, pendant qu'il distribuait des lettres aux soldats de Salonique par exemple. Quand il riait, c'était bien. Sa figure se cassait et ensuite on la voyait se refaire.

Il dit qu'il allait descendre à la ferme de Chaussegras. Et séance tenante, car il avait bon besoin de gagner quelques sous. Il n'avait pas où dormir. Judrin et les cousins le suivirent des yeux. Il allait dans le soir, il allait vers le soir, en plein dans le soir, mais il ne tint aucun compte des avis et des indications du professeur. Il ne fit même pas semblant de prendre le chemin de la ferme de Chaussegras. Il longea le mur qui entourait le jardin de thuyas et de buis, puis, au lieu de continuer en droiture vers la ferme, il quitta le chemin brusquement, un zizzag de lièvre ou de kangourou, et il dégringola sur sa gauche. Les enfants dirent : « Ça alors ! »

Le temps de contourner le jardin aux thuyas, il disparut complètement, mais quand on l'eut retrouvé, au bout de dix minutes, le professeur dit : « Tiens, le revoilà, le bougre ! C'est lui, oui, il descend vers l'Iscle. Il est à la vieille forge... »

Il avait l'air d'un soldat. Il filait en vitesse dans les pâtures, vers le torrent de l'Iscle-des-Abbés qui coule en bas, dans le pli que fait la terre à cet endroit, et de l'autre côté commence la montagne de Siron avec des hêtres, des chênes, des loups et cette fourrure grise qui l'enveloppe le soir.

M. Judrin dit : « Mais qu'est-ce qu'il fait ? » Il était mécontent ou bien alarmé. Il parlait pour lui seul :

– Qu'est-ce que c'est que ce jean-foutre ? Je lui donne une chance de se faire embaucher à la ferme et il n'y va même pas, je me demande bien ce que c'est que cet homme-là...

Judrin suivit des yeux l'inconnu qui avançait d'un pas rapide, en force ou plus exactement en souplesse car, malgré ses gros souliers, il glissait sur la prairie. C'est l'agrément de la montagne ou même des collines. On observe les gens à loisir. On les voit de loin, comme dans un jeu. On les attrape quand ils sont gros comme des musaraignes, des taches noires. Ils grandissent et ils s'enluminent à mesure qu'ils approchent. Quand ils s'éloignent, c'est le contraire. Ils se ratatinent. Les couleurs se fanent. À la fin, c'est une cendre, il n'y a même plus de gens, à la fin.

Si un des oncles, l'oncle Ernest, le plus dévoué de tous, ou bien tonton Jules, l'avocat, le brillant, le latiniste et le migraineux tonton Jules qu'on appelait parfois tonton Jéricho, allait faire les courses le samedi à Digne, le jour du marché, les enfants grimpaient sur les énormes piliers du portail ou sur les branches hautes du grand cèdre, dès le milieu de l'après-midi. Ils faisaient des paris. L'oncle pouvait surgir en deux points opposés : soit au bout de l'Iscle-des-Abbés s'il avait coupé par les Hautes-Sieyes et par la montagne de Courbons soit en bas, vers les Augiers, à l'entrée du défilé de Pouloni, juste après le petit pont, s'il avait préféré suivre la vallée de la Bléone et la route de Marseille, et parfois une charrette passait et formait un gros flocon de poussière d'où émergeait, une fois le nuage dissipé, l'oncle avec son sac plein de poireaux et d'œufs accroché sur le dos. Les enfants criaient. Ils disaient qu'ils étaient des mousses, des pilotins, à la pomme du mât. Ils criaient : « Un oncle à bâbord ! »

Le plus grand plaisir était de contempler, depuis les branches hautes du cèdre, le domaine du Verger. Ils n'en revenaient pas que ça leur appartienne. Comment un professeur de province, très fort en latin mais même pas agrégé, avait pu acheter la moitié d'un paysage, un morceau de la terre, la chose ne les gênait pas. D'ailleurs, est-ce qu'il l'avait acheté, ce domaine ? Si ça se trouve, il était tombé dedans. C'était son grand-père à lui, et même l'arrière-grand-père de son arrière-arrière-grand-père, qui avait mis la main sur le magot à une époque où ça ne valait pas un écu. Un coup de chance. M. Judrin était né là-dedans et voilà tout. Un mulot qui naît dans une forêt, il n'a jamais acheté la forêt mais elle est à lui, il ne faut pas dire n'importe quoi !

Il n'empêche : le professeur était seigneur d'un morceau du globe terrestre. Il avait à lui un torrent avec ses saules, ses osiers et ses bouleaux, un versant de la montagne de Campanelle, trois sources, un bout de méridien et un bout de parallèle. Il possédait les quatre points cardinaux, et même le sud-ouest et le nord-nord-est, les ruines de la maison de Gassendi, et des pluies, des tas de climats, des chemins et des champignons sous les pins, la longue pente qui descend vers l'Iscle-des-Abbés, un moulin désaffecté qui enjambait un ruisseau toujours sec, des champs de blé, des prés et des pruniers, une ferme, vers le nord un contrefort du pic d'Oise et vers l'est et le nord-est les premières pentes du Siron, des pommes de terre, des vignes, rien que ça, sans compter la grosse maison elle-même. Des futaies. Des couleurs. Des blondeurs. Des choses qui ne sont à personne. On ne connaît pas le propriétaire de la mer, ou d'une rivière, ou d'une montagne, parce que c'est à un pays que ça appartient et les plus âgés rectifiaient et disaient : « Dites plutôt à un État. » Même un chemin, et une route encore plus, ça n'appartient à personne, mais le professeur Judrin était spécial, il possédait un tas de chemins, il avait des chemins plein les mains, plein les poches et en plus, au village, on ne disait pas le domaine du Verger. On disait le château.

Même, il possédait les peuplades qui résidaient dans ces paysages : des centaines de lapins, la famille Chaussegras dont l'épouse était très petite et portait un chapeau rond comme les femmes des Sioux, des milliers de mésanges et de pinsons, des perdreaux et des corbeaux, des grives en automne, des moustiques l'été, des éperviers, des têtards et des grenouilles, des moutons, des poissons, deux chevaux qui s'appelaient Cadet et Coquet, des tripotées de fourmis, un âne, une mélancolie, celle de l'âne justement, un parrain Élie dont personne ne savait ce qu'il faisait là, s'il était arrivé par hasard ou au contraire de propos délibéré et s'il était de la famille de M. Judrin ou bien non, et on ignorait même s'il était aveugle ou seulement myope ou presbyte, mais il n'y avait pas un seul loup car les loups, c'était dans les forêts obscures du Siron.

Dans leurs jeux, les enfants faisaient bonne mesure : ils s'appropriaient également les journées et les nuits qui passaient sur le domaine, les saisons, le rouge de craie écrasée du matin et les huiles rouges des fins de jour, sans oublier les tourelles et les donjons du château même s'il n'y avait ni tourelles ni donjons, mais puisqu'on disait le château du Verger ! Et ils avaient même, depuis quelques années, un ancien soldat, un vaguemestre, un cherche-midi, comme on dit, qu'on avait trouvé sur le chemin du village, dans le chemin aux prunelles, et qu'on avait perdu et qu'on ne voyait jamais, pas plus que parrain Élie, car le temps passe sans arrêt, ou alors c'est lui qui s'était perdu, le cherche-midi, il avait raté la ferme de Chaussegras, il avait gravi le Siron et peut-être qu'il continuait depuis cette soirée du chemin aux prunelles, depuis un an, depuis deux ans et trois ans, maintenant, peut-être cherchait-il toujours son midi ? Il marchait, ce diable, et qu'est-ce qu'il avait bien pu devenir, on aurait donné cent sous pour avoir de ses nouvelles. Il était parti comme un filou.

M. Judrin jouait le jeu. Il disait que oui, il avait reçu en héritage tout le lot, non seulement les collines et les chemins, mais les journées, mais le temps, les années. Il était propriétaire de trois ou quatre cents ans, il ne se souvenait même plus, tellement d'années. Il n'y a pas de cadastre, pas de frontières entre les années.

Ce n'était pas grave. Les années, une de perdue, dix de retrouvées. Tout ça était détaillé dans l'acte d'achat chez le notaire de Sisteron, et si parfois le torrent de l'Iscle-des-Abbés était à sec, en juillet, eh bien, c'est qu'on s'était fait rouler par le vendeur mais on n'allait pas retourner dans le XVIIe siècle, tout de même, pour engueuler ce notaire, surtout que les notaires du XVIIe siècle sont réputés pour leur ladrerie, il n'y a qu'à voir dans Molière, et en plus le domaine contenait des objets qui n'avaient même pas été signalés dans l'état des lieux, le jour de l'achat, un vagabond par exemple.

Au surplus, ce n'est pas une sinécure de posséder pareil domaine : à la rigueur, tenir en ordre la maison, c'était possible, avec quelques belles-filles ou filles, avec Gertrude Blanchet, même l'harmonium moitié crevé de la salle à manger, et même le labyrinthe de thuyas dans le jardin, et même parrain Élie dans sa pièce obscure, on s'en sortait, et le bassin de la cour avec Vulcain au lieu de Neptune, mais surveiller un paysage ! Il retirait son lorgnon. Les enfants trépignaient de joie et ils habitaient dans une carte de géographie.

3

Les premiers jours de septembre étaient tièdes souvent. En bordure du grand pré, juste au-dessous du cimetière communal, des millions de prunes tombaient dans l'herbe. Elles éclataient. On les ramassait. On les pelait. Leur chair était molle, verte et dorée, transparente. On aurait dit des crachats. On les exposait au soleil sur des canisses. Ainsi, elles devenaient des pistoles. Est-ce que les pistoles tirent leur nom des pièces d'or ? Elles sentaient bon.

Les enfants se disputaient avec les abeilles. Oh ! comme les abeilles étaient affairées et comme ces journées furent miséricordieuses ! On devrait toujours mettre un bruit d'abeilles au milieu de ses souvenirs. Un peu plus haut, la prairie inclinée qui s'étend entre le cimetière et le domaine du Verger dormait. Il y passait du vent. Les herbes bougeaient. Le vent les faisait briller.

Chaussegras menait les bêtes à l'écurie. Il criait à s'en péter la sous-ventrière. Sa femme allait à Caramantran avec les moutons. Elle nouait un fichu noir sur sa tête, autour de son chapeau melon de Peau-Rouge. Elle cueillait des champignons de pins. Nous les appelions les sangs-de-Christ. Certains disaient des lactaires délicieux. Nous disions des sangs-de-Christ. Au village, sur la place de l'église, le frère de Chaussegras jouait aux boules, le soir, devant le lavoir, et chaque fois qu'il ouvrait la marque, il se rengorgeait. Il faisait le matamore devant les femmes du lavoir. Il disait : « Un en commençant annonce le beau temps ! » Quand il frappait un carreau, il précisait : « Prends ça dans les dents ! »

Le grand peuplier se caressait au vent. Ses feuilles en tremblant faisaient un bruit de pluie. Quelques années plus tôt, Chaussegras avait abattu l'autre peuplier, encore plus grand et plus majestueux mais qui avait attrapé le mal de la mort. M. Judrin s'en était inspiré pour un devoir de vacances, l'après-midi, sur la longue table du bosquet d'en haut : « La mort du vieux peuplier ». Un des petits, qui était en neuvième à l'école de Dellys, avait ramassé un zéro. Comme il aimait bien la poésie, il avait estimé que le peuplier, couché dans le pré, était semblable à un cheval mort, avec ses pattes et ses oreilles et M. Judrin avait dit que non car un peuplier n'a pas d'oreilles. Le petit avait pleuré. M. Judrin fut inflexible. Un peuplier n'a pas d'oreilles ! Quand la langue française, ou latine ou grecque, était offensée, Judrin pouvait être glacial. C'est ça, un professeur ! Gentil, bonhomme et même gamin mais, pour un solécisme, il en sortait un tigre ! Dans ces cas-là, ses paupières avaient des bordures enflammées et la pupille était un trou.

L'après-midi, le curé Portes vint saluer la compagnie. On parla de Mussolini qui était un socialiste et qui asséchait tous les marécages y compris les marais Pontins et ce n'était pas de gloire, depuis deux mille ans. On but de la limonade sous le mûrier qui datait de 1792, de la fête de la Fédération. Les abeilles du mois d'août adorent la limonade et l'arbre, avec toutes ces abeilles en liesse, bougeait, il se faisait son vent tout seul.

Tante Marie était furibonde. Elle monta en ligne et fit rouler le tambour. Elle organisa la défense du petit qui pleurnichait à cause des oreilles du peuplier. Elle dit à son père qu'il n'avait pas d'âme. Son père dit que si. Elle dit que non. La discussion s'enlisait. Tante Marie fit une diversion. Elle porta l'affaire devant parrain Élie. Elle monta dans sa chambre et elle lui lut le devoir sur le grand peuplier. Élie ne le trouva pas si nul.

Tante Marie rapporta cet avis à M. Judrin. Elle était menue et elle boitait mais elle s'avançait dans la prairie ensoleillée, dans les herbes hautes et dans les fleurs rouges et jaunes de l'été, avec une énergie effrayante, et je revois le petit corps tordu et le menton tendu et les cheveux si noirs, sous la rangée tranquille des noisetiers, et je l'admire. C'était une tante frêle et héroïque. Le professeur dit : « C'est pour son bien ! » Tante Marie insista. Elle croisa les bras et se campa devant son père. Elle ne bougerait pas. Elle représenta que parrain Élie n'était pas n'importe qui. Le professeur eut un rire : « Si, Marie, tu ne crois pas si bien dire, parrain Élie est n'importe qui... Enfin, n'importe qui en poésie, qu'est-ce qu'il y connaît à la poésie ? Il est meilleur en femmes... Et même en femmes, il était assez fort mais ça ne lui a pas porté chance... » Les tantes prirent un air compliqué.

Le grand-père avait fini par battre en retraite. La note fut revue à la hausse, sept au lieu de zéro. Le petit pleura de bonheur. Il se sentit béni par ce parrain Élie qui vivait derrière des volets clos, qui était comme un crépuscule, et on ne savait même pas de qui il était le parrain, mais cette incertitude augmentait son prestige. Des fois, on s'amusait à dire qu'on l'avait découvert au XVIIe siècle, dans le château du Verger, dans sa chambre du deuxième, quand l'arrière-arrière-arrière-grand-père avait acheté la bâtisse. Il avait été livré avec les bâtiments. Un grand, de Grenoble, qui était assez pédant, prit la voix mouillée du curé Portes, et dit que cette note surclassée était une « preuve de l'existence » de parrain Élie. Et la tante Catherine dit : « C'est ça. Saint Anselme l'a bien dit. N'est-ce pas que saint Anselme a dit : Parrain Élie, premier moteur... »

Les soirs ne remuaient pas plus que les lièvres en leur gîte. Dans la grosse maison, presque un fort, pas du tout un château mais un fort, les enfants se postaient aux fenêtres et aux lucarnes du premier ou du second. Ils surveillaient la fin du jour. Ils écrasaient le nez sur les vitres. Le paysage naufrageait. Il s'engloutissait sous la nuit et sous l'eau de la nuit. Il n'y avait pas un remous.

Le temps était comme une pomme. On scrutait la barre des Dourbes, et plus loin encore, du côté du nord, du côté des grandes Alpes, vers le Grésivaudan et vers la Meije, le massif du Cheval-Blanc, et pas la moindre buée et pas de pluie. Seulement du ciel. Les enfants en concluaient que la rentrée des classes serait retardée car l'école commence toujours sous la pluie. Ils avaient appris une poésie anglaise sur ce sujet.

Le professeur leur passait un savon. Se moquait d'eux : les petits pouvaient dormir sur leurs deux oreilles. M. Judrin dit : « Sur vos deux oreilles d'âne », c'était idiot et il regretta mais le mal était fait.

– Le temps, dit-il, il ne faut pas s'y fier. Certaines années, il fait tout à rebours. Par exemple, vous avez soleil en Irlande et il pleut en Algérie ou à Solliès-Pont. Et de toute façon, un soleil n'a jamais retardé la rentrée des classes. Une pluie non plus. Même les guerres se cassent les dents sur les écoles. Même pendant la bataille de la Marne, les enfants allaient au lycée. La date de la rentrée, c'est comme le pôle Nord. Ça ne bouge jamais.

Il demanda pourquoi les sans-culottes avaient attendu pour prendre la Bastille le jour de la fête nationale, le 14 juillet. Les enfants hurlèrent de rire à cause de ce nom : « les sans-culottes ». M. Judrin tira l'oreille d'une fille :

– Eh bien, c'est que le 14 juillet est un jour férié puisque c'est la fête nationale. Comme ça les écoliers étaient en vacances et ils n'ont pas eu besoin de demander à leurs parents un mot d'excuse pour manquer la classe et pour faire la révolution, surtout que beaucoup de parents, à cette époque, ne savaient même pas écrire. Alors, faire des mots d'excuse !

Les enfants se regardèrent. Ils pensèrent que c'était encore une blague puisque le professeur avait retiré son pince-nez, mais ils ne voyaient rien de drôle là-dedans, à part le mot « sans-culottes », et en plus on peut pas nier que le 14 juillet est un jour férié. Le professeur s'était mis à regarder au loin en se massant les paupières. On voyait les traces rouges du lorgnon des deux côtés de son nez.

Ils étaient collants. Ils butinaient le professeur. Ils le grignotaient jusqu'au trognon car ensuite ils ne le verraient plus avant les vacances de la Noël ou de Pâques et le vieil homme vieillissait. Ses grands pieds se posaient précautionneusement sur le tapis de feuilles d'orme et de tilleul du bosquet d'en haut. Quand on vieillit, c'est qu'on marche de plus en plus lentement. Il s'appuyait sur une canne, ses mains maigres, ses phalanges blanches qui devenaient mauves aux articulations et à la racine des ongles, comme la mort, mais il était orgueilleux, il faisait le vif et le guilleret.

Un matin, on grimpa jusqu'à la maison de Gassendi. Il y avait des cailloux et des taillis de ronces, même pas une plaque de marbre. La nuit, Gassendi, qui était d'une taille minuscule, mais au temps de Louis XIV les bergers des Basses-Alpes étaient minuscules, se sauvait de sa chambre en nouant ses draps les uns aux autres. Il observait les étoiles, la Grande Ourse, Cassiopée, les Pléiades. Le lendemain, sa mère le grondait car il roupillait en gardant les moutons. Ça ne l'avait pas empêché de parler aux philosophes Roberval, Pascal et Descartes et le professeur Judrin avait prononcé un discours quelques années plus tôt, quand Digne avait inauguré une statue de Gassendi, au-dessous de la cathédrale, sur le cours des Arès qui est la place principale car Arès veut dire « bouc », et un boucher du Moyen Âge avait fraudé sur le poids de sa viande. Les échevins l'avaient condamné à construire cette place qui n'était pas mal d'ailleurs. On ne plaisantait pas avec l'honnêteté des bouchers, à cette époque-là, ou bien c'était à la Renaissance, ou à la Révolution.

De temps en temps, M. Judrin se demandait ce qu'était devenu le soldat qui voulait ramasser les pommes de terre ou les prunes et qui n'était même pas descendu jusqu'à la ferme de Chaussegras, un fumiste, un malappris, peut-être une tête fêlée par les marmites des Allemands, et peut-être un espion, une « oreille ennemie vous écoute ». Les années passaient et nous nous étonnions que le grand-père revienne toujours à ce type-là. Gertrude Blanchet avait demandé à parrain Élie s'il n'avait jamais aperçu le soldat dans sa fenêtre. Parrain Élie avait paru intéressé. Il tripotait sa grosse loupe. Cela lui faisait une distraction. Il n'avait jamais vu le moindre soldat mais il expliqua à Gertrude qu'il aimait mieux ça. S'il l'avait repéré tout de suite, il aurait recommencé à trouver le temps long. Il préférait ne pas le voir, ce soldat. Ça lui faisait une bonne distraction. Il riait un peu. Il disait qu'au fond il souhaitait que ce soldat n'existe pas. Comme ça, il pourrait toujours le chercher.

Oui, pourquoi ce soldat ? On ne manquait pas de vagabonds, quand même ! Depuis la fin de la guerre, on ne savait plus qu'en faire. Il en sortait de partout. Dans chaque campagne, il y avait des vagabonds, des déserteurs, des soldats en déroute, des chemineaux, sinon ce n'est même pas une campagne. Alors ? Celui-là ?

On ne parlait que de lui ! Qu'est-ce qu'il avait de mieux que les autres vagabonds ? Qu'est-ce qu'il avait de pire ? On n'osait pas imaginer ce que le type avait dit à M. Judrin. Et pourquoi il avait tendu le bras et montré quelque chose, dans la direction de Thoard ou dans une autre direction, et le professeur avait hoché la tête, et quand on y repensait, on se disait qu'il cherchait, de sa main tendue, non pas un pays, mais une année, une ancienne année car si on a une très bonne vue, on peut voir, surtout le soir, les années.

M. Judrin s'en ouvrit au facteur qui cavalait sans répit dans les collines pour distribuer *Le Petit Marseillais*, ou de préférence *Le Petit Provençal* car les paysans de montagne sont des « rouges », particulièrement depuis le coup d'État de Napoléon III en 1851 qui a été très mal accepté dans les Basses-Alpes, à cause de notre fibre républicaine, principalement dans la région des Mées, vers la Durance. Les paysans et les bourgeois avaient constitué une milice mais que vouliez-vous qu'ils fissent contre les gendarmes de Napoléon le Petit, de Naboléon, comme disait le père Hugo ?

Et le petit père Combes n'avait rien arrangé. Le facteur ne comprenait pas pourquoi tous ces journaux de Marseille se prétendaient « petits ». *Le Petit Marseillais*, *Le Petit Provençal*. Ils n'étaient pas plus petits que les autres journaux.

Le facteur était timide, une mouche. Tout le monde lui faisait peur. Il ne parlait presque pas. La honte. La honte d'être vivant. La terreur de dire une bêtise. L'habitude, ou le confort, de ne rien dire. Certains ne connaissaient pas sa voix mais il avait confiance dans le professeur Judrin et il bavardait avec lui. Il émit l'idée que les soldats sont des idiots. Il leur faut de la guerre. Ils en trouvent toujours une qui mijote dans un continent. C'est pour ça qu'on a pris les colonies, le Rif et le Tonkin, et qu'il y a des Annamites et des Turcos, pour confectionner une guerre quand on en a besoin car un soldat, s'il est occupé, ça va, mais sinon il s'énerve et il ne fait que des sottises.

Cette idée était chère au facteur. Il plaisantait. Il disait : « Les négros et les fatmas, je me demande si c'est pas des députés et des ministres qui se déguisent en négros et en fatmas, pour qu'on ait toujours une guerre en réserve, en cas qu'on ait déjà utilisé toutes les autres guerres ! »

On monta à Thoard le jour de la foire aux agnelles et on ne vit pas un seul soldat. Le professeur retira son binocle, dit qu'on devrait organiser une foire aux soldats, plutôt qu'une foire aux agnelles, chaque automne, car les soldats d'automne sont les plus mûrs, comme on l'a bien remarqué aux Éparges.

On alla au marché de Digne où l'on rencontrait des paysannes venues de Malijai et des Dourbes, d'Espinasse, du bout du monde et de Marcoux, avec leurs œufs, leurs odeurs, leur thym et leurs tabliers. Personne n'avait vu ce soldat-là. Une femme croisa les bras. Elle était musclée. Elle avait une voix énorme. Elle dit à ses clientes que le professeur avait retrouvé « le soldat inconnu », celui qui est à Paris, sous l'Arc de triomphe. « Chut, dit-elle, pas un mot ! Si les gendarmes l'apprennent, ils vous obligent à le renvoyer à l'Arc de triomphe, votre soldat. Et ça coûte les yeux de la tête, un soldat inconnu, surtout qu'il faut l'envoyer en recommandé ! » Elle se marrait. Elle fit un bruit de gorge : « Et en plus, si le soldat inconnu devient un soldat connu, comment on va s'en tirer ? ». Elle donnait à flairer ses melons et ses fromages de chèvre.

L'automne se fraya un chemin mais il faisait des façons. Il se dandinait. Il allait et il venait. Il avançait, il reculait, c'était un chat. Il jouait avec l'été comme on joue au badminton, un jour de soleil et un jour de brume. Il prenait son temps et le temps tuait le temps. Il tournait en rond. Il faisait les cent pas. De l'avis des enfants, c'était un automne en mauvaise santé, il lui faudrait de l'huile de foie de morue, beurk ! C'est un gros qui avait dit ça, un de Solliès-Pont, mais il ne disait que des bêtises.

Les feuilles brunes et friables des frênes et des ormes se détachaient. Bientôt les arbres seraient transparents, fragiles et pareils à des traces sur le ciel, sur les velours du ciel. Les marrons tombaient sur les tuiles de la grande remise avec des bruits d'osselets. L'oncle Frédéric, retour de la chasse, disait : « Le ciel est à la renverse. » Des couleurs enduisaient la campagne, du rouge, de la rouille, du luisant et de la craie, mais à l'aveuglette, comme les tantes qui se barbouillaient de poudre de riz, au hasard du nez et des lèvres, dans le noir, le dimanche, pour la première messe de M. le curé Portes.

Les enfants avaient bien vu. Ce n'était pas un jeune automne. Il était usé comme un drap, gris et vaporeux, effrangé, et le vent soufflait dans ses trous. Le matin, il faisait des petits tourbillons. Chaussegras sortit la calèche du grand hangar. Elle était distinguée, avec des coussins bleus comme des culottes de soldat. Elle aurait pu servir aux invités du marquis du Louviers de Louvières qui habitait au village, au milieu d'un grand parc, ou à ceux de Mme de Sévigné.

Le hangar était plein de poussière et de sacs de blé. Les enfants éternuaient. Ils s'en donnaient à cœur joie et, si Judrin n'était pas là, ils disaient qu'ils « atchoumaient », c'était bien plus comique. Si Judrin était là aussi d'ailleurs. Le fermier attela Coquet. L'autre cheval, le Cadet, était mort. Il fallait en acheter un autre qui prendrait le nom de Coquet parce que le nom Cadet est toujours réservé au cheval nouveau. C'est pourquoi on s'embrouillait. Des fois le Cadet était l'aîné, d'autres fois non. Les chevaux étaient embarrassés, ils ne savaient jamais lequel des deux ils étaient. Chaussegras devait faire plusieurs voyages jusqu'à la gare de Champtercier, en bas, dans la vallée.

Le derrière du cheval fumait car, en général, les derrières de cheval fument en automne. La semaine fut vouée aux séparations. Sous la conduite des oncles et du grand-père, les enfants firent le tour du bosquet et dirent adieu à chaque platane, à chaque châtaignier, à chaque vernis du Japon, aux herbes, aux lichens collés aux troncs des ormes et Dieu sait si les vernis du Japon sont répugnants, ils sentent la peste et la scarlatine, un peu le caca, mais comment couper à la cérémonie ? On avait toujours dit au revoir aux arbres, on avait toujours pleuré, on n'allait pas se mettre à rire, il faut savoir ce que l'on est. En plus, c'était un des meilleurs moments des vacances car, à midi, il y avait un gâteau de chez Comte orné d'une inscription en crème au beurre : « Adieu belles vacances ! » On pleurait comme des fontaines Wallace, c'était formidable.

La vie était enchantée. Le lendemain, juste avant de se hisser dans la calèche, les enfants allaient au deuxième étage, à la queue leu leu. Ils jetaient un œil par la porte entrebâillée de parrain Élie. Le vieil homme les attendait. Les enfants passaient la tête, ils disaient : « Au revoir, parrain Élie ! » Parrain Élie était dans son fauteuil. Il ne se retournait pas. Peut-être ne pouvait-il pas bien se remuer. De l'index, il montrait la boîte ouverte de pastilles Valda sur son bureau. Ses doigts étaient bruns à cause de la nicotine. Maigres, mais maigres ! Il y avait beaucoup d'ombre. On devinait parrain Élie et on lui disait « au revoir, parrain », et surtout pas « adieu ». Les enfants redescendaient sur la pointe des pieds comme s'ils avaient eu peur de le réveiller. Et quelquefois, un gros disait : « Il y a bien un soldat inconnu. Nous, c'est encore mieux. On a un parrain inconnu. On va le mettre à l'Arc de triomphe. » Les filles se fâchaient contre ce gros. Et l'année suivante, un autre gros, ou le même gros, dirait la même bêtise.

Cette année, on ne passerait pas les fêtes de la Noël à Champtercier et Champtercier serait vide tout l'hiver. Il n'y aurait plus que le professeur Judrin, l'oncle Jéricho qui avait des migraines très fortes, au point de prendre des six mois, des deux ans de congé, la vieille Gertrude Blanchet qui faisait un brin de ménage et certains matins, quand on la croisait en haut du chemin aux prunelles, elle écartait les jambes sous son immense jupe de cretonne bariolée et on voyait une flaque jaune par terre. Elle était gentille et joyeuse mais pas embarrassée. Elle continuait la conversation, sans doute par discrétion, sans doute pour ne pas gêner son interlocuteur, car elle était extrêmement délicate. Ensuite, elle allumait les poêles, elle préparait les repas.

Elle s'occupait de parrain Élie. Elle lui parlait du soldat. Elle ouvrait un peu les volets mais pas trop car le parrain avait froid même au plein de l'été, froid dans les os, comme il disait. Alors, en hiver ! Le professeur Judrin ne manquait jamais de passer un moment chez parrain Élie, dans la chambre enfumée, pleine d'odeurs de papier d'Arménie et qui donnait sur le marronnier et sur la grande remise, derrière la maison, et plus loin sur le pic d'Oise, sur Campanelle et sur la maison de Gassendi et encore plus loin sur Thoard. Cette année-là, on se retrouverait à Pâques. Peut-être que le soldat serait revenu et peut-être non.

À Pâques, les premières journées furent radieuses, avec des ciels en extase. Le matin, les branches noires du marronnier, au dessus du hangar, scintillaient comme des ferronneries à cause du serein et elles s'éteignaient. Le printemps avait disposé ses affûtiaux. On relevait ses brisées, comme d'une bête sauvage, dans le bosquet d'en bas, celui qui donnait sur Siron. Dans l'Iscle-des-Abbés, les bouleaux, les sureaux, les chênes avaient de bonnes odeurs et les amélanchiers se calfeutraient de coton. Les petites maisons qui s'élèvent, de loin en loin, dans le lit du torrent et sur les basses pentes du Siron, étaient en couleurs.

M. Judrin disait : « Bel aubépin fleurissant, verdissant, le long de ce beau rivage, tu es vêtu jusqu'au bas, des longs bras, d'une lambrunche sauvage. »

Personne ne savait ce qu'est une lambrunche, même domestique. Alors, les sauvages ! C'était bien d'avoir ce grand-père-là, mais il connaissait trop de poésies et trop de latin. Voilà ce qui arrive quand on travaille beaucoup à l'école. Après, on sait trop de poésies.

On souhaitait qu'il perde la mémoire – pas toute, mais un bout, un gros bout, sa mémoire de professeur, par exemple. Il avait déjà oublié le grec, en tout cas il n'en parlait jamais, c'était ça de gagné et pourquoi est-ce que ça ne continuerait pas, le latin, et le règne de Louis XIV, peu à peu, on en viendrait à bout. Les premières feuilles posaient un voilage vert et gris sur les forêts. Dans les broussailles, les mésanges s'appelaient. Elles avaient toujours peur de se perdre. Elles se disaient qu'elles s'aimaient, mais elles étaient très pressées, elles chantaient à toute bringue, comme si elles avaient craint de s'envoler avant d'avoir fini de se dire qu'elles s'aimaient. Les bouvreuils chantaient aussi et les moineaux, mais les bouvreuils sont émotifs. Si on les attrape, ils crèvent de peur. Ce n'est pas grave car allez attraper un bouvreuil ! Tout ça sautillait dans les champs à la recherche de vers et d'insectes. Les bourgeons s'arrondissaient. Ils collaient.

Les femmes étendaient des draps dans les prés. Elles disaient : « Comme ça, la nuit, tu dors dans l'herbe ! » Les brebis mettaient leurs agneaux au monde. Les poules faisaient les folles à cause des coqs, et les coqs étaient des fameux loulous. Les taillis qui bordent le chemin du village étaient blancs et rouges, des millepertuis, des mûres, des prunelles. Les pies becquetaient les prunelles, elles les prenaient pour des yeux. Ça ne s'appelle pas « prunelles » pour rien. Tout à fait des yeux, surtout que, le matin, elles étaient voilées d'une pellicule de rosée. Les enfants montaient au grenier à cause des pistoles blondes, des têtes d'ail, des sèbes et des collections de *Nick Carter* et de *Pieds Nickelés*, Croquignol, surtout, et Ribouldingue. Filochard aussi.

Les plus aventureux allaient en chaussettes jusqu'au troisième étage. Ils traversaient le grenier et ils entraient dans le pigeonnier. La porte grinçait. Ça empestait. Ceux qui avaient déjà fait un peu d'histoire expliquaient aux petits que les rangées d'alvéoles dans lesquelles les pigeons déposaient leurs œufs étaient pareilles à des cimetières romains avec leurs sarcophages empilés les uns sur les autres, ou à des nécropoles étrusques, et qu'il y avait un cimetière de cent mille morts en Égypte, et quand il y a tellement de morts, c'est comme si personne n'était mort.

Les petits s'en fichaient. Ils ne se souvenaient pas du soldat mais ils demandaient s'il allait revenir. Il était mort celui-là aussi. Comme tous les morts. Ou bien il avait trouvé une guerre. Quand les pigeonnes s'en allaient, on voyait les poussins. Ils étaient comme des blessés minuscules.

4

Le soir, M. Judrin allait faire une manille à la Lurette. C'était une pièce basse de plafond et très obscure, perchée au troisième étage de l'ancienne mairie, face à l'église. La partie de manille était le rendez-vous des nouvelles, mais nous ne savions rien du soldat. Il s'était enlevé du côté du Siron, il y avait un an déjà, et ensuite on disait deux ans déjà, et ensuite trois ans déjà, et est-ce qu'il était jamais repassé à Champtercier ?

Quelle importance ? On l'avait vu à peine, et chaque jour apportait des chambardements, surtout avec la Crise et avec l'affaire de la Ruhr, avec des crimes, des naissances, et la ruine des planteurs de coton en Alabama. Pourquoi, demandaient les femmes du lavoir public, le soir, pourquoi on parle toujours de ce bonhomme-là ?

Dans la salle de la Lurette aux lueurs étouffées, le professeur Judrin avait sous la main tout ce qui comptait dans le canton, à la réserve du marquis du Louviers de Louvière, qui était gros et rouge, d'un rouge aimable, vineux, les joues badigeonnées d'écarlate. Il ne quittait jamais sa splendide propriété au milieu du village mais invisible, mais verrouillée comme une cassette car elle était encerclée de grilles, de platanes, de rideaux de cyprès, de mélèzes et de tout ce qu'il faut. Des automobiles arrivaient. Elles venaient de loin, de la Riviera ou de Venise et du lac de Genève, avec des chauffeurs et des écussons sur les portières. Elles entraient dans la propriété comme des voitures de voleurs. Elles déposaient des gendres, des belles-filles qui étaient aspergées de parfums chic qui empestaient probablement.

On essayait de voir dans le grand parc solitaire. On devinait des jeunes gens et des jeunes filles. Ils jouaient au croquet et au tennis, au tonneau, au cerceau, à cache-cache, au volant, et ils poussaient la balançoire. On entendait leurs cris. Ils avaient des rires idiots. On croyait les apercevoir à travers les haies de chèvrefeuille, principalement les jambes des jeunes filles et leurs socquettes.

À la Lurette, M. Judrin rencontrait un général en retraite qui avait réalisé un exploit à Ham Ngy, contre les Muongs, mais on ne savait plus qui avait gagné à Ham Ngy, les Français ou les Annamites, alors que Verdun, on connaissait très bien le gagnant et le perdant. Et la bataille de L'Écluse ? demandait quelqu'un. Qui a gagné à L'Écluse ? Et à Paray ? On ne sait plus. C'est bête. On se bat, on attrape une balle dans le cœur et après, on ne sait plus avec qui, on ne sait même pas qui a gagné. On patauge. Il y avait des archers anglais. Et Gravelotte, c'était sous Napoléon, du temps de Bismarck ? Peut-être pendant la Première Guerre mondiale, vers 1916 ou 1917 ? Et la bataille d'Actium ? Le quelqu'un soupirait et il disait :

« C'est bête, quand même... C'était bien la peine. »

À la Lurette, le professeur rencontrait aussi un conseiller de canton des Basses-Alpes, un capitaine de louveterie et le directeur de la scierie des Sieyes. Et puis un autre professeur en retraite, un prof de latin, de Marseille, M. Juriat, qui avait une coiffe de velours violet, modèle Anatole France, et dont la femme, quand elle recevait les enfants du Verger, le 15 août, dans leur maison qui était juste au-dessus de la poste, en bas des Lombards, distribuait des grenadines en disant : « À la fraîche ! » Elle demandait si on avait des nouvelles du soldat, et son mari, le professeur Juriat, se foutait d'elle : « Mais enfin, qu'est-ce qu'il a ce soldat ? Tu l'as jamais vu ! Tu sais même pas si c'est vrai. Si ça se trouve, c'est encore une lubie de Judrin ! Tu sais, Judrin, je l'aime bien mais quel âge il a, maintenant, Judrin ? »

L'agrément de la Lurette, c'est qu'on y croisait des gens du meilleur monde et des gens du plus mauvais monde, des domestiques, des poivrots, des mal élevés, des lubriques. Des grossiers comme du pain d'orge alors que d'autres, le notaire Fasbellon surtout, passaient l'hiver à Cannes et faisaient du hors-bord. Les plus assidus étaient le vieux Tartensonne qui prenait soin de l'église et Ripert, un peseur-juré qui exerçait à Château-Arnoux, et quand on jouait à la belote ou à l'écarté, Me Fasbellon disait à Ripert : « Vous jouez encore à Ripert gagne », et Ripert se tordait de rire. Il faut citer aussi le forgeron, le notaire de Cannes, Me Fasbellon, justement, distingué et qui avait du charme si les vipères ont du charme, le gendarme Robert Quelian, une crème, celui-là : il courait se confesser à M. le curé Portes chaque fois qu'il verbalisait quelqu'un. Sa femme n'était pas contente : quand il avait puni un voleur de poules, il l'amenait à la maison, le soir, pour le consoler, on mangeait un civet ou une soupe au gras, on buvait comme deux trous, et c'était un vrai budget. Mais le curé n'était pas peu fier d'avoir un paroissien aussi sensible.

Le facteur Thomas pointait le nez presque tous les soirs. Au retour de sa tournée, il faisait des ouvrages de vannerie près du lavoir public car il était privé de femmes, et puis, hop ! la Lurette ! Certains l'appelaient « Bouche cousue », et d'autres « Cul cousu », car il n'avait pas d'enfants et pas tellement de femmes. Il ne disait pas un mot. Sa seule activité, disait Fasbellon, c'était de rabougrir.

– Il arrête jamais. Toujours au boulot pour rabougrir ! Si vous l'aviez vu, il y a trente ans, il était en chair, et bien pris, et puis il a diminué, vous savez, il est venu à ça ! Bientôt, il faudra la loupe de parrain Élie pour le voir.

– Je vous en prie, tranchait Judrin, laissez tranquille la loupe de parrain Élie !

Parfois, on avait la visite du maire de Champtercier, M. Terembron, qui habitait l'école avec sa sœur Marie-Paule Terembron parce qu'elle était institutrice et les enfants l'aimaient beaucoup. Si le soldat avait été repéré, le maire aurait été le premier averti. Mais est-ce qu'il l'aurait dit, car les maires sont spéciaux. Ce sont des politiques. Ils ont le culte du secret d'État et ils sont adeptes de la realpolitik. On voyait également quelques gros fermiers, mais, dans cette région, même les gros fermiers sont maigres tant les champs sont caillouteux.

Le curé Portes venait en voisin, une fois dites les vêpres. Il avait du mérite. C'était un homme âgé et gourd, gras, mal assuré sur ses pieds et l'escalier était tordu, noir et fourré de salpêtre. M. Portes s'annonçait de loin. Il montait bruyamment les trois étages, la main à la rampe. Il poussait la porte de la Lurette et il se mettait à rire sans tarder, avant de reprendre souffle, comme s'il avait craint de rater un rire. Sa soutane était toute blanche. Il l'époussetait.

M. Cheillan lui servait un doigt de chartreuse. Le curé ne buvait pas ou bien du bout de la langue à la façon des canaris. Il disposait les lèvres en cornet comme à la messe quand il s'approchait du calice. Il élevait le verre en direction de la petite lucarne rectangulaire qui donnait sur la place de l'église où l'on dansait le soir du 15 août, sous les guirlandes de buis et les lampions. Les mains du curé tremblaient. La liqueur jaune faisait des friselis. À travers le liquide doré, il regardait la cime des platanes et le porche de son église, le clocher gris ou vert et des fois bleu. Toute chose bougeait. Il confirmait : « Toutes les choses bougent. » Ensuite, il fumait un gros tabac qui empestait l'auberge mais ce n'était pas une auberge, un cabaret plus exactement.

Personne n'avait revu le soldat. Enfin, on l'avait revu, mais un peu partout et on ne savait pas si c'était lui. Comme disait Me Fasbellon, il eût été plus expédient de trouver un seul soldat, ou même la moitié d'un, que d'en trouver cent. Dès que la conversation venait sur ce sujet, la fille de Cheillan s'approchait, passait un chiffon sur la table, s'essuyait les mains à son tablier, se tenait coite, rose et coite, gentille et avide, mais coite. Sa bouche s'arrondissait, s'ouvrait et se refermait avec des langueurs. Elle sentait bon. Elle avait un très beau ventre.

Elle croisait les mains sur ce ventre. Elle était friande d'étrangers. Pour elle, l'étranger, ça commençait au bout des Basses-Alpes, et encore ! Même à Manosque ou à Digne, on était un étranger et à Forcalquier donc ! Et tous les étrangers étaient des sauvages, c'est ce qui l'attirait. Elle trouvait qu'un homme devait être soit un peu sauvage, soit beaucoup. Cheillan surveillait sa fille, le beau ventre de sa fille, il le regardait en fronçant les sourcils, comme à travers une « jalousie », c'est ce que disait Fasbellon avec un clin d'œil.

Le cabaretier Cheillan prétendait que le soldat n'existait pas. Ce n'était pas très aimable pour le professeur Judrin qui avait trouvé ce soldat, mais Cheillan était un homme considérable et il pouvait tout se permettre. Il n'était aubergiste qu'en plus. Il occupait un corps lourd comme un plomb, plein à ras bord de sang et de viande, et ce corps possédait un tas de choses : une fille, des vignes et des blés, une scierie, une carrière de gravier dans la Bléone, l'épicerie des demoiselles Magnan, sur la place de la mairie, plusieurs bonnes, et il y avait bien des ragots au sujet de ces bonnes car elles étaient pulpeuses, un joli paquet de filles. L'auberge, c'était sa distraction, son poste de vigie, son luxe et aussi sa manière d'avoir barre sur le village.

On faisait le point sur la question du soldat. Toujours le même point, le point zéro, avec quelques rumeurs disséminées autour. À l'automne, la ferme Chapelain juste au-dessus de la gare, dans la vallée, à l'entrée des Augiers, avait embauché un vagabond pour repeindre portes et fenêtres en rouge. Le type avait fait du bon travail mais il était renfrogné, surtout pour un Italien. Il baragouinait à peine français et sa spécialité était la maçonnerie. Aucun rapport avec l'homme de l'autre été, mais il avait connu jadis, aux Hautes-Sieyes, un ancien soldat.

Un ancien soldat ! Cheillan aimait à être courroucé. Il grogna :

– Et alors ? Ça veut dire quoi ! Un ancien soldat qui était aux Hautes-Sieyes, et il y a dix ans ? Et alors ? Quel rapport avec le soldat de M. Judrin ? Quel rapport ?

Personne n'osait contredire l'aubergiste. Dans ces cas-là,

Cheillan restait le bec dans l'eau, faute de combattants. Il s'en sortait en se contredisant lui-même, et illico presto. Comme il le disait, les gens étaient des gros paresseux. Ils n'ont même pas la force de vous disputer et Cheillan se résignait à faire le boulot lui-même, à tenir les deux rôles tour à tour, à dire noir et ensuite à dire blanc. Il se prenait de bec avec lui-même :

– Mais si, justement ! Réfléchis donc un peu, pour une fois, gros lard ! Ce type qui était aux Hautes-Sieyes il y a dix ans, ça voudrait pas dire que notre soldat, c'est pas seulement qu'il existe pas, mais, en plus, qu'il traîne depuis des années dans le coin ? Et s'il tourne comme ça, et qu'on le voit jamais, ça serait-il pas qu'il cherche le mauvais coup ? Moi, je crois qu'il est jamais reparti. Et s'il cherchait une coquine ? Ou bien une fille, une fille d'aubergiste par exemple, mais il ferait bien de réfléchir un peu ! D'accord ?

Avec le printemps, des chemineaux passaient, buvaient une goulée d'eau fraîche au lavoir, flattaient le cul des femmes, allaient chercher misère ailleurs – des ouvriers agricoles, des têtes folles comme des avoines, des têtes insoumises et d'autres cabossées. On voyait des hommes qui avaient été blessés au Chemin des Dames ou dans le Rif et qui étaient fichus, même si la médecine les avait sauvés. On les avait réparés. Ils poussaient leurs vies comme des brouettes.

Le curé Portes apprit par son confrère de la Motte-du-Caire qu'un ancien berger avait été embauché pour quinze jours, dans la région de Sisteron, à Clamensane, juste en dessous de Bayons, pour maçonner une gouttière d'irrigation, mais cet homme-là venait chaque année, il allait de ferme en ferme, et, pour la lecture, il n'était pas bon. Il savait à peine ses lettres. Me Fasbellon leva un doigt en direction de M. Judrin et dit : « Mais... » Et il développa son idée d'une voix presque caline :

– Mais peut-être que le soldat du professeur Judrin s'est vanté en prétendant savoir lire.

M. Judrin fut piqué :

– Je ne le crois pas, cher maître !

Et l'autre répondit :

– Et notre cher parrain Élie, il en pense quoi, de ce soldat ?

Judrin haussa les épaules. Il n'aimait pas que le village parle de parrain Élie. Les quinze jours de Pâques furent un éclair. La Lurette, dont les après-midi et les soirs étaient si mornes à l'ordinaire, frétillait. Ce soldat était un festin. Un délice. Notre petite bourgade était comme enchantée par quelqu'un que presque personne n'avait vu.

Cheillan entama un jambon de l'Ubaye car son père vivait toujours à Saint-Vincent-des-Forts et personne ne pouvait nier que les porcs de l'Ubaye valent mieux que les porcs de Champtercier. Cheillan ne manquait jamais de le rappeler en tendant la lichette de jambon au bout du couteau, ce qui n'était pas très gentil mais Cheillan n'était pas un homme de beaucoup de délicatesse, il n'y avait qu'à voir ses mains.

Les soldats se multipliaient. C'était merveille. On aurait pu composer toute une armée, comme disait le sacristain Tartensonne, et jouer aux soldats de plomb, surtout qu'ils étaient, comme les vrais soldats de plomb, écaillés, mutilés et décolorés. Ils n'avaient plus de fusils. Ils avaient dû les jeter dans un fourré avant de prendre leurs jambes à leur cou – « à leurs couilles, disait Cheillan, leurs jambes à leurs couilles » – à la bataille de la Marne, enfin, ce qui leur restait de jambes et ce qui leur restait de couilles, car il y avait des pieds-bots et il y avait même un boiteux qui traînait à Champtercier après avoir ramassé une ruade de mulet dans sa caserne de Sidi-bel-Abbès, à la Légion étrangère, au temps de la guerre du Rif.

Encore heureux qu'ils aient conservé, en général, leurs têtes. Mais, même avec les têtes, ça faisait plutôt armée en retraite ou musée Dupuytren. Des fois, on aurait plus vite fait d'en coller deux ensemble pour fabriquer un soldat complet. On en signalait de tous les côtés. Le curé dit : « C'est une année à soldats. » Et, comme il ne trouvait pas souvent des drôleries, il réemploya celle-là deux jours plus tard.

– Il y a bien des années à mouches, à charançons, non ?

Il insista :

– On dit bien qu'il y a des années à mouches, pourquoi n'y aurait-il pas des années à soldats, professeur ?

Le temps allait, le temps. À Marcoux et à Archaye, de l'autre côté de Digne, au pied du Couard, un saisonnier avait trouvé du travail. Il était de taille moyenne mais sombre comme une racine. Il se nettoyait les ongles avec son canif, les dents. Il aurait mieux fait d'avoir deux canifs. C'était un gros vulgaire. Il portait des brodequins de l'armée. Il envoyait des grandes claques dans tous les dos et, pour les filles, il n'était pas maladroit.

Ce saisonnier était chauve, et M. Judrin devait se gendarmer pour convaincre la table que son soldat à lui, celui du chemin aux prunelles, avait une tignasse, blonde en plus, on pouvait dire rousse, et tout en boucles. Il faisait mine de s'énerver. C'était son soldat, on n'allait pas le lui démonter pièce à pièce pour en fabriquer un autre à la place, un autre, au petit bonheur la chance.

Le facteur Thomas s'agitait. Cet homme si humble

depuis sa naissance, et dont on connaissait à peine la voix, changeait. Il pointait le nez. Grâce au soldat. Il mettait son grain de sel dans la conversation, un mot par ici, un mot par-là. Au début, on ne s'en rendit même pas compte. Le grain de sel fondait tout de suite. Il ne salait rien du tout.

C'est que le facteur avait attendu cinquante ans avant d'ouvrir la bouche. Tout le monde pensait à lui comme à un muet et il est exceptionnel qu'un muet soit un bavard, comme disait cet ironiste de Fasbellon, un peu trop pincé pour être un vrai boute-en-train, trop fielleux aussi, car les gens vraiment gais ne sont pas mauvais. Donc, à propos du vieux facteur, il fallait s'accoutumer. On avait bon besoin de quelques jours de patience pour s'habituer à la voix d'un muet :

– Il faut accommoder, disait Fasbellon, c'est comme quand vous soufflez la lampe Pigeon, le soir, dans la chambre, il vous faut un petit temps pour vous repérer dans tout ce noir.

Le facteur s'enhardissait. Il parlait. Il livrait des informations, il signalait des pistes. On le considérait avec étonnement. On découvrait que sa figure pointue, qu'on avait toujours considérée d'un ahuri, surtout qu'elle contenait un gros nez poreux, comme emprunté à un autre visage, était une figure subtile. Ce que c'est, les idées préconçues ! Le facteur laissait couler entre ses paupières un regard. Il mit au point un sourire d'une malice épouvantable, le sourire de celui qui connaît le dessous des choses, qui fait semblant de vous piloter dans le noir, et qui en réalité garde tout ce noir pour lui, pour le débiter ensuite, durant des années, par petits copeaux, par petits poisons, et à sa guise. C'est ce qui prouvait que le facteur était, sous ses allures d'ahuri, une « cervelle », et le printemps fut délicieux.

5

LE facteur n'avait jamais été en considération. C'était un brave homme. Et encore ! Brave, c'était à voir. Assez petit car il se ratatinait, Fasbellon avait bien vu. Il rentrait en lui-même, il se repliait. Il se bouffait. On l'appelait « Vieux Thomas ». Il passait pour serviable car il l'était. Il était indiscernable et traqué, craintif, vague. On ne savait pas où il commençait et on ne savait pas où il se terminait. Il existait, c'était déjà ça, mais on n'eût pas apprécié qu'il sorte de ses retraites. Ça tombait bien, il n'en était jamais sorti. Jusqu'à ce jour.

Le soldat de M. Judrin changea la donne. Le facteur enfourcha ce soldat, comme le dit Me Fasbellon, avec l'idée de se revancher de ses longs dépits, et dès lors, grimpé sur cette monture, il caracola. Sa première naissance, cinquante ans plus tôt, soixante ans même à en juger sur sa petite taille, car il faut plus de temps pour diminuer que pour grandir, avait raté. Le soldat de M. Judrin lui procurait une deuxième naissance, un deuxième billet. Le facteur était résolu à jouer gros jeu. Rater sa vie une fois, à la rigueur, mais deux fois, il y faudrait du vice. Comme il le dira plus tard, une fois toutes choses reposées, car le village finira par se reposer, à M. Judrin : il n'avait plus droit à l'erreur.

Ses premiers succès abîmèrent ses humeurs. Sa tête gonfla. Il se mit en chemin de solder des années de dédain, des siècles, car son père et le père de son père, et tous ses aïeux, depuis le Moyen Âge, sans oublier le XIXe siècle, avaient essuyé les mêmes avanies. Le seul trésor, le seul patrimoine de cette lignée, c'était un monceau de quolibets, dix siècles de quolibets, et M. Judrin, quand le notaire lui dit cela, prit sa voix « Gassendi » :

– Quolibet, *quod libet* : débat sur n'importe quoi, *quod libet*. Alors, quelle importance, Fasbellon ?

Dans la famille du facteur Thomas, qui bivouaquait depuis l'an mille au piémont du pic d'Oise, on était indistinct de père en fils. Indicible. C'était un état. On n'était rien. Aussi, Vieux Thomas fut ravi de sortir de ce rien grâce au soldat du professeur Judrin. Que ce soldat existe ou bien non, c'était le cadet de ses soucis, et il se mit en tête de rameuter par la même occasion son père et tous ses aïeux. Toute la clique. Il les tirerait par la main, les uns après les autres, doucettement, comme on tire un ver de terre sans forcer pour ne pas le casser, pour ne pas se retrouver avec deux vers au lieu d'un seul, ou plus exactement, comme on extrait une cordée d'alpinistes du fond des crevasses, un tas d'ancêtres fourbus, cagneux, jaunâtres, les pieds gelés, recrus d'indifférences, noués de tristesses et de rhumatismes, bourrés de défaites, bourrés de rebuffades et de néant, comme en était bourré Vieux Thomas lui-même, et qui allaient jouir enfin, à titre posthume c'est vrai, mais c'est mieux que rien, des agréments de la notoriété. D'un seul coup, Vieux Thomas allait rempoter tout son arbre généalogique.

Il gérait son trésor en avare. Il était parcimonieux. Ses savoirs, il ne les distribuait pas à la louche. Il faisait de la rétention de mystère. Il laissait entendre qu'il possédait un secret mais il s'enroulait autour de ce secret comme les hérissons se mettent en boule et ça pique. Les clients de la Lurette furent bouche bée. Au début, ils ricanèrent. Ils n'avaient pas tellement de divertissements à domicile. Ils n'allaient pas gâter celui-là. On s'extasia. On admira que la vanité ait inondé en si peu de semaines, comme un limon, la figure de cet homme qu'on avait si longtemps ignoré et confondu avec cette caisse noire de facteur qu'il traînaillait depuis trente ans sur tous les chemins du pays et qui lui avait fait une épaule plus haute que l'autre.

« On nous l'aura changé », dit le sacristain Tartensonne en faisant une tête malicieuse, mais personne ne s'affolait. D'abord, le facteur était de faible importance, et puis sa rébellion ferait long feu. Il avait dix siècles de pauvres et d'humiliés dans sa culotte, plus de dix siècles même. Si on cherchait bien, on mettrait au jour sûrement, dans les ancêtres du facteur, d'autres oubliés, des oubliés carabinés, des oubliés de Rome ou de Carthage, des oubliés du sac de Constantinople ou du cimetière des Innocents, de la révolte de Spartacus, des soldats morts dans des expéditions coloniales même pas répertoriées dans les manuels d'histoire car on ne sait presque rien de ce qui advint jadis, surtout dans l'Empire français et dans l'Empire britannique, mais ailleurs aussi, et l'Histoire est une cohue.

C'est ce que disait, cet hiver-là, ou ces hivers-là, l'ancien professeur du lycée de Digne, dans l'auberge enfumée de notre petite bourgade, et il ajoutait, certains soirs, que l'histoire de M. Michelet lui-même n'est qu'un résumé fulgurant mais dépenaillé, un pense-bête, une ruine, un éboulis du temps perdu, un pointillé et un naufrage, telle était l'opinion de M. Judrin, et une opinion qu'il dispensait d'autant plus volontiers, à l'occasion de Vieux Thomas, qu'il avait pris sa retraite de professeur depuis près de dix ans, et qu'il pouvait balancer tout ce qu'il avait gardé sur le cœur et que ses fonctions d'enseignant lui avaient toujours interdit de le proclamer, d'avouer car un professeur d'histoire qui enseignerait que l'Histoire est une billevesée ou une débandade, la chose ne serait pas convenable. Et en plus, il scierait la branche, ce professeur, sur laquelle il est juché.

Oui, Vieux Thomas ne pourrait pas tenir son nouveau rôle très longtemps. Il rentrerait vite fait dans le rang, dans sa cendre, dans son terrier de crottes de lapin, et Cheillan dit : « Dans sa tombe, dites plutôt », et Judrin se fâcha : « Je vous en prie, Cheillan ! C'est un homme, quand même. » Mais Cheillan était un notable, un seigneur de village, et il était lancé : il voulait bien laisser la bride sur le cou du facteur, le temps d'une volte ou deux, d'un tour de piste, qu'il se dégourdisse les jambes et qu'il fasse un peu de mousse, et puis on ferait claquer le fouet et le facteur regagnerait ses coulisses et on retrouverait le muet et l'apeuré. L'insignifiant. Et on l'effacerait. Une chiquenaude suffirait. En attendant, on festoyait. On se goinfrait de facteur. On chuchotait en son absence et quand il était là, avec sa figure du dimanche, on l'asticotait et la saison fut une belle saison. Le soldat de Judrin était une baguette magique. Il était comme ces génies des *Contes* de Perrault qui vous feraient scintiller une cave.

Dans ses nouveaux atours, Vieux Thomas se rengorgeait. Cheillan alluma des contre-feux : bien sûr que Vieux Thomas en savait long sur le soldat ! La belle affaire ! Son métier de facteur le projetait en tous lieux. Il était toujours une patte en l'air, dans les collines, dans les chemins, avec sa boîte noire. Pas un sentier qu'il ne connaisse « sur le bout des pieds ». Il jouait le rôle de confident auprès de ces paysans du pic d'Oise ou du Pied-de-Cochon qui ne voient jamais âne qui vive, et le notaire Fasbellon rectifia : « Âme qui vive, monsieur Cheillan, âme qui vive » et Cheillan se rebiqua : « Je dis âne qui vive, maître Fasbellon ! Et je les connais, mes pacoulins ! », et il parla de ces pauvres types qui meurent d'une mélancolie foudroyante, après avoir pioché cinquante ans leurs cailloux et sans avoir jamais dépassé la Bléone et les clues de Barrèmes.

Cheillan ne lâchait pas le morceau. Il renversait son gros torse en arrière, sa grosse tête, son gros sternum, ses gros genoux, ses gros yeux, ses gros ossements, pour marteler que ces paysans sont de la suie, bêtes comme de la suie, ils ne se parlent même pas à eux-mêmes, et s'ils le font par inadvertance, ils ne comprennent pas ce qu'ils se disent.

Leurs femmes sont des cruches. Leurs gendres et leurs filles baisent comme des porcs. Pas étonnant qu'ils épient le moindre dérangement du paysage. Ils en connaissent chaque touffe, chaque arbre et tous les sentiers. Chaque année est l'année précédente et l'année suivante à la fois. Un vol de freux fait événement. Et si un vagabond dévale leurs éboulis, comme le soldat du professeur Judrin par exemple, et même si le soldat du professeur Judrin n'existe pas, alors c'est bombance et Rois mages. De chaque irrégularité, ils font leur miel. Et ils déversent ce miel dans le bec du seul homme qui leur rend visite, dans le bec du facteur Thomas, et le facteur Thomas se gorge de ce miel. C'est bien simple !

Vieux Thomas laissait dire. Avec son œil à malice, qui brillait d'autant mieux qu'il n'avait jamais servi jusque-là et qu'il était « en rodage », il continuait sa besogne. Chaque soir, il se présentait à la Lurette avec sa cueillette, sa fournée de vagabonds, d'histoires à n'y pas croire et de soldats en cavale. Il vidait tout ça sur la table comme on sort du carnier une brassée de sangs-de-Christ ou de bolets retour de la barre des Dourbes, parfois une bécasse ou un coq de roche, mais c'était rare, depuis la guerre mondiale, la chasse.

Même le curé Portes devait s'incliner et, de toute façon, eût-il mis au jour un ragot, le pauvre monsieur le curé, il était bâillonné par la règle de la confession. Il en pâtissait mais, en cherchant bien, il s'avisa que le secret de la confession n'était pas un handicap. C'était une arme à deux tranchants. Le curé pouvait par exemple insinuer qu'il connaissait des choses inouïes sur le soldat, et pourtant ne pas les dire, borné qu'il était par la loi de discrétion.

Il essaya de cette tactique. Il laissa entendre qu'il recelait des informations, lui aussi, tout autant que le facteur, et que le soldat du professeur Judrin ne lui était pas inconnu. Ce type sillonnait les Basses-Alpes, la région du Siron et de Campanelle, particulièrement, depuis la fin de la guerre mondiale et peut-être même depuis plus longtemps. Une pénitente du révérend lui avait indiqué le repaire du soldat et ses antécédents et c'était un type assez bizarre, peut-être un criminel, peut-être un saint, langue au chat. Fasbellon fit un rire, toucha sa moustache et dit :

– Un Belzébuth ou un chérubin, il faut choisir, monsieur Portes.

Le curé ne recula pas d'un pouce :

– Maître Fasbellon, il faut cent ou deux cents ans d'observation avant de savoir qui est quelqu'un, si ce quelqu'un est du lard ou du cochon.

M. du Louviers de Louvière qui était là, par exception, confirma :

– À Bouvines, il y a eu seulement trois morts !

Le professeur Judrin répondit :

– Lucifer, *lux* et *ferre* – porte-lumière...

La Lurette assomma le curé de questions. Il fut intraitable, il n'allait pas trahir un sacrement ! Malheureusement, il rata son coup. Ses renseignements étaient indéchiffrables, comme empoissés des puanteurs du confessionnal. On les écouta, c'était un prêtre quand même, et Fasbellon, qui mangeait volontiers du curé, n'osait pas manger celui-là, c'était le sien après tout, mais les révélations de M. Portes firent long feu. Elles ne valaient pas pipette.

La Lurette se résigna. On baissa les bras. On n'était pas de force : puisque le curé était inutilisable, le village demeurait livré aux caprices du facteur et le facteur pétait le feu. Il ressemblait à ce vieux pape de Canossa que le village connaissait par cœur, depuis le temps, car M. Judrin fatiguait tout le monde avec cette histoire, avec ce vieux pape qui jouait au bilboquet dans un château des Alpes bien chauffé pendant qu'un empereur allemand piétinait dans la neige. Le facteur copia ce pape : il faisait calmement sa manille, un mégot aux lèvres, en attendant que les habitués de la Lurette, rôtis de curiosité, viennent lui manger dans la main, la corde au cou comme l'empereur du Pas-de-Calais. Vieux Thomas occupait le centre de la scène, une fois n'est pas coutume. Il n'allait pas se laisser reconduire dans le trou du souffleur.

La Lurette se raidit. Elle opposa la ruse à la ruse. Puisque Vieux Thomas faisait l'impénétrable, on lui rendit la monnaie de sa pièce. On feignit le désintérêt. Quand le facteur lâchait une confidence, on la considérait froidement, on l'auscultait, on la disséquait, et on l'écartait avec un air d'ennui, comme on balance une cochonnerie quand on trie les lentilles, l'hiver. Mais le facteur apprenait vite. Il fit silence une petite quinzaine, les curiosités flambèrent de nouveau, et quand le facteur crut tenir ses adversaires à merci, il sema d'autres nouvelles. Il lança la Lurette sur des pistes insensées. Il signalait des chemineaux à dégaine de vieux soldat, leur donnait figure, les faisait ronfler comme des toupies, et puis, soudain, dès que la Lurette, bavait, il les disqualifiait, les déclarait hors jeu, il les « soufflait », comme on dit au jeu de dames, les rentrait dans leur boîte, et « souffler n'est pas jouer ».

Par ces manœuvres, et en deux après-midi, le facteur reprit la main. Quant à la vérité, il s'en fichait pas mal : il n'y avait pas de vérité puisque le soldat de M. Judrin était imaginaire et même inexistant. Au fond de lui, Vieux Thomas partageait les convictions de Fasbellon et de Cheillan, du professeur Juriat même, le soldat était une lubie du vieux professeur Judrin, mais il se serait fait trancher la glotte plutôt que de reconnaître qu'il n'y avait jamais eu le moindre soldat le jour du chemin aux prunelles. N'est-ce pas sur ce type-là que le facteur fondait son illustration ? Me Fasbellon voyait clair dans son jeu.

– Méfiez-vous de Vieux Thomas, dit-il un soir à la tablée. Il va tenir ce soldat en vie aussi longtemps qu'il en aura la nécessité. Mais attention : supposez que ce soi-disant soldat s'aboule, ce que je ne crois pas car, je le répète, à mon jugement, c'est du néant, le type de M. Judrin, je dis du néant, professeur, et cela même s'il existe, c'est du néant... on peut à la fois exister et être du néant, il faut que les choses soient claires, professeur. Donc, je prends une hypothèse d'école, comme on dit, eh bien, qu'est-ce qui arrivera ? À la trappe, Vieux Thomas. Il ne servira plus à rien. Il rentrera dans sa souille. Ou alors...

– Ou alors ?

– Ou alors... Écoutez : ce soldat a mis l'eau à la bouche de Vieux Thomas. Donc, pour les manœuvres et les ambitions de Vieux Thomas, il est impératif que ce soldat qui n'existe pas, je le redis, continue de vivre. D'accord ? Mais il est tout aussi impératif que personne ne le voie jamais, ce soldat, sans quoi il n'y aurait plus de pot aux roses. Dois-je poursuivre ? Énoncer les termes de l'équation, c'est fournir la solution.

– Une solution que vous allez me dire, répliqua Judrin aigrement.

– Et je vous la dis : je vous fiche mon billet que votre soldat, s'il reparaît, Vieux Thomas le tirera comme un lapin, qu'il l'étendra raide mort !

M. Judrin haussa les épaules et le notaire Fasbellon doubla la mise :

– Je parle de sang-froid, Judrin ! Avouez que ce serait la

mort du petit soldat, s'il nous jouait le tour d'exister, votre soldat !

Il prit un temps pour se ravitailler en humour :

– Remarquez, hypocrite comme il est, ce soldat, il est capable de tout, même d'exister.

Judrin s'emporta :

– Ce soldat n'est pas un néant, maître ! Ou méfiez-vous du néant, il pourrait vous botter le train.

– Judrin, cria Fasbellon, professeur Judrin ! Qu'est-ce que c'est que ce langage ? Je ne vous reconnais guère, monsieur le professeur « d'honnête homme » ! Que vous arrive-t-il, professeur ? Ce soldat vous tourne la boule. Que vous arrive-t-il, Judrin ?

Judrin cessa de tambouriner sur la table du bout des doigts :

– Vous voulez dire : que « nous » arrive-t-il ? dit-il en détachant le « nous ».

6

VIEUX Thomas traçait sa route. Il appliqua une telle énergie à ses recherches et une science si rare qu'il entrelaça toutes les pistes. Il en fit un gros nœud qu'il était seul à savoir démêler. Et plutôt que de démêler, il emmêlait. Il parlait. Pour un muet, il parlait beaucoup, et ses mots étaient choisis. On ne pouvait plus l'arrêter.

Un soir, il se demanda à haute voix, à très haute voix, si on n'avait pas fait fausse route dès le commencement. On avait borné les recherches à la haute plaine de Champtercier, qui est une zone civilisée, très pauvre, mais civilisée, harmonieuse, heureusement disposée autour d'un clocher de livre d'école, au centre d'un grand bol de collines aimables et cultivées avec soin malgré beaucoup de cailloux. Certes, les fermes étaient sombres, il fallait le reconnaître, de la fumée, de l'épeautre et des navets, des porcs et des bauges et des souilles, un monceau de fientes, mais enfin, rassurantes, pleines de grognements et de caquetages, environnées de troupeaux de moutons, de sentiers, de bruits de clochettes, de routes, de paysans, d'écoliers et de gendarmes.

– Tu veux dire quoi ? coupa le gendarme Quelian.

Le facteur répondit avec aplomb :

– Je veux dire qu'il y a pas que Champtercier. Que tout autour de la haute plaine de Champtercier, si tu montes de cinq cents mètres, tu as un autre pays. Attention. J'ai pas dit un « arrière-pays ». J'ai dit un « autre pays ». Nuance, Quelian ! Ce pays, c'est les Robines. Et là, mon vieux, tu entends d'autres musiques. C'est plus des cloches de clochers. C'est du sifflement de Jugement dernier. C'est du faisandé et du rébarbatif, mon gros ! Toi, tu es gendarme. Tu y vas même pas, toi, dans ces écarts. Tu irais, tu y ferais quoi, toi, tu ferais quoi ? Tu reviendrais. Mais moi, figure-toi, je suis facteur, et j'y vais, ces gens-là reçoivent pas beaucoup de lettres mais le catalogue de Saint-Étienne, celui des Galeries de France, les commandements des impôts, des avis de la mairie, de la gendarmerie parce que c'est pas que du beau monde, là-haut...

– Et alors ?

– Alors ? Tu vois Campanelle. C'est même pas les Robines, mais quand même ! Le pied de Campanelle, je veux dire. Eh bien, là, déjà, au pied de Campanelle, après les Omergues, tu as plus de chemins, tu as des sentiers de bêtes. Et là, tu as un village qui existe pas, un village qui a un nom, son nom c'est les Petits-Tauriers, mais il existe pas. Et dans ce village, tu as deux types, tu as Manent, Émeric Manent, et l'autre, c'est Sauveur Souvrain. Ils sont tous les deux là et ils se parlent même pas.

– Et alors, des gens qui se parlent pas, y en a partout, Vieux Thomas.

– Écoute : ils sont seuls, tous les deux. Leur village, c'est seulement tous les deux. Ils se débrouillent pour faire un village à deux et ils se disent même pas un mot. Y a pas trois maisons. Y a deux maisons. Y sont nés là. Et presque en même temps. Presque jumeaux. Et ça fait cinquante ans qu'ils se parlent pas et y a personne d'autre, dans leur coin. Même quand ils avaient un an, ils se parlaient pas. Ils braillaient chacun de son côté. Chacun pour sa peau.

– Tu veux dire quoi ? dit le gendarme Quelian.

– Je veux dire, mon gendarme, qu'ils sont en procès à cause d'un bout de champ je sais pas quoi. Ça fait dix ans ou vingt ans, je sais pas. Et je leur remets les convocations du juge, tu vois...

– Et alors ?

– Et alors, comme je sais le jour qu'ils sont convoqués, j'ai pas les yeux dans les chaussettes. Je les vois, tous les deux, dans leurs deux charrettes, ce jour-là, ils s'habillent comme pour la noce, avec la chemise blanche, la chemise amidonnée et les souliers vernis qu'ils ont tirés du papier de soie, ils attellent leurs deux chevaux et ils font la même route pour aller à Malijai, chez l'avocat, chez leurs deux avocats qui sont à Malijai, ou bien chez le juge, à Digne – la même route mais dans deux charrettes. Avec deux chevaux. Le notaire, c'est le même notaire pour les deux, c'est Me Touilla, à Mallemoisson.

– Me Touilla, dit Fasbellon... Ma foi je connais Me Touille mais Touilla ?

– Touille si vous voulez mais c'est pas ça, monsieur Fasbellon. Ce que je veux dire, c'est qu'ils sont tout le temps ensemble, les deux types. Ils se détestent mais ils sont tombés dans la même cuve, et quand ils sont obligés de se parler, à cause du procès, ils attellent leurs deux chevaux. Ils font dix kilomètres et ils vont chez un autre type, chez un avocat, un huissier, pour s'engueuler. Moi, monsieur

Fasbellon, je préfère m'engueuler à domicile. Et pas besoin d'un juge ou d'un huissier...

– Bien, bien. Je vous donne quitus, Vieux Thomas. Mais le soldat, qu'est-ce qu'il vient faire là-dedans, le soldat de M. Judrin, pourquoi vous nous parlez de ces deux vieux ? Pourquoi vous nous racontez ça ?

Thomas regarda autour de lui. Il levait le nez, le gros nez mou et gris, et il fit une embardée.

– Le soldat ? Ah oui ! Et les Robines, c'est pas Campanelle. Mais justement, les Robines, ce que je veux dire, c'est que les Robines, c'est encore pire que les Petits-Tauriers, les Robines. C'est après le Siron, de l'autre côté de Courbons, vous les connaissez, les Robines ? Alors le soldat de M. Judrin, s'il a fiché son camp dans les Robines, adios, soldat ! Voilà ce que je veux vous dire : s'il est aux Robines, bon vent ! Il faut voir ça, les montagnes et les gorges et les précipices, dans les Robines ! Tu y comprends rien. Tu as vu des fois ces rats qui s'embrouillent dans leurs queues et qui s'étranglent tous ensemble. C'est comme ça, les Robines, des queues de rats qui s'étranglent. C'est du noir, du trou noir. C'est ça, les Robines.

– Personne y va, aux Robines, dit Quelian.

– Moi, j'y vais. Et je me fous dedans. Même moi, je me fous dedans. Des fois, je remets une lettre à une ferme qui est pas une ferme mais une ruine. Y a des gens qui sont même pas des personnes, c'est des je sais pas, des trucs... Et en plus, y a des bêtes, des putois, des marmottes, des fouines, des renards, des broussailles, des loups, des scorpions. C'est pas des montagnes comme ici. C'est des ardoises, des schistes, de la poussière noire. Même pas de la poussière. C'est du noir. Et du noir tout déchiré, écartelé, râpé, des dents, des crochets, des herses. Je connais, moi.

– Bravo, dit M. Judrin, bravo, cher monsieur Vieux Thomas, vous faites un tableau saisissant de ces Robines ! Croyez-en le professeur que je suis. Je dis bravo !

Tout le monde regarda le facteur. Jamais le petit homme n'avait parlé aussi longtemps. Il semblait crevé. Quatre cents ans de mots coincés étaient sortis en même temps, se bousculaient, se disputaient, des hyènes. Le notaire leva les bras au ciel et rajusta son col. Il choisit sa voix la plus mince :

– Mon Dieu, cher Vieux Thomas, mais c'est l'Enfer de Dante que vous nous baillez là ! N'est-ce pas, professeur, l'Enfer de Dante, ou l'Apocalypse de Jean à Patmos, et Shakespeare par-dessus le marché... Toute cette « géhenne », sous notre lorgnon, et nous n'en savions rien ? Nous aurons eu une distraction...

Vieux Thomas appuya les deux coudes sur la table de Cheillan, se rapprocha méchamment du notaire, le nez dans le nez.

– Vous vous moquez, maître Fasbellon, c'est rigolo de se moquer, non ? Mais vous vous êtes déjà grimpé dans les Robines, vous ? Eh bien, grimpez-vous-y, c'est de la nuit, monsieur. Même le ciel, il colle. Y a pas un arbre, y a pas un vermisseau d'arbre. On dirait... on dirait que la peau de la terre a été arrachée, ou qu'on voit l'envers, le dedans de la terre, les os, la rate, l'intestin de la terre, oui. C'est du cul du monde, la triperie du monde...

Le notaire posa son bock, composa son jeu de cartes en éventail, se donna un peu d'air.

– Mon bon Vieux Thomas, dit-il, je consens que les

Robines, ce n'est pas ce qu'on fait de plus riant comme paysage. Très bien, mais de là à en faire la triperie du monde. Et puis, ce n'est pas chez nous, les Robines.

– C'est pas chez nous, les Robines, dit le facteur, c'est à voir, que c'est pas chez nous ! C'est partout, les Robines !

Fasbellon éclata de rire mais Vieux Thomas s'opiniâtrait :

– Monsieur Fasbellon, ça me donne pas envie de rire, les Robines. C'est pas un pays, c'est un abîme, c'est ça, tiens, les Robines, c'est un morceau d'abîme.

Fasbellon claqua de la langue.

– Un morceau d'abîme ! Allons, bon ! Nous voilà jolis, Vieux Thomas !

– Y a des bicoques. Vous les voyez pas, elles sont noires, et puis le vent, le vent et le vent, et elles se cognent contre le sol, elles font dans leur froc, si vous voyez ce que je veux dire.

– Je vois, dit le notaire.

Il fredonna : « Je vois, oui, je vois et je vois... »

L'aubergiste Cheillan s'approcha du facteur, s'assit lentement à côté de lui, sur le banc, lui passa son gros bras sur le cou. Il se tourna vers la salle.

– Mais écoutez ce qu'il raconte, notre Vieux Thomas ! C'est du sérieux ! Y a un type qui cherche du travail, un soldat, ce soldat de Judrin qui cherche du travail, ça fait cinq ans qu'il tourne dans le coin et on le voit jamais. Il a fait Verdun, les Dardanelles. Bien. Et où c'est qu'il va pour trouver de l'embauche, ce soldat-là ? Il va aux Robines ! Ben voyons ! Il va pas à Manosque dans les silos de blé, il va pas à l'usine de chlore de Saint-Auban, il va pas faire le débardeur à la Joliette, il va pas sur le Couard, aux estives. Non, il va aux Robines !

Il se tapa le front en roulant les yeux. Il eut un geste de la main, comme pour débarrasser la table de ces sornettes ou même de Vieux Thomas tout entier.

Ensuite il se leva, fit pivoter son torse, bourra sa pipe et s'avança vers le professeur Judrin.

– Jamais rien entendu de si bête, pas vrai, monsieur Judrin ?

– Mon Dieu, dit le professeur, je ne dis pas que les Robines forment un bon tremplin pour quelqu'un qui cherche un travail. Mais, voyez-vous, Cheillan, je ne dirai pas le contraire non plus.

Il assujettit son lorgnon, se leva, se porta près de la lucarne et caressa de la main, au loin, les montagnes qui surplombent le village.

– Vous savez ce que je me dis, Cheillan ? Je me dis que le soldat, est-ce qu'il cherchait vraiment du travail ?

– Ah ça, cria Cheillan, en voilà une autre ! Mais, monsieur Judrin, sauf votre respect, c'est vous qui avez dit ça, qu'il cherchait du travail !

– Mon cher Cheillan, je suppose que vous n'allez pas mettre en doute ce que je dis.

– C'est vous qui l'avez vu partir, monsieur Judrin !

– Allez savoir ? J'ai eu l'impression qu'il cherchait du travail. Mais il n'est même pas allé jusqu'à la ferme de Chaussegras. Alors ?

Cheillan se moucha, remplit un gobelet d'alcool blanc, le poussa vers M. Judrin. Il s'étonna :

– Je vous avoue que je ne comprends pas pourquoi tout ça a la moindre importance. Des travailleurs saisonniers, ça ne manque pas, par chez nous. Et celui-là, il est comme les autres, sauf que vous l'avez vu que trois secondes, il y a quatre ou cinq ans, et quand même, on parle plus que de lui, on remue ciel et terre. Mais qu'est-ce qu'il a de plus que les autres ?

Fasbellon renchérit :

– Enfin, mon cher Judrin, c'est vrai ce que dit Cheillan. Qu'est-ce qu'il a ce type, c'est idiot, ça. Et on en parle depuis six ans, tout le temps. C'est vrai, ça !

Le professeur plongea une main dans son gousset, tira sa grosse montre, vérifia l'heure.

– Six ans, vous croyez ? dit-il. Déjà six ans ?

– Qu'est-ce qu'il a, Judrin, ce type ?

– Vous voulez savoir ce qu'il a, maître Fasbellon ? Je vais vous le dire : il n'a rien de spécial.

– Vous voyez, monsieur Judrin ? Il n'a rien ! Il est comme tout le monde, non ?

M. Judrin soupira, puis, et comme à contrecœur :

– Vous l'avez dit, Fasbellon, il n'a rien. Il a plutôt une bonne tête, enfin, pas une mauvaise tête, une tête, voilà le mot, une tête. C'est ça.

– C'est ça, quoi ?

– Mais, Fasbellon, comprenez à la fin ! Si c'était un homme extraordinaire, ça serait normal de s'occuper de lui et toute l'affaire serait claire, logique, limpide. Ça serait banal, ça serait sans importance. Si vous avez un type avec trois yeux, avec quatre bras, bien sûr qu'on s'occupe de lui. C'est normal. Mais ce n'est pas le cas. Ce type est comme tout le monde et on en parle pendant cinq, six ans. C'est ça qui est terrible. Il est comme tout le monde. Entendez-moi, à la fin : il n'a rien du tout, ce type. Je ne saurais même pas vous dire quelle tête il a. Et ça fait six ans qu'on n'arrive pas à s'en dépêtrer !

– Vous l'avez vu, oui ou non ?

– Il faut bien que je l'aie vu, Fasbellon. Oui, il faut bien parce que, supposons, parce que, déjà qu'il n'existe pas d'après M. Cheillan, si en plus je ne l'ai pas vu...

Le professeur regarda une de ses mains. Il souriait. Il était content de sa pointe. Il dit que sa main tremblait. Il se leva en s'appuyant lourdement sur la table, remit en place son gilet, le gousset de son gilet, attrapa sa canne. Il était souvent tard quand on se séparait. Ce jour-là surtout. La conversation s'était perdue. Des lumières brillaient sur les pentes du Siron, à gauche aussi, vers Campanelle, mais pas vers les Petits-Tauriers, et encore moins du côté des Robines, ou peut-être des étoiles, parce que le Siron était lisse et luisant, le Siron était un satin et la nuit était un satin. Le curé regagna le presbytère avec son sacristain. Il dit que le professeur Judrin était un homme savant et bienveillant mais quand même ! Et le sacristain dit : « Ma foi. »

Judrin rentra au Verger en coupant à travers champs. Il contourna le cimetière et il descendit en droiture à travers le grand pré. Il marchait précautionneusement, il était seul avec la nuit, la nuit et lui, et la nuit était seule. Il craignait de trébucher. Il n'aimait pas le noir. Il dépassa le peuplier et il y avait l'odeur des noisetiers, l'odeur, il ne restait que l'odeur, la nuit était un vide, les odeurs la remplissaient. Judrin fit une pause devant le portail pour reprendre souffle. Un instant, il s'assit sous le mûrier de Robespierre et il regarda le chemin de pierre qui descend vers la ferme. Et toujours l'odeur des noisetiers.

7

On oublia le soldat. Ou plutôt, on ne l'oublia pas. Il changea de posture. Il tomba dans nos sommeils et il prospéra : le domaine du Verger et la Lurette, le curé Portes, l'institutrice, Mlle Terembron, le marquis du Louviers de Louvière, le lavoir public, tout ce qui comptait dans notre bourgade n'avait de songe que le soldat. Parrain Élie tourmentait Gertrude Blanchet. Il la suppliait de pousser le fauteuil près de la fenêtre, d'écarter légèrement les rideaux. Il tripotait sa boîte de bonbons des Vosges. Certains jours, il tenait la loupe devant son œil, dirigée sur le grand marronnier et plus loin sur Campanelle, et Gertrude haussait les épaules, regarder la campagne à la loupe !

Les familles disaient : « C'était l'année du soldat. » Elles disaient ça comme on dit : « C'était avant le phylloxéra » ou bien : « C'est simple. C'était pendant l'affaire Dreyfus. » Ce soldat nous faisait usage. Il tenait lieu de calendriers et d'éphémérides. Tous les événements s'étaient produits avant ou après le soldat – un peu, disait Fasbellon, comme on dit : « avant Jésus-Christ » ou « après ». C'était une méchanceté mais elle n'était pas bête : les vagabonds sont comme les guerres. Ils sont commodes. « Tu sais bien, c'était juste avant la guerre de 1870 », dit-on.

Les enfants qui avaient aperçu le type dans le chemin aux prunelles avec le professeur Judrin grandissaient. Ils avaient dans les quinze ans et Champtercier les assommait. Ils considéraient le château, le grand-père, le bosquet, le mûrier de Robespierre et de l'abbé Grégoire et même la chambre de parrain Élie de haut et de loin. L'été, ils rejoignaient un correspondant à Brighton ou à Sheffield pour augmenter leur anglais. Ils y avisaient des cottages, des groseilles à maquereau et des moutons montés sur pattes noires et droites, des moutons comme des barbes à papa, et si on leur avait soufflé dessus, ils se seraient envolés vers le Suffolk ou vers la forêt de Sheridan. Les garçons s'exerçaient aux filles et les filles attendaient qu'un garçon s'exerce sur elles. S'ils revenaient au Verger, c'était entre deux nuits. Ils s'employaient à être blasés. Ils laissaient tomber la cendre de leurs cigarettes. Ils disaient : « Un soldat ? Tiens donc ? Un soldat ! »

Ils n'avaient pas de souvenir et M. Judrin s'énervait. Il fourgonnait dans leur mémoire. Il leur rappelait que ce jour-là, ce soir-là, les érables du chemin aux prunelles étaient rouges. Les grands écoutaient, bougeaient les sourcils, se composaient des voix indolentes : « Ah oui, je vois, je vois, ce type... Bah ! Des clochards, y en a partout après les conflits, surtout quand ces conflits sont mondiaux, et on l'a plus jamais revu, non ? » M. Judrin disait : « Justement, c'est ça, on ne l'a plus jamais revu... », et une jeune fille pouffait : « Ce bonhomme qui avait des gros souliers, j'vous jure ! Il avait une de ces touches... »

Le professeur Judrin avait davantage de réussite avec les

plus jeunes. Dès que le vagabond rappliquait dans la conversation, petites filles et petits garçons oubliaient leurs jeux ou leurs jérémiades. Le professeur marmonnait : « C'est un monde, ça ! » Par là, il exprimait que les grands, qui avaient rencontré le soldat, s'en souvenaient à peine, et les gamins, qui ne l'avaient jamais vu, le décrivaient des pieds à la tête, surtout les pieds à cause des gros souliers. Il sauta sur le prétexte pour faire une théorie de l'histoire et, tant qu'à faire, de la géographie.

La dégaine du soldat, sa capote et ses molletières, ils se rappelaient tout, les petits : les croquenots, sa façon de tenir la tête penchée, la tête lourde comme un sac de blé, avec cette chevelure bouclée et cette barbe en soleil et ils se souvenaient même que l'ombre pourpre des érables passait sur la figure du bonhomme et pourtant, le jour du chemin aux prunelles, ils étaient dans des ventres ou dans des berceaux, et le professeur disait : « Allez comprendre ! », ou encore : « Comme quoi, la mémoire... », et il prenait pour exemple Jules César dont aujourd'hui, deux mille ans après le Rubicon qui est une petite rivière d'Italie, nous nous rappelons toujours les habitudes et les manies alors que ses contemporains en ignoraient tout. À l'époque, il devait exister en Italie des gens qui ne savaient même pas que la Gaule existait, que César existait et encore moins le Rubicon.

L'apologue de M. Judrin s'appliquait très bien à Champtercier : pas un instant les enfants n'auraient mis en doute la réalité du soldat, au contraire de tous ces imbéciles de vieux vieillards, ceux de la Lurette, Cheillan, le curé Portes et Fasbellon, et même le gendarme Quelian et même le bedeau Tartensonne. Les petits, eux, tenaient à leur vagabond comme à un sac de billes. Quand on est très petit, on aime les sornettes et on gobe tout ce que les parents débitent. Au besoin, on donne un coup de pouce aux adultes. Pour leur faire plaisir, on fait semblant de croire à leurs bêtises. Si on est habile, on s'arrange pour y croire soi-même, une habitude à prendre et le mieux c'est qu'après, ça devient vrai !

C'est ça, l'enfance. On farfouille dans la mémoire des oncles, des tantes, des grands-mères. On se goberge. On plonge les mains dedans. Une mémoire, c'est mieux qu'une boîte de soldats de plomb ou une poupée Raynal avec ses yeux de porcelaine. C'est comme le ventre d'un lièvre ou d'un lapin, le ventre lisse et rempli de foie et de rate, d'odeurs à vomir, d'intestins grêles et d'intestins constrictors, le ventre boursouflé de luisant et d'écarlate, de pylores et de pancréas, avec des cloques et des écumes pareilles aux bulles qu'on fait avec le chewing-gum à l'école, en cours de latin principalement, et des arcs-en-ciel et du sang plein les doigts, quand un oncle revient de la chasse et qu'il vide un lièvre et que ses mains farfouillent dans les entrailles. Une cousine de Chamonix avait dit :

– Des ventres de lièvre, c'est ça qu'il faudrait vendre dans les épiceries. Moi, j'aime pas ces pastilles à la menthe blanches et rouges qu'on va acheter chez les sœurs Magnan avec l'argent de semaine.

Et il faut reconnaître que, de toutes les mémoires, les meilleures sont celles des grands-pères, les plus luxueuses, car on en sort des vieilleries à mourir de plaisir, des souvenirs de haute lice, millésimés, avec des certificats de garantie. On s'en met plein la lampe. On s'en colle des ventrées. On y fait son marché et c'est comme un bazar de Samarkand car les têtes des vieux sont des cavernes et des fables. On en extrait des sources, les champs d'or et les pluies des vieux étés, des parties de nain jaune, des parrains Élie, des rais de lumière et des cinq heures de la nuit, des loupes de parrains Élie, des bruits d'abeilles, des après-midi blanches, et des quantités de morts, des pianos de parrains Élie, de la mort en gros, des pigeons car ça roucoule beaucoup, une tête de grand-père, et les gosses juraient qu'ils étaient présents, dans cette flaque de soleil écarlate, quand le soldat avait échangé trois mots avec M. Judrin, le jour où ils avaient montré ensemble, le grand-père et le rôdeur, un point dans la montagne et le rôdeur avait dévalé à toute vitesse avec sa tête penchée et sa barbe rousse le chemin creux qui mène à l'Iscle et après, hop !

Et après, le Siron ou bien Courbons, les loups, les Robines toutes schisteuses et noires, desquelles personne n'est jamais revenu, et où personne ne va jamais, c'était même depuis ce jour-là qu'on parlait des Robines, grâce à ce filou de Vieux Thomas, et qu'on comprenait que la douceur de Champtercier était surplombée et enveloppée et infectée à perpétuité par toutes ces suies et toutes ces poussières mortes et ces débuts et ces fins du monde amoncelés dans les Robines.

Oui, mon vieux, les petits se rappelaient le moindre détail et par exemple que l'inconnu allait d'un pas saccadé et souple en même temps, en force, à croire qu'il était traqué par quelqu'un ou bien le contraire, à croire qu'il traquait quelqu'un, allez savoir, avait dit un des oncles, l'oncle Ernest ou l'oncle Jéricho, parce que c'est le même, de traquer ou d'être traqué, avait opiné le gros de Solliès-Pont, le gros bêta de cette année.

Oui, voyez-vous, il était monté à la verticale dans la forêt du Siron. Il allait dans la direction d'on ne savait pas où. On l'avait perdu de vue à cause des futaies de hêtres et de charmes car cette montagne est pareille à une peluche et l'homme disparu avait envahi les étés, les étés doux et verts des grandes vacances. Il passait dans la lumière des lampes à pétrole, dans les coins ombreux de la grande maison, et la tante Catherine ouvrait sa partition et appuyait sur les pédales de l'harmonium et fredonnait ses musiques. Et ensuite, le piano de parrain Élie, là-haut, au deuxième étage, refaisait à sa façon la petite musique de la tante Catherine.

Depuis le temps, le curé Portes n'était plus à Champtercier. Ses supérieurs l'avaient jugé vieux. C'était injuste car il était vieux depuis longtemps. Son ancien vicaire avait pris sa place. Il était jeune et tuberculeux. Il s'appelait M. Lhuillier. Les paroissiennes les plus âgées, surtout Léonie Cranchard, refusaient de l'appeler M. Lhuillier. Elles disaient toujours M. Portes, un peu comme on donnait le nom de Cadet à Coquet quand M. Judrin achetait un nouveau cheval, ce qui égarait tout le monde car le cheval le plus ancien passait alors pour le plus jeune, et le père Lhuillier marronnait car il était le père Lhuillier et non le père Portes.

Le curé Portes avait été entreposé à Digne, à la Sèbe, près de l'église Sainte-Thérèse-de-l'Enfant-Jésus, qui avait été décorée avant la guerre mondiale par un élève de M. Judrin, un peintre du nom de Jaubert, un peintre aussi inconnu qu'un soldat, dans une de ces maisons crépies de rose où l'Église range les prêtres hors d'usage sous la tutelle de religieuses. Il était affable, cérémonieux. Il aimait les fleurs et il allait en cueillir le long du ruisseau qui court entre le presbytère et la villa Princesse Rose, parallèlement à la route de Marseille. Elles n'étaient pas très belles. Des pissenlits et des boutons-d'or mais quand même... Il tapotait le bras de velours de son fauteuil du bout des doigts, surtout quand le temps était au beau. Les bonnes sœurs, qu'on appelait les « sœurs discrètes », reprisaient ses douillettes.

Heureusement, il arrivait que son successeur, M. Lhuillier, ait des fièvres et qu'il soit obligé de retourner à Combloux où il y avait un sanatorium de pointe. M. Portes ne se le faisait pas dire deux fois. Il quittait la Sèbe, filait à Champtercier afin de remplacer son remplaçant.

Il prenait le train à Digne. La gare de Champtercier est à cinq kilomètres de Digne, dans la vallée, à deux pas de la Bléone, et ensuite il devait se taper cinq bons kilomètres encore jusqu'au village. La route était un chemin de terre, tout en épingles à cheveux, et c'est pourquoi les curés de ce temps-là, par monts et par vaux toujours, portaient des soutanes poussiéreuses et des gros souliers, comme le soldat de l'autre année.

Quand un fermier revenait du marché de Digne ou de Mallemoisson, M. Portes lui faisait signe, grimpait dans sa carriole. Il se prélassait. Pour commencer, il disait que, dans ce pays de parcelles riquiqui et de collines, les paysans ne devraient pas faire du blé mais de l'orge. À peine là-haut, il courait à son église. Il disait : « Je me rapatrie. » Il reniflait. L'air de Champtercier, on avait beau dire, il avait une autre saveur que celui de New York. Il riait un bon coup parce que New York...

Il célébrait des messes. Il prononçait des sermons, c'était

sa joie. L'église était vaste pour un village pareil, surtout que ses murs étaient de plâtre blanc. Dieu s'y sentait perdu. Il ne la remplissait pas. M. Portes le regrettait et pourtant il attirait quelques fidèles, car nous le connaissions depuis longtemps et nous savions à l'avance tout ce qu'il allait dire du haut de sa chaire puisqu'il le disait depuis l'armistice de 1918 et c'était reposant de savoir ce qu'il allait dire, surtout que les Évangiles aussi disent toujours la même chose et si toutes les choses étaient toujours les mêmes, la vie serait très bonne.

Il y avait au moins trente fidèles, des femmes. Des chaque côté de l'autel était accroché un tableau. Le premier représentait le mont des Oliviers avec des quantités de nuages noirs et l'autre la joyeuse arrivée des Rois mages, mais ces tableaux étaient minuscules. Au lieu de meubler l'église, ils la dévastaient, ils la faisaient infinie.

Dans ces immensités, le prêtre était infime. L'énorme lustre, au-dessus de l'autel, semblait petit. Il donnait le vertige. Tout ce qu'il faisait, ce lustre, c'était de distraire les enfants, au catéchisme, en leur donnant envie d'aller au cirque Amar qui passait à Digne, chaque année, aux alentours du 20 août, et qui était très fort en clowns. La voix du prêtre prenait des sonorités de théâtre. Les mots rebondissaient de pilier en pilier et M. Portes prêtait l'oreille à leurs échos comme pour savoir ce qu'il venait de dire. Mais il n'avait plus l'oreille de sa jeunesse et il hochait la tête car il ne pouvait plus connaître ce qu'il avait dit.

Le reste du temps, il se promenait dans le village. Il avait tendance à pleurer. Il n'était pas encore *ramimiaou* mais il était sur la voie, sur le sentier du *ramimiaou*. Il pleurait. Ses larmes ne lui déplaisaient pas. Elles formaient une distraction. Dans cet exercice, M. Portes montrait une très grande habileté. Il n'avait même pas besoin d'une idée noire pour se procurer un sanglot. Un rien faisait le compte : les premières feuilles apparues et les premières feuilles tombées, l'idée que parrain Élie était toujours seul et qu'on ne savait même pas qui était cet homme-là et qu'on ne le saurait jamais pour peu que M. Judrin s'obstine à ne rien dire, ou tout simplement au cas où M. Judrin perdrait la raison, la vue d'un pot de géranium juché sur la même fenêtre depuis cinquante ans et toujours écarlate malgré les décès et les naissances de ses propriétaires successifs, un reflet de jeunesse dans l'œil d'une vieille dame, et ça y est, il pleurait ! Un rien lui suffisait. Il n'était pas exigeant. Il faisait larme de toute joie.

Le soir, il allait à la Lurette. Il ne se contentait plus de lorgner la liqueur jaune que lui servait Cheillan comme jadis. Il la buvait. Il lançait le liquide dans le fond de sa gorge en disant : « Cul sec, messeigneurs ! », et ce langage n'était pas son genre. Le notaire Fasbellon disait : « Révérend... » M. Portes s'excusait mais ce n'était pas sa faute car les vieux prêtres de la maison de retraite de Sainte-Thérèse-de-Lisieux, à la Sèbe, n'étaient pas la fleur des pois.

Depuis quelques années, entre onze heures et midi, et tous les jours sauf le samedi, un petit avion surgissait à la verticale du Cousson et passait au-dessus du village. Cet avion assurait le service postal. L'été, il volait plus haut que le ciel car le ciel de l'été était une vitre. L'avion glissait derrière cette vitre. Il tournait au-dessus de Campanelle, à la façon d'un épervier, pour chercher le sud-est. Quand il l'avait trouvé, il fonçait vers Nice ou vers l'Italie. Il étincelait. Il était semblable à une goutte de mercure.

Les paysans levaient la tête. Vieux Thomas repoussait son képi en arrière. Il disait, de cette voix compétente qu'il avait mise au point depuis le surgissement du soldat :

– Vous avez remarqué, avec cet avion postal, notre vallée s'est élargie, on dirait. L'espace a doublé. Maintenant, nous avons un des ciels les plus grands du monde.

Le professeur Judrin considérait Vieux Thomas. Décidément, ce facteur lui en bouchait un coin. Le passage du soldat l'avait révélé et il n'était pas bête, le bougre !

– C'est peut-être à cause du bruit, continuait Vieux Thomas. Mais c'est égal, moi je suis pour les très grands ciels.

Si le petit avion avait du retard, Vieux Thomas regardait l'horloge du clocher d'un œil mécontent, manière de déclarer sa solidarité avec cet avion qui appartenait lui aussi à la grande famille des PTT.

Vieux Thomas utilisait le soldat à toutes mains. Il faut dire que le type lui avait tiré une grosse épine du pied. Parfois il se moquait de lui-même, si possible gentiment car il était très susceptible et il ne voulait pas se faire de la peine. Il se brocardait mais seulement avec certaines personnes, avec M. Judrin, et jamais, au grand jamais, avec ce Fasbellon, qui était un gros moqueur, ou ce Cheillan qui était un bouffi ou même le sacristain Tartensonne, une buse, celui-là.

Quand il attrapait le professeur Judrin, le plus souvent dans le bosquet du château, près du mûrier de Danton, le facteur disait à mi-voix, l'index sur les lèvres :

– Après tout, c'est lui, c'est votre soldat, qui m'a tiré du trou.

Il avait un rire rapide, rugueux et en miettes. Comme Judrin hennissait, Vieux Thomas poussait ses avantages. Il faisait le malin. Il expliquait qu'il tenait le soldat en état de marche. Il le sortait. Il lui mettait de l'huile dans les rouages. Il lui faisait prendre l'air. Il n'oubliait pas que sa position dans le village dépendait du soldat.

– Je l'économise, disait-il à Judrin. C'est comme une paire de souliers, il faut ménager sa monture.

On touchait à l'automne. Les prairies étaient violettes, le soir. On entendait des coups de fusil dans les forêts. Plusieurs familiers de la Lurette, à commencer par le notaire, quittaient le village. Ils reviendraient à Noël. Le début de l'hiver fut radieux. Pas de neige, mais des lumières et des éclats. Des couteaux. Des givres et des gouffres. Des ciels de plus en plus vastes et en verre. La campagne faisait des bruits de métal ou de papier d'argent. Elle se défroissait. Les forêts étaient nues.

Les demoiselles Magnan n'ouvraient pas leur boutique avant dix heures. Avec ce froid et les ciels du matin, elles n'avaient pas envie de se cailler en attendant les clients. Un matin, un peu avant Noël, la charrette d'Émeric Manent, le paysan de Campanelle, le vieux birbe du hameau des Petits-Tauriers, celui qui n'avait jamais adressé la parole à son unique voisin, à ce Sauveur Souvrain, déboucha sur la place. Une des sœurs Magnan achevait de lever le rideau et elle ne fut pas surprise. Elle avait l'habitude. Émeric faisait halte chez elle chaque fois qu'il descendait à la ville, à Digne, ou bien à Mallemoisson ou à Malijai, une fois par trimestre en général, pour voir l'avocat, ou le notaire, ou le juge, toujours cette querelle avec l'autre, avec son voisin, ce Sauveur Souvrain.

La fille Magnan fit la béate. C'était sa manière. Elle garda la bouche ouverte, une pelle remplie de riz ou de lentilles ou de flageolets à la main, et elle achevait son geste avec lenteur, et jamais elle ne faisait couler ses lentilles dans le sac avant que Manent lui dise : « Bonjour, mademoiselle Claire. »

Émeric Manent avait une tête d'hercule et les épaules allaient avec la tête, des épaules de foire. Il portait une ceinture rouge de trente centimètres de large, serrée autour du ventre car il avait fait son soldat à Oran, au deuxième zouaves. L'épicière lui offrit un bol de café bien chaud. Émeric lui raconta des histoires à dormir debout, rigolotes, Mlle Magnan l'aimait bien mais elle n'était plus tellement jeune. Elle restait jolie, avenante, mais jeune, non ! Émeric Manent ne disait jamais de méchancetés sur les gens du pays. Ça changeait de Cheillan, le gros de la Lurette, qui était aussi le propriétaire de l'épicerie des sœurs Magnan et qui n'aimait personne.

Émeric Manent était une pâte. Il prenait la défense de Cheillan : « Quand même, il aime sa fille », et Mlle Magnan disait : « Il aime sa fille ? C'est à voir ! Si l'amour c'est la fureur, ça, je suis d'accord ! »

Émeric Manent but son café et dit : « À une autre fois ! » Il traversa la place, tranquille, débonnaire, et il fit claquer le fouet. À présent, la fille Magnan allait attendre une heure, et l'autre bonhomme des Petits-Tauriers, Sauveur Souvrain, allait passer à son tour puisque les deux hommes étaient toujours convoqués le même jour pour leur affaire commune, cette histoire de mitoyenneté, mais le deuxième, ce Sauveur Souvrain, était assez étriqué et même chétif. L'ennui, c'est que, lui aussi, c'était un très brave homme. Ces deux-là avaient eu la poisse. Ils aimaient tout le monde, deux crèmes, et il avait fallu que chacun d'eux naisse dans le même coin que le seul être humain, sur toute la planète, qu'il détestait. Pas de chance ! Comme on dit vulgairement : « S'ils se faisaient ramasseurs de crottin, ces deux-là, les ânes ne feraient plus. »

Mlle Magnan les appréciait tous les deux car elle appréciait tous les hommes. Elle ne savait jamais si elle préférait Manent ou bien Souvrain et cette incertitude lui pesait. Dans ses nuits, elle comparait leurs agréments, leurs vertus, leur taille, et dans ses journées aussi mais, ce matin-là, sa songerie ne donna rien car elle vit un homme qu'elle ne connaissait pas, qu'elle n'avait jamais vu, qui s'amenait sur la place et qu'est-ce c'était que ça ?

Oui. Qu'est-ce que ça pouvait bien faire à Champtercier, un homme qui n'était pas de Champtercier, par cet hiver plus froid qu'un enfer ? Elle tapota le baromètre accroché au mur. Elle avait un doigt court et pas trop distingué. Elle murmura : « Moins quinze ! » L'homme se dirigeait droit sur l'épicerie. Il avait un gros manteau, une capote, des souliers immenses. Mlle Magnan le lorgna. Il approchait. Il mit la main sur le bec-de-cane. Elle entendit le tintement de la clochette. Il entra. Il referma la porte avec soin, souffla sur ses doigts et s'informa sur la ferme de Chaussegras. L'épicière dit que non. L'homme rit et demanda : « Comment non ? » Mlle Magnan rit.

– C'est que Chaussegras n'a pas de ferme, dit-elle.

Elle fournit des explications :

– Chaussegras, c'est le fermier de M. Judrin, le monsieur du château du Verger. La ferme, c'est la ferme de M. Judrin. Et Chaussegras, c'est le fermier de la ferme.

L'homme dit :

– Ça, je ne sais pas. Mais il paraît que Chaussegras a

besoin d'un coup d'épaule, des fois, des bricoles, les prunes ou les noix, je ne sais pas...

Mlle Magnan lui dit de prendre sur la droite de l'église la ruelle qui descend et après il tournerait devant la coopérative du vin, et puis un chemin de pierre, entre deux haies de saules au début, et ensuite des trognes, des troncs de saules coupés à un mètre de hauteur, c'est cela les trognes, avec une grosse tête difforme et des toutes petites branches, on dirait des enfants handicapés, les trognes. Il ne pouvait pas se tromper car dans les trognes il y a des chouettes et des crécerelles. Des serpents aussi, des vers, des bruits d'abeilles, quoique l'hiver... Un petit kilomètre et c'était là, Chaussegras. Il y avait un bassin, et aussi des poules et des cochons mais pas aujourd'hui avec ce froid, et le bassin était sûrement gelé.

Quand l'homme fut parti, elle le regarda à travers la porte vitrée mais elle ne voyait rien à cause de la buée. Elle passa la main en rond pour ménager une lucarne. Elle aperçut le type, comme dans un hublot. Il avait l'air très éloigné. Elle avait le nez sur la vitre. Le type n'était plus sur la place, il avait pris à droite de l'église et un peu plus tard elle comprit. C'était son habitude de se parler à elle-même. Elle dit que le soldat de M. Judrin, c'était donc vrai, et elle dit également : « Quelle histoire ! »

8

IL trouva la ferme. C'était une ferme en plâtre, en paille et en suie, avec des lapins, des poules, avec un jardin de curé et un abreuvoir. Un escalier de bois extérieur donnait sur un balcon et ce balcon sur une cuisine. Des torchons de tille pendaient sur la rambarde, entre deux pots de géraniums secs.

On entrait par la cuisine. Cette cuisine était noire. Il fallait s'y faire. Le soldat demanda Chaussegras. Beaucoup de gens s'entassaient dans la pièce. Ils étaient là depuis le début de l'hiver. Un fourneau faisait de la fumée. Ses ronds de fonte étaient au rouge. Un vieux crachait dans un bac plein de sciure. Si ça marchait, il se tapait sur la cuisse et il disait « Hourra ». Une femme très petite et avec un chapeau rond dit que le père Chaussegras était en bas. Le soldat redescendit.

L'escalier branlait. Il n'avait pas assez de marches. Toute la bâtisse allait de guingois. Et le jardin de curé, mon Dieu, il y a comme ça des curés minuscules. Pour bons dieux minuscules.

Le soldat poussa la porte de l'écurie. Un homme donnait du foin à deux chevaux. Il leur envoyait des claques sur la croupe, sur l'encolure, sur le poitrail et un peu partout. Il faisait des bruits de gorge, des roucoulements, et il disait d'une voix énorme : « Feignant » et « Grand Grigou ». Des poules cherchaient des choses dans le fourrage. Quand le soldat s'avança, elles volèrent comme des bûches. Le fermier dit : « Pire que des bûches ! » Sa voix remplissait toute l'écurie et il n'y avait plus de place pour le silence.

C'était un homme très grand. Assez maigre mais il se débrouillait pour avoir quand même un gros ventre. Sa casquette était crasseuse, luisante. Il était obligeant. Il avait une tête à garder sa casquette pendant les moissons, en juillet, quand il faisait tourner ses chevaux sur l'aire. Il avait une bouche large et rouge. Quand il parlait, il portait le torse en arrière, ce qui lui donnait des airs d'orgueil et de chef gaulois mais c'était à cause de la casquette et aussi d'une moustache épaisse. Son rire était comme de la paille.

Il demanda au type ce qui l'amenait. Il n'attendit pas la réponse.

– Vous avez vu le temps ? Ça pince. On mettrait pas un nègre dehors. Même pas un nègre en chemise...

Ce nègre en chemise le fit rire et il continua :

– Qu'est-ce que vous foutez là ? Vous auriez pas mieux été bien dans une maison ?

Le soldat dit :

– Oui.

Ce soldat parlait drôlement. Il n'avait pas l'accent. Il avait un autre accent. Il expliqua qu'il ne possédait pas de maison. Il précisa :

– Pour l'instant.

Puis :

– Je cherche des petits boulots. Ça serait pas mal si j'en trouvais un.

Il fit une pause et il insista :

– Pas vrai ?

Le fermier haussa les épaules et rejeta la casquette en arrière.

– Ici, c'est pas l'endroit. Vous imaginez.

– J'imagine.

Le soldat s'était approché du râtelier. Il parlait aux murs. On l'entendait à peine :

– C'est le vieux monsieur de la grande maison qui m'a dit ça, là-haut, la grosse maison avec le peuplier dans un pré, en dessous du cimetière, et avec un mûrier encore plus gros devant le portail, et il y a les deux cèdres, de chaque côté du portail, vous voyez, il m'a dit ça.

Le fermier retira carrément sa casquette.

– Le Verger, vous voulez dire ? Vous voulez dire M. Judrin ? M. Judrin vous a dit ça ?

– Un monsieur, dit le soldat. Son nom, je sais pas. Va chercher... Il avait ses enfants avec lui. Il a un panama. Un chapeau, si vous voulez, très grand. Il a un gilet, un col cassé. Un monsieur chic. Non. Pas un monsieur chic. Un monsieur. C'est tout. Un monsieur. Ça doit pas être ses enfants. Ses petits-enfants, je pense. Il a pas l'air trop jeune...

– Il vous a dit ça, c'est drôle parce que... le panama, c'est pas la saison, non ? Maintenant, c'est l'hiver, vous avez vu. Le panama, il se le colle l'été. Vous le connaissez ? Vous connaissez M. Judrin ?

– Pas beaucoup. Je l'ai croisé là-haut, sur le chemin.

– Il est déjà levé, M. Judrin ? Qu'est-ce qui lui arrive ? Il est pas neuf heures.

Le soldat dit qu'il ne savait pas si M. Judrin était levé car il ne l'avait pas vu.

– Vous m'avez dit que c'était lui qui vous avait dit.

– Je l'ai pas vu aujourd'hui.

– C'est hier que vous l'avez vu ? demanda le fermier.

– Non. Non. J'arrive juste. Comment j'aurais fait pour le voir hier ? J'étais même pas là.

– Et alors, c'était quand ?

– Il y a quatre ans, je l'ai vu, cinq ans même, au moins cinq ans, j'ai pas compté, j'ai pas eu le temps de compter. Vous savez ce que c'est. De nos jours, on voit même plus les jours filer... C'est pour ça que c'est idiot de dire : « De nos jours ». Pourquoi on dirait pas plutôt : « De nos nuits » ? Ça s'en va moins vite, les nuits, non ?

Chaussegras dit : « Si vous voulez » et retira sa casquette, la tapota pour faire tomber des débris de foin, la réinstalla sur son crâne. Il mit un temps fou à renverser une fourchée de fourrage dans le râtelier. Sans doute il réfléchissait. Dès qu'il eut fini, il se mit à rire à gros ventre.

– Eh ben, vous ! Il y a six ans. Et c'est maintenant que vous arrivez ? Six ans ? Vous savez ce que c'est, six ans ?

– Je sais, six ans. En général, six ans, ça fait six ans. Des fois ça fait plus. Des fois moins.

– Et vous avez mis six ans pour venir jusqu'ici ! Entre le château et la ferme, il y a pas six ans, il y a deux cents mètres. Alors vous ! Six ans pour trois cents mètres.

– Cinq ans, quatre ans, six ans, sept ans, j'en sais trop rien. Enfin, je veux dire les années, je les confonds un peu.

– Et pourquoi vous venez aujourd'hui ? Si on attend

cinq ans, on peut continuer à attendre, non ? On peut tirer cinq ans de plus. Et pourquoi vous seriez pas venu demain ? Tant qu'à attendre. Un jour de plus ou de moins. Ou bien hier, pourquoi pas hier ? Vous pouviez venir hier.

Le soldat avait un sac de soldat passé à une épaule.

– J'y ai pas pensé à venir hier, mais vous avez raison. Si j'avais pensé, j'aurais pu venir hier. Mais j'ai pas pensé à y penser.

Le fermier regarda la capote du soldat. Elle lui rappelait Verdun. C'était un beau souvenir car il avait dégusté, à Verdun. Le soldat, lui, avait fait les Dardanelles, la Syrie, c'est comme ça qu'il avait pris le microbe de voyager. Verdun aussi, il avait fait Verdun, mais surtout les Dardanelles. Et les voyages, c'était un sacré microbe. Il dit :

« J'ai toujours un pied en l'air » et Chaussegras ne le rata pas : « Avec des godillots comme ça, un pied en l'air, bravo, mon colon ! »

C'était très paisible car il y avait les chevaux, la paille, la chaleur des bêtes et cet homme et ces deux hommes. La vie était une bonne chose. Pour l'amitié, rien ne vaut une écurie et un hiver. Il faudrait toujours avoir sous la main une écurie et un hiver carabiné. On est tous les uns sur les autres et, la nuit, les femmes.

– Et il vous a dit quoi, le professeur Judrin ?

– Il m'a parlé des prunes, du raisin, des pommes de terre. Et aussi des prunes sur les canisses, pour les pistoles, et les labours, des choses comme ça...

– Mais c'est l'été, tout ça, c'est septembre.

– Bien sûr. Mais c'était l'été, quand je l'ai vu.

– Maintenant, c'est pas l'été du tout. C'est un gros hiver, plutôt. Il fait un froid de canard... vous voyez.

– Justement. J'avais pensé que l'hiver...

– On va pas planter en hiver ! On peut même pas labourer.

– Je veux dire que l'hiver, des fois, on en profite pour faire des choses dans les maisons, de la peinture ou bien une charpente, on cure les souillardes, les gouttières, je m'étais dit ça. Mais c'est pas grave. Je m'étais dit ça. Il y a plein de villages. Après tout, c'est pas ce qui manque, les villages. Il y a un million de villages. Au moins. Vous êtes complaisant.

Chaussegras décrochait les harnais des chevaux, les portait à plein bras.

– Il y a six ans que vous l'avez vu, le professeur ?

– Je ne savais pas, dit le soldat.

– Vous saviez pas quoi ? Vous saviez pas que vous l'avez vu ?

– C'est pas ça, non. Je voulais dire que je savais pas qu'il était professeur.

– Il était au lycée de Digne, le lycée Gassendi, mais il y est plus. Vous avez deviné : il est pas tout jeune. Moi, non. Je suis bien plus jeune mais j'ai pas été au lycée à Digne.

Il ajouta plaisamment :

– Ça se voit. Si vous me posez les rois de France, ça se voit. Essayez voir. J'en connais même pas un. Enfin, si, j'en connais deux, Louis XIV et Henri IV, mais même ces deux-là je sais pas les mettre en ordre, vous voyez.

Il avait fini de harnacher les bêtes. Il fit claquer sa langue. Il se recula d'un bon mètre, fixa le soldat et dit :

– Alors, c'est vous ?

– Quoi, c'est moi ?

– Je veux dire : c'est vous, vous ?

Le soldat dit gaiement :

– Je crois, oui. Je crois que moi, c'est moi. Enfin, je crois que c'est moi, moi...

Il eut un rire très clair et le fermier Chaussegras se joignit à ce rire, comme on monte dans un tramway en marche, et il n'avait pas envie d'en descendre. C'était un moment chaleureux.

– Alors, c'est vous, dit le fermier. Vous pouvez dire que vous nous avez fait gamberger dans la tête ! J'avais entendu parler de vous. M. Judrin nous avait raconté. Il parle souvent de vous. Oui, ça fait cinq ans, six ans. Il parle tout le temps de vous depuis cinq ans, six ans. Mais je comprends pas, moi. Pourquoi vous êtes pas venu ici, à la ferme, quand il vous a dit de venir, M. Judrin ?

– Mais, je viens, vous voyez bien, je suis là. J'arrive.

– Six ans. Ça fait quoi, du château ici ? Il y a deux cents mètres, au pire, non ? Il y a pas six ans, du château ici. Vous vous bougez pas trop vite, vous. Vous allez pas me dire que vous vous êtes perdu, quand même ? C'est tout droit.

– Perdu, moi ? Et puis quoi encore ? C'est mon genre peut-être, de se perdre... j'ai une tête à me perdre ? Enfin, je crois pas que je me suis perdu. Quoique... Oh, on sait jamais, vous avez raison. Quand tu te perds, tu peux pas savoir que tu t'es perdu, c'est ça le truc, c'est même à cause de ça que tu te perds. Quand tu te perds, tu le sais même pas... J'avais pas pensé à ça, et si vous le dites... peut-être c'est ça. Perdu... après tout, moi... Si vous le dites...

Chaussegras s'apprêtait à rire encore un petit coup, un rabiot, il avait un reste de rire à utiliser, mais le soldat avait une mine grave.

– Maintenant que vous le dites, répétait-il, c'est vrai, j'ai dû me perdre parce ce qu'on peut pas toujours penser à tout.

Les deux hommes allaient vers la porte de l'écurie.

– Un conseil, dit Chaussegras. Allez le voir, le professeur. À tout hasard. Comme ça. L'air de rien. C'est sûr qu'il s'en rappelle de vous. Il en parle tout le temps, de vous, mais on peut rien savoir avec lui. Dites-lui que c'est moi. Des fois, il est comme lui et des fois non... des fois il est comme il est, des fois non, des fois il est comme il est pas, des fois il est comme un autre, si vous voyez. Vous, vous avez une bonne tête.

– Encore bien !

– C'est comme parrain Élie ! Vous connaissez parrain Élie ? De toute façon, tout le monde le connaît pas bien. Il habite au château. On l'appelle parrain Élie mais pourquoi je vous dis ça ? Et pourquoi on l'appelle parrain Élie ? Il est le parrain de qui, celui-là ? En plus, on le voit presque jamais. Il a une bonne tête. J'ose pas demander. Je crois qu'il peut pas bien marcher, le vieux parrain. Vous imaginez.

– J'imagine.

Le soldat semblait apitoyé. Il expliqua que pour lui, il n'y a rien de pire que de ne pas pouvoir marcher.

– Alors il est toujours comme ça, dans sa piaule, votre parrain Élie. Moi je pourrais pas être un parrain Élie. Surtout dans un beau pays comme ça.

Le fermier approuva. Il dit :

– Allez le voir, le professeur Judrin. C'est pas le mauvais cheval. Enfin, ça dépend. Au château, il y a des tas de trucs à faire mais il est vieux. Tout est vieux. Le château et M. Judrin aussi. Il faudrait le réparer un peu, M. Judrin. Parrain Élie aussi, il est vieux. Mais je sais pas s'il est réparable. Il est vieux comme... comme un livre, le vieux parrain Élie. Je veux dire comme un vieux livre, vous voyez. Le professeur, il fait pas trop de choses. Quand on est fini, on fait pas trop de choses, j'ai remarqué ça. Il vous a parlé de parrain Élie ?

– De parrain Élie ? Et pourquoi il m'en aurait parlé ?

– Moi, parrain Élie, je viens de vous dire. Je le connais pas beaucoup. Je l'ai un peu vu. Un peu. Pas beaucoup. Je l'ai presque pas vu. Celui qui le voit, c'est le professeur Judrin, forcément. C'est Gertrude, aussi, Gertrude Blanchet. Tous les jours, tous les jours. Elle fait sa chambre, les rideaux, tout ça. Je l'aime bien, Gertrude Blanchet, mais elle dit rien, Gertrude. Elle parle tout le temps. Vous savez, je vais presque jamais là-haut, moi. Des fois pour atteler la charrette, charrette mon cul, charrette mon tape-cul, comme je dis, surtout dans la descente après le bois des amoureux. Je les trimballe à la gare de Champtercier, des fois à la gare de Digne, ou bien je les remonte de Digne, ça va, ça vient, c'est la vie, c'est comme la vie, ça va, ça vient...

Il rangea sa fourche contre le mur.

– Mais, parrain Élie, je le mène jamais. C'est drôle. Quand je l'aperçois, par la porte de sa chambre, on dirait toujours qu'il m'attend, qu'il est prêt pour que je l'emmène à la gare, avec sa veste et tout, il est habillé et c'est pas vrai. C'est pour rire. Il part jamais. C'est pour ça que j'aime pas trop aller à sa chambre. Pour qu'il soit pas déçu de rester. Il part jamais. Jamais il part. Peut-être il y a pas de gare pour lui, si vous voyez ce que je veux dire.

Le soldat dit qu'il voyait. Le château était tout près. Il allait faire un saut au château mais il avait une question à poser :

– Au village, on m'a dit que vous étiez le fermier du château, non ?

– Oui c'est qui vous a dit ça ?

– La dame de l'épicerie.

– Laquelle ? Il y en a deux, des dames. C'est des demoiselles.

– Une dame un peu grasse, une dame comme du lait.

– Toutes les deux, elles sont grasses. Une vieille ?

– Vieille, oui, mais ça se voit pas. Je veux dire, on voit bien qu'elle est vieille mais ça se voit pas parce qu'elle a l'air jeune.

Chaussegras leva brusquement la tête, rejeta sa casquette sur la nuque d'une pichenette.

– Ah, vous aussi ?

– Moi quoi ?

– Non, vous.

Chaussegras fit avancer ses chevaux. Il indiqua du menton le chemin du Verger, ôta sa casquette, demanda :

– Si ça se présente, vous sauriez ouvrir une tranchée pour poser une conduite d'eau ?

Ce fut au tour du soldat de s'esclaffer.

– Vous avez vu la terre. C'est plus dur que du fer.

– Mais, quand vous êtes venu, c'était l'été, vous m'avez dit.

– Maintenant, c'est plus l'été, et la terre, vous allez piocher là-dedans, vous ?

– Je veux dire dans deux mois. Vous sauriez poser une conduite ?

– Et pendant ces deux mois ?

– Allez voir M. Judrin. Je vous ai dit : on sait jamais avec lui. On n'y comprend rien avec lui.

9

LE soldat monta au Verger. Il regardait, sur sa droite, le Siron. Sans doute, il pensait au chemin qu'il avait suivi six ans plus tôt, sept ans plus tôt, les haies d'osiers, les trembles, le soleil cramoisi, les trognes de mûriers et de vernes, et en bas un petit pont en bois et le moulin tout cassé, avec des bouts d'ailes. Le ciel était glacé, bleu, un ciel de chevalier du Moyen Âge.

Le portail de la cour battait. M. Judrin était emmitouflé. Il jouait avec un bleu d'Auvergne. Il jeta un coup d'œil intrigué au visiteur mais il s'occupait surtout du chien. Il lui tendait un plat rempli de pâtée et il le retirait vivement. Le chien n'était pas contrariant. Il semblait au courant du jeu. Il jappait et il sautait comme il fallait. C'était un chien de chasse, l'homme l'appelait Horace mais il n'avait pas une tête à s'appeler Horace, Sultan plutôt, et plus tard le professeur dira :

– Non, monsieur. Il s'appelle vraiment Horace. Il a bon cœur. Il comprend que j'aime bien croire qu'il s'amuse. Il s'appelle Horace.

Quand le soldat s'approcha, le chien s'assit sur son derrière et se mit à aboyer. Il était bleu et blanc. Il avait l'air d'un roquefort qui aboie. Le vieux monsieur l'appela et dit :

– Vous voyez. Maintenant, il fait comme s'il était méchant. Il « fait le chien ». Il vous rend hommage. Il aboie, c'est pour vous flatter.

Le soldat se dit que ça commençait bien. Bien ou peut-être mal. Chaussegras avait tout dit. Cet homme, avec sa cravate noire, son col dur et ses souliers à boutons, dès le matin et dans un si pauvre village, on ne savait jamais. Le fermier avait prévenu. M. Judrin, des fois il était comme lui-même et d'autres fois, non, d'autres fois il était comme rien du tout et des fois aussi comme pas lui, comme un autre. Judrin rentra dans la grande salle du rez-de-chaussée. Le soldat le suivit. Il faisait chaud, une cheminée prussienne. Une femme donnait un coup de balai. Elle dit qu'elle allait chez parrain Élie. Le professeur Judrin monterait voir parrain Élie un peu plus tard et est-ce qu'il allait bien ce matin et la femme dit :

– Il va. Ça fait beaucoup de temps qu'il va pareil. Ça doit être long d'aller pareil. Je demanderai à M. le curé son avis mais à mon avis ça doit faire long, même pour quelqu'un comme parrain Élie qui a l'habitude d'aller pareil...

M. Judrin se tourna vers le visiteur.

– C'est tout Gertrude, ça. Elle dit toujours les mêmes choses. Tout le monde. Moi aussi. Et vous ?

– Je dis un peu pareil, moi aussi.

– Mais dites-moi, mon ami, qui vous a envoyé vers moi ?

Le soldat parut surpris :

– Mais c'est vous, monsieur.

– C'est moi ? Je vous ai envoyé à moi ?

– Vous m'avez dit d'aller voir Chaussegras. Alors je l'ai vu et c'est Chaussegras qui m'a dit de vous voir.

– Je vous ai dit ça ?

– L'autre jour, vous m'avez dit ça, oui.

– L'autre jour ? C'est quand, ça, l'autre jour ?

– Ma foi...

– À peu près ?

– Peut-être sept ans, je sais pas.

Le professeur ôta son lorgnon, le retira et s'exclama :

– Par exemple ! C'est vous ? Mais c'est pas hier, ça !

Il fixait le soldat. Les verres du binocle reflétaient les flammes et les flammes tremblaient et les yeux tremblaient. Il dit :

– Par exemple ! Je ne vous aurais jamais reconnu. C'était l'été. Et puis j'ai changé. En six ans, on change, surtout quand on n'est pas très jeune. Quand on est très jeune aussi, on change. Les vieux et les tout petits. Entre les deux, non. J'ai remarqué ça. Vous aussi ?

– Oui.

– Je vous ai un peu reconnu. J'ai reconnu les cheveux, la barbe, mais j'ai pas reconnu le reste.

– Moi, dit le soldat, je sais pas. Je suis pas jeune et pas vieux, vous comprenez.

– Pardonnez-moi si je ne vous ai pas remis tout de suite. Vous savez ce qui se passe : quand on vieillit, on change de tête. Et quand on change de tête, forcément, on ne reconnaît plus la tête des autres, mais je suis content parce que je ne m'étais pas trompé : je savais bien que je vous avais vu dans le chemin aux prunelles. J'en aurais mis ma main au feu. Ils sont méfiants, les vieux.

– Ils sont méfiants ?

– Les vieux sont méfiants. Les enfants, non. Les enfants croient tout ce qu'on dit. Ils ont raison. Moi, je crois qu'il faut croire tout le monde parce que ce n'est même pas possible de mentir. Il y a trop de vérités pour qu'on arrive à mentir, c'est vrai, ça. Il y en a partout, des vérités, comment voulez-vous les éviter toutes ? Vous allez éviter toutes les gouttes de pluie quand il pleut ?

Il se cala au fond de son grand fauteuil de velours, de velours jaune et noir, près de la cheminée prussienne, et accrocha un mégot à sa lèvre. C'était une lèvre mauve.

– Vous comprenez. Les enfants, eux, ils ont cru tout de suite que je vous avais vu. Dès que je le leur ai dit. Mais moi, je suis vieux. Alors, je me suis méfié. Je ne me suis pas cru moi-même, si vous voyez... Je me méfiais. Je savais pas trop. Eh bien, c'est les enfants qui avaient raison. C'était vrai. C'est vrai que je vous ai vu puisque vous revenez.

Il leva une main.

– Sinon, comment vous pourriez revenir ? Si on n'est pas venu, comment on fait pour revenir ? Mais les vieux, tous ces vieux barbons de la Lurette... Cheillan, Fasbellon, même Tartensonne, et le marquis du Louviers... Et encore, lui, Tartensonne, c'est un brave type, Louviers aussi. Enfin. Racontez-moi. Il y a cinq ans, vous êtes parti vers la ferme de Chaussegras, je vous ai vu, avec les enfants, mais, depuis, les enfants ont grandi et vous vous êtes perdu, c'est ça ?

– Oui, monsieur, dit fermement le soldat, je me suis perdu. Des fois, je me perds.

– Quand même, six ans. Cinq ans ! Pour faire quatre cents mètres. Vous me la copierez. Et vous voilà. Vous voulez dire que tout le monde se perd ? Vous voulez dire qu'on se perd tout le temps ?

– C'est ça, monsieur. Enfin, je veux dire qu'on se perd surtout quand on sait où on veut aller. C'est logique : si on sait pas où on veut aller, y a pas mèche pour se perdre. Moi, par précaution, je me dis jamais où je veux aller. Je me le cache. Comme ça, y pas mèche pour me perdre.

– Tiens, dit le professeur, tiens ! C'est curieux ce que vous dites. Alors, parlons peu, parlons bien. Assez de comédie ! L'histoire de se perdre, ça vaut rien : pourquoi vous n'êtes pas allé jusque chez Chaussegras, il y a cinq ans ? Pourquoi vous n'y êtes jamais arrivé ? Vous savez bien ?

– Non, je sais pas si ça fait cinq ans ou six ans.

Le soldat regarda bien en face le professeur. Puis il dit très distinctement :

– Pour la ferme, je ne sais pas non plus.

– Vous ne savez pas quoi, pour la ferme ?

– Je ne sais pas.

Le professeur essaya de le forcer :

– Vous cherchiez du travail ? Vous en avez trouvé, c'est ça ?

– Oh, j'en ai trouvé, oui, mais le travail, c'est comme la route, ça se perd. Je l'ai perdu, le travail. Le temps aussi ça se perd. J'ai perdu le temps. J'en ai perdu plusieurs. Plusieurs temps. J'ai perdu aussi des routes. J'ai perdu des femmes. Plus d'une. Qu'est-ce qu'on perd de choses, dans la vie ! Vous allez pas me dire que vous n'avez jamais rien perdu ? Tout le monde perd, non ? C'est pour ça qu'après on meurt.

Le professeur se leva et fit quelques pas en s'aidant de sa canne. Il alla jusqu'aux grandes portes-fenêtres. Il écarta le rideau. Il écarta le ciel. Les branches défeuillées de l'acacia pendaient devant les vitres. Les montagnes, par-dessus les buis et les thuyas, étaient mortes, inertes plutôt, et comme embaumées. Le Siron était un genre de rhinocéros. Moche, comme montagne.

– Je pense à une chose, dit-il en revenant au canapé de la princesse Mathilde. Le curé Lhuillier, pas le vieux, le vieux, c'est le révérend Portes, le jeune, le nouveau, Lhuillier. Il m'a dit que l'église, il faudrait refaire tout le bâti du clocher, un jour la cloche va nous tomber sur la tête... Vous avez vu, elle ne sonne plus. Je le connais à peine, le curé, c'est un nouveau, je préférais le vieux, M. Portes. Avec le vieux, avec M. Portes, je parlais de saint Anselme. C'était intéressant. Saint Anselme surtout. C'est un moine qui a trouvé la preuve de l'existence de Dieu. C'est bien commode.

– Moi, je saurais pas vous dire, pour Dieu, je veux dire, je sais pas.

– Le maire est d'accord aussi, parce que c'est le maire, maintenant, qui s'en occupe. Le nouveau curé, c'est l'abbé Lhuillier. Parrain Élie me fait rire. Il est comme les vieilles femmes, comme Léonie Cranchard. Il refuse de changer de curé. Pour tout c'est pareil. Il refuse toujours de changer. Il est comme les vieilles femmes de la paroisse : il appelle toujours ce pauvre abbé Lhuillier l'abbé Portes. Lhuillier ne dit trop rien. Il ose pas. Mais on voit que ça ne lui plaît pas tellement. Léonie Cranchard aussi. Elle dit toujours M. Portes au lieu de M. Lhuillier. Pour les chevaux, c'est pareil, il y en a un qui s'appelle Cadet et l'autre Coquet, vous imaginez ?

– Bien sûr.

– Il n'est pas content, Lhuillier, qu'on le prenne pour un autre. Mettez-vous à sa place.

– Si en plus je me mets à sa place ! On va s'embrouiller encore plus, dit le soldat et ensuite il rit un peu.

Le professeur expliqua que le vrai curé, le révérend Portes, était chez les vieux prêtres, à Digne.

– Les vieux avec les vieux, et la mort sera bien gardée, non ? Mais on m'a dit hier qu'il était revenu, le curé Portes, parce que son vicaire, le nouveau curé, ce Lhuillier, il bat que d'une aile, il a des mauvais poumons.

– L'église, c'est le maire qui s'en occupe, vous dites ?

– Je veux dire depuis qu'ils ont fermé les couvents, le petit père Combes, vous savez bien...

Le soldat savait, mais le petit père Combes, c'était pas d'hier, c'était avant la guerre mondiale, bien avant. En plus, le petit père Combes, il avait une maîtresse, une carmélite. Il couchait avec une carmélite. Il était malin, le vieux petit père Combes. Quand il est mort, la carmélite a prié pour lui. Ça a dû lui donner un coup d'épaule, non ? Il en avait bien besoin après ce qu'il avait fait aux couvents...

Cette idée mit le professeur en joie. Il toussa un moment. Il dit :

– Oh, avant ou après la guerre, la fermeture des couvents, on va pas couper les cheveux en quatre. On n'est pas dans un livre d'histoire, à Champtercier. On n'est peut-être même pas dans l'histoire, à Champtercier. Ou alors on a tout mélangé, les dates, je veux dire. De toute façon, ils sont d'accord tous les deux, le maire et le curé, et les deux curés même, mais c'est comme s'il n'y en avait qu'un seul. Le maire n'est pas calotin mais il n'est pas radical-socialiste. Il est comme moi. Je suis catholique, mais presque pas. Ils cherchent quelqu'un pour leur clocher. Vous sauriez faire ça ? Vous m'avez bien dit que vous saviez fondre les cloches, vous m'avez dit ça l'autre jour.

Il parut étonné et il se reprit :

– L'autre jour ? Vous voyez, je viens de dire : l'autre jour. Ça fait six ans, et je dis : l'autre jour. C'est idiot.

– C'est comme le petit père Combes, dit le soldat.

– Quoi, le petit père Combes ?

– Ça fait vingt-cinq ans, le petit père Combes, et vous parlez de lui comme si c'était l'été passé...

– Ah oui. Bien. Bien répondu. Touché ! Coulé ! Écoutez. Quand vous êtes vieux, vous mélangez les années. Elles s'agglutinent toutes ensemble. Quand je pense que je suis professeur d'histoire ! C'est dégoûtant, les années. Raison de plus pour que vous montiez tout de suite au village. Sinon, vous y arriverez pas dans cinq ans, mais dans cinquante ans, et ça sera plus le même maire et pas le même curé, dans cinquante ans. Dans cent ans encore moins... est-ce que vous savez qui a gagné, à la bataille de L'Écluse ? Et la bataille de Gravelotte ?

– Ma foi.

– Vous voyez. Alors l'église, dans cent ans ! Écoutez. Si ça marche, le clocher, j'irai vous voir.

Au village, le soldat heurta contre le curé Portes qui passait les fêtes de Noël dans la cure parce que M. Lhuillier avait des poumons de pacotille et, à chacune de ses bronchites, l'évêché faisait remonter le vieux curé. Le vieux curé Portes remplaçait son jeune remplaçant.

Le vieux Portes aimait revenir. Sa vie recommençait. Il parlait du jour où il était venu avec sa valise à la sortie du grand séminaire de Grenoble et cela lui plaisait. Il se rappelait tout, le soleil. Le soldat fut chargé par le maire et par le vieux curé de consolider la charpente du clocher.

Comme le temps se radoucit, le soldat dressa tout de suite ses échafaudages à l'intérieur du clocher et on ne l'appelait plus « le soldat » mais « Julien » ou « Monsieur Julien ». Les habitués de la Lurette, Me Fasbellon et Cheillan en tête, disaient « Monsieur Julien », mais le professeur Judrin et Vieux Thomas, les enfants aussi, disaient « le soldat », et les deux demoiselles Magnan, avec leur tête de Perrette et le pot au lait, disaient « le soldat ».

Les premiers jours, le facteur Thomas fut inquiet. Il craignait que la réapparition du soldat ne le renvoie à ses modesties, à ses terriers et à ses Robines – à ses ténèbres – et on recommencerait à le mépriser. Comme sa tête était riche en artifices, une ruche de subtilités, sa tête, il la consulta. Il décida de faire amitié avec le soldat. C'était le bon moyen. Il boucla son affaire en cinq sec. Il entreprit le soldat. Le soldat avait été vaguemestre dans les Dardanelles. C'était un point commun. Vieux Thomas parla des lettres, des timbres, des routes. Il dit qu'il était vaguemestre, lui aussi, vaguemestre de temps de paix. Ils firent amis.

Surtout, Vieux Thomas fit ami. Le soldat, on ne sait pas. Le soldat était un brave homme, c'est tout. Ou plutôt un homme, c'est tout. Il se contentait d'être aimable mais le facteur, c'était une autre paire de manches. Il avait tellement vécu dans les coulisses ! Il se mit à aimer le soldat comme un fou. Il prit feu comme une forêt de pins. Le feu l'alluma. Il fut comme un gerbier en flammes.

Dès qu'il avait fini sa tournée de facteur, il galopait jusqu'au clocher pour donner un coup de main au soldat qui avait ouvert son chantier. Il ne connaissait pas la menuiserie. Il s'occupait des outils. Il tendait les bâches. Il mettait des clous et des vis dans la bouche et il gâchait le plâtre. Il rigolait en prenant garde aux clous dans sa bouche. Il faisait des prières à saint Cloud. Il disait que saint Cloud est le patron des gens qui ont des clous dans la bouche. On était très gai là-haut.

L'aubergiste Cheillan montait. Il reniflait. Comme tout le monde, il grillait de curiosité. Il voulait toujours vérifier que ce soldat était vrai. M. le curé Portes venait également et M. Judrin. Ils mettaient un temps infini à grimper jusqu'au clocher et dans quel état ils arrivaient ! Une fois là-haut, sur l'échafaudage, le curé Portes disait des malices :

– Mon cher professeur, je ne vous ai jamais tant vu dans mon église. Et en plus, dans mon église, vous fréquentez le haut seulement, le clocher, le ciel, vous êtes un malin. Vous êtes comme ces petits élèves qui se collent au premier rang, dans la classe, juste sous l'estrade, pour être bien notés du professeur, comment on les appelle, ceux-là ? On dit c'est un lécheur, non ?

– Un lèche-cul, disait Judrin.

– Oui, lèche-cul, je connais l'expression, au séminaire, avec l'évêque, les camarades... mais à propos de saint Pierre, je n'osais pas, le cul de saint Pierre, quand même... Et vous espérez être pistonné ?

Oui, le professeur comptait bien être pistonné. Comme le petit père Combes avec sa carmélite, mais l'abbé Portes ne comprit pas. Le professeur passa. Il n'était pas de ces athéistes qui mangent du saucisson le vendredi saint, loin de là, ni un de ces francs-maçons, il n'était pas Cheillan ou un petit père Combes, mais il n'était pas non plus un marquis du Louviers de Louvière. Les messes, il aimait bien mais pas longtemps. Il taquinait le curé, qui aimait à être taquiné.

– Ce n'est pas votre faute, monsieur l'abbé, mais la messe... Reconnaissez que la pièce est toujours la même. On n'aurait pas l'idée de lire *Le Cid* ou *Tartuffe* tous les dimanches !

M. Portes relevait :

– Bon, bon. Je sais, c'est un des reproches qu'on peut faire au bon Dieu. Il n'a pas tellement d'idées. Même moi, vous voyez... tous les dimanches. Des fois je crois que c'est un dimanche d'une autre année, des fois de l'année prochaine. Je me sais plus où j'en suis.

– Vous devriez plutôt me féliciter, monsieur Portes, parce que chaque dimanche, j'assiste à la messe de dix heures.

Le curé leva le nez. Ravi. Il connaissait par cœur ce qu'il allait dire et ce que le professeur Judrin répondrait et c'était reposant. Il commença :

– Je sais, monsieur Judrin, je le sais. Je vous vois, à la messe. Depuis quinze ans. Ça me fait plaisir. On voit tout, depuis l'autel. Est-ce que vous avez jamais pensé à ça, qu'on voit tout ? Alors le bon Dieu, vous imaginez ! Il voit encore plus que tout, lui, il est encore mieux placé que moi. Je vous vois, oui. Mais je vois aussi autre chose.

– Autre chose ?

– Ce que je vois, monsieur Judrin ? Je vois que vous entrez dans l'église à l'heure. Ça, d'accord ! Je vois que vous vous agenouillez sur votre banc avec votre chien Horace à côté de vous, vous faites le signe de la croix. Très bien. Moi je bois le vin.

– Très bien. Et puis...

– Et puis ?

– Et puis, vous filez comme un pet. Juste après l'Élévation !

M. Judrin dit :

– Et pourquoi pas ? Dès que je vois que la messe est bien lancée, qu'elle a pris son rythme de croisière, qu'est-ce que vous voulez que je fasse de plus ? Je sais comment ça finit. Alors ? Alors, je prends un peu l'air sur la place. Mais attention ! Je charge mon chien de rester à mon banc. Il me représente, il est brave, Horace. Il prie à ma place. J'espère que le bon Dieu ne s'en apercevra pas. C'est mon vicaire, Horace, mon remplaçant. Vous avez bien un vicaire, vous, les curés. Lhuillier par exemple, c'est votre vicaire.

– Des fois, c'est moi le vicaire de Lhuillier.

– Voilà. C'est ça. Horace. Le bon Dieu n'y verra que du feu. Vous savez pourquoi ? Parce que c'est lui et parce que c'est moi, Horace.

Et M. Portes répondait. Il disait :

– Parlons-en, de votre chien. Il est très sage pendant toute la messe, et même quand vous êtes parti, d'accord. Le prône, tout très bien, mais à la fin, je prononce l'*Ite missa est.* Et je regarde. Et il est plus là, Horace. Il est déjà dans le tambour.

– « *Ite missa est* », monsieur Portes, ça veut dire : « La messe est dite. »

Le curé marmonna. Comme les gens faibles, il voulait toujours avoir le dernier mot, mais gaiement.

– Vous ne savez même pas s'il n'est pas franc-maçon, ce chien.

– Monsieur le curé ! disait le professeur.

Et le curé répondait :

– Dieu reconnaîtra les chiens.

– Monsieur le curé !

10

ENSUITE les enfants revinrent, ceux de Dellys dès la fin du mois de juin, à bord du *Général Lamoricière* qui avait accepté la soumission de l'émir Abd el-Kader et qui commanda le corps des zouaves pontificaux à Rome (en 1860) avant que les troupes du roi d'Italie lui mettent la pile, au pape, à Castelfidardo. Un soir, un matelot était tombé à la mer. Il s'était assis sur le bastingage. On l'avait cherché. Le *Général Lamoricière* faisait des ronds. La mer était noire et bleue et on avait repêché le matelot.

Ils n'habitaient plus à Dellys depuis quelques mois car leur père avait été nommé lieutenant-colonel à Oran. La fanfare des tirailleurs ne jouait plus la nouba, devant le 17 de la rue de Nancy, à Oran, près de la Cressonnière, comme elle le faisait du temps de Dellys, le dimanche matin, sous les fenêtres de la maison, avec des clairons et des chéchias rouges dans les géraniums. C'était dommage, surtout que le grade de lieutenant-colonel est plus flatteur que celui de commandant mais il y avait pas mal d'incohérences dans l'Empire français en ce temps-là. Les autres familles, celles de Solliès-Pont, de Chambéry, de Bonnétable, d'Ancenis et de La Côte-Saint-André, à côté de Grenoble, sans oublier celle d'Épinal, deux cousines jolies et leur mère, la chère tante Marie, s'échelonnèrent à partir du 2 juillet.

À chaque arrivage, c'était fièvre et tohu-bohu. La carriole de Chaussegras traversait la place de l'église, doublait le lavoir public, s'engageait sur le layon du Grand-Chêne et basculait dans le chemin aux prunelles. Le fermier retenait son cheval. Il s'accrochait aux rênes, à pleins bras, il lançait des jurons, il freinait à mort et la voiture entrait à tout berzingue sous le bosquet d'en haut, avec un air de triomphe, comme le char de Ben Hur dans le cinéma de Chambéry, comme on entre au Paradis quand on croit au Paradis.

Dès le lendemain matin les cousins avisèrent le vagabond du chemin aux prunelles. Ils ne furent pas étonnés parce que, l'hiver, M. Judrin écrivait à ses enfants, à ses gendres et à ses belles-filles qu'il appelait ses brus. Il confiait ses lettres à Vieux Thomas, sous le mûrier de Fabre d'Églantine. Certains jours, il disait : Le mûrier de Robespierre, ou : Le mûrier de l'abbé Grégoire mais, quand il était bien luné, il disait le mûrier de ce Fabre d'Églantine qui avait fait le joli calendrier révolutionnaire avec floréal et ventôse, et la chanson : « Il pleut, il pleut bergère », bien qu'il fût membre de la Commune de Paris en 1792. Deux ans plus tard, il était guillotiné par Robespierre. Il avait demandé à sa bonne amie de louer une fenêtre place de Grève, avec vue sur la guillotine, et d'ouvrir son corsage quand le couperet glisserait. Le facteur approuva Fabre d'Églantine. Il dit : « Tant qu'à faire... »

Le professeur taillait des bavettes avec Vieux Thomas, autour d'un pastis que le fermier Chaussegras composait lui-même : il achetait un litre d'alcool à la pharmacie Comte, sur le boulevard Gassendi, dont le gérant était un ancien élève du professeur Judrin. Rien de plus amusant que de préparer du pastis. Un peu d'eau. On verse dedans un flacon de Noirot, et le petit Jésus vous descend dans le gosier en culotte de velours, en culotte de bure plutôt car Chaussegras, pour l'alcool, il ne fallait pas lui en promettre.

Vieux Thomas faisait claquer sa langue, serrait les enveloppes dans sa boîte, les lettres qui allaient partir pour Grenoble et pour Bonnétable, pour Solliès-Pont et pour Ancenis, pour Oran, et généralement il disait : « On a beau dire, monsieur, mais la poste... » Le professeur était d'accord. Le facteur estimait que la poste est un fleuron de la technique. Les moindres nouvelles de Champtercier se répandent à Oran, à Solliès-Pont, à Grenoble ou au Tonkin avant même que les fermiers du coin, les Esmiol, les Trabuc, les Chauvin ou les Isnard les apprennent. Il dit :

– Vous savez ce qu'ils disent, dans *Le Chasseur français* ? Ils disent qu'il y a des rois, au temps des rois, il y en avait un qui mourait. Un autre roi le remplaçait, le pauvre mort. Eh bien, chez nous, dans les Basses-Alpes, des fois, on apprenait la mort du premier roi après le sacre de son remplaçant. Vous voyez. Ça veut dire que des fois, dans les coins trop éloignés, il manquait un roi. Et à l'école, ça devait pas être facile de les réciter.

M. Judrin s'amusait.

– Vieux Thomas ! disait-il en se frottant le nez, et il faisait les petits yeux.

À cause de ces lettres, en tout cas, les enfants savaient que le fameux soldat dont on leur rebroussait les oreilles depuis cinq ou dix ans avait de nouveau pointé le nez à Champtercier aux approches de Noël, par un froid très dur mais sans neige, dans l'épicerie des demoiselles Magnan, chez Chaussegras puis chez M. Judrin en personne et dans le clocher de MM. Portes et Lhuillier, puisqu'on avait deux curés au lieu d'un, un clocher *indivis*, comme disait le notaire Fasbellon.

Un des cousins de La Côte-Saint-André avait dit :

– Pourvu qu'il ne leur file pas entre les doigts, cette fois encore, c'est une anguille, ce soldat.

Dès leur retour, les enfants le reconnurent. Ils ne l'avaient jamais vu mais ils le reconnurent – les brodequins, les cheveux blonds et roux, le grand nez pas mal et les yeux sauvages, bleus ou même éblouis, tout ce qu'on veut, mais surtout sauvages. Il faut dire que chaque habitant de la haute plaine, entre Caramantran et la Lurette, et même à Campanelle, aux Petits-Tauriers, où il y avait les deux vieux ronchons, le Souvrain et le Manent, à Chanderène et sur le pont de Pouloni, le décrivait à sa mode depuis cinq années surtout pendant les endormissements de l'hiver, si bien que le soldat avait fini par ressembler à un soldat en général et même à tous les soldats en même temps, ce qui facilitait la tâche de le reconnaître car un type qui ressemble à tous les autres, on ne peut guère le louper.

En plus, la guerre était finie depuis pas mal d'années. Rares étaient les vagabonds qui déboulaient encore, comme celui-là, en droite ligne des tranchées du chemin des Dames, rares les soldats en retard ! Julien sentait encore la bataille. Sentait le boyau, l'argile, la pluie et le caillebotis. Un peu le lièvre également, le lièvre d'automne surtout. Il lui manquait le fusil mais il avait la barbe. Bien des hommes avaient une barbe en ces années d'après-guerre mais la sienne était spéciale, modèle Ribouldingue, en plus souple, en plus blond et en bouclé. Les enfants disaient que c'était une barbe de Chemin des Dames, de « Chemin des Dames à barbe ».

Barbe ou non, il n'avait pas les deux pieds dans le même soulier : il était là depuis six mois et il avait déjà fait son trou. Surgi en décembre, sans un radis, maigre comme un Arabe, poussiéreux comme un chien, et plein de puces, de l'avis en tout cas des désoccupés qui stagnaient sur la place de l'église ou sur la murette du cimetière quand les ciels étaient rose-le-soir-espoir, oui, en quelques mois, il avait pris ses aises.

À la fin de l'après-midi, il faisait une halte au lavoir public. Il posait à côté de lui, sur la margelle, un sac d'histoires. De ce sac, il sortait toutes sortes de choses, une Tunisie ou une Turquie, la mort de Charles le Téméraire avec la neige et la figure mangée par les loups, des tempêtes et des naufragés qui se boulottaient les uns les autres dans des îles du Bengale. Le pire, quand on est dans une île déserte, c'est la soif. Dans une île d'Indonésie, les naufragés buvaient leur urine. Ils avaient monté un petit commerce d'urine. Les plus gros buveurs, les soiffards, achetaient l'urine des autres. Le soldat disait cela et il ajoutait : « Parole ! »

Il expliquait que les Romains utilisaient les cigales comme thermomètre : quand elles chantaient, c'est qu'il faisait vingt-cinq degrés juste. Il nous captivait. Oh, comme il nous captivait ! Il était bon en tout. Il était bon en souvenirs et en bonté. Il avait cent vies. Pour le nombre de vies, il nous battait à plate couture, nous autres, gens de village et de monotonie. Nous vivions une demi-vie, un quart de vie, une vie comme une rognure d'ongle, comme un vermicelle. Lui, il en avait cent. Pour la vie, c'était un nabab. Peut-être il vivait pour nous. Il faut des gens comme ça. Il aimait ou il souffrait à notre place. Il avait pris nos rêves sous son bonnet, et à présent il ôtait son bonnet et tous nos rêves nous tombaient dessus, même ceux que nous n'avions pas faits et ils voletaient autour du lavoir avec des bruits d'ailes d'oiseaux de la nuit.

Il pouvait raconter des histoires de corbeaux, ou d'horloges, ou de chiens et loups, des histoires de terrains vagues et de bois dormants, de cul, de rosiers, de vieilles dames tristes et il avait vu des tempêtes de grésil, des zèbres, des femmes grasses et d'autres pas grasses et tout était délices. Il avait vécu des moments inouïs, des moments qui n'existent pas, comme il disait. Il nous les refilait à pleines brassées. Personne ne se demandait si c'était vrai ou bien des fadaises, parce que c'était vrai, et de toute façon, les moments qui n'existent pas, allez savoir s'ils sont vrais ou non ?

Tel était l'accompagnement de nos crépuscules, leur ornement et leur fièvre. Leur impatience. Il se passait si peu de choses, voyez-vous, dans nos écarts, dans la beauté placide de nos collines, nous n'allions pas faire les mijaurées. Nous avions toujours un songe en retard. Nous avions une faim de cannibales et nous gobions tout. Et si nous gobions, n'est-ce pas la preuve que c'était vrai ? Comment gober quelque chose qui n'existerait pas ? C'est oracle, cela !

Dans les périodes de disette, le mensonge, ça ne veut plus rien dire. On croquerait sa mère. C'est comme les naufragés des îles désertes, on boirait l'urine des autres. Tout ce qui entre fait ventre, et cette année-là, cette année du soldat, les fleurs des glycines, autour du lavoir, et celles qui pendaient à travers les hautes grilles du parc des Louviers de Louvière, entre la place de l'église et la poste et l'école, embaumèrent.

Il fréquentait l'épicerie des sœurs Magnan. Il était prévenant avec l'une et avec l'autre, c'était sa délicatesse ou bien il les confondait, mais Me Fasbellon disait :

– Délicatesse ? Parlez plutôt d'une rouerie, d'un piège ! Je vois clair dans le jeu du bonhomme. Je le tiens à l'œil. Vous ne voyez que son endroit. Mais il est comme tout le monde, il a aussi un envers.

Un silence, puis, à voix de conspirateur :

– Peut-être même plusieurs envers.

Nous laissions baver le notaire. D'abord, parce que c'était son rôle, de baver, chacun a sa place dans un village, son établi, ses outils, ses envies, et puis, nous nous en fichions pas mal de ces envers. Le soldat nous comblait et voilà tout. Il avait mis le village à vie, comme on met à feu un baril de poudre, sur les bateaux des pirates. Nous aimions ses envers autant que ses endroits. Nous ne faisions pas le tri. Même, nous souhaitions que ses envers soient innombrables. Il mettait de l'aventure dans nos maisons comme on allume un feu de cheminée les soirs de neige, et ce n'était pas dommage car nous avions froid depuis le début de l'éternité.

Il était aussi affable avec les hommes qu'avec les dames, et, dans les dames, il ne choisissait pas entre les dames vieilles et les jeunes dames, entre les laides et les belles. Il disait : « C'est déjà inespéré d'être une femme ! » On riait et il expliquait : « Regardez. Moi par exemple ! C'est raté ! »

Il saluait très bas Léonie Cranchard qui avait les bordures des paupières extrêmement rouges, la sœur du maire, l'institutrice, Mlle Terembron qui était haute et lourde comme une enclume et qui brisait tout le temps des lances avec Me Fasbellon, mais il s'inclinait de la même manière devant l'épouse si gentille du gendarme Quelian qui faisait des civets de lièvre pour les chenapans que son imbécile de mari était bien obligé de consoler après les avoir verbalisés et aussi devant la vieille Gertrude qui tanguait dans le chemin aux prunelles, chaque matin, avec ses vastes jupes de cretonne qui sont si pratiques pour uriner quand on est timide car on le fait sur les cailloux sans gêner les gens qu'on rencontre, sauf qu'il y a une petite flaque jaune mais, mon Dieu, une flaque, comme disait Pascal, comme disait Blaise Pascal, et elle avait des yeux lumineux. Elle faisait bonne compagnie à parrain Élie.

Le soldat montrait des égards au facteur. Il l'appelait Vieux Thomas. C'était par tendresse et comment dire ? On ne savait pas si cette tendresse était de la tendresse ou de l'indifférence. Il ne faut pas croire que toutes les tendresses sont tendres. Il en sort de tous modèles. Il en est de racornies, de rébarbatives et d'autres de calcul, des tendresses de printemps ou de nostalgie, et la sienne, on ne savait pas.

Le vieux facteur se fichait pas mal des malignités du notaire. Il s'était jeté sur le soldat avec la fougue d'un cœur inconsolé. Il écoulait les stocks d'amour amoncelés dans ses Robines, jamais consommés, et avariés comme des sacs de blé laissés à l'humide. Le soldat se laissait faire et c'est pourquoi le notaire Fasbellon disait que l'intrus, celui qu'il appelait l'intrus, n'aimait personne, même pas Vieux Thomas, et même pas le professeur Judrin, qu'il était frime et compagnie, qu'il était un loup et que les loups, vous savez comment ils se nourrissent, les loups, ils mangent des vents, c'est dire ! Et son cœur mentait comme sa bouche quand il racontait qu'il avait connu le roi des Indes ou une courtisane de Corfou qui n'avait qu'un œil et qu'un sein et encore pas du même côté, et ce jour-là, c'en fut trop pour Mlle Terembron, et elle avait volé dans les plumes du notaire, un dimanche d'août, sur la place du village, devant toute une compagnie, sur la terrasse du Jus de la Treille.

– Savez-vous, monsieur Fasbellon, nous autres, nous sommes bien contents que quelqu'un nous aime. Même s'il fait semblant, ce quelqu'un, de nous aimer. Faire semblant d'aimer et aimer, c'est le même, c'est la même chanson, monsieur, c'est le même miracle. Oh, mon Dieu, faites que quelqu'un fasse semblant de m'aimer, voilà ma prière, monsieur le notaire, je la trouve mieux que le *Je Vous salue, Marie* de MM. Portes et Lhuillier ! Et s'il existe pas, le roi des Indes, qu'est-ce que vous voulez que ça nous fasse ? Raison de plus pour remercier celui qui nous fabrique un roi des Indes et qui nous le livre, même en *port dû*, monsieur le notaire, même en *port dû* ! Parce qu'il a encore plus de mérite que si ce roi existait, non ?

– Quelle flamme, mademoiselle Terembron !

– Il y a des gens comme ça, Fasbellon, ça vous dépasse, hein, des gens qui donnent. Des gens qui sont chargés de voir pour les autres, de vivre pour ceux qui ne savent pas vivre, des gens qui ont la tâche de vivre pour ceux qui ne sont pas nés ou pour ceux qui sont morts, des gens qui regardent pour ceux qui n'ont pas d'yeux, voilà, maître Fasbellon, voilà... je veux dire des gens comme... comme je ne sais même pas comme quoi, des gens, si vous voyez ce que je veux dire, Fasbellon.

Fasbellon fit son petit rire, son « rire à moustache », comme disait le gendarme Quelian.

– Je vois, oui, dit le notaire de sa bouche un peu arrondie et luisante, sa bouche rouge, je ne suis pas aveugle. Tant qu'à faire, mademoiselle Terembron, dites : il y a des gens comme des cannes blanches !

Et elle :

– Et je me gênerais pour le dire, Fasbellon ? Vous avez entendu parler de la reine Isabeau, maître Fasbellon, au Moyen Âge ? Je vais vous dire. Elle était très chrétienne, ça c'est vrai, mais elle était gourmande, très gourmande. Alors, pendant le carême, elle faisait quoi ? Elle faisait jeûner sa servante à sa place. Comme ça elle pouvait se bourrer de gâteaux et de civets de lièvre et elle ne faisait pas de péché quand même. C'est ça que j'appelle l'amour, monsieur Fasbellon.

– Tiens donc, dit Fasbellon. Vous appelez ça l'amour ? Moi, je trouve que ce n'était pas très gentil de la part de cette reine Isabeau.

– Et qu'est-ce que vous y connaissez à l'amour, vous, Fasbellon ? Et qui est allé vous raconter que l'amour était gentil, monsieur Fasbellon ? C'est un ogre, l'amour.

– Ah, dit Fasbellon.

11

VIEUX Thomas et le soldat avaient pris le pli de descendre dans le ravin des Caillettes pour faire provision de branches de saule et d'osier. Ils allaient dans la vapeur blanche des matins de juillet, de septembre. Ils filaient au milieu des amandiers, comme dans un roman, au milieu des fleurs de pissenlit, de trèfle et de bouton-d'or, et ils remontaient au lavoir pour tresser leurs paniers. Ils ne se pressaient pas. Oh, non, ils ne se pressaient pas, les deux zigues !

Vus de loin, par exemple depuis le château du Verger, du côté du bosquet d'en bas, celui qui est en pente, celui du cabinet en plein air, face au Siron, ils étaient pareils à deux vieux potaches qui profitaient de la lumière mince et miroitante des soirs et presque déchirée, une lumière comme un bas de femme très chic, pour se remémorer le bruit des rivières de jadis, la figure des professeurs de jadis, le nom de leurs camarades, de ceux qu'ils avaient perdus de vue, qui sont morts, et le nom des vivants, et le censeur qu'on appelait « le singe ».

Cher Julien et cher Vieux Thomas ! Ils avaient du mérite d'avoir tant de souvenirs en commun car ils n'avaient pas été dans les mêmes écoles, ils n'avaient pas le même âge, le facteur était bien plus vieux que le soldat, et le soldat était peut-être flamand ou suisse, en tout cas pas bas-alpin pour deux ronds, oui, ils n'avaient pas été dans la même école. Ils n'avaient pas eu le même « singe », mais ils s'en fichaient. Ils mettaient leurs deux « singes » en commun. En « communauté réduite aux acquêts », comme eût dit le notaire Fasbellon. Ils emballaient leurs souvenirs dans le même paquet. Ils échangeaient des écoles, des lycées et ils faisaient tout un trafic de camarades. Ils groupaient leurs professeurs, leurs amis morts, leurs souvenirs, leurs enfances mortes.

En revenant des Runes, ils s'arrêtaient au château. M. Judrin se gendarmait et disait que ce n'était pas un château. Une grosse maison, rien de plus. Vieux Thomas disait : « Et mon œil... » et s'expliquait. Sur les lettres qu'il distribuait, on lisait : « Château du Verger », et Vieux Thomas continuait :

– Je vais vous dire une bonne chose, professeur : une lettre qui serait adressée au « Domaine du Verger », par exemple, et pas au « Château du Verger », j'aurais même pas le droit de vous la remettre... Bien sûr, je vous la donnerais, parce que vous êtes sur votre banc du vieux mûrier depuis Fabre d'Églantine, mais j'aurais même pas le droit.

Le professeur défaisait le dernier bouton de son gilet et frottait sa figure du plat de la main, dans le beau soir du mûrier de la Révolution française.

– Mon cher Vieux Thomas, si c'est la seule preuve que cette baraque est un château, son adresse, avouez quand même...

Mais le petit homme ne se laissait pas faire. Il soufflait. Il était comme une gerboise en colère. Il n'acceptait pas que l'on traite la poste par-dessous la jambe. Il n'était pas puritain. Il savait rire comme un autre et faire la part des choses. Il était capable de tourner beaucoup de gens en bourrique mais pas les postes, parce que, disait-il d'une voix esquintée et très maigre d'un coup, et en plus il était si menu, surtout quand c'était le soir, parce que, disait-il, monsieur Judrin, si on commence à toucher aux PTT, que restera-t-il et comment s'en sortir ?

– Je pose la question : comment on s'en sortira ?

– Voyons, disait Judrin, voyons, monsieur Thomas !

– Ah bien oui, monsieur le professeur, si ce n'est rien du tout, l'administration des PTT, comme vous le dites... Bravo...

– Je ne dis rien, monsieur Thomas.

– Mais vous pourriez le dire... Je comprends ce que je comprends. Je me connais. Et alors, si vous disiez cela, professeur, sauriez-vous m'expliquer pourquoi nous portons un uniforme ? Et pourquoi nous avons un képi ? Je l'invente, ce képi ? Je n'ai pas fait vos études, monsieur Judrin, mais je vais vous dire une vraie vérité : est-ce que le bon Dieu existerait si les curés ne portaient pas une soutane et un rabat et, comment on appelle ça, une barrette et une douillette, même ? Vous voyez où je veux en venir ? Et vous savez quoi ? Il y a un siècle, nous avions, les postiers, nous avions un écusson, monsieur Judrin, là, sur la poche de poitrine et quel écusson ? Un écusson du roi, tout simplement ! Voilà le travail !

Le professeur rendait les armes. Il consentait qu'il n'avait pas pensé à l'uniforme et encore moins au képi et à l'écusson du roi. Vieux Thomas se calmait mais il lâchait une dernière giclée :

– Supposez, monsieur Judrin, supposez un pays où il n'y aurait pas de PTT, ça veut dire : pas de facteurs. Dans le cas le plus grave, ça veut dire un pays sans routes, sans bifurcations, sans bornes kilométriques. Bravo ! Et je parle même pas des frontières ! Et s'il n'y a pas de frontières, comment vous le savez, si vous êtes un Français ou un Tchécoslovaque ? Les maisons n'auraient pas d'adresse, vous voyez le truc ? Non, vous voyez pas le truc. Justement, on peut pas voir ça parce que, justement, il y aurait rien à voir. Pas de rues, pas d'adresses... Il resterait quoi, monsieur ?

M. Judrin dit :

– Vieux Thomas, si je me permets...

Le facteur se recula.

– Et pourquoi on ferait des routes, monsieur, s'il n'y avait pas d'adresses ? Ça serait même plus un pays. Ça serait rien. Il parle toujours de l'enfer, M. le curé Portes, mais je vais vous dire, moi, je vais vous dire, l'enfer, c'est quand il y a pas d'adresses, c'est ça... L'enfer, c'est quand tout est du pareil au même, monsieur Judrin, parce que dans l'enfer, vous croyez peut-être qu'il y a des routes ? Et des frontières ? Et des douaniers ? Pourquoi pas la droite et la gauche, et pourquoi pas le haut, le nord, l'ouest et la maison de Léonie Cranchard ? Et la chambre obscure ? Même le curé m'a dit ça, pas vrai, Julien ? Et je suis sûr que même parrain Élie, si je le connaissais, il me dirait ça aussi, mais je le connais pas.

Julien confirma. M. Portes était de la même opinion que Vieux Thomas. Le soldat fit l'éloge du curé Portes. Il lui devait une chandelle. Il se rappelait ces belles journées du dernier hiver. C'est M. Portes qui lui avait ouvert la voie en lui donnant à restaurer le clocher, quand il était arrivé par ce froid : dès que le maire et l'ancien curé Portes – et aussi le jeune vicaire devenu le curé, M. Lhuillier – s'étaient mis d'accord, il avait installé son chantier dans l'église et il avait bricolé la charpente en un tour de main.

Il avait apprécié ces quelques semaines. Il aimait à se les rappeler. On pelait là-haut, sous les bâches, mais c'est le contraire des tranchées. On voit loin, on voit après l'horizon et après l'horizon, il y a encore des choses, il y a encore un horizon, et il faut bien avouer que l'horizon n'existe pas, puisqu'il y a toujours un autre horizon caché derrière, et c'est pour ça qu'il y en a tellement, d'horizons, c'est comme le pied des arcs-en-ciel, les enfants veulent toujours l'attraper et ils ont beau courir, le prendre par surprise, ils n'y arrivent jamais. C'est ça, un horizon !

Le premier jour de mars, l'affaire du clocher avait été bouclée. Le sacristain Tartensonne avait attendu ce moment avec gourmandise. Il s'était jeté sur la corde comme une bande de singes. Il avait dit qu'il était aux anges. C'était bien vu car il fut soulevé au ciel, au bout de sa corde, comme au cirque Pinder, et à peine il avait repris pied au sol qu'il était aspiré de nouveau vers le haut. Un singe. Un pendu et un ange. La cloche sonnait à la folie. Et depuis cette si belle journée de mars, il n'avait plus guère cessé de tirer sur sa corde, pendant tout le printemps et maintenant c'était l'été, et il tirait toujours, le vieux bedeau Tartensonne, à croire qu'il s'était mis en peine de rattraper les silences perdus. Me Fasbellon ne l'appelait plus Tartensonne mais Tarzansonne, et parfois Johnny Weissmuller. Pour un oui, pour un non, il bondissait sur ses cordes et toute la campagne, jusqu'à Pouloni et jusqu'au pic de Campanelle et jusqu'aux Petits-Tauriers et à Javarone vibrait. Et même dans les Robines, et Dieu sait si elles en avaient besoin, les Robines, infernales comme elles étaient, du vacarme des cloches. On connut des mois de délices. Le soldat était content. Il dit que parrain Élie devait être bien content, lui aussi, d'entendre ces cloches, longues comme étaient ses journées et longues ses nuits, et il parlait souvent de parrain Élie mais qu'est-ce qu'il en savait, il ne l'avait pas même vu.

Fasbellon grognassait. À la rigueur, il eût admis quelques angélus mais ne faut-il pas dire plutôt des *angeli*, disait-il d'une voix gourmande pour irriter M. Judrin, et en tout cas, le sacristain exagérait. Il débitait ses *angeli* par douzaines. « C'est comme pour les œufs au marché, il nous en colle treize à la douzaine ! »

L'institutrice le moucha :

– Oui, monsieur Fasbellon, et tant mieux. Même les collines sont contentes, monsieur Fasbellon. Elles n'aiment pas les rabat-joie, les collines !

Le notaire dit : « Ta ! ta ! ta ! » L'institutrice fit une deuxième charge :

– Je dirais même que cet été, les prairies sont plus luisantes que les autres années. Est-ce que vous ne croyez pas que c'est à cause de la cloche, Fasbellon ? Et la cloche, ça veut dire le soldat, non ?

Elle posa sur le notaire un regard sévère.

– Même vous, maître, je dis bien : même vous, depuis que le soldat est au village, vous avez l'œil vif, je ne sais pas, on dirait une jeunesse, et pourtant il avait du chemin à parcourir, votre œil, pour avoir l'air d'un œil...

Le bois des amoureux

Fasbellon possédait un curieux talent : quand il voulait éliminer un insignifiant, il savait rétrécir ses prunelles, son iris, sa pupille de manière à se composer des yeux extrêmement étroits. La personne qui était en face de lui avait alors l'impression de se trouver très loin, et prisonnière de la pupille de Fasbellon, ce qui est bien normal car le mot « pupille », comme le professeur Judrin l'avait si souvent rappelé dans les soirées de la Lurette, vient du latin. Il veut dire « petite fille », ce qui signifie qu'une femme, si vous savez la regarder, elle devient toute petite dans votre œil, et elle rajeunit de cinquante ans en un clin d'œil, c'est le cas de le dire.

12

Au milieu du mois d'août, Julien ouvrit cette saignée dans le pré, derrière la ferme de Chaussegras. Il posa et maçonna la conduite d'eau. Très bien. Le tuyau de l'abreuvoir, qui était obstrué depuis des années par des bouchons d'herbes gluantes, libéra une eau magnifique. Le professeur Judrin était descendu à la ferme. Il dit au soldat :

– Vous ne pourriez pas mettre l'eau dans le bassin de la grande cour, au Verger, vous savez ? Ça ferait du bien à ce pauvre Neptune, il doit avoir la pépie, à force, il s'écaille.

Le soldat dit qu'il faudrait éventrer les conduites sur un kilomètre au moins, jusqu'à la croix sur la route de Thoard, jusqu'au monument aux morts.

Le maire Terembron tournait autour du soldat. Il avait une idée mais il ne la disait pas. Il estimait que la politique est comme l'amour et qu'il faut laisser à l'autre le hasard de se découvrir. Il n'était pas du genre à charger en rase campagne et encore moins sabre au clair. Il préférait le biais, le détour et le demi-jour. Aussi, il endormit le soldat. Il ne bougeait pas une oreille mais c'était un attrape-nigaud. Il était prêt à bondir comme un tigre dès que Julien se déclarerait mais Julien ne bronchait pas.

Le maire eut recours aux sœurs Magnan qui avaient une réputation de diplomatie. Elles en furent flattées. Malheureusement, leur diplomatie était fine. Leurs allusions furent si enchevêtrées que le soldat ne pouvait même pas faire semblant de les entendre. Il sentait bien qu'on voulait lui dire quelque chose. Il tendit des perches mais les deux sœurs, d'un commun accord, prenaient un air indicible.

Le maire était pressé. Il confia la négociation à M. Judrin, M. le professeur Judrin, excusez du peu ! Judrin abaissa les paupières.

Il approcha le soldat. Un après-midi, il revenait de la poste, le soleil était brillant et le professeur aborda Julien. Il l'invita à descendre au Verger. Les deux hommes s'installèrent sous le mûrier de Robespierre en bordure du bosquet. Judrin raconta l'histoire de la guillotine de Fabre d'Églantine et des seins de sa bonne amie. Le soldat la connaissait déjà car Vieux Thomas la lui avait rapportée. Il s'extasia.

Le soldat serait en retard au lavoir public pour tresser ses paniers d'osier avec le facteur mais tant pis. On avait bien le droit de déboucher une bouteille de rosé à l'ombre d'un « arbre de la Liberté », même avec deux cents ans de retard, encore que M. Judrin croyait se rappeler que les arbres de la Liberté étaient des chênes et non des mûriers mais il y avait si longtemps ! Et puis, ce mûrier-là, il suffisait de voir sa ramure et d'entendre ses abeilles pour être sûr qu'il était d'époque, comme tous les arbres, d'ailleurs. Avec son écorce comme une croûte terrestre, il ressemblait à la tête de Danton et de Mirabeau, et M. Judrin cassa le morceau :

– Au fait, Julien, savez-vous que le maire est à la quête

d'un cantonnier ? Les chemins, vous avez vu ? C'est comme le clocher. La guerre les abîme. Et ceux qui s'en sortent, ils ne savent même plus où ils vont. Ils se perdent et il n'y a rien de pire, pour un chemin, hein ! hein ! Un chemin qui se perd ! C'est comme les cloches. Quand vous les avez remises en marche, les cloches, vous vous rappelez, elles ne savaient plus sonner. Il a fallu tout reprendre de zéro... Je plaisante, je plaisante... À mon âge, on plaisante, non ?

– Vous plaisantez ?

– Non. Pas du tout. Ce que je veux dire, c'est que, depuis la guerre, les routes, on les a laissées s'étioler. Tous les hommes étaient au feu. C'est bien joli de tuer des gens, mais ensuite il faut rafistoler les routes...

Le soldat renâcla. Il était sensible à la confiance qu'on lui montrait mais non ! Il pouvait faire bien des choses, mais l'entretien des routes, des sentiers, non vraiment, il n'y connaissait rien et le professeur lui dit qu'à Salonique, pourtant, il avait servi dans le corps des sapeurs, de ceux qui font des routes, des ponts, hein ?

Julien se défila : aux Dardanelles, oui, et aux Éparges aussi, il était dans une unité de sapeurs, mais jamais il n'avait tracé la moindre route. Tout ce qu'ils faisaient, les sapeurs, c'étaient des tranchées, des boyaux. Pas des routes. Ça, pour creuser, pour fouiller, pour faire le rat et le porc-épic, et le hérisson, et le cafard et la courtilière, il en connaissait un bout. Tous les soldats de cette guerre-là étaient des animaux fouisseurs, gens des limbes, gens de tunnels et de grottes et de souterrains, des termites ou des fourmis, des hérétiques, des blaireaux, des hérissons, des moines, des vers, des habitants du dessous. C'est même à ça qu'on les reconnaît, les anciens combattants. Leurs peaux ont absorbé si longtemps de la terre, de la bouillasse, qu'elle est grise pour jamais, pour toute la vie. Après la vie, on ne sait pas. Mais en ce qui concerne les routes à la surface de la terre, non, il n'y connaissait rien, et comme M. Judrin balayait de la main ses arguments, le soldat voulut mettre fin à cette conversation oiseuse et il rigola.

Il rigola. Il s'envoya une rasade de rosé, dit qu'il avait tellement l'habitude de faire des trous et de creuser que, s'il acceptait le poste de cantonnier, plutôt que de faire des chemins, il ne pourrait pas s'empêcher de crever le sous-sol de Champtercier, de forer un réseau de cavernes et de boyaux sous les collines, sous les prairies, et le village s'effondrerait, tomberait dans ses propres caves et dans ses tunnels, et il faudrait alors creuser d'autres caves en dessous des caves, et ça n'en finirait jamais, comme dans Jules Verne, comme dans *Voyage au centre de la Terre* mais M. Judrin n'eut même pas la courtoisie de rire.

Il s'accrochait à son idée : le maire fournirait à Julien un aide, un homme de peine, ce Paul Settembrini, qu'on appelait Paulo, et qui boitait parce qu'il avait ramassé une ruade de cheval quand il était légionnaire à Sidi-bel-Abbès où il avait servi en même temps que le prince de Monaco, ma chère, et en plus, selon Judrin, elles n'étaient pas si nombreuses que ça, les routes.

Il y en avait deux : celle qui monte depuis la route de Marseille, depuis la Bléone, ou plus précisément depuis la gare de Champtercier et les Augiers jusqu'au village, cinq kilomètres au pire, avec des virages. La deuxième route est celle qui part du lavoir public, après la place de l'église, là où M. Gage a érigé en 1923 le monument aux morts de Champtercier avec cette tripotée de Maillan, d'Esmiol, de

Gassendi, de Magot et d'Aubin en lettres dorées, des fois quatre ou cinq garçons de la même famille, zigouillés, et leurs sœurs, les sœurs de ces soldats-là, qu'est-ce qu'elles sont devenues, les sœurs ? La route part du monument aux morts et elle monte vers Thoard pour déboucher juste sous le monument aux morts de Thoard, à croire, dit négligemment M. Judrin, qu'elles ne servent plus, ces deux routes, après toutes ces guerres qui se sont perdues les unes dans les autres, qu'à conduire les morts d'un cimetière à un autre, et c'est comme toutes les routes, n'est-ce pas, car toutes les routes ne font rien d'autre que de relier les morts aux morts.

Voilà. Deux routes. C'est tout. Entre la vallée et le village et entre le village et l'autre village, celui de Thoard. Le reste, ce sont des routes de petit bonhomme – des chemins, des sentiers, des passages de colporteurs ou de paysans ou de chasseurs ou de sangliers qu'il faut entretenir, des passages de perdreaux, qu'il faut élaguer, ébarber, renforcer de cailloux, sans parler des sentiers qui ont disparu depuis dix siècles, depuis cinq siècles, les sentiers de gloire des bouffons et des camelots et les sentiers de houille et de crasse des robines, les poussières et les cendres des robines qu'il était urgent de désenfouir, de renflouer comme des vieilles carcasses de bateau, de retaper, de ravigoter, oui, c'était urgent parce que si on ne fait jamais rien, toutes les routes seront ensevelies sous les prairies et sous l'humus, hein ! hein ! Et toute la haute plaine de Champtercier, si douce et si claire, deviendra une robine gigantesque comme l'Apocalypse, et qu'est-ce que serait un pays sans routes ni chemins, on aurait l'air de quoi, à Champtercier, M. Vieux Thomas l'avait bien dit l'autre jour, hein ! hein ! Mais on avait tout le temps et ce n'était pas la mort à boire, ou plus judicieusement pas la mer à boire, car on les attendait, ces chemins, depuis cinq cents ans. Sans doute, Paulo Settembrini avait une jambe de plomb à cause de ce mulet dans une gorge du Rif, mais la France avait gagné la guerre du Rif, et c'était un gros travailleur car il avait été maçon en Italie et M. Judrin semblait avoir bu trop de rosé, ou bien c'était l'effet de la passion.

– Oh, dit le soldat un peu ébahi par la véhémence du vieux professeur, mais c'est pas ça. Ce qu'il y a, c'est que je ne peux pas rester. Moi, je marche, je marche et j'aime que me bouger. Je vais vous dire, monsieur Judrin, je suis ici à Champtercier depuis huit mois. J'ai fait le clocher, j'ai fait la tranchée pour le bassin de Chaussegras, j'ai fait le « joli cœur » avec des dames, et même plusieurs « jolis cœurs ». Eh bien, j'en peux plus. Basta ! Basta ! Depuis que la guerre est finie, jamais, vous m'entendez, jamais je ne suis resté aussi longtemps dans un endroit.

Il releva les sourcils et enfonça les doigts dans sa barbe. Il dit lentement :

– Voyez-vous, monsieur le professeur, si j'étais moi, je ne resterais pas un jour de plus.

Le professeur se tourna vivement sur sa chaise.

– Qu'est-ce que vous racontez ? Qu'est-ce que ça veut dire : « si j'étais moi » ?

– Ça veut dire si j'étais moi, quoi...

– Vous n'êtes pas vous ?

– C'est une expression.

– Ça veut dire que vous acceptez d'être cantonnier ?

– Au contraire, je dis que si j'étais moi, je pourrais pas...

– Et si vous êtes pas vous ?

– Ça serait autre chose.

– Donc vous acceptez ?

– Pardonnez-moi, monsieur le professeur, c'est le contraire. Je dis que si j'étais moi, je ne ferais pas le cantonnier.

– Alors, il suffit que vous ne soyez pas vous !

– Oui, mais justement...

M. Judrin se tut. Il se versa un pastis. Il changea de conversation :

– Vous n'êtes pas bien ici ?

– Si je suis bien ? Mais pourquoi je ne serais pas bien ? Qu'est-ce que vous allez chercher ? Je suis très bien. Je peux pas être mieux, monsieur, mais je ne vois pas ce que vous voulez dire. Quel rapport, monsieur ? Je ne vois pas le rapport, monsieur le professeur. Je ne peux pas être mieux, monsieur.

– Et vous voulez partir ? C'est ça qui m'échappe. Parce que, en logique, si vous êtes bien...

– Ah...

– D'accord ! dit le professeur. Je n'avais pas envisagé cela. Mais vous pourriez quand même faire une pause, je ne dis pas vous fixer, entendez-moi, cher ami, je dis une simple pause.

Le soldat secouait la tête. Il ne comprenait même pas comment les gens faisaient pour être dans un endroit. Lui, il n'était jamais dans un endroit. Ce qu'il aimait, c'était la fanfare du soleil, le bruit de clairon du soleil, le matin, quand on attrape la première route venue, au bonheur la chance, qu'on la prend par le bras, la route, et qu'on s'en va vers un endroit. Et un endroit, ça ne dure pas longtemps.

Ça cesse comme ça commence, un endroit. Et c'est pour ça qu'il devait toujours se lever et partir, oui.

Est-ce que le professeur, réfléchi comme sont tous les professeurs, ne se rendait pas compte qu'il y a un nombre illimité de vallées et de montagnes, des millions de routes, des millions de villages, sur la mappemonde ?

Julien pensait souvent à ces choses. C'est pourquoi il détestait les cartes de géographie. Ça lui foutait le cafard, tous ces pays, ces vallées, ces torrents. Avait-on même le droit de passer toute sa vie comme un navire à l'ancre, comme un lapin qui « fait le mort », comme un mort qui fait le lapin, acagnardé, plié en dix, bloqué dans un point gros comme une crotte alors qu'il y a des Cambodgiens, des déserts, des péninsules, des canyons du Colorado, et le soldat conclut qu'il se sentirait vaincu le jour où la mort lui ferait signe.

– Je vais vous poser une question, monsieur le professeur. Ça ne vous ferait pas du chagrin, vous, de crever, pardon, vous, monsieur Judrin, vous n'allez pas crever, vous allez seulement mourir, c'est déjà pas mal, d'ailleurs, oui, est-ce que ça ne vous ennuierait pas de mourir sans avoir jamais vu le village de Van Vath, au Cambodge, ou bien sans avoir vu, je sais pas moi, le rio Machadinho qui se jette dans le Madeira, Madeira qui veut dire « bois » en portugais, et donc le rio Madeira qui se jette dans l'Amazone ? Moi, monsieur, moi, ça me dégoûte...

À mi-voix, très vite, mais très distinctement, il dit :

– Moi, c'est ça qui me tue, dans la mort.

Il avait même pensé à se convertir au catholicisme, justement pour ça, pour obtenir du ciel un rabiot de temps, un supplément, un rogaton de temps, pour avoir le loisir de parcourir toutes ces routes mais il n'avait jamais eu le temps de se convertir et puis, il était déjà catholique. Ce jour-là, ce jour de sa mort, il se sentirait vaincu et triste, pas du tout parce qu'il disparaîtrait mais parce qu'il n'aurait utilisé, de la beauté des choses, de l'infini des choses, qu'une frange, une bordure, une écume, un ressac. M. Judrin lui parlait de faire des routes, de bâtir des routes, mais le soleil est une route et quand il commence à dorer les collines, dans la nuit encore, et qu'il fabrique un nouveau jour, un nouveau jour avec une clarté ou une couleur qui n'ont jamais illuminé le monde avant ce matin-là, eh bien, disait le soldat presque à bout de respiration et d'un air égaré et bouffon au possible, avec sa barbe de Ribouldingue, eh bien, le soleil, et allez, et allez, ouste, et allez, en route !

Le professeur se demanda si le soldat n'avait pas lui aussi un coup dans le nez, avec ce cagnard, le rosé de Provence, le rosé des collines de Manosque et le pastis de Chaussegras par-dessus le marché, et il usa d'un autre argument. Il n'était pas question d'engager Julien à titre permanent. Julien serait au service de la mairie, pas de l'État. Il pourrait planter son ouvrage à n'importe quel moment, le jour où il aurait des fourmis dans les pieds, même à onze heures du matin ou à trois heures de l'après-midi, il poserait son pic et sa pelle sur le talus, sa brouette et son Paulo Settembrini, et bon vent ! Le maire en faisait promesse. Le soldat se leva. Il finit de boire, debout, son pastis, son pastisson. Il revint à sa manière habituelle de parler, non seulement sans exaltation, mais joueuse :

– Ce serait un autre métier, je dis pas. Mais cantonnier ! Ça voudrait dire tenter le diable !

– Et qu'est-ce qu'il vient faire, le diable, dans les routes ?

– La lo-gi-que, monsieur le professeur ! Je le dis toujours : la sainte lo-gique ! Et si je la prends... la route que je viens de faire, alors, hop ! Vous serez joli, si je la prends, la route d'escampette...

– La route d'escampette ?

Le soldat s'était levé. Il avait tiré sur sa grosse culotte de drap brun, pour la remettre en place, comme si la guerre l'avait dérangée, cette culotte, comme s'il se rhabillait après la fin de la guerre ainsi qu'on le fait quand on a pris une douche. Il était satisfait de sa pirouette. Le professeur Judrin s'esclaffa mais le soldat dit que ce n'était pas une pirouette.

Il remonta au village avec son fagot de branches de saule et d'osier. M. Judrin fit chemin avec lui. Vieux Thomas les attendait au lavoir depuis une heure avec ses brins d'osier et Julien dit que l'osier, on en parle déjà dans Jean de Meung, dans le *Roman de la Rose* et que ça vient du latin *ausarium* ou peut-être d'un radical de la langue franque, on ne savait pas trop. Le professeur Judrin leva la tête. Il ne dit rien. Il rajusta son pince-nez et fixa le soldat. Il avait des yeux affolés. Ou bien incrédules, ou indignés, allez savoir ! Le soldat ne s'apercevait de rien. Il avait repris son ouvrage. Il finit son panier. Quelques jours plus tard, une semaine, il dit qu'il acceptait l'offre du maire mais que personne, non personne, ne pourrait le retenir le jour où il aurait envie de prendre la route qu'il aurait ouverte, non personne.

13

L'ANNÉE suivante, les cousins revinrent au début de juillet. Vers le 20, le fermier Chaussegras et sa femme, son jeune frère, ses deux filles, la grande Alice et Marie qu'on appelait Tareillette à cause de ses oreilles, les amies de Tareillette et de la grande Alice, le cousin de l'Iscle-des-Abbés et tous ces gens que Me Fasbellon avait baptisés les « et cætera » commencèrent à fouler le blé.

Pour rien au monde les enfants n'auraient coupé à la fête. Un peu plus tard, le 15 août, le village célébrerait une autre date importante, l'Assomption de la Vierge. Le soir, toute la bourgade se donnerait rendez-vous sur la place de l'église pour un bal, avec lampions dans le ciel et sciure sur le sol. Les garçons auraient des souliers pointus et les cavalières feraient bouffer leurs robes d'organdi.

On n'en était pas encore là. Pour l'heure, on foulait le blé. Le frère de Chaussegras se promenait au milieu des gerbes, une fourche sur l'épaule. Il disait : « Il faut battre le blé quand il est chaud. » Les petits-enfants de M. Judrin avaient la tête en vrac. Ils songeaient à Julien. Vers les neuf heures, ils descendaient quand même à la ferme. Le père Chaussegras était planté au centre de l'aire. Il était plus grand qu'en hiver. Il se dressait comme la flèche d'un cadran solaire. Il portait sa casquette au ras des sourcils. Autour de lui tournoyait lentement, dans le sens contraire au pas des chevaux, un cercle d'or, de soleil et d'émail, chargé de pommiers, de cuivres, de prairies, de petites maisons jaunes et rouges, et du clocher gris et vert et parfois bleu.

Le fermier tenait la longe au bout de laquelle Cadet et Coquet tiraient leurs énormes rouleaux de pierre. Les chevaux baissaient la tête. Ils pensaient à autre chose. Quand ils avaient envie de bander, ils bandaient, ils n'étaient pas gênés. Ils étaient comme la vieille Gertrude Blanchet dans le chemin aux prunelles. Ils se fichaient du qu'en-dira-t-on. Ils en avaient assez de faire toujours le même cercle. Alors ils bandaient pour passer le temps. Ils étaient mangés des mouches et surtout des taons. Ils secouaient la tête en reniflant. Un peu de bave éclaboussait la figure de Chaussegras mais cet été-là les cousins, au lieu de passer des journées entières dans les javelles, au lieu de se tailler un rond de saucisson vers midi avec un Opinel « La Main Couronnée » en s'exerçant à dire des gros mots, au large des parents, s'éparpillaient dès que les fermiers faisaient la sieste d'après-boire, couchés dans tous les sens au pied du saule et du tilleul, comme dans le jeu de jonchet et comme dans les gravures du Moyen Âge.

Le soldat était actif et consciencieux. Il ne venait pas souvent sur l'aire car, à présent, il était cantonnier et il s'était mis au boulot. Il était toujours sur la brèche. Ce zèle lui faisait honneur mais on s'aperçut que les deux grandes routes qu'il devait caillouter, celle qui monte de la route de Marseille jusqu'au monument aux morts de 14-18 de Champtercier et l'autre, celle qui relie le monument aux morts de 14-18 de Champtercier au monument aux morts de 14-18 de Thoard en se faufilant entre le pic d'Oise et la montagne de Campanelle, ne l'intéressaient pas. Il les entretenait, mais sans enthousiasme. Je crois qu'il s'en fichait.

Il préférait les sentiers capricieux et rebiqués, les embrouillaminis de chemins, les « tortillards », comme il disait, les hésitants et ceux qui bégaient, les chemins ratés et ceux qui sont comme les lignes de la main, ceux qui se dandinent dans les rides des montagnes, ah, il ne manquait pas de mots, le Julien, ah, pour la langue, le Julien, il n'était pas en reste, Fasbellon l'avait bien dit mais Fasbellon était un jaloux. Julien parlait aussi de vires et les cousins de Grenoble se rappelèrent que le mot *vire* est utilisé en Suisse, dans le Valais, à la place du mot *sentier* mais Julien jurait qu'il n'était pas suisse.

Pas suisse, mais il aimait les chemins mal fagotés et les raidillons qui donnent le vertige, à l'aplomb des gorges, sur les crêtes, et ceux qui vont à mi-hauteur des pentes, les chemins exténués et les chemins ahuris, ceux qui ne passent près d'une ferme que par routine ou par compassion, les raccourcis et les grimpettes, les fourches, les pattes-d'oie qui s'entortillent dans les champs, les sentes qui s'enfoncent sous les futaies et allez savoir où elles ressortent et même si elles ressortent jamais, et celles qui flânent.

Le résultat, c'est que les cousins ne pouvaient jamais prévoir où Julien allait poser sa pioche, sa pelle, ses brouettes, ses adjoints Paulo et Vieux Thomas et tous ses appareils, y compris son théodolite fabriqué dans les îles Britanniques, vers Manchester LTD. C'était comme une devinette. Certains matins, les cousins devaient se hisser à la cime du grand cèdre pour l'apercevoir vers Chanderène ou vers les Trabuc. La campagne bougeait dans les dernières branches du cèdre avec les bruits de la mer. Un jour, on repéra Julien dans les emmêlements noirs des Robines. Il était flanqué de Vieux Thomas qui le rejoignait dès qu'il avait distribué son courrier et qu'est-ce qu'ils pouvaient bien trafiquer, les deux potes, dans les solitudes et dans les enfers ?

Les soirées de la Lurette furent chaudes. Le notaire commentait les insuffisances de ce vagabond qui était un déserteur ou même un Allemand car il avait un accent et il était blond et roux et pourquoi parlait-il sans trêve de la guerre, quinze ans après que la guerre était finie ? Drôle de paroissien ! Fasbellon lâchait du fiel. Eût-il été une araignée, Fasbellon, on aurait pu construire une immense toile et même un hamac avec les fils visqueux de ses méchancetés, comme disait dans son dos le sacristain Tartensonne.

Fasbellon enrageait. Le village avait accueilli ce Julien à bras ouverts et voilà comme il remerciait, par le dédain et la désinvolture. Et cet air de tout savoir. Un poseur et un fanfaron. Un vantard. Le maire et le curé, les deux curés même, s'étaient montrés bien légers pour ne pas dire frivoles en confiant la voirie de Champtercier à cet individu dont on ne savait rien, qui venait du nord, de la Poméranie ou de la Bohême, et que l'aubergiste Cheillan ne craignait pas d'appeler le « monsieur de mauvais aloi ».

Le professeur Judrin relevait le gant. Après tout, c'est lui qui l'avait déniché, ce Julien, et il ne manquerait pas à ses responsabilités. Entre deux tours de manille, à la Lurette, il se portait à la rescousse du soldat qui, à défaut d'être un as dans la fabrication des routes, apportait de la nouveauté, de la « nouvelleté », comme on disait au Moyen Âge, mais le Moyen Âge, Fasbellon s'en tapait car on était au XXe siècle déjà, et M. Judrin ne se démonta pas. Il dit :

– Accordé, Fasbellon. Je consens que le Moyen Âge est fini. Disons donc que le cantonnier nous apporte de l'imprévisible. Ça vous convient, maître Fasbellon ?

Fasbellon souffla pour décoller deux feuilles de papier à cigarettes. Il prenait son temps. Il dit froidement :

– L'imprévisible, mon cher professeur ? Moi, quand je prends une route, je la préfère prévisible. Je suis sans doute « vieux jeu », mais je n'aime pas trop les routes imprévisibles. Que voulez-vous, j'ai été éduqué comme ça, et d'ailleurs, vos chers Romains, la via Appia...

Il eut un rire acide. Il finit de rouler sa cigarette, l'alluma, commença un deuxième rire, coupa ce rire.

– Nous savions, professeur, que le nom de votre chien Horace a une heureuse influence sur vous et que vous taquinez la muse. Mon Dieu ! Pourquoi pas ? La poésie, après tout ! Encore que, entre nous, professeur, je situe Alfred de Musset au-dessus de votre Horace mais « des pieds et des rimes », comme on dit...

– Je ne prétends pas que Musset est un mauvais poète. *Les Nuits*...

– Nous sommes d'accord. *Les Nuits*. Et « La lune, comme un point sur un i », vous croyez que ce n'est rien ? Vous la comptez pour du beurre, cette lune ? Passons... Ce que je voulais dire, professeur Judrin, c'est que la poésie et les Ponts et Chaussées, il y a apparence que ça ne fait pas bon ménage. Je n'ai pas le sentiment que notre réseau routier s'améliore.

Le professeur Judrin quitta son banc. Il s'avança jusqu'à la lucarne de la Lurette. Il y avait de la nuit dans la lucarne. Le professeur tapota la vitre, comme pour faire tomber des morceaux de nuit.

Avec les semaines, les méchantes langues de la Lurette se fatiguaient. Elles se faisaient une « déraison », comme disait le bedeau. Il faut dire que dans le village, le cantonnier était en grâce. Les femmes du lavoir public raffolaient de ses histoires, de ses attentions. Les enfants ne le lâchaient pas. Ils le voyaient comme un voyage. Ils estimaient que, mesurés à ce soldat, le maire, le curé Portes, le vicaire Lhuillier, et même le marquis du Louviers de Louvière, et même le grand-père Judrin et le chien Horace, et Cadet et Coquet, enfin, tous ces gens-là, n'étaient qu'anecdote et pain perdu. Seul parrain Élie était plus intéressant.

Julien cassait ses cailloux. Ses projets étaient indiscernables. Il était capable de s'affairer deux jours entiers au Pied-de-Cochon, ou bien sur la route de Thoard, avec l'aide de Paulo et de Vieux Thomas, puis d'oublier ce chantier sans même utiliser la pyramide de silex, de graviers de la Bléone et de rognons qu'il avait édifiée. Il laissait derrière lui un sentier minable, de quelques mètres, en lisière d'un bois, le long d'une falaise. Et les enfants l'interrogeaient, et il riait : « Et les anges ? Ils n'auraient pas droit à leurs petits chemins, les anges ? »

Il installa son barda à mi-pente du pic d'Oise. La bande le rejoignit. Il traçait un chemin vers une maison bien connue du village mais ce n'était pas une maison, plutôt une ruine, des gravats, des moellons et de très hautes herbes. Les enfants dirent que personne n'allait jamais jusqu'à cette maison. Alors, pourquoi faire un sentier ? Julien dit que justement.

– Justement quoi ?

– Vous croyez pas qu'il devait y avoir un chemin quand elle a été bâtie, cette baraque ? On n'a jamais fait une maison sans son chemin, non ? Seulement, voilà : ensuite, les ronces et les pluies, tout ça s'y est mis. Le chemin a été boulotté. Total : il n'y a même plus de maison. Et le tour est joué ! Pas de chemin, plus de maison...

Les premières journées d'août furent chaudes. Julien consolida le pont de Pouloni, en bas. Il passa trois jours à réparer les rambardes qui avaient été emportées par un orage, l'été d'avant. Il y avait une maison à portée du pont. C'est dans cette maison que vivait la fille Rambaud – ou plutôt dans une dépendance de la maison –, Joséphine Rambaud qui était fameuse dans deux ou trois vallées.

Le bruit des batteuses s'apaisa. Julien se transporta vers Campanelle, sur le layon qui relie le vallon des Grands-Tauriers à la route de Thoard, non loin de ces Petits-Tauriers où vivaient les deux vieux types seuls, le Sauveur et le Manent, ceux qui se disputaient tout le temps. Encore une lubie de Julien ! Un layon de deux cents mètres et il menait où ? Il menait aux Petits-Tauriers et qu'est-ce que c'est, les Petits-Tauriers ? Justement, ce n'est rien. Ce n'est pas un village. Ce n'est pas un hameau. C'est un lieu-dit. Un lieu à peine dit. Deux maisons et trois prairies, un point, c'est tout. Et après les Tauriers, ça va où, ce sentier ? Ça va dans les caillasses et les ronces et les serpents et les lézards. Le bout de tout, quoi ! Et dans ces deux maisons des Petits-Tauriers, il y a bien quelque chose, quand même ?

Oui, il y a quelque chose. C'est ça l'inconvénient. Il y a ces deux vieux bonshommes dont Vieux Thomas avait fait des gorges chaudes, l'année précédente à la Lurette, il y a ces deux vieux qui ne pouvaient pas se piffer et qui étaient en procès depuis des lustres. Voilà où le cantonnier avait ouvert son chantier ! Il allait élargir une sentine qui ne servirait jamais à personne. Qui servirait à deux vieux clous.

Les deux des Petits-Tauriers, Émeric Manent et Sauveur Souvrain, de toute leur vie, ne s'étaient jamais adressé la parole. Ils vivaient à vingt mètres l'un de l'autre et ils ne se tiraient pas le chapeau. Si l'un d'eux avait bouffé sa dernière liche de pain, il crevait plutôt que de demander un croûton à l'autre. Ils ne se voyaient pas. C'est ça. Ils étaient deux choses transparentes. Ils glissaient l'un sur l'autre, l'un le long de l'autre, ils se traversaient, sans se voir, sans se frotter, sans se cogner. Comme dans les films de l'Homme invisible. M. Judrin avait dit qu'ils ne vivaient pas dans le même compartiment du temps. Il avait eu une jolie image : s'ils se frôlent, les deux vieux, dans un champ ou près de la source, c'est un brouillard du siècle de Louis XIV qui croise un nuage de la guerre de Cent Ans. Pas mal ! Il eut une autre formule : ils s'entendaient aussi bien qu'une girafe et une virgule.

Sacrés vieux ! Ils nous faisaient bel usage et depuis longtemps. Pour les cousins, quand ils étaient en vacances, à Noël principalement, mais aussi pour les retraités, pour les veuves, pour les messieurs qui tapaient le carton à la Lurette, ils étaient épatants, les deux grigous. On les utilisait dans les veillées, particulièrement l'hiver et par temps de neige. Ces jours-là, quand on ne savait plus que dire parce que la neige, au bout de huit jours, c'est blancheur et compagnie, et quand l'ennui est si visqueux que le temps n'arrive plus à se bouger, le village les tirait de leur trou, les deux vieux des Tauriers. Et c'était comme un jouet.

Notre amusement, l'amusement de Cheillan à la Lurette,

mais ça faisait rire tout le monde, même ceux qui détestaient Cheillan et même les cousins qui étaient là aux vacances de Noël, était de prétendre que déjà, dans les deux ventres de leurs deux mères, ils se tournaient le dos. Le comble, c'est que les deux mères étaient très amies. Elles étaient copines d'école. Aussi, à la sortie de la messe, du temps du curé Rennes, avant 1914, du temps du vieux curé Rennes qui s'était cassé un bras en chapardant les pigeons du clocher, le pauvre, et les radicaux-socialistes en avaient fait leur miel, en ce temps-là elles passaient des heures à bavarder, les deux femmes, devant le lavoir, et les enfants, dans les deux ventres, ne pouvaient pas s'encaisser et ils se faisaient la tête.

– Allons bon, disait Fasbellon. Allons bon ! Un fœtus qui fait la tête à un autre fœtus !

Ils se flanquaient des coups de pied terribles mais ils étaient bloqués par les ventres de leurs mères et les deux femmes leur disaient de se tenir tranquilles mais ils s'en fichaient pas mal. Ils s'insultaient. Ils se tiraient la langue. Ils se faisaient des grimaces et, comme disait Cheillan avec son sale rire distingué, quand un fœtus fait une grimace à un autre fœtus, attention les yeux ! Un fœtus qui boude, vous imaginez ! Tout ça était bête, bête comme un âne, et pourtant ça faisait rire, mais rire ! Ça faisait avancer le temps qui est une vieille carne et qui freine des quatre fers, le temps, et c'est dans ce lieu-dit des Petits-Tauriers, entre la maison de Manent Émeric et celle de Sauveur Souvrain, que Julien attaquait son nouveau chantier et Fasbellon disait, de sa voix bien repassée, de sa voix lisse, un peu luisante, de sa voix comme ces cirés noirs qu'on sort les jours de pluie : « On croit rêver. »

14

ON croyait rêver, mon vieux, et quelle mouche l'avait piqué, le soldat ? Sans doute, il avait entendu parler de Manent Émeric et de Sauveur Souvrain chez les sœurs Magnan, puisque, tous les trois mois, en automne, au printemps, en hiver et en été, c'est à l'épicerie de Champtercier que les deux vieux birbes faisaient halte, l'un comme l'autre, ou plutôt l'un et puis l'autre, le jour où il leur fallait descendre dans la vallée pour leurs démêlés de justice – un bornage tarabiscoté, un cerisier à égale distance de l'un et de l'autre et qui, au hasard des températures et des vents, donnait plus de fruits dans un lopin ou dans l'autre, des cadastres si emberlificotés qu'un chat n'y aurait pas retrouvé ses petits, comme on dit. De fait, sur le chemin qui menait aux Grands-Tauriers, vers Campanelle donc, il y avait une bande large d'un mètre vingt, qui appartenait à Sauveur Souvrain si bien que l'autre, Manent Émeric, était obligé de faire un bond, au risque de se casser le cou car le pauvre Émeric, de surcroît, était de petite taille.

La halte trimestrielle chez les demoiselles Magnan obéissait à un rite. Émeric Manent se présentait le premier, vers les dix heures. Il achetait un paquet de gris, il faisait claquer ses bretelles, il riait, il remontait dans sa carriole. Une heure plus tard, arrivait l'autre, le Sauveur Souvrain, qui écartait le rideau de perles, plaisantait, achetait du tabac gris, portait un doigt à sa casquette et disait : « Salut ! » L'après-midi, c'était la même musique. Et ils disparaissaient, ensemble et séparés, pour leurs Petits-Tauriers.

Julien descendit aux Tauriers. Il déposa ses pioches, ses pelles, son théodolite et ses gravillons. Il ne dit pas bonjour aux deux vieux. Il ne les voyait pas. Il élevait son tas de cailloux. Pas un mot. Exprès. C'était un rusé, une belette. Il ne dit même pas : « Bonjour les amis », ou plutôt : « Bonjour les aminches », avec son accent et ses lenteurs.

Les deux types l'observaient. Muets. Pas embarrassés, mais deux cailloux. C'étaient des gavots, des mélancoliques. Le mot *gavot* veut dire « jabot ». Dans les vallées des Alpes, les paysans du Moyen Âge manquaient d'iode, et en plus ils couchaient tous dans le même lit car les maisons étaient étroites. La nuit, ils étaient empêtrés les uns dans les autres, surtout quand le temps était à la neige, les cousins et les tantes et les frères et les sœurs, et les pères et les filles, tout ça, d'autant plus qu'avec ce manque d'iode ils étaient un peu débiles, et ils ne savaient plus à qui revenait un bras ou un ventre, si c'était le sien ou celui d'un autre. Ils faisaient au mieux, au hasard de la fourchette. Ils caressaient au petit bonheur. Ils tâtonnaient, mais, tu vois, mon vieux, ils ne savaient pas trop avec qui ils pêchaient. C'est pour ça que je leur file le tuyau, pour qu'ils ne fassent pas figure le jour où ils arriveront au Paradis au cas où on leur chercherait des crosses et qu'ils puissent bénéficier de circonstances atténuantes, les malheureux, déjà qu'ils ont un goitre !

Un goitre, oui. Ils étaient malades comme des morts, que ce soit l'iode ou bien coucher tous ensemble, et ils finissaient par avoir une poche sous le menton, comme un pélican, un jabot, et du mot *jabot* au mot *gavot*, il n'y a qu'un pas. Voilà pourquoi on appelle les habitants des Basses-Alpes les « gavots », tout ça à cause d'un peu d'iode. Et d'un peu de neige.

Les deux vieux se tenaient sur le pas de leurs portes, ou alors près de la source, un chapeau vissé au crâne, sous l'amandier, sous l'orme. Il n'y avait que deux arbres, un amandier et un orme, sans parler du fameux cerisier. L'herbe qui pousse sous des arbres est toujours très jolie, luisante et tendre, souple et verte, avec des rousseurs en automne. Elle plaît beaucoup aux lapins. Les deux vieux ne se regardaient pas. Ils étaient des choses. Inertes et absents, léthargiques, mon vieux, et l'ombre de l'un tenait à l'œil l'ombre de l'autre pendant que Julien faisait voler son marteau dans ses cailloux.

Le quatrième jour, ils n'y tinrent plus. Il faisait très chaud. Dans le ciel, il n'y avait plus que du soleil. Une pétarade. Du plomb, du bronze, le grand jeu. Un des deux apporta à Julien une cruche d'eau fraîche. Ça colla tout de suite. Le vieux plaisanta. Ils sont comme ça, les gavots : tu les vois, ils sont fermés à double verrou, et un beau jour, la coquille se craquelle et ils deviennent rigolos et ils n'arrêtent plus de parler et de te taper dans le dos à te casser la clavicule pour bien montrer qu'ils sont timides.

Ce matin-là, le premier des deux vieux demanda au cantonnier ce qu'il fouinait là et s'il allait démolir tout le pic de Campanelle ou seulement le versant sud. Il avait mis sa bouche de travers pour montrer qu'il parlait à la blague. Julien répondit du même ton, la bouche de travers lui aussi. Il expliqua qu'il voulait bien bousiller la montagne de Campanelle tout entière, s'il le fallait, mais alors, où est-ce qu'il allait ranger toute cette terre ? Et les rochers ? Et les torrents ? Et les talwegs ? Et les vers et les chenilles ? Et les chemins ? Il ne fallait rien oublier. En plus, ça allait tout encombrer. C'est ça, l'inconvénient des montagnes. Il faut réfléchir avant de les enlever. Sinon, quand on les a foutues en l'air, on ne sait plus où les mettre.

Le paysan prit un air connaisseur et répondit qu'il s'appelait Émeric Manent. C'était un bonhomme, soixante ans, petit et resserré, avec une figure coincée et cette peau tendue et brillante, trop étroite, rougeoyante et très bien cirée, qu'on voit dans les vieux, dans les vieilles surtout, par chez nous dans les montagnes, à cause du soleil et à cause du froid, mais le cantonnier, après qu'il avait fait amitié avec lui, l'avait planté là pour se tourner vers l'autre, celui qui s'appelait Sauveur Souvrain et qui était un bonhomme, lui aussi, même âge, mais grand et lourd, et, dans la figure, des yeux énormes et très doux. Julien opina que le nom de Souvrain devait être flatteur et Souvrain dit que « oui », mais qu'il ne fallait pas exagérer, qu'au début, « oui », mais qu'après, « non ». Julien dit « oui », et ils rigolèrent. Le vieux ajouta que le prénom de « Sauveur » était encore pire car on ne peut pas sauver tout le monde. Il réfléchit et il dit : « On ne peut même pas sauver personne. » Il était grand et costaud, mais il avait un fameux sourire, comme du pain.

Les jours qui suivirent, Julien mangea un morceau avec l'un, un morceau avec l'autre. Équitable. Le vin n'était pas de première, pas plus celui de Manent que celui de Sauveur

Souvrain car c'était le même, il venait de la coopérative sur le boulevard Gassendi, à Digne, dont s'occupait d'ailleurs le grand-père Judrin et nous nous demandions de temps en temps, nous les cousins, pourquoi un savant comme M. Judrin, qui avait tellement trimé pour apprendre le latin et le grec, était administrateur d'une coopérative. L'ennui de la retraite, probablement, ou des trucs de catholique, ou des trucs de Croix-de-Feu, ou des trucs de radical-socialiste, ou des trucs de bolchevique. Julien buvait le vin. Il disait qu'ils avaient au moins un point en commun, les deux types, c'était ce vin. Julien le dit d'abord à Manent et Manent ne répondit pas. Un peu après, Sauveur Souvrain ne répondit pas non plus.

Au village on jouait une autre chanson. Sur l'aire de Chaussegras où Coquet et Cadet continuaient de faire leur cercle ou sur le terrain de boules et encore plus au lavoir public et à la sortie de la messe, le dimanche, et dans les soirées de la Lurette, partout, et dans l'épicerie des sœurs Magnan et dans la ferme des Trabuc, dans celle des Payan et dans les autres, le chantier du layon des Petits-Tauriers faisait la nouvelle et l'étonnement.

Ce chantier rendait énergie à la cabale qui rêvait d'abîmer Julien. Fallait-il gaspiller une grosse semaine et l'argent de la commune pour réparer un bout de route où ne passaient jamais que deux ganaches fâchées à mort ? Deux célibataires en plus, deux types qui n'auraient jamais d'enfants alors qu'un chemin, en général, on le fait pour au moins dix générations, et quand ils seront morts, les deux, ça sera mort aussi, les Petits-Tauriers. Il n'y aura plus que les freux, les lièvres et les courtilières. L'aubergiste Cheillan fit son ironique : « Et je vous le demande, professeur : une route pour les courtilières, pour les freux, est-ce que c'est vraiment urgent ? Avec tout ce qui se passe, ces bruits de bottes en Rhénanie, ces révoltes dans la Chine. »

M. Judrin était d'humeur légère ce soir-là. « Et pourquoi pas, Cheillan ? Une route pour les courtilières. Une route pour les lièvres. Une pour les perdreaux. Une route pour les lutins... Tiens, Cheillan, je retiens votre idée ! » Et il ne croyait pas si bien dire, les chemins pour les lutins, pour les courtilières, tout ça, car ce Julien était un drôle de pistolet.

Le bedeau Tartensonne approuva le professeur Judrin. Il approuvait toujours tout le monde, ce qui compliquait beaucoup son existence. Il s'en sortait grâce à la Bible. Ce soir-là, il jeta les bras au ciel et il cria : « Malheur à l'homme seul ! » Et comme il fournissait ses sources, il dit : « Malachie, IV, 2. »

Mais, justement, peut-être qu'ils n'étaient plus fâchés à mort, les deux vieux, du moins si on entendait les allusions du bedeau Tartensonne. On s'en ouvrit au curé Lhuillier et le curé Lhuillier fit une figure subtile. Cette figure mit le feu aux poudres. Léonie Cranchard fonça. Elle doubla tout le monde. Elle fut la première à annoncer que les deux des Petits-Tauriers avaient enterré la hache de guerre.

Malheureusement, le premier moteur de cette réconciliation, le cantonnier Julien, celui qui avait joué les « bons offices » et qui s'était aménagé depuis quelques semaines une cabane dans une dépendance du Verger, à deux cents mètres en contrebas de la ferme de Chaussegras, juste au-dessous de la vigne de M. Judrin, près de la haie d'osiers, de vernes et de trognes, refroidit les enthousiasmes.

– Ne poussons pas le bouchon trop loin, monsieur le curé. Il y a du mieux, c'est un fait, mais un mieux petit, tout petit. Ils ne sont plus fâchés à mort. Bien... Bien...

– Vous voyez, dit le curé.

– Monsieur le curé, dit Julien, est-ce que ça dure moins longtemps que la fâcherie à mort, la fâcherie à vie ?

Au lavoir, le mot « armistice » fut prohibé. Julien affolait la meute. Il tapait une fois sur la caisse, une fois sur le tambour. Il opinait qu'une réconciliation entre les deux hommes exigerait du temps, des câlineries et du savoir-faire mais que le jeu en valait la chandelle. Il se rendit un soir au Verger et consulta M. Judrin autour d'un ballon de blanc, sous le gros mûrier de l'abbé Grégoire et de Fabre d'Églantine. Il dit :

– Ce n'est pas facile. Et vous savez pourquoi, professeur ? C'est que ces deux types ne sont pas des méchants. Ce sont des crèmes, ces deux idiots-là. Alors, comment voulez-vous faire qu'ils se repentent ? Est-ce qu'une crème, ça se repent ? Ce sont des gentils. Ils n'ont jamais rien fait de mal. Comment voulez-vous qu'ils demandent pardon ? On n'en sort pas, monsieur.

– Au contraire, Julien, je dirais le contraire. Pensez à Cicéron, pensez aux *Catilinaires*.

– Écoutez, monsieur : si deux justes se chamaillent, comment voulez-vous les séparer ? Je préfère séparer deux diables que deux gentils. Le diable, c'est simple comme un œuf, un diable. Un voyou, vous l'obligez à demander pardon et hop, l'affaire est dans le sac. On signe la paix. Mais un brave homme, de quoi voulez-vous qu'il demande pardon puisqu'il n'a rien fait de répréhensible ? Vous comprenez, monsieur Judrin ? Les guerres entre deux justes, ce sont les plus cruelles. Vous ne croyez pas, monsieur Judrin ?

– Je crois, oui. Enfin, je crois un peu mais pas trop...

– Ce que je veux dire, c'est qu'il y en a qui se demandent pourquoi le bon Dieu a imaginé toute cette saloperie, pourquoi il y a le mal, le démon, cette vieille baderne de Satan, Magog et le seigneur Claque-Squelette et toute cette engeance. Mais, vous imaginez, s'il n'y avait que des justes ? Ce ne serait plus la guerre de Cent Ans ! Ce serait la guerre de Cent Mille Ans... Si tout le monde avait raison... Au fond, l'enfer, des fois, je me dis que l'enfer... oh, attendez, attendez,... oui, que l'enfer, ce sont les gentils.

– Et puis, dit M. Judrin pas trop rassuré, un bon paradoxe de temps en temps, pourquoi s'en priver, c'est ça votre idée, non ?

Le soldat ne répondit même pas. Il suivait son idée.

– Vous savez, monsieur Judrin, le chiendent, c'est quand deux gentils se mettent une peignée. Tenez, Antigone et Créon... Les « justes » quand ils se font la guerre, ce sont des teignes. Ce sont des teignes, les justes. Vous en avez pour une ou deux éternités, au minimum. Les méchants, c'est gentil, les méchants, ils se massacrent et ça y est, c'est fini. Et je déteste les paradoxes.

Le professeur Judrin s'était rejeté en arrière. Il plongea trois doigts dans la petite poche de son gilet, comme il le faisait quand il était intimidé.

– Antigone ? Vous voulez dire Antigone ? Mais enfin, Julien. Et vous faites le cantonnier...

– Je vous ai dit, monsieur, cette guerre. Elle me colle au cul.

Julien s'était rapproché de M. Judrin et Judrin se souvint

de cette vieille soirée, quand il lui avait attrapé le col de sa veste, il y avait cinq ou dix ans, il ne savait plus très bien parce que les vieux ne savent plus où ils en sont avec les années, dans le chemin aux prunelles, avec tous ces enfants qui ne venaient presque plus au Verger à présent car ils étaient des jeunes gens ou des jeunes filles, et le soldat, ce jour-là, l'avait pris par l'épaule et il avait parlé de ses montres. Mais cet autre jour, le jour des Petits-Tauriers, le soldat dit brusquement :

– Monsieur Judrin, j'ai vu que vous avez un âne, dans la grande remise. Les gosses me l'ont montré. Alors, je vais vous dire une bonne chose, monsieur Judrin. Quand la guerre va recommencer, vous le rangez, votre âne, vous le cachez dans une botte de foin, parce que j'ai fait Verdun.

Il regarda le professeur Judrin, comme s'il hésitait.

– Oh, et puis pourquoi pas ? Vous savez qui a eu le plus grand nombre de morts, à Verdun ? Les Boches ? Les Sénégalais ? Les chasseurs alpins ? Non, monsieur. Ce sont les ânes, monsieur Judrin, des milliers d'ânes, cent mille ânes au bas mot, ceux qui transportaient les obus et le pain dans les boyaux et les obus tombaient dessus. Cent mille ânes dans la terre. Un charnier ! Un ossuaire de bourricots !

Il se recula de quelques pas, s'adossa au mûrier de l'abbé Grégoire.

– Excusez-moi, monsieur. Parfois, mon caractère se défait, mais toutes ces petites pattes d'âne, monsieur, toutes ces oreilles, tous ces yeux, ce n'est pas rien, les yeux d'un âne, monsieur. Ça n'a pas de fond, les yeux d'un âne. Moi, je n'ose plus les regarder, les yeux des ânes. Enfin, quand même ! Je n'invente rien...

– Je n'avais jamais entendu ça.

Julien se recula et d'une petite voix désespérée, il dit :

– Monsieur le professeur, je suis pour les ânes.

– Parce que, dit Judrin, la guerre va recommencer ?

– Et le pire, vous savez, c'est que leur différend, ces deux vieux croûtons, ce sont des cacas de mouche. Des vétilles. Même pas des cacas. Il n'y a pas le moindre *casus belli*, comme on dit dans votre *épitomé*, c'est ça, monsieur le professeur. Les guerres sans *casus belli*, c'est la peste. S'ils avaient un *casus belli*, les deux abrutis, on pourrait tenter quelque chose : on enlèverait le *casus belli*, hop ! Ça se verrait à peine, une égratignure. On ferait un pansement, une bande Velpeau, et roulez tambours ! Noël sur la terre ! Mais non ! Il n'y a rien. Pas le moindre motif de guerre. Alors, comment voulez-vous que je m'y prenne ? Il n'y a rien. Il n'y a que du vent. Qu'est-ce que vous voulez que je fasse, moi ? Vous pouvez quelque chose sur le vent, vous ?

Il parla d'abondance et d'un ton précipité. À son avis, ce n'était pas une raison pour baisser les bras. Au contraire, il était urgent de se mettre au boulot car on en avait pour dix ans au moins, en comptant au plus juste, si on voulait les rabibocher, les deux des Tauriers, et le professeur essaya de rire :

– Dix ans ? On a le temps, alors. On peut laisser passer une nuit encore. Demain, on verra. Dix ans ! Vous m'en direz tant, Julien. On commencera demain. Sur dix ans, un jour de plus, de moins...

– Enfin, monsieur Judrin, c'est le contraire. Dix ans ! C'est long. C'est pour ça qu'il faut s'y coller tout de suite. Chaque minute compte. Moi, quand on déclare une guerre, je trouve qu'on devrait sauter sur l'occasion et déclarer tout de suite, dans la même proclamation, la guerre suivante.

– C'est vrai, dit le professeur d'une voix enjouée, mais ce serait encore mieux si on déclarait en même temps la guerre précédente. Comme ça, ce serait une guerre qui a déjà été faite. Ça économiserait des vies, des obus, tout le barda... Même les poteaux de la future frontière, ils seraient déjà plantés, non, Julien ?

C'est ce que dit le professeur. Sa voix était jeune. C'était une voix de moquerie mais, en même temps, il n'était pas dans son assiette. Il aimait les paradoxes mais ceux de Julien l'angoissaient. Le professeur ne savait jamais si le soldat se payait sa tête ou non. On verrait plus tard. Ils se levèrent. Ils entrèrent dans la cour. Horace remuait le derrière à toute allure. Au lieu d'agiter la queue, comme les autres chiens, il agitait tout le derrière et la queue bougeait avec, il comptait large.

Julien s'assit sur le rebord du grand bassin, posa une main sur la tête de Vulcain. Il avait une voix lasse maintenant. Une voix qui ne croyait plus beaucoup à elle-même.

– Je vois bien que vous ne me prenez pas au sérieux. Vous croyez que je fais le Gilles. Mais je ne plaisante jamais, voyez-vous. Un type qui plaisante, pour moi, c'est un sale type...

Il fit quelques pas dans la cour. L'herbe était légère, piétinée par endroits, les enfants. Il caressa le tronc du vieil acacia, moitié bois et moitié ciment, revint vers Judrin et il reprit en détachant les syllabes :

– Je réprouve les gens qui plaisantent, monsieur. J'aimerais plaisanter, certains jours, mais personne n'a le droit de plaisanter, d'accord ? Enfin, je trouve. Qu'est-ce que vous en dites ? Qu'est-ce que vous en dites, de ces gens qui rigolent de tout ? Moi, je vais vous dire. Ces gens, des gens pareils, c'est comme s'ils voulaient mourir. Comme si, je ne sais pas, comme s'ils étaient en train de mourir...

– Je vous prends tout à fait au sérieux.

– Vous imaginez, monsieur, si on avait fait ça en 1870 ? Si on en avait profité pour déclarer en même temps la guerre de 14. On aurait fait un paquet des deux guerres. Et en plus, si vous les groupez, les guerres, vous avez besoin de moins de généraux, de moins de plénipotentiaires, de moins d'ânes, de moins de déserteurs. C'est fou ce que ça consomme comme déserteurs, une grande guerre. On en manquait, en 18, de déserteurs. On n'en trouvait presque plus, ou alors cachés dans des replis et ils ne valaient pas grand-chose.

Il leva une main à la hauteur de ses yeux et abaissa son bonnet car le soleil était rouge et éblouissant dans les branches du cèdre.

– C'est incroyable, ce qu'il en faut, des morts, pour faire une guerre, monsieur le professeur. Vous avez remarqué. On en manque toujours. Regardez. À la fin, en 1917, au Chemin des Dames, à Douaumont, qu'est-ce qu'on en a manqué, de morts. On n'en trouvait plus un seul. On les avait tous tués, les morts. Il n'y en avait plus un seul de disponible.

Le professeur Judrin avait un peu de rose aux pommettes, comme une maladie ou alors une peur. Une honte. Ce soldat ! N'importe quoi ! Il était bête. Il se croyait malin. Il savait des choses, ça, c'est vrai, un peu de latin, et cette histoire d'Antigone, Sophocle, pourquoi pas Eschyle, et l'autre jour, le *Roman de la Rose*, un comble, mais ça ne veut rien dire. Il était bête, bête comme un bâton. On manque de morts ! C'était un enfantillage ou bien il se fichait du monde, et même si c'était vrai, on ne doit jamais dire une chose comme ça, on manque de morts... Il ne faut pas parler de ces choses-là. Le professeur ne répondit rien. Il se dit que Julien était belge car il avait parlé de « faire le Gilles » et il disait « les aminches ».

Aux enfants, le soldat raconta que les deux types de Campanelle étaient si bourrés de haine qu'ils risquaient d'éclater comme deux ballons. Le seul moyen de les réconcilier était de leur faire signer l'armistice, puis la paix, sans qu'ils s'en rendent compte, pendant qu'ils dormaient par exemple. Une cousine dit : « Bonne idée. Pendant qu'ils rêvent », mais une autre cousine, celle de La Côte-Saint-André, avec ses couettes et son accent nasillard des Alpes, dit : « Et si leur rêve c'était qu'ils se disputent. Là, ça serait loupé, non ? » et on se fit un brave rire, mais Julien dit : « Ces deux types, c'est que des nigauds. On dit toujours que dans les montagnes, on est avare comme pas un. On dit que les gavots c'est pas bavard parce que ça veut pas gaspiller sa voix, user sa langue, un gavot. Tiens. Ils sont tellement près de leurs sous, les paysans de ce coin-là, quand un cheval meurt, ils donnent son nom au nouveau cheval, Coquet, Cadet, et après, ils les mélangent. Moi, si j'étais Manent ou si j'étais Souvrain, je vais vous dire. Si j'étais eux, je vais vous dire. J'économiserais. J'utiliserais un seul cheval chaque fois, une seule charrette pour descendre à Digne, quand ils vont consulter l'huissier, et le juge, et les avocats, non ? Ou quand ils vont chez le notaire à Mallemoisson. Comme ça, ils n'useraient pas leurs deux chevaux. Ils n'useraient pas les huit fers de leurs deux chevaux, et pas leurs deux guimbardes et leurs huit roues. Vous comprenez. Ils pourraient rester fâchés, si ça leur botte, mais quand même, ils feraient des économies, tiens, c'est une bonne idée ça, j'y pense... Et à la longue, ils s'accoutumeraient à aller ensemble, et après, ils s'apercevraient qu'ils ne se détestent pas, non ? Tant ! Ils s'apercevaient que peut-être ils s'aiment.

Un de nous, même pas un gros, voulut se moquer de Julien. Il claqua des doigts pour attirer l'attention et il dit :

– Et s'ils mettaient un seul costume, Julien, ça serait encore plus économique, un seul pantalon, chiche.

– Ne dis pas n'importe quoi, dit Julien d'une voix sévère. Comment veux-tu qu'ils marchent, s'ils n'ont qu'un seul pantalon ? Réfléchis.

15

Le frère de Chaussegras mourut et on l'enterra. Le village avait été pris à l'improviste car le jeune homme ne faisait pas de bruit, sauf quand il jouait à pétanque et il vous foutait un carreau sur place qu'on entendait jusqu'à la poste, et il disait : « Prends ça dans les dents. » Les funérailles furent réussies. Tout le village était accouru, y compris les Trabuc et les Chaspoul, y compris les radicaux-socialistes, les francs-maçons, les Croix-de-Feu, avec aussi un Jeune Patriote qui était un fils Louviers de Louvière, un marxiste qui était un autre fils Louviers de Louvière, Gertrude Blanchet et Léonie Cranchard. On vit converger vers Champtercier des familles qui vivaient dans des écarts ou même dans les Robines, car ces coins-là sont loin de tout et ils n'ont pas tellement de morts, les pauvres.

La cérémonie débuta par une confusion : comme le convoi mortuaire se formait au carrefour des Chats-Perchés, avec le cheval de Gassendi qu'on finissait de caparaçonner de noir et d'argent, un tonnerre éclata sur la route de Thoard : la charrette d'Émeric Manent dévalait dans un fracas de sabots, d'étincelles et de claquements de fouet. Le curé Portes leva le nez. Il découvrit un spectacle incroyable et même impossible : le grand et le gros Sauveur Souvrain, debout dans la charrette d'Émeric, donnait du fouet et de la voix. Et, au touche-touche avec Sauveur Souvrain, la silhouette esquichée de son ennemi, ce Manent Émeric auquel il n'avait jamais adressé la parole.

La charrette décrivit une courbe autour du lavoir public et s'arrêta pile. Le cheval était couvert d'écume. Sauveur Souvrain fit un signe de croix et Manent Émeric en fit un autre. Presque le même signe de croix. Ils auraient aussi bien pu en faire seulement un pour les deux. Dans la foule, les conversations se turent. Un silence s'établit. Un enfant de chœur, qui était un petit Chaspoul mais vêtu de rouge et de dentelles, eut un rire nerveux. Nous étions en hypnose. Plusieurs personnes firent des drôles d'yeux mais les deux des Petits-Tauriers s'en fichaient pas mal. Ils attachaient tranquillement le cheval. Ils tirèrent leurs casquettes. Ils s'avancèrent vers le cortège.

Tout le monde comprit qu'outre la mort du jeune Chaussegras, un autre événement remarquable venait de se produire. Les bons offices de Julien avaient porté fruit. Un demi-siècle prenait fin. Les deux vieux avaient épuisé leur stock de haine et ils se retrouvaient copains. Dans le cortège, après un délai de stupéfaction, les conversations reprirent. Le professeur Judrin était près de Julien. Il le félicita. Plusieurs femmes s'approchèrent. Julien eut un comportement d'une grande sobriété. Il ne nia pas que l'idée d'utiliser un seul cheval et une seule charrette venait de lui mais c'était si peu de chose, un truc, une malice ou une ruse, et est-ce que ça réussirait ? De toute façon, Julien estimait que le cours des choses ne dépend pas de la décision des hommes.

– Selon moi, monsieur Judrin, les hommes ne peuvent pas ajouter une virgule au livre dont ils sont les lettres.

Il jeta un coup d'œil sur le professeur et il ajouta :

– Même pas une parenthèse.

Léonie Cranchard, qui s'était approchée en tapinois, dit qu'elle approuvait le cantonnier. Elle avait toujours eu la conviction qu'elle ne pouvait pas ajouter à sa vie la moindre virgule. Elle parlait d'une voix chuchotante et râpeuse, avec des explosions de salive, comme dans un confessionnal. Julien sourit à la vieille dame et il fournit un exemple : un jour, il avait fait relâche dans une île, au large de Nantucket qui est un port baleinier, en Amérique. Il ne chassait pas la baleine. Il n'avait jamais chassé la baleine. Non. Il passait par là, un matin. Eh bien, dans cette île, depuis le XVIIIe siècle, tous les bébés naissent sourds. Cette incommodité affecte trois générations mais, à la quatrième, le mal est écopé jusqu'à la dernière goutte et les nouveaux bébés entendent très bien. Léonie Cranchard dit :

– Ça ne m'étonne pas !

Dans les semaines qui suivirent, on eut des raisons de craindre que la réussite de Julien ne fût pas totale. Les deux vieux ennemis des Petits-Tauriers étaient opiniâtres. Certes, ils étaient obligés de consentir qu'ils ne se haïssaient plus du tout, qu'ils s'aimaient bien. Ils montaient ensemble à Champtercier et ils évoquaient volontiers leur problème, surtout dans l'épicerie des demoiselles Magnan. Leur position était claire : ils refusaient de baisser les bras illico presto. Ils étaient gavots. Ils jouaient la carte de la prudence.

Ils n'envisageaient pas de clore officiellement leur guerre. Émeric Manent fit une comparaison avec le 11 novembre

1918 : « Pas de clairon et pas de wagon de Rethondes ! L'incendie risque de se rallumer, si on fait tout un salamalec pour dire que la guerre est finie. Regardez : l'Allemagne. La guerre fait des pieds et des mains pour se remettre en branle. Nos ministres, Briand, tout ça, Wilson, ils ont fait une jolie boulette quand ils ont dit qu'elle était finie, la guerre. Ils auraient mieux fait de le dire à personne, qu'elle était finie. Même pas aux soldats. Et toutes ces cérémonies, ça a fait rien que d'attirer l'attention. Nous, on va se tenir à carreau, pas vrai, Sauveur ?

Sauveur disait « oui ». Émeric se relançait :

– Vaut mieux rien dire, pour pas la titiller, la guerre, sinon elle remet le couvert !

Ils s'étaient affrontés, les deux voisins, pendant soixante ans. Ils ne pouvaient pas brader ces soixante ans de haine, les passer par profits et pertes. L'homme n'est pas un tableau noir que le maître nettoie avec une éponge, ce serait trop facile. Sinon, à quoi ça servirait, de vivre ? Et même si le prof efface tout et copie un nouveau texte, les anciennes lettres sont toujours là. Invisibles, indéchiffrables, enchifrenées mais indestructibles. C'est comme ça. Toujours une vieille guerre sous une jeune guerre. Léonie Cranchard dit que c'était bien son avis.

Émeric s'expliqua. C'était leur cave et leur grenier, ces soixante ans d'affrontements. Il y tenait comme à son propre cœur : toutes ces nuits sans sommeil qu'ils avaient usées à se haïr et à s'épier, à préparer des pièges et des chausse-trappes, à distiller des ragots et du venin, alors ça n'aurait jamais eu lieu, ça ne laisserait ni empreinte et ni crasse, même pas une odeur, même pas une crotte de bique ! Ça serait du songe ? Et le cerisier ? Il n'aurait jamais fleuri, le cerisier ? Mais enfin, à quoi ça servirait de naître, si soixante années pouvaient s'évaporer comme une fumée de pipe, sans restes ? On n'allait pas faire comme si on n'était jamais né, quand même...

Émeric en revenait toujours à la guerre, n'importe laquelle, celle de 70 ou celle de 14, ou celle de Crimée, ou celle du Mexique, car toutes faisaient l'affaire. Un beau jour, on trouve qu'elle a assez duré, la guerre, on l'arrête, on la démonte mais personne n'a le culot de prétendre qu'elle n'a pas eu lieu. Au contraire : on l'entretient. On la peinture. On la lustre. On la pomponne. On la décore. On la fait belle comme une première communion. On met des gueules cassées dans la campagne, dans les villes. On met des monuments aux morts dans chaque village. On déterre des tas de soldats inconnus et on les réenterre. C'est comme ça. On tient à son chagrin. On a trop peur du vide, du rien du tout.

– C'est déjà assez con, quand deux pays se font la guerre. Mais si, en plus de se faire la guerre, quand ils l'ont finie, ils la foutent en l'air, ils font comme s'ils l'ont pas faite, c'est encore plus idiot. On n'a même plus rien pour être sûr qu'on l'a faite, la guerre.

C'est pourquoi, dans l'idée d'Émeric, Émeric et Sauveur avaient besoin d'un peu de temps. Ils acceptaient de placer leur querelle en veilleuse mais ils ne la jetaient pas à la décharge publique. Ils la gardaient sous la main. Dans les fermes de Champtercier, les paysans conservent sous un auvent ou dans un hangar des bouts de ficelle, des bougies à moitié consumées, des vis, des boulons rouillés, des cochonneries, des lampes Pigeon, des bouts de couenne d'avant la guerre 1914-18. Les étrangers en tirent la leçon que les gavots sont des avares. Les étrangers ! Non, les gavots ne sont pas avares. Ils prennent la vie au sérieux, voilà tout. Ils savent que la vie c'est comme la mort. Ils savent que ces débris ne pourront jamais être d'aucune utilité mais ils se feraient débiter en rondelles plutôt que les jeter : est-ce que vous avez jamais vu un homme se jeter lui-même à la poubelle ?

Émeric et Sauveur ne briseraient pas avec leurs habitudes : ils se rendraient régulièrement dans la vallée, une ou deux fois par trimestre, pour accompagner l'avancement des procédures, chez le notaire, chez l'avocat, chez le juge. La seule différence : ils utiliseraient désormais un seul cheval au lieu de deux chevaux, et la charrette de l'un ou celle de l'autre tour à tour et ils casseraient la graine ensemble, dans un restaurant genre La Marmite de Gassendi. Et si vous êtes dans la même charrette, comment vous feriez pour ne pas bavarder un peu ?

Julien insista. Il les encouragea à signer, devant notaire, un acte de conciliation. Ils firent le nez. Julien les secoua. Il leur suggéra de prendre un seul avocat pour les deux, de manière à économiser les frais. Il déploya de l'éloquence. « Si vous avez le même avocat pour les deux, ça serait la bonne manière de cesser de vous disputer. Mettez-vous à la place de l'avocat ! Il va pas plaider pour Émeric en disant que Sauveur est un gros menteur et, la minute d'après, il dirait que Sauveur est un homme loyal et qu'Émeric est un menteur, vous voyez la tronche qu'il se payerait, l'avocat ? »

Un même avocat pour les deux ? Sauveur Souvrain prit au sérieux la proposition de Julien. Il la soupesa dans son gros crâne. Au bout d'un moment, il se secoua et il dit : « Justement, monsieur Julien. Déjà que nous attelons le même cheval, que nous montons dans la même charrette ! Qu'il nous reste au moins ça, deux avocats. C'est pas grand-chose. Mais ça prouvera quand même qu'on n'a pas passé toutes ces années pour rien. »

Ils connurent plusieurs alertes. Ou plusieurs rémissions. Certains matins, ils déraillaient. Des disputes leur pétaient au nez. Elles faisaient un boucan de Jugement dernier. Elles étaient fulgurantes. Elles les laissaient pantois, désarticulés, blessés et leur bonheur était au comble. Par précaution, ils tenaient leurs cottes de mailles à portée et Sauveur Souvrain, dont le caractère était conciliant, disait qu'il fourbissait son épée chaque lundi matin. Manent, qui n'aimait pas contredire, l'approuvait.

Manent était petit, malingre, mais assez bon en psychologie. Il ne cachait pas que certains soirs, il aurait donné dix sous pour monter une rixe car il avait peur de perdre la main sans compter qu'une bonne engueulade, ça fait un souvenir. Sauveur Souvrain n'était pas contrariant. C'était une pâte. Il avait horreur de faire de la peine aux autres. Il était serviable, dévoué et très modeste. Ce n'est pas lui qui eût refusé de donner un coup d'épaule à un voisin ! Aussi, il eût volontiers bricolé une pistolade rien que pour rendre service à Émeric.

Au surplus, les excursions chez les hommes de loi étaient distrayantes. Ils se chicanaient brièvement, par courtoisie. Il eût été désobligeant de déranger les hommes de loi pour des prunes. Ensuite, dès qu'ils avaient réglé leur chamaillerie du jour grâce aux conseils du notaire de Mallemoisson ou du juge de Digne, ils considéraient les énormes dossiers de toile noire dans lesquels des centaines de feuilles, de commandements, de grosses, d'actes sous seing privé, de minutes et de procès-verbaux consignaient la genèse et l'épanouissement de leurs querelles. C'était le *verbatim* de leurs deux vies, ces dossiers, puisqu'ils n'avaient rien fait d'autre, depuis leur naissance au pied de la montagne de Campanelle, que de tendre leurs trébuchets, de mesurer leurs charges de poudre et de tourner leurs cartouches.

Ces dossiers les rassuraient. Les gros cartons noirs bourrés de procès-verbaux étaient leur destin, attestaient qu'ils avaient vécu. Ils n'ouvraient pas les dossiers. Ils les contemplaient. C'était reposant. Ils se promenaient quelques moments dans leurs deux passés comme on va dans les étés, dans les chemins du soir de l'été. À Digne, sur la route de Nice, le long de la Bléone, il y a des bancs verts. La municipalité du Dr Romieux les a fait installer après l'armistice. Sur ces bancs, le soir principalement, on voit des vieux hommes et des vieilles dames qui regardent. Qui regardent rien du tout. Ils ne se parlent pas. Ils sont comme des bonheurs.

Quand ils avaient dit au revoir aux notaires, les deux des Petits-Tauriers remontaient dans la charrette commune. C'est à ce moment-là que la tristesse leur tombait sur le râble. Ils piochaient dans les années. Ils disaient : « Tu te rappelles quand j'ai fait venir l'arpenteur de Thoard, ah, le con ! », ou bien : « C'était du temps de Me Andrieux. Attention. C'était une tête, Andrieux... », un peu comme les anciens combattants, les gueules cassées, le soir, après la partie de manille, caressent les cendriers qu'ils ont confectionnés avec des culots d'obus dans leurs casemates. Des souvenirs de rien du tout : du minuscule et du futile, du guingois, du louche, mais ils témoignent que la bataille d'Actium ou celle de Fontenoy ou de Gravelotte a eu lieu, a laissé des tués et des blessés et des hurlements, et qu'elle n'est pas seulement une lubie de publiciste, de dictionnaire ou de professeur d'histoire : ils font preuve.

C'est dans l'épicerie des demoiselles Magnan que Sauveur et Émeric tombèrent d'accord sur cette nécessité de la preuve si l'on veut vérifier qu'on a vécu. Le curé Portes était en train d'acheter son tabac de la semaine et son papier Job. Il se jeta sur le mot « preuve » et apporta de l'eau au moulin des deux vieux.

– Exact ! Ça fera preuve. Il faut toujours avoir une preuve sur soi parce que sinon... sinon vous êtes ratatiné. Regardez. Moi. Le bon Dieu. Saint Anselme a trouvé la preuve de son existence. Eh bien, ça n'a l'air de rien, mais je dis « bravo ». Et imaginez, s'il ne l'avait pas trouvée, cette preuve ! Pour nous, les gens d'Église, c'est bien commode.

Émeric dit : « Je veux ! »

Le curé fut content. Il dit qu'il avait une crainte :

– Et si je l'oubliais un jour, cette preuve ? Pour l'instant, ça va, je la connais sur le bout du doigt, la preuve de l'existence de Dieu. Mais il faut compter avec les années. Ce n'est pas mon genre d'être pessimiste mais quand même, ça peut arriver. Eh bien, je m'en fiche, figurez-vous : je m'en tire parce que j'ai le livre de saint Anselme dans la sacristie. Alors, je cours à l'église et « cocagne ! ».

Sauveur dit :

– C'est un peu ça que vous avez dit, non, monsieur le curé, quand vous avez enterré le pauvre Chaussegras le jeune ?

M. Portes fut ravi qu'on lui reparle de cette cérémonie car c'était un souvenir très agréable. Ce jour-là, il avait proféré une homélie d'une grande élévation de pensée. Il n'était pas tellement éloquent. Il broyait les syllabes dans son dentier. Par moments, il cédait à l'émotion et il demeurait court mais il n'était pas chiche en formules et ses crachotements et ses balbutiements, dans l'église si vaste, étaient comme des petits alléluias.

Dès le début de son prêche, il avait concédé que le frère de Chaussegras n'avait pas énormément travaillé pendant sa vie. Il n'allait pas nier les faits. Il avait tapoté son étole et, à la surprise générale, il avait conclu : « La belle affaire ! » Cela ne signifiait-il pas, a contrario, que nul ne connaît les replis mystérieux de l'âme humaine ? Certes, le jeune Chaussegras n'avait pas beaucoup bougé pendant ses cinquante ans de présence sur la terre mais qu'était-ce donc, cinquante ans, si on les mesure aux milliers, peut-être même aux millions d'années de la mort ? Cette idée commença par nous en boucher un coin, et ensuite, elle nous parut juste.

Chaussegras était né à Champtercier, oui ou non ? Il avait passé une grande partie de ses jours sur la place des Platanes, à deux pas de l'église, le bruit de ses boules troublait un peu les vêpres et le curé avait eu des prises de bec avec lui sur ce sujet et maintenant, c'était dans cette église... c'était dans cette église, à deux pas du bruit des prises de bec, à deux pas des boules...

M. Portes s'égara dans sa phrase. Un sanglot montait. Il préféra le garder pour une meilleure circonstance. Aussi, il manœuvra pour l'évincer. Il sauta sur une autre idée. Cette deuxième idée était la suivante : chacun occupe sur la terre la place inconnaissable que Dieu a élue pour lui et on ne va pas se mettre à critiquer Dieu ! Les balances des hommes ne savent pas peser le bien et le mal. Il y faut des mécaniques plus subtiles.

Ensuite, il s'empara de l'ostensoir et entreprit d'asperger le catafalque mais il coupa son geste. Il promena le regard autour de lui, un peu étonné, comme si quelqu'un était entré dans l'église.

– Cher Alphonse Chaussegras, cria-t-il, certains te blâment de n'avoir jamais rien fait et moi je dis : « Je le veux bien, Alphonse, et tu es un enfant de Dieu car tu n'as rien fait, et cela veut dire que tu n'as jamais accompli le mal. Sur toi, le diable s'est cassé les dents. Le diable est un énervé. Gardons en l'esprit ta belle leçon de sagesse, cher Alphonse Chaussegras : le diable ne sait pas comment entrer dans les choses immobiles. »

C'est ce jour-là, sur la fin de son prêche, que M. Portes trouva une formule que le village réemploya pendant plusieurs années. Il parla « du grand pays sans frontière ni géographie ». Ce grand pays sans géographie fit un triomphe. La formule essaima dans toute la haute plaine dont le château du Verger constituait le cœur, entre le pic d'Oise, Campanelle, Caramantran, Siron, le bois des amoureux, Saint-Pancrace et le torrent de l'Iscle-des-Abbés.

Gertrude Blanchet rapporta que parrain Élie lui-même, dans les après-midi de sa chambre, aimait à la reprendre, bien qu'on ignorât qui la lui avait rapportée, à moins que ce ne fût le professeur Judrin en personne quand il faisait visite au reclus du deuxième. D'après Gertrude, le parrain faisait disposer son fauteuil tout près de la fenêtre, lorgnait le pic d'Oise ou Campanelle. De temps à autre, il balayait la vitre de la main. Il disait : « Le grand pays sans géographie. »

Pendant quelques années, on put même entendre parler

de « ce pays sans géographie » à une centaine de kilomètres de Digne, dans les hameaux de la région de Seyne, vers Gap, vers le Sélonet, parce que Trabuc, chaque été, menait ses bêtes dans les alpages de La Blanche et, la nuit, les bergers, qui sont souvent philosophes, parlent de choses et d'autres.

Le facteur, M. Vieux Thomas, répandit une autre nouvelle : dans les solitudes des Robines, il avait entendu une vieille femme évoquer le « grand pays sans géographie ».

On remonta aux sources. On précisa que le curé Portes avait dit, très précisément : « Et voici que tu t'avances, Alphonse, mon frère en Christ, mon tendre frère, mon frère aux yeux éblouis de la mort, vers le grand pays sans géographie. »

Ensuite il avait coulé un regard vers le tableau représentant les Rois mages. On y voyait des anges qui soufflaient dans leurs trompettes mais les peintures qui représentent des musiciens, surtout les musiciens à vent, sont décevantes. Elles montrent les grosses joues des anges mais ça ne sert à rien car aucun son ne sort des trompettes et on dirait qu'ils étouffent. M. Portes avait alors martelé : « Oui, mes frères, je veux dire le grand pays sans routes ni chemins. »

À ce moment-là, plusieurs fidèles avaient interrogé du regard Julien qui demeura impassible. Personne n'était dupe : n'était-ce pas au cantonnier que le révérend avait piqué ce pays sans routes ? Il lui avait « fait les poches », comme le dit M. Judrin d'un ton indulgent.

Ensuite les fidèles s'étaient redressés. Ils firent un peu de tumulte car, après ces longues minutes d'agenouillement, ils avaient bon besoin de se bouger. Les têtes de rotule et de clavicule se remirent dans leurs alvéoles. Le curé frappa du plat de la main son gros missel pour faire comprendre qu'il voulait ajouter un post-scriptum. Il jeta le buste en arrière et tendit la main droite vers la pancarte qu'il avait accrochée, des années plus tôt, quelques semaines après avoir été nommé à la cure de Champtercier, au commencement de la guerre mondiale, sur la porte de l'église. Nous avions lu si souvent cette pancarte que nous ne savions plus ce qu'elle racontait. Nous l'avons relue et M. Portes a dit :

– C'est aujourd'hui seulement, et grâce à ton truchement, cher Alphonse Chaussegras, que les écailles tombent de mes yeux et que je le déchiffre, pour la première fois, cet avis que j'ai affiché il y a quelques dizaines d'années ! Mes frères, je vous le dis dans la solennité de l'office des morts : nous ne devons pas lire sur cet avis : « Veuillez entrer en silence. » Non ! Je dis : « Non ! » Et que doit-on lire, mes frères ? Nous devons lire : « Veuillez entrer dans le silence... Dans le silence ! »

Là, il fit ce que font souvent les curés, le dimanche. Il abaissa la tête, enveloppa son crâne nu, si rond et si rouge, dans ses deux mains, se cambra encore un peu plus, et dit d'une voix suppliante :

– Veuillez entrer, oui, dans le silence, cher Alphonse Chaussegras, dans ce silence qui fait aujourd'hui ta demeure.

Le lendemain, Julien reprit ses travaux. Les enfants ne le lâchaient pas. Ils l'accompagnèrent au Pied-de-Cochon où il achevait un chantier commencé du vivant d'Alphonse, et il se transporta aux Arondelles. Il cassait des cailloux. Il sarclait les talus. Il organisait une bordure de pierres. Il lui arrivait de ne rien faire et alors, il se tenait debout comme un flandrin.

Il était comme un chien à l'arrêt. On voyait ses narines, sa barbe blonde et rousse, bouclée. Il respirait si peu que la campagne en était à mourir. Les enfants regardaient ce qu'il regardait – une combe fourrée de verdure, le gosier d'un rouge-gorge, une coulée de forêt, un morceau du ciel ou un ciel tout entier, et parfois rien. Pour un instant, les choses s'arrêtaient, elles ne respiraient plus. Puis la campagne se remettait à bruire, les sources, les herbes, les ramures des pins. Et alors, on regardait le clocher comme pour s'assurer que les aiguilles de l'horloge avaient tout de même avancé pendant ce que l'on pourrait appeler cette « léthargie », ou ce sommeil, ou cette mort, du paysage. Un jour, Julien dit : « C'est un idiot, ce clocher. Vous voyez son horloge. Elle continue à marquer le temps, même quand elle pourrait se reposer un peu ! » (Non. En vérité il n'a pas dit ça mais je mettrais ma main au feu, et même la main de Léonie Cranchard, qu'il aurait pu le dire.)

Jamais vacances ne furent si belles. Elles étincelaient. Julien racontait des sornettes et si c'était sornettes ou bien merveilles, il disait « Va savoir ! », et il disait aussi que c'était du pareil au même, et de la merveille au même, et qu'il n'avait pas le temps de faire le tri. Il était cantonnier de Champtercier. Il avait mille routes à débrouiller et mille sentiers à tirer derrière lui comme un filet de pêcheur, le soir, sur la plage de Salonique ou sur celle de l'Algarve en Portugal ou de Nantucket en Amérique du Nord. Que d'autres consacrent leur temps à se poser des questions difficiles, si le cœur leur chaut. Il y avait des types pour ça. Il y avait le professeur Judrin qui connaissait tout Virgile, qui connaissait même les poèmes que Virgile n'avait pas écrits, ou encore M. Portes parce que, pour la théologie, il était champion, M. Portes. À la foire aux théologiens, qui se tient chaque année à Archaye, au pied du pic de Couard, dans la vallée de la Bléone mais côté Grandes Alpes, le premier vendredi de septembre, c'est-à-dire juste après la foire aux agnelles de Thoard et avant la foire aux soldats de l'Arc de triomphe, quand le sumac commence à mettre du sang sur les collines, l'abbé Portes constituait le premier lot et c'était Champtercier qui avait gagné ce lot, vous vous rendez compte !

Julien était là. Et s'il n'était plus là ? Cette idée nous glaçait l'échine. On avait si peur qu'il ne prenne une de ses routes pour se tailler. Par chance, les routes qu'il traçait étaient très courtes, quelques centaines de mètres, et il n'irait pas loin. Bien fait ! Vieux filou ! On l'aurait vite attrapé !

Il advenait cependant qu'il disparaisse pour un jour, pour deux jours. Les cousins le cherchaient. Ils se coulaient à quatre pattes dans les fourrés, même dans les genévriers qui piquent tant. Ils lançaient Horace. « Cherche, Horace, cherche », et Horace s'agitait mais il n'était pas bon pour la chasse. Il remuait le derrière. Il sautait comme un agneau de Pâques.

Les cousins pensaient aux Robines, ça va de soi, mais ils auraient mis leur langue sur le billot plutôt que de l'avouer. Ils savaient bien que toute l'affaire trouverait son épilogue un jour ou l'autre dans ces noirceurs, dans les vertiges et les sauvageries des Robines, mais justement, raison de plus pour n'en parler jamais, des Robines.

Julien avait souvent dit qu'il pouvait se priver de tout,

de vin, de fiancée, de père et de mère, de souvenirs, mais que jamais il ne pourrait se passer de routes et du bruit du klaxon, le matin surtout, quand l'autocar entre dans un village et quand le carillon sonne sept fois et que chaque coup de cloche est comme une goutte d'or.

Les soirs où la lumière de la cabane ne s'allumait pas, la cabane dans laquelle il logeait, au-dessus de la vigne de Chaussegras, on imaginait le pire. On craignait qu'il ne se soit enlevé avec une femme. Pas la fille de Cheillan qui était à Forcalquier maintenant. Alors, dès le lendemain matin, on montait au village car la plus jeune des sœurs Magnan avait des yeux tendres mais les deux sœurs avaient des yeux tendres. On achetait deux sous de pastilles rouges et blanches et on fichait le camp. La femme du pont des Lices était belle aussi. On aurait dit une odeur de miel.

Le professeur Judrin grondait la petite bande. Il lissait sa barbiche pointue, soyeuse et disait que toutes ces imaginations étaient sottes. Le monde n'avait pas commencé avec le cantonnier, que diable ! Et puis ces Robines, c'était un délire du vieux facteur. Il suffisait de ne pas y aller, aux Robines, il suffisait de dire qu'elles n'existaient pas, les Robines, et elles n'existaient pas, et la haute plaine de Champtercier était la plus belle du monde et un paradis. Quant au cantonnier, mon Dieu ! Il faisait toujours le même coup : il ne partait que pour revenir.

16

JULIEN redescendait au village. Il ne fournissait aucune explication. À vrai dire, on ne posait pas de questions. Il était trop fort pour nous. Il débiterait des bobards, il ferait celui qui n'a pas entendu ou celui qui dit la vérité et les vérités de Julien, elles ne valent pas ses mensonges. En plus, il dirait « Moi, si j'étais moi ». Bien sûr, on aurait pu s'informer auprès de Vieux Thomas mais Vieux Thomas, il ne fallait pas compter sur lui. Autant les gens de Marseille parlent facilement, autant les paysans des Basses-Alpes étaient des bûches, en ce temps-là.

Je dis bien en ce temps-là car les choses ont bougé. Les paysans se sont dégourdis. Depuis le temps dont je parle, nous avons eu une Deuxième Guerre mondiale, entre 1939 et 1945, et les guerres sont des loups et elles chassent devant elles les années, comme des brebis, et elles les égorgent. Elles les saignent.

Mais la guerre n'est pas tout. Il y a eu également, dans les années cinquante, l'aménagement de la Durance. Les vieux du village le déplorent. Souvent, je me moque des vieux car ce sont des anciens, en général, les vieux. Mais ils voient juste.

Ces barrages sur la Durance « leur restent en travers de la gorge ». Ils disent ça pour blaguer, mais ils ne blaguent pas. Ils sont déprimés. Nous autres, les jeunes, les un peu jeunes, ceux qui étaient jeunes avant la Deuxième Guerre mondiale, nous les secouons, nous les traitons de ramollos mais c'est pour les faire bisquer parce que nous savons bien qu'ils ont raison, les vieux, et bientôt nous serons ramollos aussi, c'est la loi.

Avant la Deuxième Guerre mondiale, du temps de M. Judrin et du temps de Cheillan, de Gertrude Blanchet, des oncles et des tantes et de Julien et de parrain Élie, la Durance était un des pires torrents de la France, magnifique, terrible et comme un roi, orgueilleux, plein d'eau, de feux, de geysers et d'écume, d'arcs-en-ciel et de fracas, de frottements de galets, de chevennes et de loches, un sauvage, un barbare, une grande gueule de torrent, une grande invasion, une crue et un Gengis Khan, oui, tout ça, mais un gros égoïste. De sa vallée, de ses limons, il avait fait un grand jardin mais il n'avait même pas l'idée d'irriguer les autres terres des Basses-Alpes qui n'étaient pas des terres à cette époque, mais des silex, du charbon, du calcaire, du sable, de la robine et de la poussière. En un mot, de la géologie. C'est ça : avant la guerre, les Basses-Alpes étaient une géologie. C'est ensuite que nous sommes devenus une géographie, et je le déclare très simplement, sans emphase : moi, je suis favorable à la géologie.

Un jour, les ingénieurs l'ont aperçue, la Durance, et ils lui ont fait la peau ! Couic ! Comme on tord le cou d'un poulet ! Comme une arsouille détrousse un quidam à la Belle de Mai. Couic ! Mon Dieu, si j'étais un torrent, je me cacherais dès que j'apercevrais un ingénieur. Ils ne peuvent pas se retenir, les ingénieurs : ils ont bâti les lacs de l'Écluse et de Serre-Ponçon, sur la Durance, et, sur le Verdon, le lac de Sainte-Croix, le barrage de Quinson et même là-bas, au diable, vers Saint-André-les-Alpes, le barrage de Châtillon. Ils ont fabriqué des millions de kilowatts-heure. Rien que dans Serre-Ponçon, ils ont mis mille millions de mètres cubes d'eau.

Voilà ce que c'est d'entrer à l'École polytechnique : vous vous garnissez de théorèmes. Après, vous quittez l'école. Mais, un jour, un jour de désœuvrement, vous sortez vos cahiers de cours, vos compas, vos postulats, vos logarithmes et vlan ! vous bâtissez un barrage.

Donc, ils les ont collés un peu partout, leurs canaux et leurs hydrauliques et leurs usines et leurs turbines et leurs tuyaux d'arrosage. Dès qu'ils apercevaient une eau, vite, ils l'emprisonnaient. Ils la fourraient dans leurs machineries et aujourd'hui, elles sont mortes, les eaux de la géologie et du début du monde, les eaux du Déluge, j'ai envie de dire : les eaux de Dieu. La Durance est un linceul et une odeur de linceul. Ses eaux sont lisses et luisantes, molles, flapies. Propres, ça oui ! On dirait qu'on les nettoie et qu'on les lustre, tous les matins, avec un chiffon en peau de chamois. Et c'est avec ça que les paysans se sont mis à arroser à qui mieux mieux entre le mont Genèvre et le Rhône, et c'est ça qui a fourni des vergers incroyables, des récoltes de cocagne, des fruits de reine de Saba !

Je vous demande un peu, la reine de Saba dans nos rocailles ! La bobine qu'elle se tirerait, la reine de Saba, dans nos champs de pierres ! Un jardin des délices à la place de nos pelades et de nos chancres ! Vous fabriqueriez un Éden avec des eaux assassinées, vous ? Vous allez produire des fruits frais et des salades craquantes avec des rivières défuntes, vous ? Pardon ! D'ailleurs, nous autres, les vieux, enfin les anciens jeunes, car on est toujours un vieux et un jeune à la fois, ça dépend du côté, nous prétendons que les pommes rabougries, c'était autre chose, et qu'aujourd'hui, c'est de l'éponge et du fade, de l'éventé, ces abricots gros comme des derrières ! Des fruits, ça ? Des derrières ! Et même, je préfère un derrière.

Heureusement que la région de Digne et celle de Champtercier plus encore étaient loin de la Durance. Elles ont pu tirer leur épingle du jeu, ce qui me permet de dire, quand nous en parlons entre nous, retour de la chasse, avec les collègues du collège des Mées où j'enseigne les sciences naturelles depuis le début des années soixante, qu'il n'y a « de la chance que pour la caillasse ». Je ne dis pas la canaille, je dis la caillasse, mais c'est mieux qu'un bon mot. C'est la vérité. Nous autres, les gavots de Digne, de la Bigue et de Javarone, de Courbons, du Castellard, des Baronnies, des Hautes-Duyes nous étions trop loin de Cadarache, de Sainte-Croix, de Châtillon et de toutes ces machines automatiques, pour bénéficier de leurs barrages et vous savez ce que je dis ? Je dis : « Merci, mon Dieu ! » Chez nous, ils n'ont pas pu faire leur trou, ces barrages ! Il suffit de nous voir, nous, gens de Champtercier, de Thoard, d'Authan, de Mirabeau ! Secs, noués, nerveux. Lèvres serrées, peaux de parchemin, pas assez de peau pour tous nos os, et d'ailleurs nous n'avons pas même des os, nous autres les gavots, nous avons des ossements, pas assez de peau pour nos figures de marrons sculptés et des têtes comme des nœuds, et une casquette avec visière pour rabaisser le front qui n'est pas tellement haut, déjà, nous sommes des silex, des fossiles, et plus écorchés que des carcasses de mouton à leur crochet, en un mot rupestres, voilà comme nous sommes. Nous sommes des rupestres. Nous sommes des grottes et des rochers. Peut-être même des robines. Nous ne changeons pas, nous autres ! Nous ne lisons pas le temps aux horloges de nos clochers. Nous n'aimons pas le temps qui passe. Nous préférons celui qui stagne et celui qui meurt. L'avant-guerre et l'après-guerre, pour nous, pour les villages loin des barrages, c'est kif-kif bourricot, et l'histoire, vous savez ce que nous en disons ? Nous disons que ce n'est même pas un songe.

Rupestres. Nous ne nous inclinons pas. Nous durons. Nous sommes de ces gens qui ne meurent pas debout. Nous sommes de ces gens qui meurent recroquevillés ! Nous sommes contre « l'évolution » ! Est-ce que nous n'étions pas plus tranquilles quand nous étions des tortues ou des lézards dans nos déserts et qu'est-ce qu'il est allé fureter là-bas, aux îles Galapagos, ce Darwin que j'enseigne à mes élèves du collège des Mées ? Cette idée d'inventer l'évolution !

Voilà ce que c'est. On fourbit une théorie de l'évolution comme ça, pour faire le malin, et cent ans plus tard, le département des Basses-Alpes, qui arrivait tout droit du commencement des choses, tout équipé, avec ses moutons et ses grives, et ses chachas et ses odeurs de lièvre et ses couleurs de vent, ses robines et ses noirceurs de houille et de mort, on le barbouille de Ripolin, il dégouline de lait et de miel, il rutile, il est bariolé comme un gros vulgaire et il change de nom. On l'appelle les Alpes-de-Haute-Provence pour faire comme si c'était Juan-les-Pins et il empeste la lavande ! La voilà, l'évolution !

Quand je pense que j'enseigne les sciences naturelles parce que j'aimais les papillons, les martins-pêcheurs et les rouges-gorges, surtout les papillons de la vallée des Eaux-Chaudes que les marchands allemands, depuis la fin de la Deuxième Guerre mondiale, viennent chaparder chez nous en allumant la nuit les phares de leurs grosses Mercedes et en tendant des draps ! Et vous savez pourquoi ils sont si recherchés, ces papillons de la vallée des Eaux-Chaudes ? C'est qu'ils sont des erreurs de l'évolution. Ils ont raté un chaînon. Ils ont pris un mauvais embranchement. Et ils sont devenus des papillons dégénérés. Tellement dégénérés qu'on a dû changer leur nom.

Dans les autres régions du monde, et dans la taxinomie de Linné (et Dieu sait si je le place au-dessus de ce trublion de Darwin, le grand Linné, le grand Linneus, comme dit Rousseau qui voulait que rien ne change et que rien, jamais, n'ait changé !), on les nomme les *Thaïs medesicaste* mais chez nous, dans la vallée des Eaux-Chaudes, ils deviennent des *Thaïs Honoratii* car ils possèdent quelques minuscules taches rouges en supplément. Inutile de préciser qu'à mes yeux, ils ne sont pas dégénérés du tout. Ils sont les véritables, ils sont les authentiques, les primitifs, les originaux, ceux qui méritent ce beau nom de Thaïs, qui fut la maîtresse d'Alexandre le Grand et qui mit le feu à Persépolis, après quoi elle coucha avec un des Ptolémées et elle a eu bien raison parce que les Ptolémées... C'est pour ça qu'ils sont tellement beaux, nos *Thaïs Honoratii*, avec leurs écritures rouges sur les ailes, aussi beaux que nos petites pommes d'avant les barrages.

À moins que ce ne soit notre destin : être des vestiges, des restes, des fossiles, des gisements, des rotules de

M. Cuvier, des fémurs du néolithique, pour que les savants du futur puissent nous examiner et qu'ils sachent enfin quelle tête il avait, le Bas-Alpin, avant Cadarache. Ce n'est pas un sort indigne, le sort de vestige ! On nous rangera sous des vitrines, avec des étiquettes, dans le musée de Digne, boulevard Gassendi, et on gagnera beaucoup d'argent ! Les Japonais et les Américains viendront nous voir. Est-ce qu'on n'est pas content de déterrer, ici et là, des squelettes de dinosaures ?

Des fois, je dis que ce n'est pas étonnant si on a trouvé des bouts de tyrannosaures et de ptérodactyles, et un énorme gisement d'ammonites chez nous, près des clues de Barles, sur la route de Seyne avant Verdaches. Là, dans la vallée du Bès, on a ramassé, rien qu'en se baissant, des millions d'années, des milliards d'années qui étaient sous notre nez depuis toujours et qu'on ne voyait même pas. Ici, c'est un bon coin pour les fossiles. Ici, dans nos escarpements, nous avons des éternités en réserve. Des fois, pour chicaner les collègues, je dis que nous avons des têtes de fossiles, nous aussi, des têtes racornies, durcies, cuites. Ce n'est pas comme les gens de la Durance, les gens de La Brillanne-Oraison ou de Peyruis et même ceux des Mées qui sont gras à lard, mous, luisants, périssables, fugaces et remplis d'arthrose.

Les mouettes de Marseille se sont adaptées à ce chambardement. Darwin serait furibond, lui qui nous a tant assommés avec les becs de ses pinsons. Nous, nos pinsons, ce sont les mouettes de la Bléone, et elles ont été plus dégourdies que les becs des pinsons de Darwin. Ceux-là, les becs des pinsons de Darwin, ils ont eu besoin de plusieurs millénaires pour grossir, pour s'affiner ou pour se faire crochus. Nous, non ! Nos mouettes, en vingt ans à peine, elles ont troqué leur destin d'oiseaux de mer pour un destin d'oiseaux des montagnes. Chapeau ! Elles ont été trompées par tous ces barrages. Elles ont cru que c'étaient des bras de mer. Elles ont remonté le cours de la Durance depuis Avignon, vers Embrun et le mont Genèvre. Elles ont sauté d'un lac artificiel à un barrage et à un autre lac, mais une partie de leur troupe a pris un mauvais aiguillage du côté d'Oraison de Château-Arnoux et de Valonne et celles-là se sont foutues dedans, elles sont montées vers chez nous, vers Digne, au lieu de filer vers l'immense lac de Serre-Ponçon. Ce sont les plus avides forcément ou les plus cruches, des gourdes.

Oui, à Château-Arnoux, elles ont raté la bifurcation, elles ont laissé de côté la Durance et la route des barrages. Elles ont remonté la Bléone qui est un simple affluent de la Durance, et qui a échappé aux ingénieurs. Elles sont venues s'embosser à Digne où elles continuent de chercher un barrage.

Des cruches. Des petites têtes de piaf ! Voilà ce que c'est d'évoluer. Elles ont perdu sur les deux tableaux : elles ne voient plus le fort Saint-Jean à Marseille ou la calanque de Sourmiou qui est si jolie, surtout pour une mouette, avec les écumes et les friselis de l'eau blanche sur le noir des rochers, et pour autant, elles n'ont pas le moindre lac artificiel à se mettre sous le bec. Depuis, elles n'ont pas le moral. Elles sont comme nous. Elles sont honteuses, ratatinées. Elles ont les chocottes : qu'est-ce que vous voulez fabriquer dans une montagne quand vous êtes un oiseau de mer ? Alors, depuis trente ans, elles tuent le temps.

Elles planent du matin au soir, entre le Cheval-Blanc et

le Cousson, au-dessus du rocher de Neuf-Heures, à la verticale de notre Bléone dont le débit est toujours aussi maigre en été. Dieu merci, elle est restée maigre, notre rivière, puisqu'elle a eu la chance d'échapper à la Polytechnique, et qu'elle ne dispose pas de la moindre réserve d'eau !

Pauvres mouettes : elles contemplent l'eau sèche de la Bléone – l'eau sèche, oui – qui serpente au milieu des cailloux, entre les îles de sable, de détritus et d'yeuses et les cadavres des oiseaux. Elles ont l'air intrigué. Elles réfléchissent : qu'est-ce qui leur est arrivé ? À quel endroit ont-elles fait une boulette ? Elles décrivent des voltes au-dessus du lycée Gassendi, au-dessus de cette espèce de caserne tellement belle et tellement funèbre dans laquelle avait enseigné M. Judrin, bien avant la Deuxième Guerre, et M. Judrin, où est M. Judrin, et où est-il, parrain Élie, et où est-il, celui dont je n'ose même pas écrire le nom, et qu'êtes-vous donc devenus, vous tous que nous avons tant aimés ? Aujourd'hui, même les plus jeunes élèves de M. Judrin ont dépassé le demi-siècle. Je suis payé pour le savoir puisque les trois mots grecs que je me rappelle, c'est lui qui me les a enfoncés dans le crâne, sous les frênes et les charmes du bosquet d'en haut où il nous faisait faire nos devoirs de vacances, l'été, sur une longue table à tréteaux avec des abeilles. Il était si gai et si intelligent et si désemparé à la fin, et où est-il, M. Jurdin, où a-t-il foutu le camp ? Où sont-ils passés, tous ceux-là ? Et l'âne Chagrin et parrain Élie et le bruit des abeilles ?

Il ne m'a jamais enseigné comment on dit « mouettes » en grec. Pourtant, ça ne doit pas manquer dans l'*Odyssée*, les mouettes, chez Calypso et chez Éole et chez les Lestrygons, les mouettes, mais il n'y avait pas de mouettes à

Digne en ce temps-là, et surtout pas à Champtercier, avant la guerre, car le château du Verger ne changeait jamais, il avait été monté une fois pour toutes et rien ne s'y produisait, comme au Paradis, comme au vrai Paradis, celui du Fils de l'Homme, et nous étions blottis dans le bonheur, calfeutrés dans le bonheur, nous tous, les cousins, les tantes, les oncles, et parrain Élie que je saluais chaque matin dans l'entrebâillement de sa porte et qui était toujours de dos et toujours dans les odeurs bleues de ses papiers d'Arménie car il regardait la campagne à travers sa fenêtre à moitié fermée, et ce soldat également, est-ce même qu'il est mort, ce type aux yeux sauvages et qu'on appelait le cantonnier, et c'est dommage car à présent les mouettes sont à demeure chez nous et on ne connaît même pas leur nom grec.

C'est à cause d'elles que j'aime bien aller en automobile à la foire de Digne, le samedi, qui se tient cours des Arès – vingt kilomètres à tout casser depuis les Mées. Elles vont et elles viennent au-dessus du grand pont que les avions ont bombardé en 1944 en tuant les cinq sœurs Bœuf, les cinq filles du marchand de vins, sur le boulevard Gassendi, les avions américains, parce que les aviateurs anglais, eux, étaient des héros, le capitaine Townsend en particulier, et prenaient des risques, nous le disons toujours et le président Mendès France, qui était aviateur du général de Gaulle, l'a confirmé.

De voir toutes ces falaises et ces Himalaya autour d'elles, elles sont interloquées. Mais elles sont orgueilleuses et elles ne veulent pas en convenir. Elles font les flegmatiques et les sempiternelles, comme si elles fréquentaient le coin depuis le précambrien, ce qui permet de relativiser les choses du jour, et particulièrement les angoisses que suscitent les préparatifs guerriers non plus des Boches, cette fois, non plus du Kronprinz et des casques à pointe comme en 1912, non plus de Goering ou d'Hitler, comme au temps en allé, au temps de l'âne Chagrin et de parrain Élie et du cantonnier, mais de ce Staline, de ces communistes, de ce Beria et de ce Malenkov, ainsi que le dit toujours le gros de Solliès-Pont qui a plus de quarante ans et qui est devenu un médecin apprécié à La Javie, sur la route de Seyne, bien qu'il soit resté fidèle aux vieilles vacances fourbues de Champtercier.

De tous les enfants qui ont hurlé et qui ont ri sous les platanes du bosquet d'en haut, sous les noisetiers et les vernis du Japon, entre les deux guerres mondiales, ils ne sont pas nombreux à revenir aussi régulièrement que ce gros-là car chacun a sa vie, c'est le destin, il y a partout des destins. La preuve : les garçons ont fait les grandes écoles et les filles se sont mariées car nous étions une famille du XIXe siècle, avec M. Thiers et Napoléon III à notre chevet, une famille pleine d'ancêtres.

Et les ancêtres, avant de s'en dépêtrer, de ceux-là, avant qu'ils nous lâchent les baskets, comme disent les jeunes aujourd'hui ! Je peux bien l'avouer : certains matins, j'ai une trace rouge au cou, à l'endroit que frottait le col cassé de notre arrière-grand-père, sur la photo, la grande photo du studio Chauvin qui règne sur la poussière du salon-salle à manger de Champtercier, au-dessus du canapé de la princesse Mathilde, et je n'invente rien : certains matins, à force de regarder le portrait de cet homme que je n'ai jamais vu, oui, qu'on le veuille croire ou non, j'ai sur le cou la marque rouge de son col cassé.

C'est pourquoi, sauf deux ou trois femmes, sauf un

homme ou deux, ils ne reviennent guère dans ce château du Verger qui fut leur enfance et la splendeur de leur enfance et qui est dans le dénuement à présent. Il faut accepter que ce n'est pas le bon coin pour un médecin moderne, le village de La Javie, à deux pas des sources de la Bléone, près de Prads. Mais il s'en fiche, le gros de Solliès-Pont, car il a mieux à faire que chef de cabinet ou journaliste ou star de cinéma. Je dis bien le gros de Solliès-Pont, pas le gros de Lamastre, qui ne revient jamais et on ne sait même pas s'il vit encore mais est-ce qu'on sait si le cantonnier vit encore ? Est-ce qu'on sait si Julien est toujours sur cette terre ? Julien ! Il disait toujours : « Moi, si j'étais moi ». C'est vrai, ça.

Oui, mon vieux, je pense au gros de Solliès-Pont, qui est « accro », comme il dit lui-même, et qui est fidèle entre les fidèles, bien que M. Judrin ait fait mouvement, depuis pas mal d'années, vers d'autres paysages, vers « le grand pays sans géographie, le grand pays sans routes ni chemins », comme disait l'abbé Portes qui est lui aussi « entré dans le silence », pour reprendre une autre de ses formules, mais plus tard que tout le monde, et avant lui tout un chargement de nos concitoyens s'est mis en branle, tout un wagon, chevaux huit et hommes quarante, toute une cordée, avec Paulo comme « ouvreur de piste », le pauvre Paulo, dont personne, sauf deux ou trois survivants, ne connaît plus le nom, comme la plupart des gens à Champtercier et même en France ignorent qui a gagné cette bataille d'Actium qui a fait bien des morts et bien des veuves et des orphelines et des malheureuses avant Jésus-Christ ou après, et même la bataille de Gravelotte ou celle de Lang-son, ce Paulo qui boitait à cause de ce coup de pied de cheval qu'il avait reçu à Relizane ou à Mostaganem, car on ne sait même plus si Paulo a ramassé cette ruade à Relizane ou à Mostaganem, et quand je dis cela, le dimanche, à la terrasse du Jus de la Treille, une fois la messe finie, il y a toujours un jeune pour me dire :

– Mais tu t'en fous. Tu t'en fous de ton Paulo. On sait même pas qui c'est, ton Paulo. Pourquoi t'irais demander où c'est la ville où il lui a décoché le coup de pied de l'âne, ton cheval ?

Je ris parce que « ce coup de pied de l'âne du cheval », c'est pas mal, et puis il faut être de son temps, et je ne déteste pas les jeunes, mais je n'en démords pas, je n'aime pas ne pas savoir pourquoi ils sont morts, les combattants d'Actium et de Gravelotte, et de Lang-son, et s'ils ont gagné ou s'ils ont perdu, les soldats de la bataille de Patay et où elle est, cette ville de Patay, et tant pis si j'ai l'air d'un vieux « croûton », car on est toujours le « croûton de l'autre », comme le dit peut-être Montaigne, et je ne parle pas des autres passagers du chargement, du tombereau, du tombeau, du tombeau ouvert, de Léonie Cranchard et de Vieux Thomas, de Me Fasbellon et de Cheillan, de sa fille, celle qui avait un beau ventre et qui ne donne jamais de ses nouvelles, et que serait le monde si les facteurs n'existaient pas, et tant d'autres dont les noms sont foutus et je ne dis rien de celui dont je ne retrouve même plus les traits, je ne parle pas de ce soldat dont le souvenir est dans toute la campagne. Et je ne parle pas de parrain Élie, de la chambre obscure.

Tout cela pour dire que le monde n'est que du sable et du sable et que les choses se sont bien transformées après la Deuxième Guerre mondiale, et les demoiselles de chez les Louviers de Louvière, celles dont on devinait les jupes bleues et les couettes, sous les branches noires des cyprès, et qui étaient propres comme des sous neufs, l'année du Front populaire, dans l'ombre des cyprès et des thuyas, sont à présent des dames mariées aux colonies, en Cochinchine, ou à Paris ou sur la Côte, à Juan-les-Pins, et leurs filles sont de plus en plus délurées car les guerres entraînent toujours un délabrement de la morale, surtout les guerres mondiales, déjà celle de 14 avec toutes ces femmes qui ont mal tourné à cause des usines d'obus, et celle de 40, sur la fin, quand les soldats américains se sont amenés à Digne, sur la route de Marseille, le long des arcades, dans le quartier de la Sèbe, avec leurs chewing-gums et leurs cigarettes blondes et même blondasses, et leurs gros pieds posés sur le capot de leurs Jeep.

De ces nouveautés, Julien fut-il jamais informé ? On ne sait pas où il en est, le vieux Julien. On ne sait pas s'il est. Et parrain Élie, parrain Élie ! Et parmi nous, il y en a toujours un, dans les soirées de la Lurette ou au Jus de la Treille pour se demander comment il aurait réagi, le soldat, s'il avait encore été là au moment où le pays décharné qu'il avait tellement aimé a tourné prospère, grassouillet comme un chérubin, comme une Suisse, vert, graveleux et vulgaire, bavard, hâbleur, dégoulinant de lait et de miel, un pays de Canaan, sauf que Canaan, c'est comme le jeu de bonneteau, c'est un attrape-nigaud, je l'ai dit au père Lhuillier qui est revenu à la cure à cause de ce médicament miracle, le Remifon, après la Deuxième Guerre mondiale, quand le vieux M. Portes est mort, dans les années soixante, car ils se remplaçaient toujours, les deux curés, comme Cadet et Coquet dans l'écurie de Chaussegras, du temps où il y avait un Chaussegras et une écurie. Oui, un attrape-nigaud, le pays de Canaan, puisque Moïse lui-même n'a pas réussi à passer la frontière. Il a eu seulement le droit de couler un œil, du haut de la montagne, comme par une lucarne, comme par un judas, soit dit sans jeu de mots.

Le père Lhuillier, qui ne vaut peut-être pas les curés du Ve siècle pour la théologie mais qui n'est pas une bête, qui est même plus dégourdi que ne l'était le cher abbé Portes avant sa mort, m'a dit : « Écoutez. Faites une expérience. Si vous fixez très, très longuement l'horizon, eh bien, vous le voyez qui fiche le camp. Un horizon, c'est une débandade. C'est ça, l'histoire de Moïse et de Canaan... C'est peut-être l'histoire de l'Histoire... une débandade, l'Histoire, mais tout aussi bien, toute vie, je veux dire... »

Ce qui m'a troublé, c'est que cette anecdote de Moïse et de Canaan, le prédécesseur du révérend Lhuillier me l'avait déjà contée, le bon curé Portes, et qui donc avait soufflé cette idée d'horizon en partance, en fuite toujours, à M. Portes ? Est-ce que ça ne serait pas encore un coup du soldat, un coup fourré et à retardement du vieux Julien, qui en connaissait un bout, sur les horizons, surtout quand il avait reconstruit le clocher, et voilà que, vingt ans après, l'histoire de l'horizon, elle me revenait en pleine figure, après avoir transité par la cervelle du père Portes et puis par celle de l'abbé Lhuillier, comme quoi nous ne sommes pas seuls au monde, comme quoi nous sommes tous, les hommes, les femmes, les enfants, les curés, les soldats, les vagabonds, les mendiants, les ânes, emberlificotés les uns dans les autres comme les rats qui s'étranglent avec les queues des autres rats et qui en crèvent, et les morts et les vivants sont emberlificotés aussi, et je crois que je puise dans ma tête et c'est dans la tête d'un autre que je plonge ma main, dans la tête ou dans la douleur ou dans la bonté d'un autre, et c'est la seule chose, cet embrouillamini, qui console mes solitudes.

Oui, voyez-vous, il était revenu dans cet été de l'année 1937, après ces quelques jours d'absence. Il n'avait même pas présenté un mot d'excuse, comme l'avait dit pour nous faire rire la tante Catherine qui n'est plus là, elle non plus, et je ne sais même plus depuis combien d'années elle nous a faussé compagnie, celle-là qui fut si chère à mon cœur.

Il avait quitté ses Robines, et nous ne le lâchions plus d'une semelle. Nous avions les foies. Il n'a rien dit. Il a repris sa place dans les journées, comme ces mauvais élèves qui arrivent après la sonnerie et après l'appel du maître et qui se glissent silencieusement derrière leur pupitre. Il a installé sa brouette sur la route de Digne. Paulo a craché dans ses mains et a attrapé le pic. Vieux Thomas, lui, avait utilisé les neiges de décembre pour peindre sur sa boîte noire de facteur un écusson du roi de Norvège, avec des verts et des bronzes, des carmins, un dragon ou un aigle et surtout la couronne à cinq branches du roi de Norvège. Et si on s'étonnait qu'il n'ait pas peint l'écusson du roi de France, plutôt, et la fleur de lys, il demandait avec sa drôle de mauvaise ironie si on n'avait pas entendu parler de l'année 1789 ou plutôt de l'année 1792 et, dans cette année, de la date du 21 janvier. Le pire, c'est que le bourreau avait fait couvrir la voix du roi Louis XVI quand le pauvre homme avait voulu prononcer un dernier mot, si bien qu'il était mort sans pouvoir dire son dernier mot.

Ils se sont attaqués à cette épingle à cheveux, sous Chanderène que la municipalité tenait pour dangereuse car on y déplorait plusieurs accidents de bicyclette. Juste après la guerre mondiale, la première, celle de 1914, une jeune fille avait dérapé dans les gravillons et elle était morte. Quelques années plus tôt, vers 1910, une autre jeune fille était partie en Russie comme gouvernante, comme préceptrice, car on ne parlait pas encore des bolcheviques et les demoiselles françaises – les demoiselles suissesses aussi – étaient la coqueluche des boyards et des princes de toutes les Russies. La jeune fille avait fait une chute, sans gravité, mais elle avait failli rater son train à Digne. Elle était quand même partie. Elle avait passé tout un été à Kraznovar. Je l'ai connue dans les années quarante. Elle était très âgée. Elle ne parlait pas de Krasnovar. Pour elle, Krasnovar, c'était même pas un mirage. C'était rien. Trois pas dans le néant, Elle parlait seulement de Venise où elle était restée une heure car, à Venise, les employés du train avaient des casquettes plates, avec un galon rouge ou doré, elle ne se souvenait pas exactement si ce galon était rouge ou doré et ça l'énervait. Heureusement qu'elle se souvenait qu'un marchand ambulant poussait une petite charrette avec des saucisses chaudes sur le quai de Venise.

Julien et Paulo, avec Vieux Thomas, firent du bon boulot : après une semaine, ils avaient redessiné la courbe. Nous autres, nous les cousins, nous nous en étions donné à cœur joie. Nous allions comme des fous follets. Nous lancions les vélos à toute vitesse, dans la courbe, sans freiner et en poussant des cris de Peaux-Rouges. Par exemple, nous disions : « Ugh ! »

Une fois, une seule fois, un de nous avait raté le virage. C'était moi d'ailleurs. J'ai fini dans le décor, comme la jeune fille de Venise. Julien m'a ramassé. Il m'a soulevé un bras, une jambe. Je me marrais. Je faisais le mort, comme un bousier. Julien tremblait. Il suait de peur, d'horreur. Alors j'ai eu honte parce que je voyais ses yeux entre les paupières, avec des larmes, et c'était affreux. Aussi, je lui ai dit que je n'étais pas mort. Il ne m'en a pas voulu. Il m'a serré l'épaule à la casser. Il avait une de ces forces ! Il avait une de ces tendresses ! Je n'aime pas penser à Julien. Je pleure quand je pense à Julien. Même dire son nom, je déteste ça car il nous aimait beaucoup. Cet été-là, il nous avait expliqué que, si on regarde les histoires qui se sont produites dans le passé, on les aperçoit toutes petites, des figurines de Lilliput ou de crèche de Noël, mais avec des lignes nettes et des couleurs luisantes. Il nous avait tendu la paire de jumelles avec laquelle il regardait la campagne, des fois, les routes, les chemins, les jeunes filles, surtout les jeunes filles.

Il nous avait fait tenir ces jumelles à l'envers. Il les avait dirigées sur une fleur de pissenlit. Elle était à nos pieds mais, dans la lunette, elle était lointaine. Toute petite et elle resplendissait. Les choses que l'on a vues jadis, dans l'enfance surtout, subissent une déformation, une transfiguration, pour reprendre ses mots. Elles font briller les souvenirs, elles sont comme ces gouttes de résine que nous aimions à décoller du tronc des cerisiers, surtout celles qui enfermaient une abeille ou un moucheron.

17

Il était patient. On lui demandait une histoire. Il nous donnait une histoire. Les vieux disaient qu'il mentait mais les vieux ne sont pas bienveillants. Pour moi, je dirais plutôt que Julien apercevait ses souvenirs à mesure qu'il nous les livrait. Attention ! Il n'inventait rien. Il faisait sortir son passé du bois, comme on bat les fourrés pour forcer les loups. Il allait dans les forêts obscures. Il écartait les branches. Il y avait des clairières et des halliers. Un autre pays était là. Il nous ouvrait ce pays.

Le soir, il ralliait sa cabane, au-dessus des vignes, mais le vin que faisait Chaussegras avec ses raisins muscats était une horreur. L'oncle Jéricho nous emmenait à la cave coopérative du village, en contrebas de l'église, vers le chemin des trognes, et nous aspirions le vin de Chaussegras avec un tuyau de caoutchouc. Nous le crachions dans la sciure. Il était violet. Nous hurlions : « Alerte ! Halte au vin ! Halte au vin ! »

Parfois, Julien faisait halte au château, après le souper, sous le mûrier ou bien dans la cour d'honneur. Il ne manquait pas de dire un mot aimable à l'intention de parrain Élie. Est-ce qu'il avait déjà parlé, à cette époque, à parrain Élie, et l'avait-il vu ? Bientôt, il sera un de ses familiers, et son confident, et son compagnon, mais, cet été-là, l'été du gadin de Chanderène et l'été de la Tchécoslovaquie et des Sudètes, et de la victoire de Joe Louis, le poids lourd américain sur l'Allemand Max Schmeling, et tandis que Vietto faisait un Tour de France idéal, Vietto ou Gianello, en grimpant le Galibier ou le Tourmalet, je peux dire : « Non. » Julien grésillait, ça oui ! Maintes et maintes fois, il nous avait mis à la question. Il se demandait ce qu'il pouvait bien faire, notre parrain Élie, dans tellement de journées et dans tellement de nuits. « Trop de journées, trop de nuits », disait-il comme pour lui-même, et j'étais désespéré. Bientôt, il passera des après-midi entières dans la chambre obscure, près du grand fauteuil de cuir et des malles-cabines et des loupes, mais à cette époque-là, je prétends que non. Je suis formel. Il ne l'avait jamais vu. Plus précisément, je n'en sais rien.

La preuve ? Pas de preuve. Je crois ce qu'on me dit. Toujours. C'est mon hygiène. Je consens que la parole de Julien n'était pas d'évangile, encore que l'Évangile, on ne doit pas négliger les apocryphes, ces évangiles de Thomas et des Éthiopiens qui disent n'importe quoi, mais justement, ils parlent d'un Jésus-Christ frais comme l'œil, d'un Jésus tendre et qu'on voudrait consoler d'avoir tiré ce numéro-là à sa naissance, bien différent de la figure paralysée, cireuse, sépulcrale, qu'ont façonnée les Luc, les Jean, les Matthieu ou les Marc. C'est comme les livres. Je considère que les meilleurs sont les livres apocryphes. Les hommes, idem : mes préférés, ce sont les apocryphes. Et une femme apocryphe, donc ! Un régal !

La porte de la chambre obscure était ouverte à perpétuité. Parrain Élie était tellement seul qu'il n'avait pas besoin de s'enfermer à verrou. Il était aussi seul qu'un grain de sable ou qu'un flocon de neige. Il était semblable à l'homme invisible, mais visible. Sur son bureau, régnait un jeu de dames. Les pions occupaient rarement la même place d'un jour sur l'autre et pourtant personne ne l'a jamais vu jouer aux dames. Je m'employais à ne pas imaginer qu'il jouait tout seul, à deux heures du matin par exemple, mais je ne parvenais à rien de bon, et combien de fois l'ai-je vu, non pas en rêve, mais dans la clarté éblouie de mes nuits, tout seul, captif du rond doré de sa lampe à pétrole, sa loupe dans la main, ses lèvres violettes, et en train de pousser ses pions ! Il y a des images qu'on aimerait supprimer. Surtout que, le matin, certains matins, un ou deux pions blancs ou noirs avaient roulé à côté du damier.

M. le curé Portes le visitait. Il eût aimé avoir un échange intellectuel avec lui. Il s'ingéniait à mettre sur le métier le problème du libre arbitre qui l'avait beaucoup tarabusté jadis, avant la Première Guerre mondiale, au séminaire de Grenoble, mais il ne savait pas par quel bout l'attraper. Il entrait dans la chambre. Il riait. Il lâchait un ballon d'essai. Il disait : « Le destin, quand même... » Parrain Élie ouvrait son œil d'oiseau, attrapait sa loupe, comme s'il avait aperçu brusquement un destin sur son bureau, ou même un libre arbitre, c'est M. Portes qui a eu cette image. Le parrain répondait avec entrain : « Ah, le destin, mon père ! »

Ce parrain Élie ! Le cantonnier cuisinait les enfants mais les enfants savaient si peu de choses, voyez-vous ! Ils disaient que le professeur Judrin aimait bien parrain Élie. Julien tordait le nez : ça lui faisait belle jambe ! Il ferait beau voir qu'on accueille dans sa maison le destin d'un vieux bonhomme si on le déteste ! On ne savait même pas depuis combien de temps parrain Élie occupait la chambre obscure. Ni pourquoi. La vieille Gertrude Blanchet se souvenait qu'elle l'avait vu à Champtercier jadis, alors qu'il habitait à Nice ou à Juan-les-Pins, mais était-ce avant ou après la guerre mondiale ? Et peut-être qu'elle ne l'avait pas vu elle-même. Peut-être qu'une autre personne l'avait vu et lui en avait parlé par la suite. Elle ne savait plus car, dans une cervelle, tout se mélange après quelques années. Il garait sa Torpédo entre le charme où nous accrocherions des années plus tard notre balançoire et le boqueteau de vernis du Japon avec ses odeurs de fiente.

En ce temps-là, il était rieur et fantasque. En ce temps-là, il venait avec des jeunes filles comme des libellules. Il portait des costumes de bonne coupe et une écharpe blanche, et du lin, de la soie, des souliers blancs.

Julien se tourna vers le professeur Judrin. Il l'accabla d'allusions. Il fit buisson creux. M. Judrin écoutait. Ses lèvres étaient minces. Il avait le geste de fouiller dans son gousset. Il remuait les doigts quelques secondes, après quoi il faisait figure vague, comme s'il ne se souvenait plus de ce qu'il cherchait dans son gilet. Ses réponses ne servaient à rien. Elles étaient pareilles à des mortes. On ne savait qu'en faire. Elles étaient creuses comme des dents. Elles faisaient penser à ces minuscules coquilles d'escargot, toutes blanches et ébréchées, qui sont collées dans les herbes sèches à la fin des gros étés, et quand on les prend, elles s'effritent et il reste un peu de poudre blanche sur le pouce ou sur l'index, et rien.

Un soir, à la fin d'une journée lourde, lente, les grandes personnes buvaient une tisane de menthe sous le mûrier de Robespierre. Le cantonnier était là. On étouffait. Le curé pérorait, suait comme une gargoulette. Il passait un doigt entre son collet et sa peau. Ce n'était pas très propre. À un moment il dit : « Messeigneurs ! » Le professeur Judrin venait d'expliquer que les Touareg combattent la canicule par le moyen de boissons chaudes. Les enfants jouaient au croquet un peu plus loin, au milieu du bosquet, sous les platanes, mais le professeur a dit qu'ils allaient s'abîmer les yeux car la lumière était usée jusqu'à la trame. Bientôt, on verrait la nuit au travers.

La cloche du jeu de croquet faisait son tintement et cette musique n'avait pas beaucoup d'avenir car elle était trop petite pour remplir un espace aussi grand qu'un ciel de Champtercier, qui est, je le rappelle en passant et sans vanité, un des plus grands ciels du monde, avant même ceux de la Hollande et des Nouvelles-Hébrides. Julien dit qu'au Japon ils ont aussi des grands ciels et, pour lutter contre la canicule, les jeunes gens jouent au croquet parce que le bruit de la clochette est si grêle qu'il rafraîchit le fond de l'air. Ce Julien ! Et il faudrait dire que Julien ne mentait jamais !

Tout en poussant nos boules de croquet, nous ouvrions nos oreilles. Nous n'aurions pas donné notre place pour un boulet de canon. M. le curé Portes a attaqué bille en tête :

– Dites-moi donc, cher professeur, un été pareil, il ne s'en plaint pas trop, parrain Élie ? Ça ne l'incommode pas, j'espère ?

M. Judrin n'a même pas ôté sa cigarette de la bouche. La moitié de sa figure était éclairée par la lampe à pétrole. On entendait le bruit lisse de la flamme, le bruit froissé de la flamme. M. Judrin penchait la tête à cause de la fumée bleue qui montait le long de son nez de grand-père, je veux dire le long de son nez osseux avec des narines un peu ouvertes, oui, des narines roses de grand-père.

– Allons donc, révérend ! Il pète le feu, parrain Élie, n'oubliez pas qu'il a fait les colonies.

– Ah ! Il a fait les colonies ? Savez-vous que moi-même j'ai fait mon service dans les territoires du Sud, Laperrine, Bournazel, tous ces grands bonshommes !

– Vous les avez connus ?

– Pensez-vous ! Mais vous ne croyez pas si bien dire : j'ai connu l'homme qui a joué un rôle, le rôle du traître, celui qui a ouvert la porte aux assassins du père Charles de Foucauld. Un certain Madani... Eh bien, croyez-moi si vous voulez, c'était un brave homme. Comme quoi, le destin ! Et le libre arbitre, donc ! Alors, parrain Élie aussi ? Il a fait le Maroc ?

– Il a fait toutes les colonies, monsieur Portes.

– Toutes ?

– Plusieurs.

– Militaire ? Officier de Saint-Cyr ?

– Pensez-vous !

M. Portes a fait encore une charge ou deux mais le professeur a étouffé la lampe. Il se faisait tard. Le cantonnier a reconduit le curé Portes au presbytère. C'était son habitude. Les deux hommes s'appréciaient mais, cette nuit-là, il y a eu un incident inattendu que le curé Portes m'a relaté plus tard, des années plus tard, après que Julien eut disparu du village, après la Deuxième Guerre mondiale pour tout dire, puisque j'étais déjà étudiant en sciences naturelles à Marseille, vers 1950.

Je repense à ce curieux moment. 1950 ou 1955. À cette époque, le château du Verger était déjà en solitude. Il ne contenait plus d'enfants et bien peu d'oncles et des grands-pères encore moins. Je passais toutes mes vacances au château, comme avant, comme avant la Deuxième Guerre, mais seul ou presque seul, tout seul, et ma compagne était la solitude. Le soir, l'été, je faisais visite à l'abbé Portes, à vrai dire moins pour m'occuper de lui que pour évoquer les moments anciens car il ne restait plus grand monde au village avec qui les renflouer, ces vieux bonheurs. Nous nous installions au frais, dans le jardinet du presbytère, le vieux Portes et moi, sur deux chaises cannées, et nous faisions défiler les années. Les glycines embaumaient mais le curé était au bout de la bobine. Ses souvenirs ne faisaient presque plus de bruit.

Je trouve que c'est très bien d'écouter et de consigner les souvenirs des gens dont la mémoire s'abîme. N'est-ce pas ce qu'avait fait, durant tellement d'années, le cantonnier ? On met bien ses bijoux, ses pièces d'or ou ses papiers de mariage dans un coffre-fort à la Société marseillaise de banque. Je fais comme les coffres-forts. Je prends en pension, dans ma tête, les souvenirs des gens. Ce n'est pas sorcier. Il suffit de pousser un peu son propre bric-à-brac, sa propre enfance, ses oncles et les larmes de ses tantes, et on ménage un coin pour héberger les souvenirs des gens, un peu comme les vieilles dames recueillent les chats en vadrouille.

Je crois que le curé Portes, ce soir-là, ce soir de l'odeur et de la couleur des glycines, quand il m'a rapporté cette scène de l'année 1938, je crois qu'il était soulagé de savoir que cette soirée se trouvait casée dans ma cervelle et qu'il pouvait cesser enfin de se la rappeler car elle allait passer l'hiver, les hivers, au coin du feu, chez moi. C'est vrai qu'un jour je les oublierais à mon tour mais ça leur faisait un rabiot, et *Carpe diem*.

Donc, dans cette nuit des années cinquante, le révérend

Portes m'a dit qu'à l'époque dont je parle, ce jour du jeu de croquet de l'été 1938 et du bruit de clochettes japonaises, le soldat l'avait raccompagné au village, selon son habitude, et qu'ils s'étaient assis tous les deux, côte à côte, sur le banc de pierre, à mi-distance du lavoir public et du porche de l'église, M. le curé Portes et le soldat Julien. La nuit était partout. Quelques lampes Pigeon bougeaient dans les maisons du village car les lampes Pigeon trompent leur monde. On ne voit qu'elles dans les ténèbres et on dirait qu'il n'y a pas de maisons. Elles circulent derrière les rideaux et les persiennes. Elles traversent les cloisons, les murs. Elles font luire le dedans des chambres à coucher, des cabinets, des salons, comme dans les maisons de poupée des petites filles. Elles passent un peu d'or sur les figures des gens, mais brièvement, et on se demande si c'est vrai. Aujourd'hui, il y a belle lurette que l'électricité a remplacé les lampes Pigeon, dommage.

Oui, c'est ce que m'a dit le curé Portes et que, dans cette nuit de 1938, le cantonnier avait parlé de Champtercier comme d'un village sans habitants. Un village avec toutes ses rues, ses volées d'escaliers, ses encorbellements, avec sa nuit, voyez-vous, révérend, avec ses voûtes et ses pavés, ses géraniums sur les fenêtres, et tous les corps dedans, les corps endormis, avec sa patine, ses salpêtres, ses lierres, ses façades moitié crevées et consolidées par des croisillons de fer ou de bois, qui avançaient leurs ventres vers les maisons d'en face comme les grosses femmes du marché de Digne quand elles discutent.

Cette nuit-là, m'avait dit le curé, cette vieille nuit de l'avant-guerre, en 1937, en 1938, Julien avait parlé à voix basse.

– On dirait que les habitants ne sont pas encore arrivés, vous voyez ce que je veux dire, mon père ?

(Je reconstitue ce dialogue des années 1950 ou 1955 à ma mode, pour faire vivant. Et puis, le curé Portes ne m'avait-il pas fourgué tous ses souvenirs, cette nuit-là, et n'en suis-je pas le propriétaire, à présent ? Je veux bien les abriter et les entretenir mais, en revanche, j'ai le droit de les utiliser comme s'ils étaient à moi et, au besoin, de les améliorer légèrement, de leur donner un petit coup de pouce.)

– Non, je ne vois pas, avait répondu rudement le curé qui n'avait aucune envie de s'engager dans ces chemins scabreux mais Julien s'était opiniâtré.

– Je veux dire, mon père, on dirait qu'ils n'ont pas encore trouvé leur village, les habitants. Ou alors qu'ils ont déjà fichu le camp, que c'est un village posthume. C'est une chose que j'ai remarquée, révérend... Les villages sont de plus en plus posthumes, de nos jours. Et puis après ? Il y a bien des livres posthumes ! Il y a bien des gens posthumes ! Pas vrai, mon père ?

– Des gens posthumes, monsieur Julien ? Vous voulez dire des gens qui sont morts ?

– Pas du tout, mon père. Je veux dire des gens vivants, mais posthumes. Nuance ! Vous voyez ce que je veux dire, mon père !

– Non, monsieur Julien, je ne vois rien. Il n'y a rien à voir. Circulez ! Vous dites n'importe quoi, avait crié M. Portes.

Ils étaient dans la nuit jusqu'au cou, comme à la mer, quand on va trop loin et qu'on perd pied. Le curé avait cherché les yeux du cantonnier. Sans doute, il ne les a pas trouvés car il m'a dit, en 1950 ou 1955, le soir de l'odeur des glycines, que le cantonnier avait le chic pour lui flanquer la pétoche, la pétoche métaphysique même, avec son idée de village posthume et, ce jour de l'année 1938, Julien s'était renversé en arrière, sur son banc, les deux pouces dans son gilet, très content de lui, avec son côté « coq de foire », et il avait poussé sa sérénade.

– Une pétoche métaphysique, mon père, vous vous mouchez pas du pied, dans le clergé ! Remarquez, c'est pas si mal, pour une pétoche, non ? Elle s'en sort bien, une pétoche qui finit dans la métaphysique, c'est le rêve de toutes les jeunes pétoches, c'est ce qu'on m'a appris au catéchisme. Vous savez quoi, révérend ?

– Qu'est-ce que je sais, Julien ?

– C'est pas ça, révérend. Je voulais dire que le jour où parrain Élie sera réellement malade, je me représente notre professeur Judrin. Je l'entends d'ici. Sa voix. Ses soupirs. Sa montre dans son gousset, tripotée. Son monocle au bout du lacet. Et au lieu de nous dire que parrain Élie est à la mort, il nous bourrera le mou. Vous savez comment il est, le professeur ? Il plongera la main dans son gousset. Il regardera l'heure. Il dira : « Parrain Élie ? Comment va parrain Élie, vous voulez dire parrain Élie ? Mon Dieu, quelle question ! Mais ça va, ça va ! Dieu merci, ça va... », enfin, à peu près, il dira ça, vous ne croyez pas, révérend, et parrain Élie sera en train de mourir, non ?

– Je crois, oui, Julien, avait dit le curé – ou plutôt : pensait avoir dit le curé, mais il n'était plus sûr de rien car à présent, dans le petit jardin de l'année 1950 ou de l'année 1955, ses souvenirs s'en allaient comme des lapins.

Le sûr, c'est que Julien avait encore interrogé le curé. Sa voix sollicitait. Sa voix était une tristesse.

– Je veux dire, monsieur le curé, que s'il n'y avait pas le problème du cadavre de parrain Élie, il continuerait, notre professeur Judrin, à nous bourrer le mou. Remarquez, je le comprends. C'est encombrant, un cadavre. Oui. Il nous raconterait que parrain Élie est en pleine forme.

– Allons, allons ! Taisez-vous, s'il vous plaît. Vous déraisonnez, Julien, je n'aime pas ce que vous dites là.

– Et vous voulez savoir mon opinion, monsieur Portes ?

– Non, monsieur Julien, je ne veux pas du tout connaître votre opinion. D'ailleurs, si j'avais besoin d'une opinion, monsieur Julien, ce n'est pas à vous que je la demanderais ! Vous êtes un maraudeur, un maraudeur !

– Pardonnez-moi, avait dit Julien gentiment, mais vous pourriez penser un peu aux autres, monsieur le curé. Surtout aux vieux autres. C'est la moindre des choses, de penser aux autres, et vous êtes un curé. Ou je rêve ? Eh bien moi, voilà ! Je pense que ça ne serait pas plus mal. Ça le maintiendrait en vie, le parrain, si vous voyez ce que je veux dire, mon père. Ah ! Ah ! Ah ! C'est comme ce village, là, avec tous ces mourants dedans, allongés dedans. Oui, oui, mais il y a la question du cadavre ! Ah ! Ah ! Ah !

Quand Julien avait dit ces sottises, le curé avait eu, selon son propre aveu, un haut-le-cœur. Il avait dit : « Oh ! » Il avait levé la tête. Il regardait le clocher puis le cantonnier. Il passait de l'un à l'autre. Un cantonnier, un clocher. Il transpirait et la nuit fut ancienne.

– Je ne comprends pas ce que vous voulez dire, Julien. Je vous supplie, Julien, de vous taire ! Je vous ordonne de vous taire.

– Alors, si vous m'ordonnez de me taire, d'accord. Je me tais. Voilà. C'est fait. Je me suis tu. Donc, ce que je veux dire, monsieur le curé, c'est que ce serait bien si on ne disait pas que les gens meurent. Je trouve ça. Je trouve qu'on ne devrait jamais dire quand un type meurt. Ça le ferait moins mourir...

À ce moment-là le curé avait perdu ses manchettes, comme on dit vulgairement. Il s'était levé. Il était en désordre. Il aurait voulu crier mais il n'allait pas réveiller les morts qui dormaient, c'étaient ses paroissiens, et en plus ils étaient posthumes. Aussi, il avait hurlé sa colère à voix basse, à bout portant, comme on dit pour les revolvers. Il en gardait une telle douleur et un tel remords qu'après dix années ou vingt années, après une Deuxième Guerre mondiale, et avec son cerveau en jachère, il se souvenait encore un peu de la nuit de 1938. Il s'était avancé vers Julien, lui, Edmond Portes, curé de Champtercier, au milieu de son âge, en pleine faiblesse de l'âge, et replet et court, avec ses petits poings fermés, ses petits bras costauds, et il avait carrément maudit le cantonnier.

– Vous avez juré de me troubler, monsieur Julien, mais j'ai les pieds sur terre, moi. Notre mère l'Église a les pieds sur terre. Notre Sainte Mère l'Église. Les pieds de notre Sainte Mère, oui, nous, les prêtres, nous avons les pieds sur mère, les pieds sous terre et je dirais plus, les pieds sur terre, et vos mourants et vos morts, et vos n'importe quoi... et vos villages posthumes et vos nuits posthumes, je vous fiche mon billet, moi... Oh, et puis vous m'embêtez.

– Je pensais à parrain Élie, vous comprenez, mon père, avait protesté en 1938 le cantonnier d'une voix apaisée. Vous n'allez pas me dire que vous ne pensez pas à lui ?

Comment on pourrait faire pour ne pas penser à parrain Élie ? Si vous avez un truc, monsieur Portes, vous me le filez. Un remède de bonne femme pour plus penser à parrain Élie ? Moi, j'y arrive pas. Si vous avez une astuce, je suis preneur, mon père. Je sais pas, moi. Une herbe, une tisane pour plus penser à parrain Élie ! Mais enfin, je pose la question, révérend : comment on pourrait faire pour que cette chambre obscure n'ait jamais existé ? Ce serait si bien si on pouvait l'annuler, cette chambre ! C'est comme s'il avait cent ans, deux cents ans, vous ne croyez pas, mon père ?

– C'est ça. Il a bon dos, parrain Élie. Deux cents ans, parrain Élie ! Vous le connaissez à peine, parrain Élie ! Moi, je vais toujours le saluer. Moi, je vais au charbon !

– Je ne le connais pas, parrain Élie ? D'où vous tenez ça ?

– Écoutez. Laissez-moi tranquille, monsieur Julien, cassez vos cailloux, faites vos routes, allez loin, bien loin, à Thoard, à Caramantran, au Siron, allez dans vos robines. Faites des routes dans vos sauvageries. Dès que je vous ai vu, Julien, j'ai remarqué que vos yeux sont sauvages, vous avez des yeux sauvages, voilà le mot, et vos routes du diable et vos routes pour les écureuils, vous voyez, monsieur Julien, les enfants me rapportent tout, toutes vos inepties, toutes vos indignités, vos routes pour les déserteurs et les mourants, et des routes pour les anges qui ont du mal à décoller, quelle bêtise, monsieur Julien, cette histoire d'anges...

Julien avait semblé éberlué.

– Qu'est-ce que vous racontez, mon père ? Qu'est-ce que

c'est, ces chemins de quoi ? Ces chemins pour les mourants ? D'où est-ce que vous les sortez ?

– De vous. Je les sors de vous, dit M. Portes.

– Voyez-vous, mon père, si j'étais moi...

– Justement, Julien, vous êtes vous, c'est bien ça le malheur. C'est ça qui m'ennuie, que vous soyez vous ! Je comprends que vous n'arriviez pas à vous y faire, à vous. Moi non plus. Et je suis bien placé pour les connaître, les anges, vous ne croyez pas ? Eh bien, je peux vous garantir que les anges décollent comme ils veulent, toujours, au quart de tour, ils décollent les anges, comme les avions de Mermoz ! Mais fichez-moi la paix. Vous n'y connaissez rien, au bon Dieu. Et le bon Dieu, figurez-vous qu'il n'a pas dit son dernier mot, le bon Dieu ! Gardez vos routes, monsieur Julien. Il s'en est très bien tiré sans vous depuis le temps, le bon Dieu. Il n'a pas besoin d'un cantonnier, pas du tout.

Le cantonnier ne s'était pas fâché, paraît-il. Il avait répondu à voix ordinaire :

– Vous dites quoi ? Des chemins pour qui ? Pour les écureuils ? Pour les perdreaux ? Des chemins pour les anges ?

Il tendit une main en avant. Il dit :

– Des chemins pour les anges ? Pour les mésanges, vous voulez dire ?

– Croyez-moi, monsieur Julien, dans un petit village, tout se sait.

À ce moment-là, Julien avait eu ce sourire qui pourrait lui ouvrir d'un seul coup les portes du Paradis, je reprends les termes employés par M. Portes en 1950 ou en 1955, dans le jardin de la couleur des glycines et de l'été, des roses trémières, et en même temps Julien avait baissé la voix :

– Il ne sort jamais de sa chambre, parrain Élie ? Il ne pourra jamais changer d'étage ? Coincé, quoi ?

Le curé n'avait pas répondu. Il avait tellement crié que le souffle lui manquait. Il entendait ses poumons. Il avait dit :

– Il est tard, Julien, il est tard, non ? Cette chaleur, moi... la nuit, la chaleur...

Le cantonnier fit le geste d'envoyer en l'air, d'une chiquenaude, une pièce de cent sous, de l'attraper en claquant une main sur le dos de l'autre main, et de regarder si elle était retombée sur pile ou sur face. Il haussa les épaules. Il dit qu'il avait dû vendre presque toutes ses montres. Avant, il en avait cinq, il avait cinq heures à sa disposition. C'était bien. Il pouvait choisir minuit ou midi, ou même neuf heures du matin ou trois heures du soir, mais à présent, avec l'inflation et le krach de la Bourse à New York, sans parler de la mévente du coton de l'Alabama, il n'avait plus qu'une seule heure et ce n'était pas très pratique.

Il descendit à grandes enjambées vers sa cabane, près de la vigne de Chaussegras, en coupant à travers le cimetière. Quelques tombes luisaient à cause de leurs marbres noirs qui venaient de chez Gage, à Digne, près de Notre-Dame-du-Bourg, de chez ce Gage qui était un ancien élève de M. Judrin, mais ça pullulait, à l'époque, dans Digne, les anciens élèves de M. Judrin, et qui avait pareillement érigé, quelques années avant, le monument aux morts de Champtercier en bas de la route de Thoard. Un drapeau tricolore pendait sur la sépulture d'un soldat, pendouillait plutôt, parce que la guerre de 14-18 commençait à être une vieille guerre.

18

POUR les cousins, parrain Élie était une aubaine. Ils remontaient la piste du vieux monsieur comme on suit une intrigue dans ces histoires policières américaines, ces aventures de Nick Carter, que le professeur Judrin et l'oncle Absalon et tonton Ernest et l'oncle Jéricho et d'autres oncles, avaient dévorées quand ils étaient gamins, dans le grenier, et que nous dévorions à notre tour, les cousins.

Et pourquoi pas parrain Élie lui-même ? Pourquoi ne les aurait-il pas lues, les aventures de Nick Carter, au cas où le parrain serait un oncle, comme tout le monde, un grand-oncle, un grand cousin *in partibus*, un cousin de garenne, un de ces restes de bonne famille que l'on range dans les maisons de campagne entre les fientes de pigeon, les roucoulements, les licols, les jambons et les jarres d'huile et que l'on oublie par étourderie et qu'on retrouve par une autre étourderie, après vingt ans ou trente ans, un jour de pluie, un jour de ménage à fond, un peu ridés, un peu tristes et sans beaucoup d'esprit d'entreprise.

Les livres de ce Nick Carter étaient entassés à même le plancher ; mangés des souris et du caca des mouches, si bien qu'il manquait toujours une page, un paragraphe ou une fin de ligne, ce qui augmentait le génie du détective américain, de ce Nick Carter qui n'avait pas les deux pieds dans le même sabot car il confondait l'assassin même quand des pages manquaient, et nous les lisions sur place, si bien que les sordides meublés de New York dans lesquels se démenait Nick Carter empestaient la fiente, le foin, l'abricot séché au soleil et la coquille d'œuf des pigeons de Champtercier.

Oui, mon vieux, parrain Élie nous faisait bon usage. Nous l'utilisions comme une de ces silhouettes en carton sur lesquelles les cousines ajustaient des robes de papier colorié, les soirs d'été et les soirs d'hiver, les soirs interminables de l'été, des petits pantalons et des parapluies d'allumettes, durant les veillées, pour ne plus entendre la respiration effrayante des grands-pères, des tantes et des oncles. Nous déguisions le parrain. Nous le changions de costume. Nous le fourrions dans des destins. Nous lui livrions une belle voiture du commencement des voitures, Côte d'Azur et compagnie, hôtel Negresco, Delage et De Dion Bouton, palmiers, brises de mer, et nous l'acoquinions avec des femmes terribles.

On en faisait un ancien parfumeur de Grasse ou un inventeur qui avait gagné sa fortune en Égypte dans les années 1870 en creusant le canal de Suez, un pionnier de l'aviation ou du cinématographe ou des ascenseurs, un genre de Frères Lumière, un genre d'Otis-Pifre, ou de Frères Wright ou de Roux et Combaluzier, car ils vont toujours par paire, main dans la main, cervelle dans cervelle, les grands inventeurs, et ils vivent l'un pour l'autre, et même l'un à la place de l'autre, comme les deux demoiselles

Magnan ou comme Cadet et Coquet qui échangent leurs noms, leurs licols et leurs âges, comme aussi les deux curés Portes et Lhuillier, et comme les deux vieux grigous du vallon des Petits-Tauriers mais eux, ce ne sont pas des flèches !

C'est Julien qui avait attiré l'attention des enfants sur cette singularité. Christophe Colomb a embarqué son frère sur la *Santa Maria* et Amerigo Vespucci a vu son frère assassiné sous ses yeux par les Indiens Caraïbes. Parrain Élie formait une anomalie. Il n'était pas un frère. Il était tout seul, tout seul, et les enfants lui rapportaient ce qui se passait dans l'écurie ou dans la cuisine et dans la campagne. Ils étaient comme les hommes de quart sur les bateaux qui ont la mission de scruter la nuit à la place du commandant et du pilote. Ils lui disaient par exemple que le cantonnier, ce Julien, ce soldat que parrain Élie avait peut-être aperçu à l'occasion, avait tracé un nouveau chemin entre la source du torrent de l'Iscle-des-Abbés et la maison des Marchangeli et tant pis si ce n'était pas vrai puisque le reclus, le prisonnier, ne pourrait jamais vérifier et que, si l'on ne peut pas vérifier, on n'arrive même pas à mentir.

Pourquoi se seraient-ils gênés, les cousins ? Pourquoi n'auraient-ils pas donné un peu de bonheur au vieux dans sa solitude, dans sa désolation ? Il existe bien des mensonges pieux ! Nous autres, nous faisions des « sentiers pieux », et parrain Élie gobait tout car il s'en fichait pas mal, au point où il était rendu, qu'ils soient vrais ou pas, ces chemins, pourvu que le monde ne soit pas mort encore.

D'autres fois on imaginait qu'il avait été un officier de spahis, le cher parrain Élie, ou de zouaves, en Afrique noire, un Don Juan et même un pianiste de concert dont la carrière s'était brisée net le jour où s'était déclarée la paralysie, peut-être à cause d'une de ces femmes terribles, à cause de cette maladie que procurent les femmes terribles et dont on ne parle qu'en silence.

Pas un aveugle, en tout cas. Les enfants se posaient la question. Ils l'apercevaient de dos quand ils se faufilaient pour lui dire un bonjour et gagner une pastille de menthe ou une papillote, face à sa fenêtre que Gertrude tenait à demi fermée à cause des violentes lumières de Champtercier mais M. Judrin n'avait jamais varié : parrain Élie n'était pas aveugle, pas beaucoup aveugle. Le grand-père ajoutait qu'il eût été bien content, lui, Judrin, d'avoir les yeux de parrain Élie et il faisait tomber son binocle et il tâtonnait de la main pour montrer qu'il n'y voyait plus grand-chose sans ses verres et je n'aimais pas ça car sa main tremblait trop et j'en avais ma claque de guetter, sur tous ces oncles et ces tantes et sur tous ces grands-pères, des tremblements et des ombres.

La thèse du pianiste avait la cote parce que des notes sortaient de la pièce, dans les après-midi chaudes et dans les débuts de la nuit, des cortèges de notes, surtout quand, au rez-de-chaussée, la tante Catherine interprétait à l'harmonium une chanson de Fernandel ou un requiem de Mozart. Le curé Portes faisait le nez. « Pianiste, pianiste..., marmonnait-il, je vais vous dire, au séminaire de Grenoble, quand on jouait une sonate de Bach, c'était une autre paire de notes ! »

Elles assassinaient Mozart, ces notes, pour reprendre l'expression de cet aviateur transatlantique dans un de ses livres, mais Julien, une nuit qu'il raccompagnait, en ce même été 1938, le curé Portes jusqu'à son église, après une de ces veillées autour d'une lampe à pétrole sous le mûrier de Robespierre et de l'abbé Grégoire, avec des nuées de moustiques dans la flamme, fit une pause en haut du chemin des Dames car, depuis qu'il était là, on ne parlait plus du chemin aux prunelles, mais du chemin des Dames.

Le vieux M. Portes m'a raconté tout ça. Toujours cette nuit de glycines et de belles odeurs de l'année 1950 ou 1955. Donc, dans cette soirée de l'année 1938, mais une autre soirée, pas celle du tintement des clochettes japonaises, une autre soirée, un peu mélancolique mais pas du tout querelleuse, celle-là, Julien avait fait une pause en haut du chemin des Dames. Il avait fait valoir que cette histoire n'avait ni queue ni tête. Comment juger les arpèges que des mains fatiguées, des mains écrabouillées, disons le mot, tiraient d'un piano même à queue ? Le curé fut étonné.

– C'est un piano à queue ? Je n'ai pas remarqué. C'est vrai que je lui administre un sacrement par-ci par-là, je lui parle du libre arbitre, et je n'ai jamais songé à regarder le piano. Et comment savez-vous cela, vous ? On ne vous voit pas si souvent dans la chambre obscure.

– Un piano à queue-leu-leu, chantonna Julien.

Le curé rit par charité chrétienne et il enchaîna :

– En tout cas, ce n'est pas un pianoforte. On les entend à peine, ses musiques.

Julien rétorqua que personne n'est capable de jouer pour personne. On peut jouer pour un idiot, même pour un sourd ou pour un hérisson, pour un guépard, mais pour personne, non !

– C'est toujours la même histoire, avait dit le soldat. Est-ce que le vent continuera de souffler quand le dernier humain sera décédé ? Et les marées, est-ce qu'elles poursuivront leur manège s'il n'y a plus de gosses pour faire la pêche aux palourdes ? Je pose la question, révérend.

M. Portes avait été pris de court. Il avait toujours oublié de s'informer sur ce point. Julien devait comprendre : il avait souvent voulu poser la question, en particulier quand il était au séminaire de Grenoble et depuis aussi, mais les jours passent, les jours passent toujours, c'est tout ce qu'ils savent faire, les jours, et on oublie le plus important... Pourtant, il croyait se rappeler que, dans les années 1910, son professeur de théologie avait effleuré le problème. Et, si la mémoire de l'abbé ne se trompait pas, même saint Thomas aurait omis de traiter de cette thèse dans sa *Somme*, mais peut-être M. Portes confondait-il sa mémoire avec celle du vicaire de M. Portes, celle de cet abbé Lhuillier avec lequel Portes, dans le temps, débattait volontiers des fins dernières, et tout est tellement incertain.

– Saint Thomas n'en parle pas ? s'alarma Julien. Même lui ! Vous imaginez, révérend. Mais est-ce qu'il a avoué ne pas connaître la réponse, saint Thomas, ou bien est-ce qu'il s'en fiche ?

Le curé dit résolument, avec un peu de peur dans la voix, que saint Thomas s'en fichait. Julien haussa les sourcils.

– Eh bien, moi, je ne suis pas comme votre Thomas. Pour moi, c'est le problème théologique fondamental et même unique. Voyez-vous, révérend, je trouve ça épouvantable, si le vent continue de souffler tout seul, épouvantable... Vous imaginez, monsieur Portes ?

Le curé imaginait. Et, après un silence, il dit :

– Il faut être optimiste, Julien, c'est ma tactique.

Il se remit en marche. Cela lui prit un peu de temps. Il

ne souffrait ni de scoliose, ni d'arthrose, ni de lumbago, en cette après-guerre qui était en train de devenir une avant-guerre sans même qu'il s'en rende compte, mais il avait besoin d'un délai, comme les jouets mécaniques, avant de mouvoir à la fois ses jambes et ses bras, surtout la nuit. Dans la suite, ça fonctionnait mieux, et ce soir-là, il dit :

– Je comprends votre idée, Julien. Ces petites notes de rien du tout, ça serait seulement ce qu'il arrive à sauver d'une symphonie, d'un concerto, pas vrai ?

Le cantonnier s'arrêta une deuxième fois. Il s'assit sur la murette, au bas de la route de Thoard, à quelques pas du lavoir et du monument aux morts de 14-18. Les pierres étaient tièdes. Dans la journée, elles étaient blondes. Le bruit de l'eau approfondissait la nuit. Ils devinèrent un chat, ou un renard, dans les fourrés qui étouffaient le socle du monument aux morts de M. Gage. Le cantonnier prit le prêtre par une épaule, tendrement, car il était tendre, et l'invita à s'asseoir à côté de lui sur la murette.

Il avait connu en Italie, après la bataille de Caporetto, un Italien, un jeune qui écrivait des romans d'amour, et il avait eu tellement peur du canon, ce jeune, qu'il y avait gagné des défaillances de mémoire. Il écrivait quand même des romans mais il oubliait l'intrigue à mesure. Il avait perdu toute autorité sur ses personnages qui en profitaient pour faire le mur, pour se carapater, pour se « caporetter », comme il disait plaisamment, dans un autre roman. Il oubliait ses mots. Quand un mot lui revenait par surprise, il l'arraisonnait, il le flanquait dans l'histoire qu'il était en train d'écrire, illico presto, de peur qu'il ne fiche le camp une deuxième fois, et tant pis s'il n'avait rien à faire dans ce récit-là. Il n'avait qu'à se débrouiller. Ça finissait toujours par s'accommoder car tout s'accommode. Ça faisait un livre comme un autre. C'est ce qui est formidable avec les livres. On met des mots ensemble et ils s'arrangent entre eux.

Julien donna une tape gentille sur la manche du curé, se leva, fit le salut militaire devant le clocher, claqua des talons.

– Un mot ou un autre, dit-il, un type ou un autre type, un amour ou une haine, un lapin ou un bibliothécaire, une parenthèse ou une virgule, un soleil ou un orgasme, différence, zéro ! Rompez... Ah ! Ah ! Ah ! Présentez âme !

– Présentez armes ! dit le curé. Présentez armes !

– Présentez âme ! s'opiniâtra Julien.

M. Portes se moucha car il s'enrhumait presque tout le temps avant la Deuxième Guerre mondiale. Après 1945, il s'enrhuma moins. Il demanda au cantonnier pourquoi il disait toujours : « Un type », alors qu'en général on dit : « Un homme », ou : « Un monsieur », et même quand il parlait de soi, c'était pareil, Julien disait : « Un type comme moi ». Jamais il ne disait : « Un homme comme moi ».

Le cantonnier leva le nez.

– Vous avez remarqué ça ? Je ne sais pas, moi. On me l'a déjà dit. Je crois que je m'entends mieux avec les types qu'avec les hommes. Je m'entends bien surtout avec les types qui disent qu'ils sont des types.

– Ce sont les gosses qui parlent des « types » ?

– C'est pas ça, monsieur le curé. Je vais vous expliquer, c'est idiot, vous allez vous marrer mais je vais vous dire. C'est quand on meurt, vous comprenez. Quand on meurt, c'est moins pénible d'être un type qui meurt que d'être un homme qui meurt. Vous vous y connaissez, vous, en mort. C'est une science de prêtres, la mort. Vous enterrez tellement les gens. Au fond, c'est ce que vous faites de mieux. Vous avez du métier. Ça fait deux mille ans que vous enterrez tout le monde. Un vrai charnier, l'histoire de l'Église ! Moi, c'est pour ça que je n'ai pas envie de devenir libre-penseur. En enterrement, ils sont nuls, les libres-penseurs. Vous, vous êtes des « pros ». Moi, si j'étais moi, j'aimerais mieux enterrer un type qu'un homme. Par exemple, le jour où parrain Élie meurt, je ne dirais pas que parrain Élie est mort. Je dirai que le type de la chambre obscure est mort. Parce que sinon, sinon, monsieur Portes, parce que sinon... sinon... vous vous rendez compte ! Parce que si on dit : « Le parrain Élie est mort... » C'est pour ça que je dis des fois : « Moi, si j'étais moi... »

Le curé était d'accord. Mais pas seulement pour parrain Élie. En règle générale il avait horreur d'enterrer des gens. Il aurait préféré enterrer des types. Mais le pli était pris. Cette affaire avait été réglée au séminaire de Grenoble et au concile de Trente et à celui de Constance. Il n'allait pas tout reprendre de zéro. Il n'allait pas se mettre à enterrer des types, quand même ! À son âge ! Il aurait l'air de quoi ? En plus, il ne saurait même pas le faire. Ça s'apprend, ces choses-là. Il ne faut pas croire que des obsèques, ça s'improvise. Ça fait deux mille ans que l'Église carbure là-dessus. Elle améliore, elle rectifie, elle gomme, elle ajoute, elle rapetasse. Elle fait des efforts, l'Église : au lieu d'enterrer des hommes ou des femmes, elle enterre des *homines* ou des *mulieres*, ça veut dire des personnes latines, des personnes très anciennes, c'est ça de gagné, parce que des hommes inhumés depuis deux mille ans, c'est presque des types. En tout cas, c'est moins mort qu'un mort de la veille. Tout vieillit, voyez-vous, même la mort. Même les morts. Le temps passe un peu moins vite, c'est vrai, mais il passe un peu. Du reste, en latin, M. Portes ne savait pas comment on dit « un type ». *Typus* ? Même M. Judrin n'en savait rien. Ce n'est pas dans Horace et dans Virgile qu'on parlerait de « types » !

Julien faisait la grimace. M. Portes crut qu'il se gaussait, mais non ! Julien appréciait les efforts de l'Église, mais tout ça manquait d'ambition. Pourquoi on se contentait du latin ?

– S'ils avaient du chou, mon père, vos types de Rome, votre Pie XI, ils célébreraient les messes, les messes des morts, ils les diraient pas en latin, parce qu'un Latin qui meurt, c'est encore assez proche de nous, non ? Ils les diraient en égyptien, en hittite, je sais pas, moi, dans la langue des Indiens, ou bien ils diraient des mots d'aucune langue. Si le type qui est mort parle une langue d'aucune langue, vous voyez, mon père, on s'en fiche pas mal quand il meurt...

– On pourrait changer le nom, vous voulez dire ? Au lieu d'enterrer M. Ripert, ou Mme Esmiol, on enterrerait, je sais pas. M. Chandaubert ou Mme Arseule ? On enterrerait un autre ? Et hop ! Passez muscade !

– Ne prenez pas tout à la rigolade, révérend. Moi, si j'étais moi, je serais toujours sérieux. Toujours, mon père. La lo-gi-que. Reconnaissez que mettre en terre un Babylonien, je ne dis pas que c'est comique mais ça fait moins d'effet que de mettre en terre Mlle Léonie Cranchard ou M. Judrin, le pauvre, ou même que de vous mettre en terre vous. Ou moi. Et parrain Élie donc !

– Parrain Élie, encore ?

– Mais enfin, parrain Élie, mon père, vous vous rendez pas compte ?

– Moi, quand j'enterre une vieille personne, il y a une chose qui me chiffonne, monsieur Julien, un vieil homme, une vieille femme, je pense à la petite fille qu'elle a été, au jeune homme... Quand je croise un vieillard encore un peu vivant, je vois une petite fille, un petit garçon, un enfant, quoi, emmitouflé dans ce vieux, un gamin. Et c'est ça, monsieur Julien : c'est toujours des enfants que j'ensevelis... Ah non, pas ça... Je déteste les photos. Si je vois une photo, Julien, je commence par la déchirer, la photo.

Il se tourna vers le soldat. Sa voix était abîmée.

– Je peux vous dire quelque chose, Julien : je me dis qu'il était si content, le vieux bonhomme que je croise chez les sœurs Magnan, ou sur une route, si content, soixante ans avant, si content le jour où pour la première fois il a réussi à embrasser une jeune fille et qu'il était heureux comme une abeille, heureux comme un bateau, non ? Je me raconte des choses, et si c'est une vieille dame, je me dis qu'elle avait des souliers neufs, avec ses premiers petits talons, la jeune fille, et qu'elle avait mis longtemps à repasser sa robe de satin, une robe ou bleue ou jaune, et que ça lui faisait mal aux pieds quand elle tournait dans la sciure, et qu'elle n'a pas très bien dansé ce jour-là, ah, Julien, vieux Julien... c'est pour ça que je déteste les photos. Et après, il faudrait pas que je pleure, vous imaginez, monsieur Julien ! Les larmes, c'est rien. Ça marche assez bien. Mais quand elles sont finies, les larmes, comment vous vous en sortez, vous, quand elles sont finies ?

19

ON franchit le milieu de l'été. La chaleur était à bout de nerfs. Le ciel bascula dans un autre ciel. Il y eut des tempêtes et la terre était sous la pluie. Chaque année, c'est le grand opéra. Le 15 août, enfin le 14 ou le 16 août, l'été meurt comme une bête reçoit une épée dans le cœur, en plein soleil, et lâche des flots de sang et des entrailles dans la sciure de l'arène, après quoi défilent les atrocités. Les nuages claquent. Les soleils vont à reculons. On voit le dedans du ciel, ses coulisses et ses intestins et des dizaines de ciels.

Ils sont les uns dans les autres, comme des moutons emballés. Ils se jettent droit dans l'abîme, avec des armées, des oriflammes et des batailles, avec des empilements de charbon, des aubes collantes, des cambouis des robines. Le vent frappe sur les nuées, pendant que tourbillonnent les soleils et les nuits entrelacés. Sur la ligne des crêtes, entre le pic d'Oise et Campanelle, et au sommet du Siron, de l'autre côté de la haute plaine, glissent des lueurs.

Il se forme des lacs de soufre, avec des bouillonnements et des geysers d'Islande, et si vous levez la tête, vous découvrez des cheminées étincelantes, très hautes et pleines de rayons, bien plus hautes que le ciel, bleues et nacrées, entre les murailles des nuages, et si vides qu'on n'ose pas y porter le regard, à peine de mourir.

Julien ne pouvait plus casser ses cailloux. Sa cabane, dans les vignes, était secouée des vents et il se replia dans la grande remise, sous les vernis du Japon, à vingt pas du marronnier dont les plus hautes branches griffaient le derrière du château, un peu au-dessus de la chambre obscure de parrain Élie, presque à la hauteur des gouttières. Les enfants ne traînèrent pas à le rejoindre. On ferma la double porte de bois qui donne sur la source. À travers les interstices des planches, on apercevait les champs d'amandiers qui dévalent vers l'Iscle-des-Abbés.

Les premières averses contenaient toutes les odeurs de la forêt. On s'enivrait. On reconnaissait l'odeur des argiles et des silex, celle des sapins, des ormes, des platanes, celle de l'âne Chagrin qui se lamentait à coups de trompe, celle du hêtre, l'odeur des fourmis et celle du mûrier, celle des moellons de la grande maison, celle des tuiles mouillées et celle des évêques qui avaient habité ces chambres puisque le château du Verger avait servi de maison de campagne aux évêques de Digne au temps de Louis XIV et au temps de Louis XV et comment pouvait-il savoir ça, ce hâbleur de Julien, qui était plutôt lorrain ou jurassien ou flamand ou même suisse ?

Il n'avait pas l'accent des collines et sa voix était lente, alors que les enfants eux-mêmes ignoraient tout de ces évêques et M. Judrin, quand on le consulta, tomba du ciel pareillement, soit que Julien ait inventé ces évêques pour se rendre intéressant, comme il avait inventé la reine des Indes et les clochettes du jeu de croquet au Japon, ou est-ce que le grand-père Judrin ne commençait pas à confondre les choses dans sa tête, à la ressemblance de tant de têtes de grands-pères ? Si ça se trouve, c'est M. Judrin qui avait raconté au soldat cette histoire des évêques de Digne, et ensuite il avait oublié ces évêques et il ne se souvenait même plus qu'il en avait parlé jadis à Julien ? C'est ça, le pénible, l'incertain, avec les grands-pères.

Julien n'en démordait pas. La preuve : la pluie apportait des senteurs très fines mais nettes, des effluves d'encens et de tissus brochés, brodés et surbrodés, des odeurs de chasubles ou d'étoles, d'ostensoirs, de sacristie, de bonnes sœurs propres comme des sous neufs, de calices en or, de suaires, de crânes d'évêque, de crânes d'enfants de chœur et des odeurs de mitres.

Les enfants se touchaient le front du bout du doigt mais ce n'était pas si mal, une odeur de mitre, le gros de cette année-là, qui était un gros de Valence, je crois, ou de Solliès-Pont, un gros des cerises de Solliès-Pont, lâcha sa bêtise. Une bêtise ordinaire. On la ressortirait pendant quelques étés, deux ou trois étés, pas plus, en revenant de la messe ou pendant une partie de croquet. On rigolerait quelques saisons et puis on ne s'en souviendrait plus.

– Une odeur de mitre, avait dit le gros, ou bien une odeur de « mitrate » ? Il faudrait savoir quand même, Julien.

Les orages se sont calmés et les journées paralysées des fins de l'été commencèrent, ces soirées tombées du nid, et qui se traînent avec une aile cassée. Les autres années, elles nous empoissaient le sang, ces soirées du début de l'automne, mais à présent, depuis que Julien était au milieu de nous, elles s'en allaient comme des folles et comme des jeunes filles, ou comme des farandoles et bras dessus dessous.

Avec Julien, c'était la sarabande. Il racontait n'importe quoi. Il faisait le jongleur. Ses histoires, on en redemandait, et pas seulement les enfants mais aussi les vieux du village après la partie de boules, les femmes du lavoir public et les demoiselles Magnan et les deux anciens ennemis des Petits-Tauriers, au pied de Campanelle, qui ne se quittaient plus, à présent, grâce à Julien, ne l'oublions jamais, et le village avait tellement changé depuis que Julien était au milieu de nous, et même également Léonie Cranchard avec ses lèvres pâles et poussiéreuses comme les fleurs séchées de sa cheminée, dans le globe de verre, ses lèvres sans épaisseur, à croire qu'on les avait aplaties entre deux feuilles de papier de boucherie, comme ont été écrabouillées les anémones et les coquelicots que M. Jean-Jacques Rousseau collait dans son herbier quand il était sur son île, au milieu du lac de Bienne, en Suisse, et qu'il y avait été si heureux, lui qui était si malheureux.

Le curé Portes voulut en avoir le cœur net. Il farfouilla dans les capharnaüms de l'église et il fut bien forcé de reconnaître que le château du Verger avait en effet servi de résidence d'été aux évêques de Digne au temps des monarchies. Julien dit : « Vous voyez », mais il ne se rengorgea pas. Quand, par merveille, un de ses mensonges tombait juste, il faisait le grand seigneur et le désinvolte.

Oui, mon vieux, il n'insista pas. Il dit à peine qu'il comprenait mieux tous ces labyrinthes et ces souterrains qui couraient sous le village – et même sous le château du Verger – puisqu'il faut toujours disposer de quelques souterrains, de quelques évêques et de quelques hérétiques si l'on veut monter une guerre de religion à peu près présentable. C'est même pourquoi les évêques ont joué un si grand rôle dans l'invention de la science géologique, les évêques et les mineurs de fond.

C'est un professeur d'Oxford, un certain Smith, William Smith, qui avait interrogé les mineurs anglais du XVIIIe siècle, dans la région de Bath, les mineurs, mais aussi quelques évêques et quelques moines rescapés des souterrains des guerres de religion, et ce William Smith avait dressé, grâce à leurs souvenirs, la première échelle stratigraphique et même la première carte géologique en couleurs, ce qui constituait un exploit car il est déjà hasardeux et presque ridicule de faire la carte des paysages qu'on voit, mais la carte des paysages qu'on ne voit pas, chapeau !

Le curé Portes était présent, dans la remise, ce matin-là. Il m'avait soufflé dans l'oreille, tout en me pinçant le haut du bras : « Tu vois, mon vieux, ton Julien, quand je te dis qu'il connaît un tas de choses, ce diable ! Tu vois, fils, on me dirait qu'il sait qui est parrain Élie, qu'il l'aurait connu quand Élie venait passer ses vacances à Champtercier, à la Belle Époque, à supposer du moins que parrain Élie venait ici, eh bien, je serais à peine surpris.

– Mais, révérend, ai-je objecté, on ne sait même pas si parrain Élie connaissait Champtercier avant la guerre mondiale. Et Julien, on le sait encore moins !

Le curé prit son air malicieux.

– Justement, justement. Raison de plus... S'il fallait attendre de savoir pour savoir !

Sacré Portes : quelques années plus tard, après la guerre, vers 1950 ou 55, quand j'allais lui tenir compagnie au presbytère, dans la mystérieuse odeur des glycines de son petit jardin, j'ai rappelé à M. Portes cette conversation de la grande remise de l'année 1938 mais il n'a pas compris ce que je lui disais. Je n'ai pas insisté. Je veux bien prendre en pension quelques souvenirs des autres mais il ne faut pas exagérer non plus car, à la fin, je n'aurai plus de place.

L'orage chassa les prairies jusqu'au soir, avec leur attirail de sentiers, de chemins, de tournants, de cabanes, de haies, de trognes, d'osiers et d'aulnes. Le lendemain, la pluie redoubla et Julien nous dit que le fracas des grosses gouttes sur les tuiles de la remise était dû à la mousson du Bengale qui est un vent plein d'eau, et non aux alizés, qui, eux, sont des vents secs. Il savait tout, vraiment.

Le chien de M. Judrin poussait souvent la porte de la grande remise avec cet air vaniteux des chiens de chasse qui ont repéré la lièvre. Il passait la tête, jetait un regard circulaire, se secouait en éclaboussant le monde entier et il bâillait un bon coup.

Durant les deux semaines de gros orages, il ne manquait jamais à ce rendez-vous, sauf le dimanche matin. Ce jour-là, dès que les cloches appelaient à la messe, il courait au château pour attendre que M. Judrin ait fini de passer son costume noir, ses guêtres, son plastron blanc. Quand le grand parapluie bleu apparaissait au portail, entre les deux cèdres, Horace jappait et se joignait au cortège.

Julien taquinait le professeur. Ce Julien ! Il n'avait pas froid aux yeux. Il disait que, dans les temps anciens, le chien Horace accompagnait le professeur Judrin à la messe de dix heures et qu'il avait le droit et le devoir même de s'agenouiller sur le banc de la famille Judrin, de garder la place après que Judrin avait déserté l'église et de prier à sa place, mais que, à présent, c'était l'envers, c'est le professeur qui accompagnait le chien Horace et qui avait le droit de s'asseoir et même de s'agenouiller sur le banc du chien. Le curé Portes serait bien inspiré de dévisser la belle plaque de cuivre qui était fixée sur le banc du professeur au nom de la famille Judrin, pour en river une autre au nom du chien Horace, mais encore fallait-il que le curé promette que le professeur aurait toujours le droit d'occuper sa place sur le banc d'Horace et que le chien ne le regarderait pas en chien de faïence quand Judrin s'y installerait, « en chien de faïence », répéta Portes en s'étouffant de rire et il fallut que je lui tapote le dos.

Fin août, la chaleur fit retour. Septembre fut un miracle, avec des ciels de soie et des crépuscules de soie. Il y avait des après-midi très longues, de l'argent et du cuivre dans le ciel et sur la terre et partout.

Julien proposa de réparer l'harmonium de la grande salle du rez-de-chaussée. Il démonta le meuble. Il étala toutes les pièces, tous les rouages sous l'auvent qui ouvrait sur le deuxième bosquet, celui qui était en pente, près du cabinet en plein air, juste sous la fenêtre des cousins d'Oran, et à Versailles, sous Louis XV et sous Louis XVI, les courtisans qui étaient logés au château jetaient le contenu de leurs pots de chambre, faute de tout-à-l'égout, par la fenêtre, si bien que des festons d'excréments enduisaient toute la façade. L'Histoire avait passé là-dessus, le 14 juillet, Wagram, Waterloo et tout ça, puis, en 1815, pendant le congrès de Vienne, des vieux courtisans étaient revenus au château et une marquise avait ouvert la fenêtre de son ancienne chambre. Avant la prise de la Bastille, cette marquise était une très belle femme, à peindre, et maintenant, elle était comme une tête de veau bouillie. Elle s'était penchée au-dessus de la façade où étaient collées les fientes des dames de l'Ancien Régime. Ses narines palpitaient, elle avait posé la main sur sa gorge pour calmer son émotion, et elle avait dit : « L'odeur du bon vieux temps ! », ce qui n'avait pas tellement plu à la mère des cousins d'Oran ni à celle des Lamastre à cause des enfants qui exultaient mais, par bonheur, il y avait la tante Catherine et celle-là, attention !

Julien avait démonté les légères pièces de métal, les tambours, les feutres, les soufflets et les vis, et deux jours après, il avait rendu souffle à l'harmonium. Les lampes brillèrent avant dans la nuit car la tante Catherine s'était assise sur le tabouret de velours rouge. Elle était tendre et grosse. Grasse aussi. Son derrière débordait un peu. Elle joua les ouvertures de *Manon* et de *La Vie parisienne* mais elle ne jouait pas trop bien. On ne s'en était jamais avisé car jusqu'alors l'harmonium n'en pouvait plus et les musiques qui en sortaient étaient couvertes par le grincement des soufflets alors qu'à présent, les fausses notes faisaient pas mal de boucan mais la tante Catherine était bonne fille. Elle aimait la joie. Et elle n'allait tout de même pas demander au soldat de rouvrir l'harmonium pour y reloger les anciennes poussières.

Le cantonnier reprit ses rondes dans la campagne, avec Paulo et avec Vieux Thomas, mais il y eut un événement dont on parlerait pendant des années. Un jour, Julien poussa la porte entrouverte de la chambre obscure. M. le professeur Judrin n'y était pour rien. Il n'avait rien fait pour l'y encourager mais il ne fit rien pour s'y opposer.

Le professeur Judrin ! Curieux M. Judrin. Avait-il une volonté, une envie, à cette époque-là, du moins ? M. Judrin était en ce canton lointain où on regarde les choses. C'est ça. Il assistait à sa vie, le professeur. Il la voyait passer devant lui comme on voit passer une charrette. Parfois, on aperçoit des personnes âgées, sur le talus ou sur le mur qui longe une route. Elles sont assises, à un tournant en général.

Ces personnes âgées, sur leur talus, ça me rappelle une histoire que nous a racontée le cantonnier. Au milieu des années vingt, il avait connu en Belgique un homme qui était aveugle et cet homme, quand il était gosse, jouait avec des obus de la guerre de 1914 et ça lui avait pété dans les yeux. Les médecins avaient fait le pronostic qu'il serait aveugle dans six mois et qu'est-ce qu'il avait fait, le gosse, pendant ces six mois ? Il n'avait pas perdu une seconde. Du matin au soir, il regardait. Il mettait tout dans sa tête, les champs, les nuages, les couleurs surtout, les maisons, les têtes des gens, les femmes. Il était très résolu. Il disait : « Je me prépare un en-cas. » Et avec un rien de vulgarité, le pauvre, il disait : « Je me remplis. Je me bourre. Ça dégorgera pendant toute ma vie. »

M. Judrin avait interrogé distraitement le soldat sur parrain Élie et le soldat avait dit :

– Parrain Élie ? Non. Il ne m'a rien dit de particulier. Je ne vais pas raconter qu'il m'attendait. Non. Pas du tout. C'était comme... c'était comme si j'avais été là depuis toujours, voilà ce que je dirais, et qu'il se soit mis à me voir. Vous voyez, professeur ?

– Non, avait dit le professeur. Non. Je ne peux pas dire que je vois. Mais si vous le dites...

Au début de septembre, Chaussegras attela Coquet pour conduire les familles à la gare de Digne. Il avait une sale dégaine. La mort de son jeune frère l'avait tué. Ceux d'Oran partirent car ils devaient prendre leur bateau à la Joliette, le *Ville d'Alger*, puis, le lendemain, ceux de Chambéry et ceux de Solliès-Pont, mais cette année-là, on ne monta pas dans la voiture mais dans le tilbury. C'était toujours la même guimbarde, avec les mêmes coussins, le joli drap « bleu pioupiou » de la bataille de l'Aisne. Mais un des grands, qui était venu en coup de vent, entre deux séjours à Londres, avait dit que, maintenant, il serait séant de parler d'un tilbury plutôt que d'une charrette ou d'une calèche, surtout si on devait croiser les petites filles du marquis du Louviers de Louvière, à la sortie de la messe, pour les lever, et le professeur avait dit : « Petit imbécile », mais tous les cousins, à partir de cette année-là, parlèrent du tilbury et même le professeur.

La grande maison fut toute seule. Julien avait coutume de faire halte au Verger car M. Judrin ne pouvait plus se passer de lui. Les deux hommes jouaient une partie de dames ou une partie d'échecs. Judrin était très fort. Julien, dès qu'il avait perdu, montait « dire un petit bonjour » à parrain Élie et ce petit bonjour était de plus en plus gros, tout au long de l'hiver. À Oran, à Solliès-Pont, à Chambéry, on recevait les lettres que M. Judrin, une fois par semaine, confiait à Vieux Thomas et dans lesquelles il donnait des nouvelles.

Il avait une belle écriture d'avant, fine, chantournée, une écriture inclinée, presque couchée, qui faisait penser aux reposoirs et aux fleurs du XIXe siècle, aux roses des dimanches de la semaine sainte dans les chapelles de Digne, à la Sainte Enfance au milieu de ses platanes et de ses lueurs, et il disait que le soldat continuait à tracer ses sentiers avec Paulo et Vieux Thomas, ses sentes plus justement, et que

Julien les appelait « des sentiers pour les anges et les mésanges ». À peine des routes. Des brouillons de routes. Des ratures. À son gendre d'Oran, le colonel de zouaves, qui était le plus cultivé de la famille, le professeur avait ajouté un post-scriptum : « À propos de brouillons, savez-vous, cher Édouard, que le grand Flaubert, le grand Gustave, a demandé par testament qu'on enterrât ses brouillons avec lui ? »

Judrin disait aussi que le soldat avait pris l'habitude de monter au deuxième étage, non pour le grenier ou pour le pigeonnier mais pour parrain Élie et qu'est-ce qu'ils trafiquaient, ces deux-là ? À la suite, il donnait quelques nouvelles de parrain Élie, lui qui était si fuyant, d'habitude, quand on l'interrogeait sur l'occupant de la chambre obscure. Il disait que parrain Élie était toujours habillé du dimanche et il avait ajouté dans la marge de son papier à lettres, en travers, pour montrer que c'était un aparté et une drôlerie : « Habillé d'un très vieux dimanche ! » Ceux d'Oran ou de Solliès-Pont, quand ils avaient lu ces mots, avaient imaginé le sourire, la lèvre malicieuse, tendue et raisonnablement désespérée de l'ancien professeur de français, de grec et de latin du lycée Gassendi.

20

M. PORTES était solide mais le cœur de son ancien vicaire avait des ratés. Il allait l'amble. M. Lhuillier avait dû quitter la neige du Touvet. On l'avait mis au plateau d'Assy, dans une autre neige. Il surplombait Chamonix.

Il entretenait des relations épistolaires avec le révérend Portes. Tous les quinze jours, Vieux Thomas relevait à la sacristie une lettre de M. Portes. Ces courriers endormaient le chagrin du pauvre Lhuillier. Il faut dire que le mot « pauvre » est une de nos spécialités, à Champtercier. Nous l'utilisons dans deux circonstances, soit à propos des morts, soit à propos des vivants.

Les lettres du curé permettaient à l'ancien vicaire de se croire un peu à Champtercier. Autre bénéfice : le village priait pour sa guérison, tout le monde s'y collait, et ça finirait bien par marcher, surtout que le curé Portes était très fort pour prier. C'est à des traits de cette sorte qu'on apprécie le grain d'une âme, encore que je ne cède pas aux chimères. La nature humaine est garnie de trous noirs et d'infinis. Le plus grand saint du monde, à entendre saint Thomas d'Aquin et Origène, commet sept péchés par jour.

Alors, le curé Portes ! J'ai le soupçon que M. Portes, dans les replis de lui-même, était favorable à la tuberculose de son ancien vicaire.

Faut-il en induire que M. Portes fut une sale bête ? Je choisis le pardon. Je coupe le Portes en deux, comme je le dis plaisamment : un morceau du curé priait pour la guérison de M. Lhuillier. Un autre morceau priait pour que ces prières ratent. La position de M. Portes n'était pas confortable mais il faisait front : sa crainte était de souhaiter, dans le catimini de sa cervelle, le contraire de ce que lui soufflait la charité, et d'espérer, à son insu, que l'infection de M. Lhuillier prospérât. Il était sur ses gardes. Il s'espionnait. Il collait l'oreille à son âme pour se surprendre lui-même en flagrant délit de vilenie. Résultat : il s'agenouillait deux fois plus longtemps qu'il ne l'eût fait pour un autre tuberculeux. « Par précaution », disait-il de sa grosse voix humide. Oui, l'âme de M. Portes était pure. Un cristal. Il devait se battre sur deux fronts. Il mettait les bouchées doubles. Il se surmenait. Il triplait le nombre de ses prières : deux pour que la tuberculose diminue et une pour qu'elle augmente.

Le pape Pie XI avait été bien avisé d'élever la voix l'hiver précédent. Il avait même tardé à le faire, selon le professeur Judrin. De tous les côtés, on apercevait des bouts de guerre, des commencements ou des queues, en Abyssinie, en Espagne et n'importe où. Ces guerres étaient un embrouillamini. On ne savait plus dans quel conflit étaient enrôlées les peuplades et quels étaient les vainqueurs. Il ne sera pas facile d'écrire l'histoire de ce temps. Les avions japonais s'en mêlaient. À la fin de l'été précédent, ils avaient bombardé la Chine, les régions méridionales de la Chine, autant dire les antipodes. Bombarder des antipodes, je vous demande un peu !

En septembre, la guerre fut sur nous. Le professeur Judrin sentit le souffle de son mufle. Il estima que ce souffle était fétide. Heureusement, l'oncle Ernest ne perdit pas son sang-froid, un vrai soldat de la France. À lui tout seul, il serrait les rangs. L'épreuve bronzait son âme. Nous découvrions au fond de lui un citoyen exceptionnel : dans la famille, on l'avait toujours peint comme un homme aimable mais plus doué pour la débandade que pour l'offensive car il vérifiait les verrous du château du Verger, chaque soir, avec soin, et il n'aimait pas les chemineaux. Eh bien, nous nous étions fourvoyés. Nous avions un oncle en acier trempé.

Le malheur était sur la campagne. Les ciels avaient beau être lumineux, l'azur était du noir, mais nous étions seuls, nous les petits, à apercevoir ce noir car les grands sont aveugles. Heureusement, la guerre a été retardée. Chamberlain est allé à Munich. Il avait emporté avec lui Daladier qui ne lui avait servi à rien, du reste, d'après Fasbellon.

Nous avons quitté Champtercier. Tout au long de l'hiver, notre grand-père a écrit à ses fils, gendres, filles et brus, c'est-à-dire à nos pères et à nos mères, de longues lettres avec des post-scriptum qui encombraient les marges. Nous autres, à Oran, à Chambéry, à Solliès-Pont, à La Côte-Saint-André ou à Bonnétable, nous restions sur notre faim car les lettres de M. Judrin étaient vides comme ma poche. Notre grand-père, Dieu sait s'il était fort en rédaction, mais « que vouliez-vous qu'il dît ? ». (Je m'amuse. Cet imparfait du subjonctif... J'étais en cinquième cet hiver-là, au lycée Lamoricière, et dans la longueur des après-midi d'Oran, je regardais les poussiéreux palmiers de la cour d'honneur et je me récitais deux vers de Corneille qui me faisaient un effet bœuf : « Que vouliez-vous qu'il fît contre trois ? Qu'il mourût, ou qu'un beau désespoir alors le secourût », je cite de mémoire.)

Dans ses lettres, le grand-père disait par exemple : « J'ai poussé jusqu'au torrent de l'Iscle-des-Abbés. Les amandiers sont fleuris. Les aubépines sont blanches. Il y a des moutons. Ah, Virgile ! » Bien ! Et qu'est-ce que vous voulez faire avec ça ? De nos jours, les grands-pères sont comme les rois mérovingiens, ce sont des grands-pères fainéants. Total : c'est nous qui devions nous taper tout le boulot. Nous étions obligés de combler les vides entre les mots du grand-père. C'est comme pour les livres. Si les lecteurs n'étaient pas là pour donner un coup de main à l'écrivain, il resterait quoi ? Des mots.

Au début de juillet 39, nous sommes revenus. Nous courions dans le pré du grand peuplier. Nous soulevions des vols de sauterelles. Le dessous de leurs ailes était écarlate et, quand elles prenaient leur vol, c'était comme une écharpe de satin rouge. Ensuite il y a eu des pluies légères, durables. Chaussegras s'est fait un sang d'encre pour les travaux, la moisson, la foulaison, le battage. Le paysage était enveloppé dans cette pluie. Il palpitait, comme on voit une veine sous une peau transparente, surtout dans les jeunes filles et à la hauteur des tempes. Les journées avaient un mal fou à se lever. Nous cherchions les matins. Les oiseaux ouvraient un œil et se remettaient le bec dans les plumes. Se rendormaient. Jour après jour, il fallait dénicher l'aube. Nous ne savions plus où nous l'avions foutue la veille mais le bon Dieu veillait au grain, au grain de blé, comme avait dit un gros de Chambéry ou de Solliès-Pont, le gros de cette année-là. Vraiment, ces gros ! L'été s'est radiné en fanfare, avec des trompettes et des falbalas, et les blés mûrs ont fait leurs froissements.

Mais tout ça, chaleur et froid, éclats et splendeurs, nous pensions à autre chose. Déjà, dans le tilbury de Chaussegras qui était venu nous attendre à la gare avec nos valises, malles de cabine, filets à papillons, livres de classe et cantines de l'Empire français, nous étions avides de Julien. Nous avions un pressentiment mais lequel ? Ce n'est pas sorcier d'avoir un pressentiment. Le casse-tête, c'est de savoir ce que le pressentiment pressent.

Pendant l'hiver, les copains, les équations et les plus grands communs multiples, les verbes déponents et les scouts, et, pour nous, les seins de Mme Martino dans la rade de Mers el-Kebir quand elle nous emmenait nous baigner avec ses deux fils et qu'elle se mettait en maillot en s'abritant (« mon œil ! »...) derrière la portière ouverte de sa voiture qui était une Juvaquatre, nos journées étaient surpeuplées et nous n'avions pas de temps à donner au cantonnier. Nous pensions à lui, mais modérément.

À présent, entassés dans le tilbury de Chaussegras, nous approchions du Beau Pays et nos passions reprenaient le dessus. La figure du soldat remontait, comme du fond d'un lac, et resplendissante, à mesure que la calèche aux coussins bleus s'élevait dans les tournants qui joignent la gare de Champtercier au village, surtout à partir du bois des amoureux qui forme la frontière, nous le disions toujours, du village. La frontière de notre enfance. Notre bonheur commence et finit au bois des amoureux. Notre tristesse commence et finit au bois des amoureux. Un point, c'est tout !

Le nom déjà, le bois des amoureux ! Il nous excitait au plus haut point mais nous étions des gosses, nous n'en tirions pas grandes conséquences, surtout que nous n'avions à nous mettre sous la dent que nos cousines, et les cousines, qu'est-ce que vous voulez fabriquer avec une cousine dans des familles qui tiennent tout de Napoléon III et de l'encyclique *Casti connubii* ? Et les jeunes personnes du domaine du marquis du Louviers, avec leurs maillets de croquet et leurs socquettes blanches, étaient plutôt des mirages que des jeunes personnes et est-ce que vous allez tirer un coup avec un mirage ?

L'écorce des grands chênes du bois des amoureux était plissée comme une montagne et recouverte d'une mousse verte, phosphorescente, une mousse du même fournisseur que celle dont s'est servi Perrault pour *Le Chat botté* et *Le Petit Chaperon rouge*, et il y avait un petit ruisseau et des chants d'oiseaux entre les énormes racines. Nous étions des enfants. Julien allait-il recommencer avec ses chemins de Lilliput ? Mon Dieu !

Il était pacifié. Raisonnable. Il montrait son meilleur profil. Rigolo et miséricordieux, plein d'histoires, mille ans de souvenirs et mille ans d'oubli. Placide, voilà le mot. Apaisant. Il n'a parlé ni des routes et ni des chemins et ni des sentiers. Ni des voyages. Ni d'exil et compagnie, ni de nomades, et ni d'exode. Même pas de Nantucket et des baleines. Nous respirions. Il avait jeté ses bêtises à la rivière du bois des amoureux. Je me demande s'il n'avait pas un peu honte. C'est l'ennui, avec les gens intelligents : quand ils disent une bêtise, ils ne savent pas qu'en faire et leur moral en prend un coup et, des fois, ils mordent.

Il avait d'autres marottes, cet été-là. Il s'occupait de

parrain Élie, voilà le vrai. C'est alors que nous avons mesuré combien il lui était attaché, bien plus que nous ne l'avions supposé. Nous n'en avions pas regret car nous aimions beaucoup le reclus du deuxième étage, même si nous le connaissions mal, et nous aimions cette chambre où dormaient des clartés, cette odeur de cigares, de papier d'Arménie et de livres vénérables, et la persienne et les glissements de la lumière depuis le matin jusqu'à la nuit, et ces quintes de toux et ces lèvres implorantes où manquait le sang.

Julien revenait tout le temps à parrain Élie. Il se demandait si parrain Élie était heureux ou malheureux. Il s'interrogeait : qu'est-ce qu'il pouvait bien recevoir du monde, de la beauté du monde, le parrain ? Est-ce qu'il arrivait à en chaparder des petits reflets ou même des bribes, du fond de sa chambre ? Il y avait un point encourageant selon Julien : parrain Élie n'était pas aveugle. M. Judrin avait été formel. C'est vrai que sa vue n'était pas bonne mais il voyait. La preuve : il lisait *Le Petit Provençal* et *Le Petit Méridional*, avec son énorme loupe, et il feuilletait ses grands livres, ses histoires d'exploration avec des crocodiles en train de manger des explorateurs qui portaient un casque colonial, les illustrations de la guerre, et l'herbier de Jean-Jacques Rousseau et il ne se gênait pas pour dire Jean-Jacques.

Sur son bureau était posée la grosse loupe. Et un microscope. Parrain Élie nous permettait de jouer avec mais qu'est-ce qu'il pouvait bien chiper, le parrain, de la beauté des choses, avec ces appareils ? Vous allez regarder un paysage avec une loupe, vous ? Et avec un microscope ? Un microscope, ça ne grossit que les microbes et les cheveux, les choses infimes, mais c'est nul pour voir un rocher, un panorama ou un platane ! Ça ne peut pas agrandir un homme ou une femme ou une colline, même pas les seins de Mme Martino et en plus, les seins, c'est bien quand c'est gros, mais il ne faut pas exagérer. Déjà que nous avions horreur de regarder les yeux de parrain Élie dans la loupe car ils étaient comme des tristesses ! Alors les yeux de parrain Élie au microscope ! Et les seins blancs, les seins ronds et blancs de Mme Martino dans un microscope, imaginez ! Comme Gulliver chez les géants, les seins de la fille du roi. Aux abris !

Tout le monde aimait parrain Élie, cet homme long, bien habillé, habillé une fois pour toutes, une valise de cuir à ses pieds car il craignait toujours de rater son train, son steamer, et piqué devant sa fenêtre, piqué comme un insecte encore un peu vivant sur son bouchon et qui ne bouge même plus ses ailes et ses antennes car il est découragé, à force, et il attendait que la cloche de la gare sonne et que le train se mette en marche dans un bruit de pistons et de vapeurs, et les saisons défilaient dans ses vitres comme des cérémonies et comme des funérailles.

Un jour, le soldat m'a dit, à moi seul et pas aux petits, ni au gros de Solliès-Pont, ni au gros de Bonnétable, je n'étais pas peu fier, et il m'a dit :

– Et puis, tu vois, vieux frère, ça ne change jamais dans sa fenêtre. Encore bien qu'il y ait des saisons parce que les saisons, ça bouge, la pluie, le brouillard, tout ça, c'est un peu comme une rivière, mais les choses, hein, elles sont foutues, les choses, elles sont ratatinées, des momies, les choses, les bandelettes, tout ça. C'est ça, tu crois pas, vieux frère ? Et moi je me dis toujours, parrain Élie, le parrain

Élie, si je pouvais..., les rivières... enfin, les routes... Tu vois, vieux frère, moi, si j'étais moi...

Il allait continuer. Il allait me dire des choses et puis il a regardé autour de lui, il a vu qu'il y avait des cousins et il n'a pas fini ce qu'il voulait me dire, mais peut-être qu'il l'avait fait exprès et en plus, il nous fatiguait avec sa manie de dire : « Moi, si j'étais moi. » C'était trop bête à la fin ! Si j'étais moi ! La tante Catherine ne l'appelait plus le soldat, ni le cantonnier, encore moins Julien. Elle l'appelait : « Moi, si j'étais moi » et elle disait : « C'est tout lui, ça. *Si j'étais moi !* »

Une autre fois, nous espérions voir Vieux Thomas et ses fagots de saule et de trogne au lavoir public. J'entends encore, j'entends le gargouillis de l'eau fraîche, le piapia des femmes et la rumeur sèche et friable des blés quand il y avait un vent, en dessous du cimetière, vers le Verger, dans les fleurs bleues et dans les coquelicots du grand pré, et j'ai voulu le forcer dans ses retranchements.

– Mais, ai-je expliqué, même si ça changeait, les choses, il bouge jamais de son fauteuil, parrain Élie, il verrait pas ce qui a changé, ça servirait à rien.

Et là, il a fait un de ces zigzags qui nous laissaient sur place.

– Ce que je veux dire c'est que le roi des Belges... Pas le roi des Belges, pas du tout. Surtout pas le roi des Belges. Non. On l'efface le roi des Belges, d'accord ! Ce que je veux dire c'est qu'il y avait un type très riche, à l'époque de Voltaire, un Anglais, tu imagines, je peux même te dire son nom, mais promets-moi de le répéter à personne, je me suis engagé, tu comprends, il s'appelait lord Killigrew et il voyageait dans toute l'Europe en carrosse. Tu donnes pas son nom, je peux te faire confiance, je lui ai promis ? (Il prononçait plutôt *confihince*, d'ailleurs.) Et le soir, il allait directement à l'auberge pour dormir mais il avait un laquais spécialisé, un laquais qui allait au musée à sa place, qui se promenait dans la ville à sa place, qui parlait avec les passants à sa place, c'est ça que je voulais dire, je crois.

– Tu crois ?

– Non, je crois pas... Mais après tout, tu es grand maintenant, je peux te faire confiance. Le laquais, il allait aussi dans les maisons où il y a des femmes qu'on paye, dans les bordels, si tu veux, tu connais celui des Épinettes, à Digne, eh bien, c'est ça, il allait chez les femmes à la place de lord Killigrew.

J'ai dit d'une voix un peu démolie qu'il avait de la chance, ce laquais, il avait tiré le bon numéro, et Julien a levé les bras au ciel.

– Pas du tout, vieux frère ! Parce que ce lord Killigrew, il avait un appétit sexuel formidable, des besoins sexuels formidables. Et alors, tu imagines, le pauvre laquais, chaque nuit, il devait satisfaire six, sept femmes, et c'est pas des mauviettes, ces femmes-là. Il était crevé. Il était sur les genoux. Et pendant ce temps, lord Killigrew, lui, tranquille, cocagne ! Frais comme un œil, tout seul, il pouvait pioncer tout ce qu'il savait. Comme quoi...

Je n'ai pas relevé. J'ai cru à une de ses drôleries. Je ne comprends pas toujours les ironies mais je m'en fichais. Il m'avait appelé « vieux frère », c'est quelque chose, et en plus il avait souri et il y a des sourires, comme ça, qu'on devrait interdire ou au moins reconduire à la frontière.

Un soir, en août ou en septembre, le cantonnier avait dîné au Verger, à la fortune du pot, comme avait dit tante

Catherine entre deux concerts de notes sur l'harmonium du salon. Le gros, celui de Bonnétable, le gros malveillant de cette année-là, n'avait pas ménagé Catherine. Il l'avait invitée à jouer du Mozart et il avait expliqué que ça se reconnaît à ça, les grands musiciens, ça se reconnaît à leurs fausses notes : si vous écorchez les notes de Bach, ça a tout de même une autre gueule que les fausses notes que vous feriez avec les musiques d'Ouvrard ou de Rina Ketty ! La tante Catherine riait. Quelle femme gentille ! Elle ne se vexait pas. Elle était douce et belle. Et à cette époque, à la veille de la Deuxième Guerre mondiale, j'avais une vraie passion pour les femmes grasses. Aujourd'hui aussi.

Après le dîner, et avec l'accord de notre grand-père, les plus âgés avaient remis Julien sur le chemin de Damas. Avant, on disait le chemin aux prunelles, mais, comme je l'ai dit, Julien nous avait bassiné avec son chemin des Dames et nous disions le chemin des Dames et le curé Portes disait le chemin de Damas, à cause de saint Paul – ou même le chemin des Dames de Damas.

Arrivé au village, Julien avait dit : « Voilà le soir maintenant. » Nous avions approuvé et nous étions redescendus au Verger. Le lendemain, nous avions encore suivi Julien et il s'était arrêté au même endroit, mais il n'avait pas voulu s'asseoir. Il se tenait tout droit, tellement fort et mince, tellement intraitable, et il avait regardé le soir, il avait dit : « Voilà le soir », et nous avions approuvé, et est-ce que vous voyez la scène ? Est-ce que vous voyez les enfants que nous étions, assis sur le rebord du bassin, comme des hirondelles, car nous n'étions plus que trois ou quatre cousins, avec tous ces événements, et l'odeur du linge propre et du savon, et l'ombre, et cet homme qui nous disait : « Voilà le soir » ?

21

Il nous donnait des nouvelles de parrain Élie, comme ça, sans y toucher, oh, pas des grands secrets – des copeaux, des brindilles, des trucs pour fins de banquet, mais si on se représente le mutisme qui enveloppait parrain Élie depuis notre enfance, ces petites choses-là, ça faisait pas mal de raffut.

À la fin de la foulaison, il est descendu sur l'aire. Cadet tournait en secouant la tête. Il semblait mécontent. Il ne bandait presque pas. Nous le comprenions. Il tournait trop, surtout qu'on l'appelait Cadet et que, cette année-là, il était le plus vieux des deux chevaux. Je voyais bien que ça lui déplaisait. Le père Lhuillier, c'était la même chose. Il était revenu du plateau d'Assy. Léonie Cranchard l'appelait M. Portes, pour bien lui montrer son désaveu. Le pauvre abbé Lhuillier était vexé, comme Coquet, mais il ne le montrait pas.

Julien nous a invités à grimper jusqu'à une terrasse haut perchée, à la verticale de Pouloni, vers la gare, cinq oliviers très âgés et une herbe verdoyante, au bord du ravin des Grandes-Paules. Au-dessous règne un entrelacs de pentes blanchâtres, de terres rouillées, de bosquets de sapins et de mélèzes, de rognons de silex et de boqueteaux de pins avec toujours un peu de vent dedans, un vent spécial, qui ne souffle que dans ce boqueteau-là, et plus haut, des rochers à lichen, du thym, et partout des stridulations de cigales ! Quand je pense que la Provence, c'est les cigales ! Si je tenais l'ahuri qui a trouvé ça... Mistral, je suppose ? Celui-là ! Déjà qu'il a mis à la mode le prénom de Mireille ! Et la lavande !

Julien a posé ses outils. Il a expliqué à Paulo et au vieux facteur qu'ils allaient ouvrir un chemin à cet endroit. Le facteur Thomas a écouté. Il semblait incrédule. Une ride s'est formée entre ses yeux. Il a frotté son énorme nez, un nez poreux comme un gros radis rouge, dans la paume de sa main, très violemment, avec l'espérance de l'aplatir une fois pour toutes. Il était hésitant. Il se consultait et il reniflait. Il a fini par dire, d'une voix de colère, qu'il n'y avait pas besoin d'un chemin à cet endroit.

Vieux Thomas ! Nous n'en revenions pas : le cantonnier, pour Vieux Thomas, c'était mieux qu'un dieu, c'était deux ou trois dieux à lui tout seul, c'était Iahvé et Jésus-Christ et Bouddha en une seule personne, avec le Saint-Esprit en plus, allez, en prime, comme on compte treize œufs à la douzaine, c'était l'homme qui l'avait fait sortir, avec toute sa smalah, du trou où il végétait depuis le Moyen Âge. On disait toujours que, pour Julien, Vieux Thomas aurait grimpé à genoux jusqu'au sommet du pic d'Oise. Alors ?

Quand Vieux Thomas a parlé de cette voix tranchante, Julien était en train de sourire. Eh bien, il a continué à sourire. Le sang-froid de Julien ! Il voulait faire croire que le facteur n'avait pas parlé mais le facteur avait parlé et on ne pouvait pas dire qu'il n'avait pas parlé. C'est ça, les mots ! Vous dites un mot et vous en prenez pour dix mille ans. Celui qui a inventé le proverbe : « *Scripta manent, verba volant* » est une buse. Moi, je dis : « *Verba manent scripta volant.* »

Le vieux facteur n'a pas reculé d'un pouce. Il a répété à distincte voix et sans baisser les yeux ce qu'il venait de dire :

– Enfin, Julien, une route ? Mais une route, ça relie une chose à une autre chose, Julien ! Et tu serais un cantonnier, Julien ?

Nous guettions. Nous n'étions pas flambards. Julien s'était mis dans un mauvais cas. Nous l'aimions.

– Tu dis ? Ah oui. Tu dis : une route, ça doit relier une chose à une autre chose ? C'est vrai, ça, a dit Julien tranquillement et il a complété : Mon Dieu. Ça arrive, d'être distrait, non ? Je n'avais pas pensé à ça, c'est tout. On va pas en faire une histoire !

Vieux Thomas a fait de la main un geste virevoltant à hauteur de son front comme on fait quand quelqu'un débloque.

– Tu vas pas relier rien à rien, Julien ! Ça va pas ?

Julien a cligné de l'œil. Il était de bonne humeur. Il a dit d'une voix rigolote :

– Ça dépend des jours, vieux.

Nous avons pensé : « Ça y est, il est vraiment dingue », car une fois, une des cousines de Bonnétable, une rousse avec ses frisettes, avait dit que, dans les colonies comme le Tonkin ou Djibouti, les soldats attrapaient la « dengue » grâce à un moustique. Rien que ce nom, la dengue ! Au lycée, un type qui pète les plombs, nous disions : « Il est dingue, celui-là ! »

Nous étions dans le soleil, sur la terrasse aux oliviers, assis dans cette herbe si tendre. Je m'étais confectionné un chapeau de gendarme avec un vieux numéro du *Petit Provençal*, ou du *Petit Marseillais*, quelle importance, aujourd'hui, au moment où je rameute mes souvenirs, après cette Deuxième Guerre mondiale, *Petit Provençal* ou *Petit Méridional* ? Et la bataille de Gravelotte, c'était où ?

Julien a dit d'une voix suave :

– Et alors, Vieux Thomas ?

Nous sentions le vent du boulet. Je me suis mis à la manœuvre. Cette tâche m'incombait parce que j'étais le plus grand, avec celui de Chambéry, treize ans. J'ai eu un rire, pour faire croire à Julien qu'il plaisantait. Je voulais lui ménager une issue, une porte de sortie, une chance d'anéantir une fois pour toutes ses histoires de sentiers et de consentir que c'étaient des bêtises, et qu'il « rentre dans son caractère », comme on disait au XVIIIe siècle si je me souviens.

Ma manœuvre a fait long feu. Et pourquoi ? Parce que le petit facteur, Vieux Thomas, a perdu toute mesure. Il s'est mis en tête de maudire. On aurait cru d'un prophète. Un prophète minuscule, et sous un olivier, et dans le hurlement des cigales, mais un prophète. Il a enfoncé sa bêche dans le sol, d'un seul coup jusqu'à la garde, comme l'épée Excalibur, comme s'il enfonçait sa bêche non pas dans une pinède de Champtercier mais dans le cœur de Tristan et d'Yseut à la fois, et il a dit qu'une route, si ce n'est pas pour réunir deux morceaux de pays entre eux, ça n'a même pas le droit de s'appeler une route.

Ce qui nous a frappés, c'est que le vieux facteur ne s'adressait ni à Julien, ni à nous, ni à lui-même. Non. Il s'adressait à Paulo, à cet homme insignifiant qui avait reçu un coup de pied de cheval quand il était dans la Légion étrangère, pendant cette guerre du Rif que notre père avait faite aussi vers 1922, et il y avait des nuits glacées, dans le Rif, quoi qu'on en pense, puisqu'il avait dû ressortir, notre père, la peau de bique qu'il avait à Verdun (on ne devrait pas avoir de souvenirs. Les souvenirs, il faudrait qu'ils meurent à mesure. Cette peau de bique, tiens, je ne m'en sors pas, de cette peau de bique de mon père, et en plus, il avait raison, le curé Portes, il a fallu qu'ils inventent la photo ! Avant, il n'y avait que les riches pour se faire tirer le portrait par un peintre. Bien fait pour eux car, après, ils pendouillaient le tableau de la famille dans leur salle à manger, sans égard pour le chagrin de leurs enfants et de leurs petits-enfants, mais les pauvres gens, cocagne ! Ils ne pouvaient pas payer les peintres et, comme ça, ils ne se ruinaient pas le cœur en pensant à leurs parents morts, et c'était tant de gagné, tant de larmes gagnées, mais, de nos jours, les photos, ça ne coûte rien du tout. Je crois que je déteste deux personnes – ce Darwin qui a trouvé la théorie de l'Évolution et ces Niepce et Daguerre, encore deux copains, comme Roux et Combaluzier, comme Cadet et Coquet, comme les deux sœurs Magnan, et comme aussi l'abbé Portes et l'abbé Lhuillier, qui ont inventé la photographie ensemble).

C'est à cause du Rif, justement, et de notre père, que le pauvre Paulo avait été recueilli à Champtercier, quand il a eu la jambe broyée. Homme à tout faire mais principalement taciturne. Des cheveux noirs, collés. Jamais un mot. Ce jour-là, nous avons entendu sa voix. Une occasion à saisir. Quand Vieux Thomas lui a demandé son avis sur les routes, il a dit : « Oui. » Après, il a eu un temps de flottement et il a apporté une précision. Il a dit : « Oui, Vieux Thomas. » Le facteur a pavoisé. Il a couiné en embrassant d'un seul regard le sommet du pic d'Oise et celui de Campanelle, sur l'autre bord de la haute plaine Champtercier :

– Quand on est une route, Paulo, il faut choisir, ou bien on est une route, ou bien non ! Qu'est-ce tu dis de ça, Paulo ? Tu vas pas construire un pont au-dessus d'un pré, quand même !

Paulo a dit : « Oui. » Et à ce moment-là, comme s'il n'avait attendu que l'approbation du pauvre Paulo, qui est mort depuis, lui aussi, car ils sont presque tous morts, il ne faut pas se le cacher, presque tous, et Léonie Cranchard est morte avec ses paupières enflammées qu'elle a dû emporter avec elle, et parrain Élie, et tant d'autres comme le marquis du Louviers de Louvière, Vieux Thomas a envoyé des coups de pied furibonds dans les touffes de thym. Nous étions blêmes. Une dispute entre Thomas et Julien, nous ne savions pas qu'en faire. Tout vacillait. C'était comme si, d'un seul coup, deux et deux, ça ne faisait plus quatre mais sept. Ou même neuf.

Ils étaient là, deux ombres engourdies, dans le matin acide, sous les oliviers noirs de soleil, le nez dans le nez, deux nervis de la Belle de Mai à Marseille, ou deux bicots du quartier de la Marine, chez nous à Oran, puisque dans la famille on disait « bicots » et « rastaquouères » et « youpins », et toujours, ces cigales et l'éternité des cigales. Le facteur n'a même pas arraché sa bêche. Il l'a laissée plantée jusqu'à la garde, et il a dévalé la colline vers le pont de Pouloni. Il a laissé courir une demi-heure. Ensuite, il est revenu en balançant ses épaules si maigres. Il marchait très courbé. Il faisait penser à un Sioux qui a perdu le sentier de la guerre. Julien l'a salué de la main, comme on salue quelqu'un qu'on a vu l'année d'avant. Le paysage était blanc et crayeux, éblouissant, d'un noir pur. Julien a dit :

– Je pense à M. Judrin, je trouve qu'il ne va pas très bien, quand même. Gertrude m'a dit qu'il ne lit plus beaucoup, vous imaginez, le professeur Judrin, ses livres...

Vieux Thomas a fini de bouder. Lui aussi, il avait vu, le dernier dimanche, le chien Horace qui montait tout seul jusqu'au village, tout seul, sans le professeur Judrin, quand le second coup de la messe de dix heures avait sonné. Le chien avait poussé la porte de l'église avec son museau, et une heure après, il était sorti tout seul, Horace, tout triste, dans le tintamarre des cloches de Julien.

Vieux Thomas a attrapé sa pioche. Il a ouvert une saignée dans l'herbe phosphorescente. Le lendemain ils ont commencé un nouveau chantier au pied du Siron, à la source du torrent de l'Iscle-des-Abbés, à la « tête des eaux », comme disent les Arabes car Julien connaissait Ouargla et Taghit où il était passé avant la Première Guerre mondiale mais, ce matin-là, il s'était tourné vers le château du Verger tout en m'envoyant un petit coup de coude dans la poitrine.

– Tu vois, vieux frère, d'ici je vois le château, côté gros marronnier et vernis du Japon, côté grande remise. Ça veut dire quoi ?

– Ça veut dire quoi ?

– Ça veut dire, tout simplement, côté parrain Élie. Tu piges ?

– Je pige quoi ?

Il a fait un clin d'œil très vulgaire mais peut-être qu'en Poméranie ou en Suisse, c'est une habitude, ces clins d'œil vulgaires.

– Tu comprends pas ? Je vois sa fenêtre, là, les volets, là. Et si je vois, ça veut dire que lui, de son côté, il peut voir aussi, non ? Il peut voir le chemin que nous traçons, non ?

– Et ça lui fait belle jambe, ai-je dit ironiquement.

Il m'exaspérait. J'ai un peu crié. Ce n'est pas mon genre :

– Tu sais bien, Julien, il peut rien voir, parrain Élie. Il peut voir seulement à vingt centimètres avec sa loupe. Ou bien tu fais le crétin ?

Oui, j'avais un peu crié. Julien s'en est sorti encore. Il a dit :

– Tu sais d'où ça vient, ce mot-là, le mot « crétin » ? C'est en Suisse, dans un coin de la Suisse, dans le Valais. Avant, il y avait des gens qui avaient un goitre parce qu'ils n'avaient pas d'iode dans leur nourriture. Ils n'étaient pas intelligents. C'est à cause d'eux qu'on dit : « les idiots de village ». Eh bien, avant, on les appelait, ces gens-là, des « chrétiens », pour pas qu'ils aient de la souffrance, pour montrer qu'on avait compassion et considération. Pour pas les blesser en disant : l'idiot. On disait par exemple : « Tu sais bien, le chrétien de chez la mère Jeannette... ou de chez la mère, je sais pas, Arthume ou Martha. » Et après, c'est devenu « crétin », tu vois ?

Je n'ai même pas relevé. Il a dit :

– Ce que je veux dire, c'est ça.

– Nuance ! a dit le gros de Chambéry.

Ce gros m'énervait. Je lui ai dit :

– T'es un vrai chrétien, toi.

Nous sommes partis quelques jours plus tard. Le tilbury,

la Bléone, la Joliette pour ceux d'Oran et le train pour les autres. Les troupes d'Hitler avaient envahi la Pologne. Les Polonais attaquaient les chars avec leurs chevaux. Au XVIIIe siècle, les officiers de hussards polonais portaient des éperons en diamants. Les Polonais, d'après le professeur Judrin, sont des fous. À Oran, la rentrée au lycée Lamoricière s'est bien passée et la France avait déclaré la guerre le 3 septembre.

22

L'ARMÉE française n'a pas tenu le coup. L'oncle Ernest s'était bien trompé. Les Panzerdivisionen avaient patienté une saison. Ensuite, elles avaient cogné. Et l'armée française ? Inconnue au bataillon ! J'avais quatorze ans et il n'y avait plus d'armée française. En plus, le professeur Judrin était furieux.

Les troupes d'Hitler encerclèrent l'oncle Ernest. Elles l'attrapèrent et le mirent dans un stalag. L'été précédent, quand il revenait de Digne, il nous disait : « J'ai une confiance illimitée dans l'armée française », et il tapait sur son cabas, comme pour attester que ce cabas contenait des quantités illimitées de confiance en l'armée française.

L'oncle Jéricho fut dirigé sur un autre camp et l'oncle Absalon également. Nous avions des oncles dans beaucoup de stalags. Me Fasbellon s'est réjoui que Trotski ait été tué à coups de marteau au Mexique car c'était un cochon. Le maréchal Pétain s'est installé à Vichy et le général de Gaulle à Londres. Le cantonnier s'en tirait bien. Pour faire son soldat, il était trop vieux.

Nous autres, les cousins, nous prenions les choses du bon côté. Les guerres sont des friandises pour les enfants.

En moins d'une semaine, sans le faire exprès et comme en un rêve, nous étions devenus historiques. C'était une bonne chose de faite. Au moment où nous avons rejoint Champtercier, les Anglais ont mis le feu à la flotte française à Mers el-Kebir. Nous autres, ceux d'Oran, nous connaissions Mers el-Kebir par cœur. Quinze jours plus tôt, nous avions encore pris des bains dans la rade. D'un commun accord, nous nous sommes mis, les garçons, à penser silencieusement aux seins de Mme Martino.

L'été suivant fut l'été 41. Les Allemands ont attaqué la Russie et nous sommes restés à Oran car notre père le colonel était atteint par la limite d'âge en août et nous n'étions pas du genre à le laisser tomber. De son côté, Hitler prenait la Russie. En septembre, nous avons traversé la Méditerranée pour la dernière fois. J'ai beaucoup regardé les cheminées rouges du *Général Lamoricière* et ce n'était pas bête car aujourd'hui, vingt-cinq années après, je me souviens de ces cheminées.

Nous sommes arrivés à temps pour la rentrée dans ce lycée de Digne dont nous avions tellement entendu parler par M. Judrin quand nous faisions nos devoirs de vacances, l'été, sous le tilleul du bosquet d'en haut. Pour la première année de notre retraite, nous avions emménagé dans la maison dignoise de nos grands-parents, sous la gare du PLM, dans le quartier de la Sèbe qui veut dire l'Oignon en provençal, non loin de cette église Sainte-Thérèse dans laquelle le curé Portes allait se reposer de temps en temps avec des religieuses. Au milieu du jardin de la Sèbe régnait un magnolia gigantesque qui était notre gloire.

Notre grand-mère était morte dans ce jardin en 1930 alors que nous étions très petits, au printemps ou en hiver.

Moi, je me souvenais de sa mort dans une journée de neige et mes sœurs disaient que le jardin était en fleurs. Nous nous disputions sur ce point. J'avais dû confondre les fleurs du cerisier et les flocons de la neige mais j'avais quatre ans, cinq ans. Aujourd'hui, je suis plus expérimenté et je pense que nous avions raison les uns et les autres. Elle était morte en hiver et au printemps car la mort est une entreprise pénible. Après ce malheur, j'ai passé plusieurs sales années. J'avais tellement de tantes, d'oncles, de cousins et de cousines, sans parler de parrain Élie, de Chaussegras, de Julien, de Cheillan, de tous les autres, de Vieux Thomas, d'Horace et de l'âne Chagrin, de Léonie Cranchard, que je craignais toujours de nouveaux deuils. Je surveillais ma petite troupe. La moindre toux de l'un ou de l'autre, une rougeur, une boiterie, me jetait au malheur. Une mort était embusquée dans chaque tante, dans chaque oncle. J'ai passé de mauvaises nuits.

Pendant ce temps, les Allemands récoltaient des villes et des campagnes – de la toundra, du tchernoziom, des talwegs, du lœss qui est un dépôt pulvérulent d'origine éolienne, des isthmes et des rivières. Ensuite, il y a eu le gros hiver 41 et Hitler s'est nommé chef des armées devant Moscou.

À la Noël, nous sommes montés à Champtercier. Les cousins étaient là, quelques cousins. Très peu. Il faisait froid. Une nuit, il est tombé de la neige. Le matin, je me suis levé avant tout le monde. Il ne neigeait plus. J'ai fait quelques pas vers la ferme. Je voulais saluer Chaussegras mais il n'y avait plus de chemin. Il y avait la neige. Il n'y avait plus de chemins. La neige est terrible pour les chemins.

J'étais joyeux. Je me suis amusé avec Horace. Je l'appelais Hector pour l'embêter. Je lui tripotais les oreilles. Il gémissait. C'était un bon chien. Je riais. La nuit se retirait. J'assistais au début des choses. J'avais le cœur content. J'avais envie de dire merci et je pensais : « À qui dois-je dire merci ? »

Je suis rentré dans la cour. Personne n'était levé. Mes souliers s'enfonçaient dans la poudre blanche avec des grincements. J'allais dans une contrée que je ne connaissais pas. Pendant la nuit, des bêtes s'étaient promenées et je relevais leur passage. Pas des grosses bêtes. Des minuscules. J'identifiais des pattes d'oiseaux et de criquets, de lézards, de musaraignes et des pattes de je ne sais pas quoi, des pattes de rien, on pourrait dire. Je pensais au frère de Chaussegras car il était mort. Je pensais à parrain Élie car il allait mourir un jour ou l'autre. C'est si sensible, une neige fraîche, que les bêtes légères la meurtrissent. Même une araignée. Même les oiseaux qui volent et même le vent. Tout un peuple qui n'est pas au monde, sauf un peu dans les livres de sciences naturelles, avait fait des farandoles, des grandes invasions et des pas de deux, des cabrioles, des luxures ou des guerres de Cent Ans. La neige avait écarté le voile du tabernacle.

J'étais tout seul. Les grands dormaient et les petits aussi. Les collines et les montagnes qui encerclent la haute plaine de Champtercier étaient en verre. Tout seul, dans la cour du château, j'ai poussé des cris. J'avais espoir que mes hurlements et mes trilles feraient éclater le paysage, comme il arrive aux coupes de cristal dans les romans russes quand les jeunes officiers du tsar ont trop picolé, et que je pourrais entrer dans un arrière-pays mais le paysage a tenu le coup. Je manquais de voix, ou bien je ratais la note juste et il ne fallait pas compter sur la tante Catherine pour m'éclairer sur cette note. Elle ne faisait que des couacs sur son harmonium depuis que Julien en avait restauré le mécanisme. Le vide était très grand. J'examinais les blancheurs bleues des collines, les miroitements du pic d'Oise. Le Siron se défaisait de l'ombre. Horace ne me quittait pas. Je faisais un pas en avant et il faisait un pas en avant. Il avait pris cette habitude depuis que M. Judrin était devenu vieux.

Il sautait et il jappait. Je lui disais qu'il était un gros père de chien, blanc et bleu. La neige l'exaltait. Il courait en rond, à toute allure, pour faire voler sous ses pattes cette poussière froide. Il levait le nez. Il bondissait comme un jeune chiot, ce vieux briscard d'Horace, comme un jeune chiot enthousiaste et sans cervelle, entre l'acacia et la touffe de roseaux près de l'auvent, près du banc de pierre des soirs d'été et des soirs de printemps.

J'ai eu l'idée de penser au bon Dieu. C'est lui que je devais remercier. J'aurais dû le savoir tout de suite. Je tenais mon bonheur dans la main. C'était un bonheur comme un ventre d'oiseau ou comme un ventre de femme, mais je ne savais pas trop parce que, des ventres de femme, cet hiver-là, j'en avais seulement entendu parler.

Les jours suivants, le froid a durci le paysage et il l'a fait luire. La moindre colline était une armure de Richard et de Jeanne d'Arc Cœur de Lion. Je suis descendu au torrent de l'Iscle des-Abbés. Je voulais voir les vasques où l'eau est verte en été. Le ciel était comme une pierre. Je suis remonté en droiture vers les vignes de Chaussegras, en longeant le ruisseau où, chaque automne, nous allions couper des branches d'osier, de viorne et de verne pour tresser des paniers avec Vieux Thomas et avec les femmes du lavoir public.

J'ai pensé au dernier été car Vieux Thomas avait mis à profit la déroute de nos militaires pour produire beaucoup de paniers. Chaque matin, il allait couper ses osiers. Il se fournissait dans les trognes. Toutes les campagnes de France possèdent des trognes. On en voit également en Ukraine, en Italie et en Amérique. Ou plus justement, on en voyait à l'époque car, depuis 1945, tout fout le camp. Il n'y a pas eu seulement l'aménagement de la Durance comme calamité, et l'invention du daguerréotype au siècle précédent. Il y a eu le massacre des trognes.

On doit dire ce qu'étaient les trognes car on n'en parle pas suffisamment. Ce sont des arbres coupés à un mètre de hauteur, surtout des osiers, des chênes, des bouleaux ou des mûriers. Des dizaines de surgeons en jaillissent. Bien après la guerre, en 1953, j'ai vu une trogne magnifique au Rijkmuseum d'Amsterdam, sur un croquis de Rembrandt. Ce jour où j'ai vu le dessin de Rembrandt à Amsterdam, Vieux Thomas était déjà mort. D'autres étaient morts. M. Judrin et Léonie Cranchard et j'en passe. Parrain Élie était mort. Julien, on ne savait pas. Les deux sœurs Magnan. Le vieil Isnard.

La trogne revient des rois. Sous l'Ancien Régime, les paysans n'avaient pas droit au bois mort. Or, il faisait très froid. On disait : « le petit âge glaciaire ». Alors ils se débrouillaient. Ils coupaient un osier ou un mûrier, et les années suivantes, des dizaines de surgeons avaient poussé. Au bout de sept ans, les paysans prélevaient ces surgeons pour en faire du petit bois. On peut comparer la trogne à un fagot qui serait vivant et renouvelable. Les meilleures, ce sont les vieilles trognes car les chouettes, les rats, les serpents, les fourmis organisent leurs ménages dans les cavités que les intempéries creusent dans les trognes.

Le soir, surtout s'il y avait de la brume, les trognes étaient une apparition. Je me dis que la forêt de lady Macbeth, dans les pièces de théâtre de Shakespeare, était une forêt de trognes. Mon collègue Jules Fabre, qui enseigne l'agriculture à Carmejane, m'a appris qu'il y avait autrefois dix millions de trognes en France. Il en subsiste quelques centaines et on ne sait même plus où elles sont.

Dans la longue pente qui dégringole vers l'Iscle-des-Abbés, des bandes de corneilles poussaient leurs cris. Elles sautillaient entre les amandiers noirs et elles frottaient leur bec dans la neige. Pendant la journée, je partageais mon plaisir avec ceux que j'aimais, avec notre grand-père, avec Gertrude Blanchet, avec tante Catherine, avec les oncles que les Allemands avaient libérés, Jéricho, Absalon, Jules, mais pas avec l'oncle Ernest qui était toujours dans son stalag. Sûrement il avait fait une tentative d'évasion car il était très patriote.

Cet Ernest ! Encore un qui est parti ! Mais, en ce temps-là, il était vivant, mon parrain, mon vrai parrain, pas comme parrain Élie qui était à tout le monde et à personne. Tonton Ernest était trop gentil. Il nous bourrait de bonbons et d'images Nestlé et Kohler. Il était tellement distrait. Il avait dû franchir les grilles du stalag dans le mauvais sens, ou alors, il s'était surpris en train de s'évader et il s'était mis la main au collet lui-même ! Il s'était foutu dans les barbelés et plus il se dégageait, plus il s'entortillait. La nuit, je le voyais dans ses fils de fer. Est-ce qu'il tapotait toujours sa musette, dans sa Poméranie ou sa Bavière, en disant qu'il avait, dans l'armée française, une confiance illimitée, illimitée ?

Un matin, Léonie Cranchard est allée chez les sœurs Magnan pour acheter du riz et une liche de lard. Elle a glissé sur une congère. Elle s'est redressée comme un culbuto. À son âge ! Et avec ses cuisses de perdreau ! On en a parlé. On ne riait pas. On avait envie de rire.

Avec les cousins, nous organisions des batailles de chars devant Moscou. Le gros de Chambéry qui savait tout a vite vu qu'Hitler avait commis la même gaffe que Napoléon. Le Führer allait geler les couilles de ses militaires. Toutes ces couilles congelées, on n'en pouvait plus de rire. Même les filles mais elles ne le montraient pas car une fille, c'est très réservé sur le thème de la couille. Enfin, à cette époque-là. Des couilles russes, des couilles allemandes, des couilles de grognards et des couilles d'hirondelles, des couilles de cantinières, des couilles de 1812 et de 1941, des couilles méli-mélo. Un jour, j'ai dit avec la voix de Cheillan : « Et une couille glacée, une ! » J'imitais le bruit du clairon avec ma bouche. Les cosaques mettaient la pile aux Boches.

Nous nous spécialisions dans les victoires. Nous emportions des casemates et des fortins, quelques chemins des Dames, un chemin aux prunelles, des El-Alamein et des Sébastopol. Je me postais sur les basses branches du cèdre, juste au-dessus du portail et, quand l'oncle Absalon passait, je faisais dégringoler des millions de flocons, surtout qu'il n'avait presque pas de cheveux. Il avait une seule mèche qu'il enroulait autour de son crâne. Cette mèche me faisait rire. Aujourd'hui, je ne peux plus rire car il est mort.

Julien venait au château. Presque, il y campait. Il allait

dans la chambre de parrain Élie. Je le suivais. Le vieil homme était assis à son bureau, jambes croisées, une couverture écossaise sur les épaules, un plaid, comme s'il s'apprêtait à se lever de son grand fauteuil sombre, sa valise de cabine à portée de la main, pour bondir dès que le sifflet du train ou la sirène de steamer retentirait car, depuis le temps qu'il se préparait, il eût été trop stupide d'arriver en retard.

Il passait la main sur la reliure d'un livre. Je ne disais pas un mot. J'étais une ombre. Savait-il que j'étais une ombre ? Il ne tournait pas la tête. Ça m'arrangeait. J'avais peur. Il ouvrait le livre et il le lisait. Il ne prenait même pas la loupe. Pas de lunettes. J'étais soulagé. Malheureusement, un jour j'ai vu qu'il tenait son livre à l'envers ! En plus, il lisait vraiment car ses yeux allaient de gauche à droite, ses yeux croyaient qu'ils étaient en train de lire. Quelle horreur !

Julien se postait à la fenêtre. Il se penchait au-dessus du vide, une main accrochée à la barre de sécurité pour ramasser un peu de neige sur les branches du marronnier. Il montrait sa cueillette de neige au vieux monsieur. Parrain Élie avait un rire, en dedans de la gorge.

À propos de ce rire, je voudrais suggérer une remarque. Les gens vieillissent par petits bouts. Parrain Élie, le rire de parrain Élie, avait soixante ans de moins que le reste de sa personne, que ses yeux ou ses dents, que la couleur de sa peau. C'était un rire qu'il avait dû planquer dans un coin quand il avait dix ou quinze ans. Julien poussait le fauteuil d'Élie jusqu'à la fenêtre et Élie disait que la neige était comme un filtre.

Heureusement que Julien était là pour faire compagnie

à parrain Élie car le professeur Judrin ne pouvait plus monter les escaliers. Notre grand-père souffrait de la goutte et ses poumons étaient des chiffons. Il disait que la goutte, il l'avait chopée dans les *Mémoires* de Saint-Simon car tous les courtisans de Versailles avaient la goutte.

L'oncle Édouard, qui était notre père par conséquent, avait dit : « Vous devriez faire une communication à l'Académie de médecine de la capitale, beau-papa. » M. Judrin avait répondu du tac au tac qu'il en ferait une copie pour l'Académie française pour avertir tous ces vieux pompons que la goutte, ça s'attrape dans les livres qui parlent de la goutte, comme l'a déjà dit Don Quichotte puisque, pour le grand Espagnol, tout ce qui est écrit dans les livres est vrai. Après, il se taisait. On entendait ses bronches. On les voyait. Pas besoin de rayons X. Si on écoutait bien, on voyait ses bronches. Je m'en serais bien passé.

Pour se rendre à l'église, le dimanche, c'était une entreprise. Il lui fallait une demi-heure de préparatifs, les chaussettes et les souliers surtout, la chemise empesée et le pantalon à raies. Horace était sur des charbons ardents. Il avait toujours peur d'arriver en retard à la messe.

Tout ça pour dire que, depuis sa goutte, M. Judrin avait transporté sa chambre dans une pièce du rez-de-chaussée, en face du saloir, et ça lui faisait souci de grimper au deuxième étage chez parrain Élie. Heureusement, avant même cette goutte, le cantonnier avait pris l'habitude d'aller voir parrain Élie.

J'aimais bien la chambre de parrain Élie. Gertrude passait tous les matins, retapait le lit et allumait le feu dans la cheminée. Mais elle était de plus en plus âgée, elle aussi, et elle prévoyait de s'installer chez sa sœur qui était garde-barrière à Saint-André-des-Alpes. Pour nous, elle serait comme une morte. Bientôt, nous serions seuls. Je ne faisais pas de bruit. Je ne me cachais pas. J'étais là, ratatiné dans mon coin, comme un élève est en classe même quand il a l'air absent et des fois c'est le contraire : je connais des élèves qui sont absents même quand ils sont là.

Je n'en perdais pas une miette. Julien évoquait ses voyages en Afrique et en Asie, au Tonkin. Il disait : « Ah, Saigon : le club du Grand Large ! Et le restaurant Lagon II ! » Parrain Élie approuvait et déglutissait avec bruit. Julien parlait de la pêche à la sardine entre Chypre et la Crète. Les pêcheurs appellent certaines sardines de la soie, tellement elles sont brillantes et lisses quand elles gigotent dans le filet. « Elles pètent dans la soie », a dit parrain Élie, avec son rire si jeune. Et est-ce que parrain Élie était allé à Chypre ? Et parrain Élie ne répondait pas. Et à Rhodes ?

Julien mentait beaucoup mais par secousses. Il manquait de constance. Je le désapprouvais. Tant qu'à raconter des craques, la moindre des politesses est de faire semblant d'y croire et de les accompagner – d'assurer le service après-vente, comme on dit de nos jours. Lui, non ! Au bout de deux ou trois jours, il s'en désintéressait. Je crois qu'il le faisait exprès, le « beau masque », comme disait des fois M. Judrin. S'il mentait si mal, Julien, c'était pour faire croire qu'il ne mentait pas. Un jour, il nous avait parlé d'un soldat de très petite taille qu'il avait connu au fort de Douaumont et ce soldat, comme il voulait paraître plus grand, vous savez ce qu'il avait mis au point ? Il se tenait toujours un peu courbé. Comme ça, on croyait qu'il était grand. Sacré Julien ! Julien la malice. Mais peut-être que ce soldat si petit, c'était une invention. Peut-être qu'il était grand.

Parrain Élie parlait des femmes. Il renversait la tête, disait : « Ah, les femmes ! » Il avait dû en faire, des inconsolées, celui-là, sur la Riviera et à Juan-les-Pins avec son automobile copurchic et son profil, car pour le profil, parrain Élie, une médaille, comme on dit. Sur une vieille photo qu'il avait posée dans un sous-verre, il portait une écharpe blanche et on voyait qu'il y avait un rien de vent le jour de cette photo, et ce vent avait dû souffler très longtemps car il avait tout emporté, l'automobile et la fille, et maintenant parrain Élie était là. Je n'écoutais rien. Je me laissais dorloter par les voix. J'étais content que parrain Élie vive encore. C'était tant de gagné.

Un jour, parrain Élie a posé une question. Il n'avait plus beaucoup de dents. Je comprenais mal. Il a lorgné le châtaignier. Je me suis dit qu'il regardait les champs de neige, derrière la grande remise et la ferme des Chaspoul et les premières rampes de la route de Thoard. Mais je ne bougeais pas car j'étais une ombre.

Julien a dit, sans même se retourner vers parrain Élie :

– Non. Pas du tout. Presque personne. Enfin, si. Une charrette. Elle ripe. C'est plein de verglas. Attendez. Elle passe derrière les noisetiers. Vous savez, parrain Élie. Le lacet du Pendu. Vous savez. Le bosquet des noisetiers. Je vous ai dit hier... Ces noisetiers que le fils Guimard, le Ludovic, a plantés, il y a quoi, il y a deux mois. Trois mois ? Enfin à l'automne...

J'ai failli crier. Je connaissais la ferme des Guimard sur le bout des doigts et je savais bien que jamais, vraiment jamais, le fils Guimard, Ludovic Guimard, n'avait planté des noisetiers dans le virage. Ce Ludovic Guimard, d'ailleurs, personne ne l'avait plus vu depuis la guerre. Il n'était plus à Champtercier. Il était prisonnier en Allemagne, ou alors résistant dans un maquis. Ou je ne sais quoi. Julien me faisait peur. Pourquoi inventait-il cette histoire à dormir debout, ces noisetiers ? Mais Julien était Julien. Alors j'ai pensé qu'il améliorait les choses. J'ai pensé qu'il était un brave type. Un saint même.

Parrain Élie a demandé si tout était blanc ou est-ce qu'il y avait des bandes sombres et le cantonnier a comparé le pic d'Oise à un dessin japonais. Il a réfléchi. Il a dit, de cette voix trébuchante qu'il prenait toujours dans cette chambre, comme pour ne pas humilier la voix rabougrie de parrain Élie, il a répondu avec cette drôle de voix :

– Non. Pas japonais. Chinois plutôt. Pas noir et blanc ! Attention ! Il y a des tas de couleurs. On se trompe avec la neige. Je vois du rouge, du bleu, du bronze. C'est encore plus beau que l'été parce que les couleurs sont comme des bouts de porcelaine. Rien que le ciel, pardon ! Les couleurs du ciel. Un jour, je les ai comptées. Vous savez combien j'en ai compté ? Quarante. Je me suis arrêté. Il y en avait plein d'autres. Ce serait trop facile...

Parrain Élie a approuvé avec fougue :

– Ce serait trop facile.

Il s'est renversé en arrière, la bouche légèrement ouverte. Je n'aimais pas sa bouche. Le professeur Judrin, même chose quand il somnolait dans le bosquet d'en haut, l'été, sous le tilleul, sa bouche était ouverte et je voyais sa mort. Je suis très bon en compassion et même en commisération. Un vrai surdoué. J'aimerais mieux être surdoué en autre chose, par exemple en désinvolture, mais on ne choisit pas.

On reçoit sa peau, avec des trucs dedans, un foie, des veines, des sucs gastriques, le jour de sa naissance et ensuite, il faut se débrouiller pendant cinquante ans ou cent ans. Au bout de cinq minutes, parrain Élie a répété :

– Ce serait trop facile !

Je m'habituais à sa voix. Je comprenais mieux ce qu'il disait mais je m'en fichais. Ce jour-là, je m'en fichais mais quelques semaines plus tard, au lycée Gassendi, je me suis rappelé chaque mot. Parrain Élie avait dit : « Ça change tout le temps, vous savez, ça change. Promettez-moi. » J'étais en cours de latin et je me suis souvenu d'une histoire. Je me suis souvenu que, bien des années avant, le soldat nous avait parlé, dans la colline de Caramantran, tout en cassant des cailloux, d'une vieille dame paralysée qu'il avait connue en Suisse, avant la Première Guerre mondiale.

C'était une dame très riche et aristocratique et, chaque soir, elle dépêchait sa gouvernante sur la terrasse de sa villa pour observer le coucher du soleil sur la Jungfrau, qui est une grande montagne de la Suisse allemande. La gouvernante s'absentait. Elle redescendait. Elle faisait sa relation mais la vieille dame si riche était un « bâton de poulailler ». Elle tapait par terre avec sa canne. « Tu ne m'as pas dit si la Jungfrau est rousse ce soir ou bien si elle est un peu rose. » Et elle réexpédiait la gouvernante : « Allez, ouste ! En l'air ! Et tâche de me rapporter tout, cette fois. Tu n'as pas de cœur... Et moi je suis là. Je bouge plus. Tu verras, quand tu pourras plus te bouger le cul, quand on peut plus se bouger le cul... »

23

La guerre avançait avec sa cargaison de misères et de coups de théâtre mais la neige était un pays. Il faut dire que nous avions longtemps manqué de neige en Algérie mais, à présent, nous étions dans les Alpes. C'est pour cette raison que les années de guerre, quand je les revois, elles sont comme de la neige.

Ça tombait bien car tous les enfants sont les mêmes. Je le vérifie aujourd'hui, quand je donne mes cours de sciences naturelles aux Mées. Les jours de neige, ils sont intenables. Je ne peux rien en obtenir. Je baisse les bras. Nous échangeons nos rôles. Je me mets à leur école. Désormais, pour ce qui est de la neige, c'est eux qui me guident. Ils m'ouvrent les portes de leur domaine, les portes de corne et de bronze, comme dit Gérard de Nerval, car au fond j'aurais dû faire une licence de lettres plutôt que ce CAPES de sciences naturelles, avec ce Darwin au milieu, à moins qu'il ne parle de portes de corne et de cuivre. Ou de corne et de brume.

Le fait est là. Désormais, ce sont les enfants qui me donnent la neige. Ils me rappellent de mon exil. Avec leur aide, je reviens dans le pays miséricordieux mais j'ai besoin de leur assistance car je ne comprends plus rien à la neige. C'est un des inconvénients de l'âge et encore ne suis-je pas très vieux, la cinquantaine. Quand j'étais jeune, pendant cette Noël de l'année de Moscou, justement, et les années suivantes, j'étais très fort en neige et la neige était mon royaume et ma félicité. J'ai dû passer une frontière en douce, vers les vingt ans, sans m'en rendre compte. Même remarque en ce qui concerne le vertige. En ces années si belles, quand je grimpais sur le grand cèdre, je regardais le gouffre, le gouffre prodigieux de la haute plaine de Champtercier au-dessous de moi, et le gouffre du ciel. Je m'aventurais sur les branches les plus frêles, même par mistral, au fond du vide, et mon cœur était tranquille. À présent, deux mètres de dénivellation, et ma tête tourne.

Récemment, on parlait avec des collègues et j'ai avancé la thèse que le souvenir de la neige est comme une neige. Il se met à fondre dès qu'on n'est plus un enfant. Et si, aujourd'hui, je fouine dans les années de la guerre, dans les congères de la Noël de 1941, c'est à cause de parrain Élie et du cantonnier, c'est pour connaître ce qu'ils manigançaient ensemble, ces deux-là, et à cause de l'âne Chagrin, je ne vais pas le nier, mais avec l'espérance de me couler, en contrebande, dans la contrée resplendissante.

J'attendais que la maison repose. Je trottais en silence, pieds nus et pieds glacés, jusqu'à l'imposte, à côté du petit cagibi où se trouvait une espèce de gros entonnoir en zinc qui nous faisait rigoler car nous étions bien plus modernes que les princesses de Versailles et nous vidions nos pots de chambre, non pas sur la façade de la maison, mais dans l'entonnoir, surtout en hiver – pas pendant les trop grands froids, bien sûr, qui auraient tout bloqué. On écoutait l'écoulement dans le tuyau. C'était le Zambèze et le Niagara.

Je soulevais le volet. Je grelottais. Les gros nuages rebondis, crémeux et luisants, avec leurs bordures de rouille, nageaient entre le pic d'Oise et le Siron. Ils allaient dans la nuit. Les collines glissaient les unes sur les autres. Elles se frottaient. Elles étaient en satin. Elles étaient laiteuses et du début du monde. La nuit était ma propriété. Je la caressais. Elle était lisse. Le froid aiguisait les étoiles. Les étoiles faisaient un petit bruit mais il n'existe pas de mot pour dire ce bruit. C'est comme l'ombre des châtaigniers. Quelqu'un avait remarqué un jour, au Jus de la Treille, après la messe de M. le curé Portes, ou alors à la Lurette, ou même ailleurs, qu'on n'a pas de mot pour dire le bruit que font les ombres. Certaines fois, je me dis qu'on fait semblant d'écrire et semblant de lire et semblant de vivre.

De mes griseries et de mes extases, je ne parlais à personne, sauf à Paulo et à Julien. Je n'avais pas envie de dilapider mon magot. Dans mon testament, je mettrais la neige. Je devenais parcimonieux. Ladre. La neige était mon trésor. J'en possédais la clef. J'ouvrais ma cassette. Je comptais et je recomptais mes pièces d'or et mes billes agates.

Aujourd'hui, au collège des Mées, quand je surveille la récréation, les gosses parlent de « calots » mais je dis toujours : « les billes agates ». Je trouve qu'« agate » ça fait plus moderne car au lycée d'Oran, en 1930, il fallait dire « bille agate » pour être à la page. Il est vrai que les pages, ça tourne tout le temps. Au début, je m'étais trompé. Je parlais de mes « binagates » et un jour un grand, un nommé Merlu, s'est fichu de moi. Je lui ai craché dessus. Il m'a tiré une gifle. C'était le printemps ou l'été. La cour de récré était pleine de poussière et de blancheur. On a fait la *baralha* car à Oran, en 1930, on ne se battait pas. On faisait la *baralha*. Je ne sais même plus si j'ai gagné ou si j'ai perdu. Comme à Gravelotte et comme à Actium. Et comme à Ham Ngy. On ne sait pas.

La nuit procédait comme la neige : elle masquait et elle dévoilait. Elle effaçait les couleurs huileuses, épaisses, dégoulinantes qui enduisent les journées et elle débitait des couleurs qu'on ne connaît pas, la couleur des choses absentes. Je me demandais si ces choses-là existent ou si elles n'existent pas. Je décidais qu'elles existent puisqu'elles étaient absentes. Mais seulement dans le noir et dans la cérémonie du noir.

La preuve. Debout, sur les carreaux glacés, je cherchais au loin ces traces que laissent dans les neiges nouvelles les cafards ou les moineaux. Je repérais des sentiers que je n'avais jamais aperçus, qu'on ne pouvait même pas voir dans la lumière du jour, des bouts de layons, des raidillons, des ruines ou des projets ou des moignons de chemins, et qui étaient comme des veines dans une matière précieuse, dans une gemme. La campagne était vaste. Elle brillait et le lendemain, après le dîner car, en ce temps-là, nous disions le dîner pour le repas de midi et c'est après la Deuxième Guerre mondiale seulement que nous nous sommes employés à dire déjeuner pour le midi, nous nous sommes réunis, les cousins et Julien, sous le mûrier de Fabre d'Églantine. Nous avions repéré une flaque de soleil froid. J'ai interpellé Julien. J'y suis allé franco parce que je cherchais toujours à l'amuser, il m'aimait beaucoup, on disait que j'étais son chouchou, et il ne détestait pas que je le taquine. J'ai dit :

– Je comprends pourquoi on les voit jamais, tes chemins, Julien. Ils sont faits seulement pour marcher la nuit, c'est pas ça ?

Je croyais qu'il apprécierait. Je me préparais à un maintien modeste et négligent. Il a répondu d'une voix alarmée. Très sèche aussi :

– C'est tout ce que tu as à dire ?

– Je te promets, Julien. Cette nuit, je me suis levé. J'ai regardé dans la fenêtre de la chambre. Et tu sais ce que j'ai vu ? J'ai vu un de tes chemins dans les chênes de Caramantran et deux autres, en bas du Siron, juste au-dessus de la vieille forge, tu sais. C'est comme une ligne brillante, à cause du noir, comme une bave d'escargot ou de limace, tes chemins. Le jour, tu vois rien du tout. Je vais te dire. Je crois que le jour ils sont même pas là.

Sa réaction a été bizarre. Pas très à son honneur. Je veux bien croire que j'avais dit une bêtise mais je n'étais qu'un minot. J'étais en quatrième, un jeune chien qui s'embrouille dans ses oreilles et Julien était hors de lui. Il était pareil à un voleur pris la main dans le sac, je me demande pourquoi. Dire que la veille encore je l'avais pris pour presque un saint ! Il s'est renversé en arrière sur sa chaise de fer.

– Qu'est-ce que tu chantes ! Alors tu as trouvé ça ? Je travaille la nuit. Je fais des routes pour seulement la nuit. Tu entends, Paulo ! Tu réponds, Paulo ! On travaille la nuit, nous ?

Paulo a secoué la tête et Julien n'a pas lâché le morceau.

– Tu vois ! Même Paulo... Alors, ça, c'est le bouquet :

écoute, mon cher, ça veut rien dire de faire des sentiers exprès pour la nuit. Tu entends, Vieux Thomas, tu entends ?

J'ai dit :

– Julien, je m'amuse. Je croyais...

– Je veux bien m'amuser moi aussi, mais c'est pas ça. S'amuser, d'accord, je suis le premier à m'amuser mais dire n'importe quoi, non ! Et ça, ça n'a ni queue ni tête.

J'ai protesté et il m'a coupé :

– Écoute-moi. Je le redirai pas. Il faut respecter la logique ! La lo-gi-que ! C'est une sainte, la lo-gi-que. Sinon, petite tête, sinon, tout est vrai et tu comprends que c'est terrible, si tout est vrai ? Si tout est vrai, mon cher, comment tu veux mentir, c'est ça le truc... si tout est faux aussi, c'est pas mieux. Tu comprends ? Parce que sinon c'est la mort. C'est pas la mort. C'est moins que la mort. C'est pire que la mort parce que rien, oui, rien, c'est pire que la mort, mon vieux, et le comble, c'est que la mort, ce n'est pas rien. Mon cher ! Rien, mon vieux ! Tu te représentes ? Rien...

Il s'était tourné vers moi. Je n'aimais pas ses yeux ce jour-là. En plus, il m'avait dit : « Mon cher »... D'habitude, il me disait « mon vieux », et même, dans des moments un peu rares, hier encore, il m'appelait « vieux frère », ou alors « mon gros ! », et c'est alors que je m'étais dit que ce type-là était un saint. Je m'étais dit ça parce qu'il était trop gentil avec parrain Élie. Il se penchait à la fenêtre de parrain Élie, il ramassait pour le parrain un peu de neige, du givre, peut-être des feuilles pendant l'été, et il décrivait toutes les choses qu'il voyait, avec ce sourire à mourir. Et ce souci d'apporter au vieil homme le monde qui lui avait été confisqué, les couleurs et le verglas, les noisetiers que le fils Guimard n'avait jamais plantés, les paysannes qui n'étaient pas là, des chemins et des routes, les prairies que parrain Élie n'arpenterait jamais plus, ne verrait jamais plus.

Voilà une grosse difficulté quand on est un saint. Il faut être saint à perpète. On est saint à vie. C'est un travail à temps complet. Un travail à éternité complète ! Et c'est normal. Ce n'est pas une maison où on entre et d'où on sort, la sainteté. Quand on y entre, c'est une fois pour toutes. Il ne faut jamais baisser la garde. Tu es un saint. Tu vas pas dire un beau jour que tu en as assez, que tu t'es foutu dedans, que tu préférerais faire bandit.

Imagine un homme. Il est saint, d'accord, et un jour, par inadvertance, il tue un type. Eh bien, il est joli, le saint ! Il faut penser à ces choses-là avant de devenir saint. Je préviens toujours mes élèves quand ils ont le projet de devenir des saints, ce qui est assez fréquent. Il faut savoir cela avant de devenir un saint. J'insiste là-dessus chaque fois que je fais la « classe d'orientation » à la fin de la troisième. Je le dis sur le ton de la plaisanterie pour que ça passe mieux. Je dis qu'on doit être un saint sans débander, sinon ça ne vaut pas la peine. Mais maintenant, les classes sont mixtes, il y a des filles. Encore une trouvaille, ces classes mixtes ! Alors je ne dis plus « sans débander », j'utilise une périphrase.

Julien s'est levé. Il s'est levé et il s'est incliné. Il a fait un salut prétentieux, en décrivant des courbes et des arabesques avec sa minable casquette de castor du Canada ou de Nantucket, comme les Mousquetaires faisaient avec leurs chapeaux à plumes. Je l'aurais pilé. Paulo se bidonnait. Julien a remis sur sa tête sa coiffure qui m'a paru lamentable. Elle était ridicule avec toutes ces plumes qu'elle n'avait pas et qui étaient quand même défraîchies. Il a conclu :

– Des chemins pour marcher seulement la nuit ? Vous m'en direz tant, milord !

Le pire, c'est qu'il est redevenu amical, affectueux, et sur-le-champ. Il n'a pas attendu une heure, pas une minute. Pas une seconde. Il est redevenu chaleureux, bonhomme, alors même qu'il n'avait pas fini d'être odieux. C'est ça, voyez-vous, qui m'a sonné. Il n'a pas attendu, pour être à nouveau gentil et délicieux, que sa colère soit éclusée. Non ! Il s'y est collé tout de suite, avant même la fin de sa colère. Colère d'un côté et tendresse de l'autre, c'était comme dans les cirques à trois pistes, Pinder surtout, que nous allions voir en général à Digne, sur le Tampinet, le 20 ou le 21 août.

J'aurais dû m'en réjouir. J'aurais dû être soulagé qu'il ne montre ni rancune ni mauvaise humeur et ni souvenir, et que ses enragements s'évaporent. Eh bien, pas du tout. Julien était en même temps furibond et paisible, comme pour dire que ça ne veut rien dire, tout ça, que c'est du pareil au même, que tout est égal et qu'on peut choisir ce qu'on veut, le meurtre ou l'amour, le juron ou la tendresse, parce que de toute façon... de toute façon, on est toujours sur le seuil, toujours, sur le seuil, et les choses sont muettes.

C'était si rapide, vois-tu ! Comme si rien n'avait eu lieu. Comme un papillon. Comme si une petite bribe du temps avait été arrachée au temps et j'étais dans de beaux draps. Je ne pouvais accorder foi ni à sa fureur ni à ses cajoleries. Ni à ma mémoire. Ni à rien. C'était comme l'été, les bulles de savon l'été, pendant que l'oncle Marcel se lavait les mains avant la guerre, en 1936, au temps du Front populaire de Léon Blum, pendant la bataille de Teruel en Espagne que Malraux a faite, devant la fontaine portative peinte en vert accrochée au portail du jardin aux thuyas qui était vert lui aussi. On sait si peu de choses sur la mort, voyez-vous. On n'est pas de force pour la mort, c'est ça, mon vieux, quand les bulles de savon tournoyaient autour de ses mains, on pensait à des yeux et à des arcs-en-ciel, elles éclataient et elles n'avaient jamais été. C'est ça, voyez-vous. Je les cherchais. C'est comme la neige. Où il est passé, tout ce blanc de tous ces hivers ? C'est comme les chemins, les sentiers. Où sont-ils partis ? Et moi, s'il n'y a plus de bulles devant la fontaine verte, ou plus exactement s'il n'y a jamais eu de bulles devant la fontaine peinte en vert, alors, c'est que je rends mon billet, comme dit Ivan Karamazov. Ou bien Smerdiakov.

C'était injuste. Surtout que je n'ai pas la pente de blaguer. C'est Julien, au contraire, qui m'avait communiqué le microbe de blaguer et qui nous avait enseigné toutes les ficelles, les coutumes et les us de la blague. Et voilà qu'il se vexait parce que je le taquinais ! Mais enfin, pourquoi changeait-il les règles ? Quand vous jouez aux échecs, est-ce que vous avez le droit, en plein milieu de la partie, de faire avancer le roi en baïonnette comme si c'était un cavalier, ou de dire que les pions prennent en sautant par-dessus l'adversaire ?

C'est ça. On doit se ranger à la loi. Il me semblait qu'un grand trou venait de se creuser et dans ce trou-là, se déployait un autre paysage, un paysage en perdition, en fuite, qui est souvent repassé sous mon lorgnon, depuis ce jour-là. Il nous avait dit que les échecs ont été inventés par un Grec, au temps d'Ulysse, pendant la guerre de Troie, Palamède, et pourquoi il a fait cette trouvaille ? C'est qu'il s'ennuyait, ce Palamède, car les guerres, c'est extrêmement monotone et ça ne sert à rien. Ça sert seulement à faire l'*Odyssée*, mais l'*Odyssée,* mais l'*Iliade*, c'était encore une idée de Julien, on pourrait essayer de l'écrire avant de faire la guerre. Comme ça, ensuite, on commencerait par lire l'*Iliade* et ensuite, la guerre serait plus commode car on saurait où on va. Les bêtises qu'il pouvait dire, à certains moments, et ce n'est même pas vrai, l'anecdote sur ce Palamède, puisque le jeu d'échecs, c'est un roi de l'Inde qui l'a trouvé !

24

Aux vacances du mardi gras, Julien a remis ça. Nous l'avions accompagné, ce qui restait de la bande, jusqu'à son ancienne cabane des vignes. Il y tenait encore quelques affaires. C'est là qu'il nous avait montré, un peu avant les accords de Munich, ces mappemondes de Louis XIV et de Colbert où on voit des petits points et des petites lignes partout et qui sont comme des fourmilières.

Il a déballé ses cartes qui étaient esquintées mais il a dit « tant pis ». Le papier était sec et cassant. C'est toujours ainsi, avec les paysages de Louis XIV et même avec ceux de Louis XVI. Un geste maladroit et ils vous explosent à la figure.

Il a commencé à parler des lutins et des elfes. Je lui en voulais encore à cause de cette altercation stupide, quelques jours plus tôt, à propos des sentiers, à propos de la nuit et des sentiers. Il a raconté que les elfes l'énervaient car il était bien obligé de leur faire des chemins. Il était cantonnier pour tout le monde. Surtout que, depuis le Front populaire et les congés payés, on doit respecter chacun, les plus pauvres, les plus démunis, les lutins, les krolls, les elfes. « Ils ont quand même le droit de se promener, les elfes ! »

Nous autres, les grands, avec nos quinze et nos douze

ans, et pas mal de jugeote, on le laissait dire. On se faisait des clins d'œil. Des lutins ! Des elfes ! Et puis quoi ? Des dragons tant qu'à faire ! Julien aussi nous faisait des clins d'œil. Il rigolait dans sa barbe.

Les petits étaient ravis. Mais les petits, c'est rusé. Ça croit à rien du tout. Ça avale n'importe quoi pourvu que ça les fasse rire. Les chemins, ils ne se demandaient même pas si c'était vrai, les chemins pour des elfes. Ils gobaient. Ils savouraient. Ils ruminaient. Julien savait s'y prendre. Il triomphait à bon compte. Il attrapait un garçon, une petite fille sous les bras. Il les soulevait au-dessus de sa tête pour qu'ils puissent apercevoir au loin une entaille de quelques mètres dans un bois, ou un chemin de terre avec des processions de lutins ou de grommelins, des lutins qui allaient au marché avec leurs cabas de lutins, et il était si patient, si imprévu.

Nous entrions dans la combine. Il faut dire que nous étions flattés. En poussant le bouchon de plus en plus loin, en débitant cette fable des krolls et des grommelins, il nous filait un message, à nous les grands. Il nous donnait à comprendre que toutes ses histoires de routes, c'était une comédie. Une farce. C'était un jeu. Il voulait seulement faire plaisir aux petits. Oui. J'ai senti un poids s'en aller de ma poitrine. Malheureusement, une cousine, une grande, m'a dit que j'étais bête. Je lui ai demandé pourquoi j'étais bête. Elle m'a expliqué aimablement :

– Ton idée, c'est qu'il rigole, qu'il fait que rigoler. Il invente toutes ces sornettes seulement pour amuser les petits. D'accord. Bien. Mais c'est bête, comme idée, parce qu'il les fait quand même ces chemins. Oui ou non ? On les a vus, non ? Alors ? Alors, non, non, crois-moi, ça tient pas la route tes routes... C'est trop con...

C'était une cousine assez leste. Elle avait un de ces vocabulaires ! Pire qu'un garçon mais ce n'était pas sa faute. C'était la fille de tante Catherine. Les autres tantes pinçaient la bouche mais elle était intelligente et douce. Comme sa mère, et grasse.

Je lui ai dit :

– Tu es sûre que tu les as vus, ces chemins ?

– C'est toi qui m'as dit que tu les avais vus.

– Mais j'ai dit ça parce que tu m'avais dit que tu les avais vus.

– C'est toi qui m'as dit que tu les avais vus. Alors je t'ai dit que je les avais vus, je te dis.

– Tu vois...

– Ce que je vois, c'est qu'on les voit pas...

Nous avons eu un fou rire. Avec elle, ce n'était pas sorcier d'avoir un fou rire. Elle était très bonne en fous rires. J'ai changé mon fusil d'épaule.

– Je vais te dire. C'est même pas pour les petits qu'il raconte tous ces trucs. C'est pour... Je vais te dire pour qui. Et puis, c'est pas besoin de dire. Tu sais bien. Je crois que c'est pour parrain Élie. J'en suis sûr.

– Tu crois ça, toi aussi ?

– Écoute. Il passe son temps à lui raconter ce qu'il voit dans sa fenêtre. Et ce qu'il voit, je te dis pas ! Il raconte que des craques. Des fois, j'écoute. Je me mets dans un coin de l'obscurité, je fais pas un bruit. J'écoute. Des fois, ce qu'il lui dit, c'est pas même le pays d'ici. Des fois, ce sont ces saletés de cartes d'avant, du cardinal La Balue. Et parrain Élie, tu imagines, bouche bée... vraiment bée, bouche ouverte... un peu comme un poisson.

La cousine a haussé les épaules.

– Parrain Élie ? Mais, Julien, il l'avait même jamais vu avant cette année. Avant, il le connaissait pas.

J'en avais assez. J'ai dit que c'était comme ça. On n'y comprenait rien. J'ai dit que, s'ils se voyaient déjà depuis longtemps, le vieux et le soldat, ou bien s'ils se voyaient pas, je m'en fichais. C'était comme la bataille de Gravelotte. Ça n'avait pas d'importance parce que, avec Julien, rien ne collait jamais. Et la bataille d'Actium, qu'est-ce qu'elle est devenue, celle-là ? Jamais on ne comprend tout, avec Julien, et jamais on ne comprend rien, et un autre jour, Julien avait recommencé son boniment avec les petits, il leur avait dit :

– Et les anges ? Qu'est-ce qu'ils deviendraient, les anges, si on ne leur faisait pas des petites routes d'anges ? Tu vas me dire qu'ils n'ont pas besoin de routes parce qu'en général ils volent. Je sais qu'ils volent. Tu me prends pour un ignorant ? Mais je suis allé à l'école, moi aussi, et il faut bien qu'ils se posent, de temps en temps. Et puis les vents, surtout les petits vents. Comment ils s'en sortent, s'il n'y a pas de chemins ? Les gros vents, ils se débrouillent toujours, non ? Tu vas pas me dire que le mistral, par exemple, il a besoin qu'on l'aide. Il ne faut pas dire de bêtises : le mistral, il se débrouille tout seul. Mais les petits vents ? Ah ! Ah ! Ah ! Les petits vents...

Ainsi se taillait-il des succès à bon compte. Il est revenu vers nous, les grands, vers moi surtout. Il a appuyé son index sur mon manteau, car c'était un jour de printemps, un de ces soirs de jour de printemps frais et jeune, à hauteur du sternum. Et assez fort. Il a pris son air renard. D'un hochement de la tête, il a montré la direction du pic d'Oise. Là, à la verticale des Lombards, il avait retrouvé un chemin grâce à ces vieilles cartes du cardinal La Balue, justement. Il l'avait exhumé, quelques mois plus tôt avec nous et il était fier car, sur ce chemin, circulaient les colporteurs de Briançon ou de la vallée de l'Ubaye et du val d'Aoste, il y a deux cents ans au bas mot.

– Tu te souviens ? m'a-t-il dit. Juste au-dessus des Lombards. On avait fait du bon travail, tu crois pas ? Mais, après, j'ai repensé. Et il y a une chose qu'on n'a pas vue. On ne s'est pas rendu compte que ce sentier, avant le col, on l'a reconstruit à l'envers. Parole ! À l'envers. Je m'en suis aperçu par hasard, l'autre jour, en me promenant dans le coin.

Au lieu de rire, comme j'aurais fait quelques jours plus tôt, et de dire : « Julien ! », j'ai fait visage de bois. J'étais un bloc de rancune. Un bloc dur. Un caillou. Une boule de fiel, comme on dit. Je me vengeais. Je lui faisais payer mon chagrin de l'autre fois, quand j'avais cru le faire rire avec ses chemins seulement pour la nuit et qu'il m'avait offensé et trahi. J'ai dit d'une voix indifférente, molle :

– Julien, une route qui va à l'envers, j'ai jamais vu encore. La lo-gi-que, Julien ! La lo-gi-que ! Ta route à l'envers, tu m'excuseras.

J'ai ajouté, d'un ton blessant :

– Moi, si j'étais moi, je dirais pas des trucs comme ça...

J'ai cherché une parole cinglante. Tout ce que j'ai trouvé, dans ma colère, c'est une expression assez moche :

– Ta route à l'envers, Julien, tu te la carres dans l'oignon.

Il n'a même pas relevé ma grossièreté. Il a dit :

– Je sais, tu as raison mais c'est vrai. On a fait la route à l'envers. C'est malin. Et qu'est-ce qu'on peut faire ? C'est fait, c'est fait. Quand le vin est tiré... La remettre à l'endroit ? Tu plaisantes... Ça serait un travail de Romain... Si j'étais moi, tu vois, je la laisserais à l'envers. Sinon, on en a pour des années...

Il a encore appuyé son index sur ma poitrine. J'ai écarté sa main sans ménagement. Il a insisté :

– Tu as raison. Ça peut même pas s'expliquer, mais si tu réfléchis, tu comprends tout de suite. Il faut bien qu'il y ait des routes à l'envers, sinon comment on ferait pour se perdre ? Tu te rends compte ? Pas de route pour te perdre ? Tu dois me croire, vieux frère.

Des routes pour se perdre ! Et puis quoi encore ? Mais je m'en fichais. Il avait dit « vieux frère » ! Je le jure. Sur la tête de parrain Élie, je le jure : il m'avait dit « vieux frère » ! Tel quel ! « Vieux frère ». Comme avant ! Comme le bonheur. Et alors j'ai changé mon fusil d'épaule. J'ai dit que « Bien sûr ». J'ai dit que oui, qu'on s'était foutus dedans, qu'on n'avait même pas vu qu'il était à l'envers, le chemin au-dessus des Lombards. J'aurais dit n'importe quoi pour me rabibocher. Je me rendais, avec armes et bagages. J'étais comme le sentier. À l'envers.

Les vacances de mardi gras s'achevaient. On ne voyait plus de neige, sauf des plaques toutes mitées dans le fond des vallons, sous les falaises, sous les grosses dalles rocheuses, blondes, rouillées, de Campanelle, et sur le revers des talus. Le pic d'Oise m'a toujours fait penser aux pyramides d'Égypte, gris, lisse, certains matins brillant comme de l'acier et dessiné par Pythagore en personne, mais Campanelle, qui est le faux jumeau du pic d'Oise, c'est autre chose. C'est une pyramide des Aztèques. Elle empile les unes sur les autres des tranches calcaires ou argileuses, jaunes, grises. C'est Julien qui a eu l'idée de comparer Campanelle aux pyramides des Aztèques. Les prairies étaient spongieuses avec des restes de blancheur. La neige s'en allait.

25

ON parla de redoux. M. Judrin dit qu'en Russie les soldats allemands pataugeaient dans des lacs de boue et les Russes aussi. Il éleva la conversation à une assez grande hauteur, grâce à l'apophtegme suivant : « C'est ce que le dis toujours : l'histoire et la géographie divisent. La géologie, la météorologie rassemblent ! » L'abbé Portes approuva fougueusement et apporta une nuance : « N'est-ce pas la guerre, plutôt, qui rassemble, cher monsieur Judrin ? » Le professeur ôta son lorgnon, considéra silencieusement l'abbé.

Le facteur Thomas se lamentait. Il était contre la pluie. Quand il faisait sa tournée, ses souliers collaient à l'argile. Par contre, il appréciait de plus en plus son métier car beaucoup de jeunes hommes étaient aux armées n'importe où, dans les stalags, en zone occupée, aux Chantiers de jeunesse ou dans les colonies, et les facteurs étaient reçus dans les fermes comme des messies.

Ensuite vint le printemps. Les pinsons et les rouges-gorges firent leur manège. Les amandiers eurent des fleurs. Dans deux mois, on pourrait manger ces jeunes amandes pas encore formées, qui sont comme de l'eau verte et qui tremblent. Les lapins et les lapines s'aimaient à toute vitesse.

Les guerres, on exagère. Celle-ci était en activité depuis deux ans et elle n'avait pas fait son trou. Elle n'avait même pas repéré la haute plaine de Champtercier. Les garagistes de Digne avaient équipé leurs automobiles de gazogènes. Ça empestait mais ça roulait. Les mairies distribuaient des cartes de rationnement. Bon. Et après ? Pour le reste, on ne voyait guère de différence entre guerre et paix. L'abbé Portes eut encore une trouvaille : « La guerre, c'est comme la paix, avec la guerre en plus. » Monsieur Judrin dit : « Oui. »

Dès le matin, M. Judrin prenait position sous le mûrier de la fête de la Fédération. Vieux Thomas passait à midi avec sa boîte de facteur. M. Judrin soupirait et déchirait la bande du *Petit Marseillais.* À Pâques, il nous annonça que des Japonais avaient pris toute une île, d'un seul coup, l'île de Java. Java ! Voltaire en parlait déjà dans ses *Lettres philosophiques.* « C'est un monde », estima M. Judrin.

L'après-midi, il s'établissait dans le bosquet d'en haut. Il tenait un livre à la main, un doigt glissé entre deux pages, au hasard. La tante Catherine lui servait une infusion de tilleul ou de sauge. Il chuchotait en faisant fondre son sucre : « La sauge sauve », car son propre grand-père fredonnait toujours cette ritournelle quand il buvait sa tisane, sous le même platane. Catherine lui présentait sa pipe, du tabac. Un jour, elle lui demanda pourquoi il n'ouvrait pas son livre. Il ajusta le lorgnon sur son nez et il fournit une réponse. Il avait lu ce livre si souvent qu'il ne savait jamais où il en était. Donc, il avait peur de relire une page qu'il avait déjà lue. Ce jour-là, il était en forme. Nous retrouvions le grand-père facétieux que nous avions tant aimé mais il égrenait ses légers paradoxes comme on sanglote.

Les semaines n'allaient pas vite. Il fallait les pousser. On dépassa les Rameaux, Pâques, la Résurrection, la Pentecôte, et on trouva l'été. En août, les Anglais débarquèrent à Dieppe et se rembarquèrent. Ceux de Solliès-Pont, sauf le gros qui était à Paris désormais et même à la Sorbonne, déboulèrent avec un peu de retard. Ceux de Chambéry étaient là. Ils avaient un gros, eux aussi. Les Lamastre ne vinrent pas. Les Bonnétable non plus et pas davantage les La Côte-Saint-André. Les trains roulaient très lentement, surtout quand la voie traversait une rivière car les ponts formaient une cible de choix pour toutes sortes d'aviateurs, de résistants et de soldats.

Le professeur était désemparé. Il consacrait beaucoup de temps à se souvenir. Il parlait du lycée de Digne. Il disait que, l'hiver, les salles de classe étaient enfumées et elles avaient une odeur de suie. Les élèves étaient gris de peau, comme les mineurs des romans de M. Émile Zola, *La Bête humaine*, singulièrement, et comme les soldats de Verdun. Catherine dépliait la chaise longue de son beau-père, son transatlantique, comme disait tante Marinette, je vous demande un peu, un transatlantique dans les Basses-Alpes ! M. Judrin était mou. Il posait le livre dans l'herbe. Il le prenait, il vérifiait le titre et il le refermait. Plus tard, il dit que c'était l'automne et tout le monde est parti. Nous autres, les Oran, nous étions à Digne maintenant et, pendant tout l'hiver, nous sommes montés le samedi à Champtercier, soit à vélo soit en coupant à travers la montagne, passé les Hautes-Sieyes.

Chaque jour, avant de rejoindre son chantier, après aussi,

Julien saluait M. Judrin dans le bosquet. Le ciel était très animé car les vents se mélangeaient et c'était un temps d'entre les temps. Les collines et les prairies faisaient leur petit bonhomme de chemin. Tout était en ordre. Les forêts de chênes, sur les basses pentes du Siron, changèrent de couleur à la date prévue, un peu avant la Toussaint. Leurs feuilles furent couleur de bronze et elles cliquetaient avec des frissons de pendeloques. Plus tard, elles se recroquevilleraient et elles trembleraient et elles seraient mortes, mais les feuilles de chêne ne tombent pas tout de suite car elles ont besoin d'un peu de vent pour se détacher et en attendant elles feraient leur musique.

M. Judrin avait toujours une phrase d'un grand auteur sur le feu. Il connaissait bien Verlaine. Il se renfonçait dans son transat. Il lorgnait le clocher. Il récitait : « Souvenir, souvenir, que me veux-tu ? L'automne faisait voler la grive à travers l'air atone, et le soleil dardait un rayon de l'automne... un rayon monotone, sur le bois... sur le bois... »

Il s'affolait. Il claquait des doigts en l'air, pour convoquer la fin de la strophe. Je montais en ligne... Je disais : « ... sur le bois jaunissant ».

La tante Catherine et le cantonnier parlaient de M. Judrin. Catherine aimait son beau-père et elle avait dit au cantonnier : « Vous savez, monsieur Julien, parfois, je préférerais qu'il perde la mémoire. Comme ça, il ne se souviendrait plus qu'il est triste. » Ils s'inquiétaient de parrain Élie aussi. On ne savait toujours pas pourquoi tous les gens l'appelaient parrain Élie. On ne savait rien. Sa maladie était un secret. La tante Catherine n'était qu'une « pièce rapportée ». D'ailleurs, même les fils et les filles de M. Judrin n'avaient aucune idée sur ce point.

Julien montait au deuxième étage. Il plaisantait avec la tante Catherine :

– Les jambes de M. Judrin ne peuvent plus beaucoup monter, comprenez-vous ? Je lui prête les miennes. Les jambes peuvent bien se rendre service entre elles. C'est une politesse. Elles peuvent bien se donner un coup de main, les jambes !

Il jetait un regard de biais pour vérifier que la tante Catherine s'esclaffait. Elle s'esclaffait. À la suite, il racontait une histoire mal élevée mais il ne risquait pas grand-chose car la tante Catherine appréciait les plaisanteries crues, cette bonne vivante de Catherine, cette douceur de tante Catherine et cet ange. Le cantonnier l'appelait maintenant : « Ma tante ».

– Vous savez, ma tante, l'ancien roi de Belgique avait un intestin compliqué et, de temps en temps, il se bloquait, l'intestin se bloquait, il faisait des bruits, vous voyez, des bruits grossiers et qui fusent. C'était un Léopold, premier ou second, je ne sais pas lequel. C'était un roi très émotif. Des fois, ça le prenait au débotté, pendant une cérémonie, ces bruits, à la Cour, et il ne savait plus où se fourrer. Mais le monde est bien fait. C'est Bernardin de Saint-Pierre qui a compris ça, les melons divisés en tranches pour les familles, vous savez. Eh bien, à Bruxelles, c'était pareil : il y avait un majordome spécial, un gros type. Il était toujours collé au roi Léopold, chamarré, des plaques de cuivre, des boutons dorés, des nœuds de rubans, des médailles... Et si le roi émettait un de ces bruits, le majordome avait la mission de rougir. C'était son boulot, voyez-vous, son cahier des charges. Et en plus de rougir, il devait faire un bruit, pour distraire du bruit du roi. Le roi le fixait d'un œil indigné, pour faire croire.

La tante Catherine, c'était le genre d'histoire qui l'enthousiasmait. Elle demanda si le majordome poussait le sens du devoir jusqu'à produire une réplique, comme font les tremblements de terre, pour mettre le roi à l'abri. En tout cas, c'était un métier difficile. Pauvre majordome, disait Catherine en s'étouffant de plaisir, il devait toujours en avoir un ou deux sur le feu, tout un petit fourniment, en train de mijoter, bien au chaud, prêt à l'usage...

Et pourquoi Julien lui avait-il rapporté cette histoire ? C'est que ses jambes remplaçaient les jambes du professeur Judrin, celles de parrain Élie aussi. Catherine fit le signe de la croix : « Dieu soit loué ! Suis-je bête, dit-elle, bien sûr ! » Et est-ce que Julien était belge mais Julien dit que non. Il n'était pas belge. Il connaissait la Belgique, la guerre. On lui avait raconté l'histoire de ce majordome, voilà tout. C'était comme les chiens d'aveugle.

– Oui, dit Catherine d'une voix grave, comme les chiens d'aveugle.

Julien faisait sa visite à parrain Élie. Il laissait la porte ouverte. Il ne se présentait jamais à la même heure. Le facteur n'était pas dupe. Les journées de parrain Élie étaient immenses, sans commencement ni fin, sans bords et informes, « sans chemins », comme disait Vieux Thomas d'une voix angoissée, surtout depuis que M. Judrin avait tant de mal à monter au deuxième étage. Et des fois, Vieux Thomas disait : « Des journées sans frontières, ça, c'est le pire. Ça, c'est la fin de tout... » C'est pour cette raison que Julien variait ses horaires, de façon que parrain Élie ne puisse jamais savoir à quel moment le soldat entrerait. Cette incertitude faisait une distraction pour parrain Élie.

Le printemps fut une réussite. Le ciel ne pesait presque plus rien. Il était de plus en plus mince. Il finirait par disparaître. Julien donnait des nouvelles du paysage à parrain Élie. Il lui annonçait que le vallon des Aufes était pelucheux, fourré d'herbes, de fougères, avec des fleurs qui étaient rouges, vaillantes, et d'autres fleurs blanches qui grelottaient pour un oui pour un non.

Le parrain, je l'épiais depuis ma cachette, entre deux malles-cabines. Il demandait des détails. Chaque soir, Julien s'évertuait à énoncer les teintes du pic d'Oise. Parrain Élie fermait les yeux. On voyait son profil, beau et nu, intraitable, suppliant, et le profil de la mort. Au début, il ne disait rien. Ensuite, il marmonnait. Il demandait des précisions si fines que le soldat restait le bec dans l'eau.

– Ah ! Vous êtes un perfectionniste, parrain Élie.

– Je comprends, Julien, je comprends. Ce n'est pas votre faute. C'est déjà assez aimable à vous de me ravitailler, et tous ces sentiers que je ne connaîtrais même pas sans vous. C'est drôle, d'ailleurs. Vous savez, je les ai parcourus jadis, tous les chemins de la haute plaine, du temps que j'avais mes jambes. Je venais de la Côte, une semaine par-ci, par-là. Eh bien, figurez-vous, je ne me souvenais pas qu'ils étaient si nombreux, les chemins. Il est vrai qu'à l'époque, il y avait beaucoup de jeunes filles. Vous êtes très aimable de me les remettre en mémoire, tous ces chemins. Je les avais un peu perdus de vue. De vue... Si j'ose dire... Mais quand vous me les dites, je les reconnais. Je les reconnais tous, oui, tous. Je me rappelle. Tous. Ils sont si nombreux, si nombreux. C'est ce que j'apprécie, dans les chemins...

Il se rejetait dans le fond de son grand fauteuil noir, et la voix enchifrenée, la voix inconsolée, il renversait la tête en arrière. Il comptait en silence sur ses doigts.

Julien revenait le lendemain. Il se postait à la fenêtre. Il disait que l'ombre de Campanella était comme un oiseau silencieux et qu'elle s'étirait vers l'Iscle-des-Abbés. Elle éveillait les couleurs du soir comme on caresse une femme ou, au contraire, elle passait du vermeil ou du jaune sur les prairies du côté de la forge, vers le Siron, oui, ça bougeait, ça bougeait, et il y avait un nouveau sentier, de l'autre côté de la colline de Caramantran. Il y avait des sentiers partout.

Parrain Élie trouvait ça normal parce que la guerre avait jeté sur le sud de la France des armées de réfugiés, surtout depuis que les soldats allemands avaient enfoncé la ligne de démarcation, et il se demandait si ces chemins que le soldat lui signalait de temps en temps n'étaient pas tout simplement la trace que les mulets des « résistants » faisaient en transbahutant leurs matériels et leurs ravitaillements, leurs explosifs, leurs canons, mais Julien disait que non. C'étaient des sentiers qui existaient depuis plus longtemps mais on ne les voyait pas très bien. Ils étaient mal entretenus, certains étaient effacés, même, mais ils étaient là, en dessous. Tous.

Julien déployait la carte d'état-major. Une fois, j'ai regardé par-dessus son épaule et c'est ce jour-là que j'ai compris. C'était tout simple : la carte que le soldat avait étalée sur le grand bureau sombre n'était pas la carte d'état-major. C'était la carte de Colbert et de Vauban, celle que Julien nous avait montrée dans sa cabane du dessus de la vigne, celle du cardinal La Balue.

Parrain Élie était ravi. Il lui fallait des nouveautés, des

pays, des sentiers, des hameaux. Il était servi. Mais Julien était un fripon : qu'est-ce qu'il lui fourguait, comme nouveautés ? Des vieilleries, de l'antiquaille, du périmé. Des chemins chenus et presque indiscernables, âgés de trois siècles, de quatre siècles au moins. Je reconnais qu'il était scrupuleux. Il n'inventait pas ses chemins au hasard. C'eût été une tromperie et parrain Élie, s'il avait en effet vécu à Champtercier, jadis, comme il le prétendait, eût vite fait de découvrir le pot aux roses. C'est pourquoi Julien utilisait ses mappemondes du XVIIe siècle. Il les lisait à voix haute. Il allait à la fenêtre de parrain Élie, il développait, jour après jour, un lacis de sentiers disparus qui couvrirent à la fin tout l'espace, du nord au sud, des Duyes à la barre des Dourbes et jusqu'à La Péruse, où il y a une très jolie chapelle, et au pic du Cousson où il y a une autre chapelle qui donne le vertige.

Plus tard, le soldat meubla ses géographies. Aux embranchements, aux moignons de routes, aux croix et aux carrefours, il signalait à parrain Élie des hameaux et les modestes manufactures de charbon ou de ferronnerie, les cabanes de sabotiers, les forges ou les fabriques de clous qui reprirent ainsi du service, toutes ces fabriques qui avaient rendu si belle et si active la haute plaine de Champtercier, au temps de Louis XIV et de Louis XV et même de Bonaparte, avant que cet Anglais, ce Watt, ne trouve sa révolution industrielle ! Plus tard, Julien anima ces maisons et ces hameaux. Il plaça dans les forêts un petit peuple, des gens dont jamais personne n'avait entendu parler, ni M. Judrin, ni personne et ni le XVIIe siècle, si ça se trouve.

Le dimanche matin, Julien ne prenait ni brouette, ni sable et ni pelles. À dix heures, il toquait à la porte de

M. Judrin. Si le professeur était en verve, il l'accompagnait à l'église. Il faut dire qu'Horace, dès que le clocher sonnait le « second », poussait des gémissements.

Certains jours, M. Judrin était perclus et il coupait à la messe. Le soldat sifflait quand même Horace. Tous les deux, ils s'engageaient dans le chemin aux prunelles qu'on appelait de plus en plus le chemin des Dames. À l'église, Julien s'agenouillait sur le banc de la famille Judrin. Horace posait son derrière à côté de lui. Le banc de la famille Judrin ! Enfin, de ce qui subsistait de la famille Judrin. Des rogatons. Des traces. Comme les chemins du cardinal La Balue.

Certains dimanches, il n'y avait plus que deux membres de la famille sur le banc Judrin, et encore, ces membres n'étaient pas de la famille. C'était deux remplaçants, deux vicaires, comme aurait dit le révérend Portes – un chien et un ancien soldat de Poméranie ou de la Jungfrau. De quoi se tordre ! Julien ne se faisait pas tirer l'oreille car il trouvait intéressant de prier. Il aurait aimé prier jusqu'à la fin de l'office mais Horace, dès que le curé avait célébré l'Élévation, faisait le ménage. Il était inexorable. Il poussait le soldat de la tête et grognait et montrait les dents, de manière à demeurer le seul gardien du banc car Julien n'était que le représentant de M. Judrin. Le cantonnier devait bien comprendre sa position : on le tolérait mais il n'était que le majordome ou la métastase, l'avatar et même l'ombre de M. Judrin, et il devait procéder comme eût fait M. Judrin lui-même s'il eût été présent, c'est-à-dire quitter l'église quelques secondes après l'Élévation de manière qu'Horace occupe le banc de famille, tout seul, intransigeant, jusqu'à *l'Ite missa est*, telle était la coutume et telle la loi !

(À propos d'*Ite missa est*, le gros de Grenoble avait encore frappé. Il avait dit qu'en ces temps de guerre avec l'Allemagne, il eût été plus expédient de dire *Ite missa ouest*. Je ne commente même pas. Les gros... Quand je pense que j'en suis un, de gros ! Enfin, un ancien gros, un gros d'époque.)

Horace ne badinait pas. À chacun son rôle, à chacun sa place dans la grande machinerie de l'univers. Le cantonnier n'était que le substitut du professeur. Il ne devait pas se dorer la pilule. Il « tenait lieu » de M. Judrin. Il n'était pas M. Judrin. Il était le lieutenant de M. Judrin, son représentant et son écho. « Son procurateur », avait dit le curé Portes d'un air subtil.

Horace sortait vingt minutes après Julien, en même temps que tous les autres paroissiens. Il ne s'attardait pas sur la place de l'église. Il était soucieux. C'était un chien responsable. Il courait vers le chemin des Dames. Julien le suivait. Le chien gambadait, comme il le faisait d'ordinaire avec M. Judrin. La tante Catherine dit à Julien que c'était comme au football. Le goal de l'OM était Di Lorto. Quand Di Lorto était souffrant ou qu'il s'était luxé quelque chose, un autre joueur gardait les buts à sa place mais le goal, même quand il ne jouait pas, c'était Di Lorto.

26

LÉONIE Cranchard ne battait que d'une aile. Elle mourut et on l'enterra. Julien n'en dit rien à parrain Élie. Parrain Élie connaissait la vieille dame. Il ne l'avait jamais vue mais il en avait entendu parler.

Pendant la maladie de Léonie, Julien avait donné de ses nouvelles à parrain Élie. Il continua. Son premier soin fut de la guérir. Il la remit sur pied en moins de quinze jours. Ensuite, il lui fit passer des journées assez remplies. Il la rencontrait devant l'église ou plus volontiers chez les sœurs Magnan et certaines après-midi du samedi, quand le ciel était clair, il allait la visiter dans sa petite maison, en haut du chemin des Trognes. Elle passait le chiffon sur le globe de verre qui trônait sur la cheminée, longuement, longuement, comme si elle avait voulu épousseter la grappe de raisins à travers le verre. Elle plongeait le bout de la langue dans de la liqueur de cacao. Elle disait : « C'est un délice. »

Julien ne cacha pas à parrain Élie que Léonie avait eu un sale hiver, la neige, la guerre, les troupes allemandes en Crimée, le retour de Pierre Laval à Vichy et surtout les neiges, et un sale printemps, mais elle reprenait le dessus. Il l'avait saluée la veille. Elle était en train de vider un arrosoir sur ses géraniums et sur ses cosmos. Au début d'avril, Julien avait demandé aux deux vieux birbes de Campanelle, ceux des Petits-Tauriers, de la prendre dans leur charrette, un jour où ils descendaient dans la vallée pour leurs litiges judiciaires, car elle était convoquée chez le trésorier-payeur général de Digne pour mettre en ordre la retraite de son défunt mari, la pension de réversion, comme on dit.

Elle avait pris place dans la charrette des deux vieux des Petits-Tauriers, Émeric Manent et Sauveur Souvrain. Ils étaient comiques, tous les trois, serrés comme trois harengs, Léonie coincée entre les deux, comme une jeunesse entre deux prétendants au sortir du bal, elle qui avait si peu fréquenté pendant sa vie. Elle était allée à l'hôtel des impôts. À vrai dire, tout était réglé depuis longtemps pour la pension de réversion puisque son mari était décédé avant la Première Guerre mondiale alors qu'à présent, on était déjà dans la Deuxième Guerre mondiale jusqu'au cou car le temps passe, mais elle était plus tranquille. En revenant, elle avait acheté un coupon de cretonne aux Dames de France, boulevard Gassendi, avec des dessins de fleurs.

La si gentille tante Marinette fit des reproches enflammés à Julien. Elle n'était pas bégueule, ah non ! Mais dire qu'une femme morte est une femme vivante, c'était dur à avaler. Le cantonnier plaida que c'était l'affaire de quelques semaines. Justement, grondait Marinette. À quoi ça rime ? Elle va bien finir par mourir puisqu'elle est morte ! Julien ne pourrait pas maintenir Léonie Cranchard en activité longtemps, un mois, deux mois au mieux. Et après ? Julien s'opiniâtrait, c'était tant de gagné, quelques semaines de gagnées et même quelques minutes, c'était mieux que rien.

– Et vous ne croyez pas, disait-il, vous ne croyez pas, tante Marinette, que c'est bien qu'elle ait pu acheter ce coupon de cretonne aux Dames de France, Léonie Cranchard ? Elle en rêvait depuis la fin de la Première Guerre mondiale mais elle n'avait que sa pension de veuve et la cretonne était chère, tandis qu'à présent les problèmes d'argent ne comptaient plus.

Marinette menaça Julien du doigt.

– Vous n'allez pas continuer ce carnaval longtemps, j'espère, dit-elle froidement.

Julien ne se laissa pas faire. Il avait l'intention de faire durer Léonie tout le printemps et si possible l'été, et Marinette lui tourna le dos, regarda ostensiblement la cour et l'acacia, mais Julien insista :

– Enfin, il faut être humain, tante Marinette. L'été, elle m'a souvent dit que l'été, pour elle, c'est la saison enchantée, c'était son mot, la saison enchantée. Moi, je n'aime pas l'été mais puisqu'elle aimait tellement l'été, on peut bien lui en donner encore un ?

J'étais présent, ce matin-là, et ce que disait Julien me glaçait l'échine. C'est pourquoi je me disposais à rire mais Julien ne riait pas et ce n'étaient pas des mensonges car, selon lui, c'étaient des faux mensonges. En plus... Il dit : « En plus... », mais il ne sut pas comment finir sa phrase. Il eut un geste de dépit.

Il s'absentait certains jours. Il avait une route à rectifier, à ouvrir, ou plutôt un bout de route. Il se consacrait de plus en plus aux bouts, pas aux routes. Il avait moins d'entrain. Fasbellon fit courir des bruits. À la Lurette, il insinua que Julien était un imposteur. Ses chemins, c'était une fable, un coup de pioche tous les quinze jours, à peine de quoi justifier les sous que lui versait la commune. Et mon Dieu...

– Mon Dieu quoi ? avait dit Cheillan qui était déjà luisant de plaisir avec sa grosse caboche ronde, et Fasbellon avait dit d'un air de connivence :

– Mon Dieu, les femmes... Vous voyez ce que je veux dire, vous surtout, Cheillan...

Cheillan devint pourpre. Il demanda si Fasbellon insinuait que le cantonnier s'absentait pour aller lutiner sa fille, la fille de Cheillan, celle qui avait un beau ventre et qui habitait Forcalquier.

Fasbellon calma Cheillan. Non ! Pas du tout. C'était bien plus grave. Un berger du Siron avait aperçu Julien dans les Robines quelques jours plus tôt. Tout simplement ! Rien que ça ! Dans les Robines ! Et Julien était en compagnie de types avec des drôles de gueules. On l'avait vu déployer une carte sur le sol. Il montrait quelque chose sur cette carte, avec le bout d'une branche de chêne. Il avait l'air d'être le chef du groupe. Les types, on ne les avait jamais vus dans le coin, mais ils étaient sales.

C'était un dimanche matin, au Jus de la Treille. M. Judrin était là, ce jour-là, sa goutte était calme, et j'étais présent car j'ai toujours été d'une nature curieuse. En plus, je n'avais que seize ans mais j'étais grand, et surtout gros, pour mon âge. Le notaire Fasbellon m'a paru excité. Il estima que ces gens des Robines étaient des terroristes car ils avaient des têtes de terroristes. En plus, les Robines, c'est l'enfer et ça fait cinq cents ans qu'il y a des terroristes dedans. Les Allemands ne sont pas bêtes et ils fouinaient partout depuis que la ligne de démarcation avait sauté. Ils savaient que les Robines, à cause de leur sauvagerie, formaient un terrain de repli idéal pour les terroristes quand les SS leur serraient le kiki. Le curé Portes dit : « C'est parti, mon kiki. »

Le notaire ne se laissa pas détourner. Il rapporta que son informateur, le vieux berger du Siron, avait voulu savoir ce qu'ils regardaient tous, les terroristes des Robines, sur cette carte étalée dans les rochers noirs des Robines. Il s'était approché du groupe en sifflotant, manière d'être désinvolte. Il avait offert un morceau de saucisson à Julien et à ses amis. Tout en coupant une tranche pour l'un, une tranche pour l'autre, il avait coulé un œil sur la carte.

À ce moment-là, Fasbellon fit silence. Toute la compagnie, y compris M. Judrin, leva la tête. Moi aussi. Fasbellon ne se pressait pas. Il jouait avec nos nerfs. Il laissa filer plusieurs secondes. Il avait un gros sang-froid. Il dit :

– Vous le croirez ou non, professeur Judrin, c'était une carte ancienne, très ancienne. Pas une carte d'aujourd'hui. Même pas une carte de la Première Guerre mondiale. Non. Une carte d'avant la Révolution française. Peut-être plus reculée encore. Les bergers, vous savez, ce ne sont pas des as en histoire de France mais quand même... Il m'a dit que c'étaient des cartes des rois...

Le curé était remonté :

– Et alors, dit-il, qu'est-ce que ça prouve ? Au contraire. Ça veut dire que ces gens ne sont pas des gaullistes. D'ailleurs, des gaullistes dans les Robines ! On n'a jamais vu ça ! Ce sont des jean-foutre. Ça ne sert à rien, pour les gaullistes, une carte de Louis XIV. Vous croyez nous affoler, Fasbellon, vous nous rassurez. Ça n'a rien à voir avec les gaullistes, ces gens-là. Les gaullistes, ils ne font pas une guerre d'avant, une guerre de Louis XIV. Ils font une guerre d'en ce moment. D'ailleurs, j'ai remarqué que, la plupart du temps, ce sont des guerres d'en ce moment que les gens se font. Les généraux sont très exigeants sur ce point. Ils veillent au grain. Alors, vos types, Fasbellon, ce sont des gaullistes comme moi je suis une grenouille.

– Je n'ai pas parlé de gaullistes, révérend, j'ai parlé de terroristes...

Nous attendions une suite mais Fasbellon fixait le prêtre de son regard froid, apathique, c'est ça, un regard muet, si on peut dire, un regard qui avait tout son temps, qui n'avait nulle envie de brûler les étapes. Et quand il a parlé à la fin, il n'a pas dit : « Monsieur Portes », il a dit : « Révérend ». Nuance.

– Je prévoyais votre objection, révérend... enfin, si on peut appeler ça une objection ! Mais je suis beau joueur. Écoutez. Ces cartes anciennes... et si c'était une tactique, justement, une ruse de guerre des terroristes ? Je vais vous faire une confidence. Une fois, votre cantonnier, nous parlions de Napoléon. Il m'a tenu des raisonnements abracadabrants.

– Abracadabrants ? Ça vous étonne ? a dit Cheillan.

Le notaire a demandé durement à Cheillan, son ami pourtant, de ne pas l'interrompre. Il en avait assez de ces gens qui tournent tout en dérision. Il a poursuivi :

– Des choses abracadabrantes, oui, comme d'habitude si vous voulez, mais troublantes. Voilà. Nous parlions de Napoléon et d'Hitler, vous voyez, la Russie, Smolensk, Moscou... C'était quand ? Il y a un an. Il m'a demandé si je savais pourquoi l'Empereur était entré aussi facilement en Russie, la Moskova, enfin, Borodino pour les Russes... comme dans du beurre, pourquoi ?

– La belle affaire, dit le curé Portes, les soldats de la Grande Armée, Fasbellon, ils n'étaient pas en peau de lapin.

Le notaire a bousculé le prêtre, sans égard. Il régnait ce matin-là au Jus de la Treille une tension rare. Une peur. On l'aurait touchée du doigt. Fasbellon était à cran. Il a repris l'abbé :

– De grâce, révérend. Puis-je placer un mot, pour une fois ? Donc, qu'est-ce qu'il m'a dit, le cantonnier, ce jour-là, il y a plus d'un an, je le redis, et je me souviens de chacun de ses mots. Il m'a dit que Bernadotte était l'ambassadeur de Napoléon à Saint-Pétersbourg, Bernadotte ou un autre, Lauriston peut-être.

– Bernadotte ou Lauriston ? dit M. Judrin avec sa malice ordinaire. Je croyais que vous vous souveniez de chacun de ses mots.

– C'est sans importance. On va dire Lauriston. Eh bien, Lauriston reçoit l'ordre, bien avant 1812, ce qui confirme au passage que la campagne de Russie était un vieux projet de l'Empereur, oui, c'est bien Lauriston, je me souviens, il reçoit l'ordre de faire une razzia, dans les bibliothèques de Saint-Pétersbourg, de toutes les cartes disponibles de la Russie. Mais attention : pas les cartes récentes. Non. Les cartes anciennes. Toutes les mappemondes anciennes. Voilà le travail : des cartes du XVIe siècle, du XVIIe siècle, je ne sais pas, de la Renaissance, enfin, des cartes qui ne correspondaient pas du tout à la Russie de l'année 1812. Des cartes périmées. Et Lauriston achemine toutes ces cartes sur Paris. D'accord ?

– D'accord, a dit Cheillan, mais quoi ?

– Quoi ? Mais voyons : les soldats russes, eux, avaient des cartes du jour. C'est ça, le truc !

– Vous voulez en venir où, Fasbellon ?

– Tout simplement à ça. D'après le cantonnier, c'est ainsi que les Français ont pu se faufiler jusqu'à Moscou sans que les Russes les aperçoivent. Les deux armées ont glissé l'une sur l'autre, sans se voir, sans se frotter, sans se heurter, parce que chacune des deux armées avait sa propre carte. Vous comprenez, monsieur Portes ? Les Français suivaient des routes disparues. Les cosaques ne les connaissaient même pas, ces routes. Comment auraient-ils pu monter des embuscades sur des routes qui n'étaient pas là ? Les Français bivouaquaient dans des villages qui n'existaient plus depuis le temps de la Grande Catherine. Comment les Russes les auraient trouvés ? Comment ils les auraient attaqués puisque les Français cheminaient dans une autre carte ? Vous suivez ? Il faut vous faire un dessin ? Et le Petit Caporal est entré dans Moscou. CQFD, comme on dit.

– Sottises, dit le curé Portes.

– Bien sûr, sottises. Mais certaines sottises ne sont pas bêtes, rappelez-vous ! Vous savez ce que je lui ai dit, au cantonnier ? J'ai dit : « Ils ne manœuvraient pas dans la même géographie. » J'ai dit cela pour me moquer, comprenez-vous, mais...

– Mais ?

– Au moment même où j'ai dit ça, je me suis également dit que je ne me moquais pas du tout. En réalité, j'étais tout à fait sérieux, ça vous en bouche un coin, Cheillan ?

– Deux coins, dit l'aubergiste, mais vous savez bien Fasbellon : il dit toujours n'importe quoi, le Julien ! c'est du menteur et compagnie.

Fasbellon fit une pause. Toute notre compagnie attendait. Puis le notaire a prononcé lentement une phrase à laquelle, pendant des années et des années, on fit référence. Il a baissé le nez. Plus tard, M. Judrin dira : « Il avait honte. » Et c'est vrai que Me Fasbellon, si dominateur et tellement insolent toujours, ce jour-là, il butait sur ses mots.

– Mon cher Cheillan et mon cher professeur Judrin, a-t-il réussi à dire, je vais vous avouer une bonne chose. Mon cher monsieur Portes aussi. Mon cher monsieur vieux Thomas. Vous savez que je ne porte pas votre cantonnier dans mon cœur, je ne l'ai jamais caché, je ne vais pas changer d'avis, mais j'ai bien observé le bonhomme. Et je me suis fait ma religion. Et ma religion, révérend, je vais vous dire : j'ai la conviction que cet homme-là ne ment jamais. Je dis bien : « jamais ». Je dirais plus : il ne peut pas mentir. Il le voudrait, il ne saurait pas mentir.

Il savoura son coup de théâtre. Toute la compagnie était assommée. Il n'y eut même pas de brouhaha. Quelques respirations à peine. Une foudre était tombée sur la terrasse du Jus de la Treille. Je croyais voir toutes nos cervelles à la recherche d'une réponse, d'une objection. Le curé se lança :

– Maître Fasbellon, je vous suis mal. Vous venez de nous le redire à l'instant. Tous ces chemins, tous ces sentiers qu'il ouvre prétendument de tous les côtés, c'est une blague. Il y a dix minutes, vous nous l'avez encore dit. Vous avez dit : c'est du mensonge, tous ces chemins, des fariboles... Alors, Fasbellon, répondez donc ? C'est important, non ?

– Et je réponds, révérend, et je ne baisse pas la garde, révérend. Ce n'est pas mon genre, de me contredire, vous le savez. Alors ? Alors, je reconnais humblement que tous ces chemins, j'ai longtemps pensé que c'était du bobard et je vais vous dire plus : bien entendu, c'est du bobard. Du bobard ! Bobard sur bobard !

– Vous y venez.

– J'y viens. Mais, voulez-vous que je vous dise ? Retirez-les de Champtercier, tous ces chemins, et il restera quoi, de Champtercier et de la haute plaine ? Moi, je vais vous le dire. Retirez tous les chemins qu'il a ouverts, le cantonnier, et il restera quoi ? Rappelez-vous, révérend ! Il restera quoi ? Il restera rien.

Nous n'étions pas fiers. Nous ne savions plus que faire. Nous étions foutus. Le ciel nous tombait sur la tête. Mlle Terembron fit une charge ou deux :

– Monsieur Fasbellon, si je vous comprends, il ne serait plus une canaille, le Julien ? Il ne serait pas un intrus ? Il ne serait pas ce paltoquet, ce guignol, ce voyou que vous avez tout fait pour démolir ?

Le notaire fixa l'institutrice de ses yeux morts. Bien loin de battre en retraite, il lâcha une nouvelle salve, plus violente encore que la première. Il quitta la table du Jus de la Treille. Il se dressa sur la pointe de ses bottines, pour gagner un peu de taille. Tendu comme un arc, le Fasbellon, et il détachait ses mots :

– Mademoiselle Terembron, dit-il, votre Julien, vous savez que les terroristes, moi ! Eh bien, est-ce que ça va m'empêcher d'admirer le bonhomme ?

– Admirer ! Vous admirez qui ? hurla Mlle Terembron.

– J'admire le cantonnier.

Il se recula et il répéta :

– Mademoiselle Terembron, j'admire Julien. J'ai envie de dire que je n'ai jamais admiré quiconque à ce point. Mon Dieu. Admiré ? Mon Dieu, j'aimerais que la langue française nous propose un autre mot mais, en attendant que le Larousse nous sorte une édition plus complète, je suis bien obligé d'employer les mots qui figurent dans le dictionnaire. Je l'admire !

L'été fut chaud, un été de soleil et de champs de blé. L'eau de la source, en dessous du bosquet d'en bas, était glacée. Le cantonnier ne travaillait plus beaucoup. Fasbellon ne désarmait pas. Il soupçonnait que le cantonnier avait préparé son coup depuis longtemps, depuis avant la guerre, pour rendre naturelles ses rencontres avec les terroristes des Robines. Mais les Allemands veillaient au grain. Les soldats allemands n'étaient pas des imbéciles. Un de ces jours, on ramènerait le cantonnier au village avec une balle de Mauser en pleine tête car Radio Paris avait annoncé une offensive générale contre les assassins de femmes et d'enfants.

27

LA Noël 1943 ne commença pas bien. Le tilbury de M. Judrin ne vint pas nous chercher à Digne car la route était une patinoire et Chaussegras avait peur de casser les pattes de Coquet. Le professeur eut recours au fils du gendarme Quelian qui faisait l'ambulance à Digne. Nous trouvions divertissant de faire le trajet de la Sèbe à Champtercier dans une ambulance. À l'heure dite, à huit heures exactement, le fils Quelian a garé son gros véhicule devant notre maison, à hauteur des premières arcades, en contrebas de la gare du PLM, et il a corné.

Ces arcades bordent la route de Marseille jusqu'au cimetière des Sieyes, sur deux kilomètres au moins. Elles sont aveugles puisqu'elles sont adossées à la montagne de Saint-Véran. Par l'effet de la perspective, elles apparaissent de plus en plus petites à mesure de leur éloignement, comme dans un dessin d'architecte, surtout en hiver et quand le ciel est bleu.

Elles avaient joué un rôle dans mon enfance. L'année du décès de notre grand-mère, en 1930, nous avions passé l'hiver et le printemps à Digne, comme je l'ai dit. La grand-mère était dans sa chambre au deuxième. Je ne me souviens pas de l'avoir vue. Après sa mort, je l'ai mieux connue car elle figure sur une immense photo, dans le salon-salle à manger de Champtercier, au-dessus de l'harmonium. Elle était petite, surtout que le photographe du studio Garcin l'avait placée près de son époux, le professeur Judrin, qui n'était pas encore voûté. On voit qu'elle avait de très petits pieds, croisés l'un sur l'autre, comme à l'école.

Cet hiver de la mort de notre grand-mère, j'allais en classe enfantine au Sacré-Cœur, de l'autre côté de la ville, au bout de la rue de la Préfecture et juste avant le torrent des Eaux-Chaudes. J'apprenais mes lettres. Il me semble que j'avais cinq ans. Une femme de ménage me menait. Elle s'appelait Pauline. Je me cachais derrière les arcades. Je n'avais rien contre la pauvre Pauline mais j'avais pris les études en aversion car je portais une salopette jaune et les filles me comparaient à un poussin. Je filais d'arcade en arcade. Pauline me pourchassait. Je courais plus vite qu'elle. Elle était vieille et boiteuse. Elle sautillait comme un ressort.

Je me moquais de Pauline. Je lui expliquais que, si je voulais, je partirais comme une flèche. En moins de deux minutes, je serais minuscule, comme les dernières arcades, tellement minuscule qu'elle serait obligée d'utiliser des jumelles pour me retrouver. Plus tard, j'ai repensé à Pauline chaque fois que je voyais parrain Élie promener sa grosse loupe au-dessus des cartes de géographie que Julien dépliait sur son bureau. Il avait dû acheter cette loupe au bazar Daumas, dont le fils aîné faisait le chanteur à l'Opéra de Paris, pas mal pour un Dignois !

Le fils Quelian était aussi affable que son père. Il aurait pu faire gendarme mais c'était un gros ambitieux. Après avoir passé son brevet grâce au dévouement de Mlle Terembron, il était parti à Digne, un peu comme Rastignac. Il avait acheté un fiacre. Il promenait les estivants entre le kiosque à musique du pré de foire, sur lequel le maire, le Dr Romieux, avait accroché une pancarte ainsi rédigée : « Petits enfants, n'abîmez pas les fleurs », et la cathédrale Notre-Dame-du-Bourg. Il faisait visiter la crypte qui contenait trois momies. Je n'ai jamais rien vu de plus moche : des bouts de cuir noir embrouillés les uns dans les autres et quelques ossements, des clavicules, deux ou trois fémurs. Au premier coup d'œil, on voit que ces malheureux étaient des Bas-Alpins. La théorie des caractères innés n'est pas bête. Les savants pensent que ces momies avaient été jadis des hérétiques suppliciés par les colonnes infernales d'un roi. Après la Deuxième Guerre mondiale, la municipalité a eu la bonne idée de les nettoyer. Elles ont rajeuni de cent ans.

Dans les années 1930, notre ville était prospère. Les rues étaient pleines de femmes vêtues de mousselines et de satins. Ces belles personnes bruissaient. Elles portaient des grands chapeaux et des fourrures, du renard argenté si possible, et elles achetaient des quantités de poudre de riz dans la boutique Coryse Salomé, boulevard Victor-Hugo. Digne, qui était passée bêtement à côté de la Belle Époque, avant la Première Guerre mondiale, rattrapait le temps perdu. Elle abordait sa « belle époque » avec vingt ans de retard et une guerre mondiale en plus, mais elle le faisait avec énergie, avec faste.

Dans les autres villes de la Provence, à Manosque, à Sisteron et surtout à Marseille et à Nice, on en était déjà aux Années folles, mais nous autres, gens de la montagne, nous aimons les lenteurs. Malheureusement, à peine avions-nous entamé notre Belle Époque que les Temps modernes nous sont tombés dessus. Il y a eu l'entourloupette des emprunts russes, la crise des planteurs de coton de l'Alabama et le Jeudi noir de New York. Le fils Quelian a échangé son fiacre contre un taxi-ambulance. Il regrettait les chevaux. Il disait qu'il donnerait mille odeurs d'essence pour l'odeur d'un seul crottin. Il était mécontent que les automobiles aient pris la place des fiacres. En plus, en 1940, il a dû faire comme tout le monde et équiper son ambulance d'un gazogène et c'était le bouquet.

Dans la nuit, une neige minuscule était tombée sur les hauteurs qui dominent Digne. Elle blanchissait un peu le pic de Couard, le Cheval-Blanc et le Cousson et même le rocher de Neuf-Heures et la colline de Saint-Vincent, au-dessus de la Sainte-Enfance, et Saint-Pancrace, mais la vallée de la Bléone, c'est-à-dire la route de Marseille, entre Digne et la gare de Champtercier, était nue. Pas un flocon. Notre ambulance est passée devant le cimetière des Sieyes, qui était le nôtre, celui de notre grand-mère en particulier, et je me suis interrogé si parrain Élie aurait droit à une place dans la concession de la famille Judrin. Je me suis dit : « Sûrement. » On n'allait pas l'abandonner au plus mauvais moment. Nous roulions dans les campagnes du dernier été, avec le froid en plus, et les forêts dévastées. Les collines brillaient bien. Les arbres noirs étaient incrustés dans le ciel. La grande route de Marseille était belle surnaturellement.

Passé la gare, nous avons attaqué la montée vers Champtercier. À chaque virage, le fils Quelian klaxonnait trente fois et il allait au pas, surtout dans ce tournant où une jeune fille était morte dans les années vingt après avoir volé par-dessus le guidon de sa bécane. Il faisait le signe de la croix et une prière. Il n'avait pas connu cette jeune fille et il était mécréant. Il ne croyait pas au bon Dieu. Il croyait au soleil seulement. C'est pourquoi il ne se rappelait pas bien le « Notre Père qui êtes aux cieux, que votre nom soit sanctifié, que votre volonté soit faite sur la terre comme au ciel, donnez-nous aujourd'hui ».

Au château, M. Judrin nous attendait. La chère tante Catherine a tiré des notes de l'harmonium. Pas beaucoup. Une centaine. Depuis que Julien avait accordé l'instrument, elle se méfiait de son oreille. Comme elle était d'une gaieté folle, elle disait : « Je tiens mon oreille à l'œil. »

Nous avons embrassé ce qui survivait de la famille : les oncles Ernest et Jéricho, retour de leurs stalags, alors qu'Absalon, Gaston et Simon habitaient en zone occupée ou dans l'Empire français. Les tantes, les cousins et les cousines se raréfiaient à cause de la guerre car beaucoup de ponts étaient cassés. Pour combler les vides, le professeur avait convié quelques familiers : la vieille Gertrude, revenue pour deux jours de La Côte-Saint-André avec sa vaste robe à fleurs, celle de l'urine, le fermier Chaussegras, sa femme et son chapeau melon de feutre marron, Me Fasbellon et le curé Portes, sans oublier Julien et Vieux Thomas, et, un peu en retrait, dans la porte de la cuisine, Paulo.

Aujourd'hui, tout ce monde a déguerpi, à la réserve de Fasbellon qui est tellement vieux, lui qui avait été si jeune, de Julien qui est vivant ou mort, comme aussi du curé Portes qui a résisté jusqu'aux années soixante, presque centenaire, dans son jardin et dans ses odeurs d'automne. Mais le cantonnier, je ne lèverai pas le petit doigt pour le rechercher. Ce n'est pas que je sois insensible, au contraire ! Je serais presque trop sensible. Je préfère ne rien savoir de Julien, et s'il est mort et s'il est sur la terre. À supposer qu'il ait été tué, comme le pronostiquait Fasbellon, dans les échauffourées du maquis, je m'ingénie à ne pas l'apprendre. Je ne pose la question à personne. Je suis fermé à clef.

De toute façon, c'est Julien qui m'a filé le truc. Il ferait beau voir qu'aujourd'hui, vivant ou mort, il me fasse reproche de ma désinvolture. Ce n'est pas de la désinvolture. Ou alors, la désinvolture, c'est l'autre nom de la terreur. N'avait-il pas agi de même façon, Julien, avec Léonie Cranchard, pendant des semaines et des mois, après qu'elle avait été enterrée ? Ne l'avait-il pas maintenue en marche, la vieille demoiselle, pendant toute la belle saison, comme on fait bouger une marionnette au Guignol, sous le prétexte idiot qu'il est moins cruel de mourir en hiver que dans la splendeur des printemps ou des étés ? Je fais le même choix que lui. Je trouve qu'il vaut mieux être lâche que triste. Je ne suis pas comme Musset, avec son saule au cimetière. Le jour où je mourrai, ce serait bien qu'on ne plante pas un saule au cimetière des Sieyes, surtout que la terre des Sieyes, qui est extrêmement sèche, ne convient pas du tout aux saules pleureurs, et qu'on n'aille pas commander des faire-part chez Vial, sous la cathédrale, en face de la crèmerie Juvet. Mes amis penseront à moi comme si je vivais, ça leur fera plaisir. Peut-être, ils auront des doutes. Ils feront comme je fais avec Julien. Ils diront : « Mon Dieu, est-ce qu'il est mort ou non, celui-là ? » C'est mieux que rien.

Le premier jour, nous n'étions pas à prendre avec des pincettes car il n'y avait pas de neige. Les parents nous ont réconfortés. Ils ont dit que le ciel était plein de neige. Ils nous ont montré les nuages. Ils y voyaient ces vert-de-gris et ces orpiments, ces blancs de coquille, ces sulfures, ces cinabres et ces jaunes de rotin que Newton lui-même n'a pas réussi à déceler dans le spectre de la lumière, et qui promettent la neige. Nous les laissions dire. Les parents disent beaucoup de sottises. Nous avons néanmoins appliqué le « principe de précaution », comme on dit aujourd'hui depuis que les lapins ont eu la myxomatose, avec leurs gros yeux horribles. La nuit, nous avons chaussé nos pantoufles. Avec une espérance de neige, nous nous sommes portés vers les fenêtres, à pas de peluche, à pas de Chaperons Rouges et d'écureuils, et même à pas de bois dormant, un doigt sur les lèvres, comme nous le ferions quelques jours plus tard quand nous irions relever les cadeaux devant la cheminée prussienne, et il n'y avait pas de neige.

M. Judrin était vaillant. Il avait surmonté ses malaises de l'automne. Autant dire que, tout au long de l'hiver, nous avions brûlé des cierges pour le roi de Prusse dans notre église de Sainte-Thérèse, à Digne, ou plus exactement à la Sèbe, mais la tante Catherine nous a consolés. Elle était très dévote, bien que son langage fût cru et même horrible ! Je ne sais pas comment elle se débrouillait pour être à la fois si pieuse et si grossière. Chapeau !

Elle était friande de miracles, de prières, d'anges, de Vierges Marie, de saints, de chérubins et de ces belles gravures translucides de première communion qu'on glisse dans les missels mais ça ne l'empêchait pas de prononcer des mots dégoûtants comme « cul » et comme « pet » ! Ensuite elle riait, elle se signait, elle disait : « Dieu soit loué ! » Et hop ! Pour la religion, je suis comme elle. Je trouve qu'il n'est pas très compliqué de croire. C'est un tour de main à prendre. Mes collègues enseignants, qui sont communistes ou pour le moins radicaux-socialistes, me disent que c'est reculer pour mieux sauter. Et alors ? De toute façon, on saute !

Ce premier matin des vacances de Noël, la tante Catherine défendait l'idée que le grand-père avait été sauvé de la mort par nos cierges. D'ailleurs, elle avait recommandé à M. Lhuillier et à M. Portes de garder toujours dans leur sacristie un stock de cierges, déjà tout bénits, car la bénédiction se conserve facilement deux ou trois ans, pour le cas d'une rechute de M. Judrin, et si le mal récidive, il faut agir à toute allure, dégainer le premier, allumer tout de suite les contre-feux, les cierges. On doit bloquer la maladie à sa racine et l'assommer d'un seul coup, comme l'avait dit le vicaire Lhuillier qui s'était étourdiment laissé envahir par le bacille de Koch et il était toujours dans ses sanatoriums. Mais, pour l'heure, il n'y avait pas de danger. Tout au long de l'automne, M. Judrin avait assisté aux messes de M. Portes sauf en décembre à cause du froid mais Horace y était allé à sa place et ça s'était très bien passé.

Le professeur était changé. Sa tête avait minci, le nez, surtout, étroit et aiguisé mais très pur, une tête en ivoire. Il avait du mal à marcher. Quand il ne se surveillait pas, ses mains tremblaient. Il nous avait fait tellement rire, quand nous étions petits, et à présent ses mains tremblaient. Il était là, peigné comme une image, comme un ancien premier communiant, ses petits cheveux brillants, blancs, il souriait, il se taisait, il souriait. Il n'avait pas l'air malheureux. C'est ça qui me faisait de la peine. Qu'il n'ait pas l'air malheureux. De temps en temps, il sortait de ses distractions. Principalement quand l'un de nous disait :

« C'est formidable. » Il se secouait. Il s'ébrouait. Il tempêtait.

– Formidable... Vous savez ce que ça veut dire, « formidable » ? Ça veut dire : qui sème la crainte, l'épouvante ! Ça vient du latin... du mot latin... d'un mot latin...

Vous croyez que nous nous retenions de dire « formidable » ? Au contraire. Nous disions « formidable » rien que pour lui faire plaisir.

Julien n'occupait plus sa cabane dans les vignes de Chaussegras. M. Judrin lui avait réservé une des pièces du château, au premier. Julien s'était transporté avec ses cartes du cardinal La Balue, son Victor Hugo, ses deux Zola, son Barbusse et ses *Croix de bois*, son *Histoire de France* de Jules Michelet, ses dictionnaires et sa grammaire latine, tout son barda, dans une chambre vide, au-dessus de la dépense. Il avait passé une couche de chaux sur les murs et il avait juste un étage à monter pour voir parrain Élie. Depuis sa chambre, on pouvait entendre les remuements de l'âne Chagrin dans la grande remise. Tout le monde y trouvait son compte.

Il n'était pas souvent là. Quand j'arrivais à le coincer, entre deux fugues, je lui posais des questions sur le maquis. Il faisait l'imbécile. Je ne me formalisais pas. J'étais content qu'il mente : cela confirmait qu'il était tenu par le secret et je l'admirais à mon aise. Il devait être très important dans les armées secrètes car il n'allait pas souvent au combat dans les Robines. À part Napoléon, les généraux ne vont pas au feu. Ce n'est pas qu'ils aient peur de recevoir un mauvais coup. Ce sont des lions. Mais ils savent qu'une armée sans chef est une armée foutue.

28

JULIEN a dressé la crèche sur le pétrin. Il était nul en crèches. Le petit Jésus, ça allait. Encore heureux, c'est la moindre des choses. Bethléem, le bœuf Chagrin et l'âne Chagrin, la Vierge Marie, il était au courant. Il nous a appris que Bethléem veut dire « la maison du pain ». Et le Golgotha, c'est la montagne du Crâne. Il savait tout. Mais, dans les santons, il pataugeait. Le tambourinaire ou le rémouleur, la Babette, le Barnabé, pour lui, c'était de l'hébreu. Il s'en est bien sorti. Il a dit : « Mais ce sont des Hébreux, justement. » Il était intrigué par le *ravi*. Il n'avait jamais entendu ce mot. Voilà ce que c'est de naître ailleurs qu'en Provence. Après, on est ennuyé.

Il a sorti le *ravi* de son papier de soie. Quand il l'a vu, avec ses deux bras écartés, il l'a contemplé plusieurs minutes, la bouche bée. Il s'est mis à ressembler à un idiot de village et, comme notre dispute de l'autre année était oubliée depuis belle lurette, je n'ai pas craint de le mettre en boîte. J'ai dit : « Voilà pourquoi tu en as jamais vu, de ravi. C'est pas ta faute, Julien. Personne peut se voir soi-même. Ça te fait des économies : tu as qu'à te mettre dans ta crèche et ça fera un santon de plus ! » Quelle rigolade !

Nous avions tort de le chahuter. C'est vrai qu'en santons de Provence, il n'était pas au point, mais une crèche de cette splendeur, nous n'en verrons jamais plus. On va encore dire que je suis de parti pris quand il s'agit de Julien mais est-ce ma faute ? Nous l'avons tant aimé ! Est-ce notre faute à la fin ? Il n'a qu'à s'en prendre à lui-même ! C'est lui qui a commencé, quand même. Il ne faut pas exagérer. Nous n'y sommes pour rien, nous.

Les sœurs Magnan lui avaient vendu des grandes feuilles de papier d'emballage, très rude, gris et brun, et, pour faire les prairies Mlle Terembron lui a donné un immense buvard vert de l'école. Il a réussi des prodiges. Pas des contes de fées ou des illusions ou des rêveries ! Non. Je dis bien des prodiges, c'est-à-dire du solide, du réel, du caillou, du calcaire et du grès. Imaginer un dragon ou une sirène ou une fée, c'est à la portée du premier crétin, mais allez fabriquer les vrais prodiges, allez fabriquer une montagne, une vraie, surtout une grande montagne, avec des vertiges et des cailloux, une Robines par exemple, vous m'en direz des nouvelles !

Donc, Julien n'a pas voulu coller sur l'étable ces boules de verre ou ces guirlandes dont nous offusquions nos crèches d'Oran et de Digne. Sa conviction était que l'aventure de Jésus était vraie, aussi vraie qu'un torrent, qu'une fourchette ou qu'un ours blanc, avait-il dit d'une voix énergique, et qu'à Bethléem, il n'y avait ni dentelles, ni falbalas, ni comètes à queues d'étoiles et ni feux d'artifice. Il y avait du froid, du vent froid, et des riches qui fermaient leurs portes. Peut-être Jésus-Christ était-il le fils de Dieu en plus, mais ça, Julien n'en savait rien du tout, et il s'en fichait.

Il froissait les papiers des sœurs Magnan. Il les disposait

sur des piles de Jules Verne et d'*Illustration* – nous lui avions soustrait à temps nos *Nick Carter*. Sous ses doigts, on voyait s'élever des collines, des montagnes, pas du tout celles qui composent la haute plaine de Champtercier. Des collines de Judée. Il était très fort en Judée. Un seul coup d'œil sur son ouvrage et on comprenait que, dans une terre aussi ancienne et austère, le rémouleur et le marchand de poissons parlaient araméen. Et pas un mot de français. Seule exception : le *ravi*. Celui-là ne parlait pas du tout. Celui-là était un silence. Un béat. Et quand bien même il eût parlé ? Avec sa binette d'ahuri, je ne le voyais pas maîtriser des dialectes aussi savants que l'araméen ou l'hébreu. Avec le latin, déjà, il devait avoir du mal, le *ravi*.

Julien a expliqué pourquoi il n'avait pas fait un décor à la ressemblance de notre haute plaine. Le paysage de Champtercier est trop heureux, trop élégant, trop près du paradis pour abriter une catastrophe genre Golgotha parce que, selon Julien, la joie de Bethléem, la crèche donc, contient déjà *tout* le chagrin du Golgotha. Il estimait que les temps rabâchent, depuis le temps, et que l'Histoire, ce sont des flopées d'histoires identiques qui copient les unes sur les autres, comme on fait en compo de latin, aucune imagination, un interminable écho et, la preuve, c'est que Jésus-Christ, c'est rien que le prophète Élie. Il disait que Jésus est emboîté dans Élie et que, si on dévisse Élie, on trouve dedans Jésus-Christ, comme dans les poupées russes. Il a même ajouté : « Et si on dévisse Jésus-Christ, on trouve quoi ? »

Ce que Julien édifiait, c'était de la haute et dure et noire montagne, de la montagne suppliciée, avec de la mort, des cailloux et de l'éternité. À un moment, il a même dit, et ça a mis des puces à toutes nos oreilles : « La Judée, c'est que des robines. » Il s'est expliqué : le paysage où va le Christ, c'est une immense robine, avec des pics, des tanières pleines de cochons et de putois, des rochers cariés, de la suie, des griffes, des ciels d'abîmes et des géhennes, des anfractuosités, des coulées de schiste à couper le souffle au Saint-Esprit en personne, qui en a pourtant, du souffle, celui-là, des vents venus des très grands larges, des gorges à perdre son ombre et des plaines où vont les inconsolés.

La prouesse, c'est que toutes ces montagnes, tous ces torrents, toutes ces perspectives faisaient une immensité et pourtant, ça tenait sur une table, allez chercher, un peu comme parfois, quand on sait s'y prendre, le pic d'Oise, Campanelle, un papillon, un vieux moulin et un troupeau de chèvres tiennent tous ensemble dans une même goutte de rosée de l'Iscle-des-Abbés, les matins de mai.

Ce Julien était un démon, voyez-vous. Gentil mais un démon. Il était chiche de vous faire crever d'effroi, de vertige, en ménageant entre deux rochers, entre deux plis du papier gris des sœurs Magnan, une solitude de vingt centimètres de large, un comprimé de désert, resserré de tous les côtés et cependant sans bord et sans frontières. Un infini, mais d'une variété très rare : un infini de Lilliput. Oui, un infini de Lilliput ! Et à vos plumes, tante Catherine et révérend Lhuillier et révérend Portes, et tante Marie, et tonton Jéricho et professeur Judrin ! Disposez-vous autour de la grande table à tréteaux, dans le bosquet d'en haut, par un après-midi de l'été 1930, par un après-midi de mon souvenir et de ma tristesse, pour faire vos devoirs de vacances, et à vos plumes ! Faites-moi vingt lignes là-dessus : « Commentez l'expression : un infini de Lilliput ! », et n'oubliez pas la question subsidiaire : « Est-ce qu'à Lilliput l'éternité dure moins longtemps que dans nos contrées ? » Je relèverai vos copies dans deux heures. Ça me consolera de la rédaction sur la mort du vieux peuplier qui est comme une écharde dans mon cœur, la fois où la tante Marie et parrain Élie s'étaient ligués pour faire remonter ma note de zéro à sept sur vingt avant la Deuxième Guerre mondiale. Comme le temps ne passe pas !

Julien se payait la fantaisie de ménager, au beau milieu de sa crèche si sombre, un ou deux cantons civilisés dans lesquels régnait le bonheur, grâce à une source de papier d'argent, une chute d'eau équipée d'un moulin, un étang de papier bleu, une prairie transparente comme un avril et l'entrée d'un souterrain pour le cas où une guerre de religion éclaterait entre les ravis et les tambourinaires – encore que les santons, dans l'opinion de Julien, s'aiment bien les uns les autres. Et de toute façon, si une bagarre devait éclater, Jésus ou Joseph feraient le coup de poing, et même le frère de Jésus, ce Jacques, dont le nom était considéré chez nous, chez les vrais catholiques du pape Pie XII, comme un gros mot alors que, s'il est le frère de Jésus, il ne l'a pas fait exprès, quand même. Mais le diable, est-ce que nous avions pensé au diable ? Est-ce qu'il n'était pas risqué de le bannir de la crèche, susceptible comme il l'était peut-être ?

Julien ne traînait pas. Au bout d'un jour, son paysage fut bouclé. Le lendemain, il a attaqué les finitions, les chemins, les routes, les ponts. Ah ! le bandit ! Ça lui reprenait ! Et nous qui avions cru que la page était tournée ! Il s'en est payé une tranche. Il a collé ses chemins partout ! Quand il a eu fini, il s'est rejeté en arrière. Il s'est rengorgé dans sa barbe. Dans sa barbe de Ribouldingue, en plus souple, en blond, en brillant. Il a fait un geste rond, une caresse.

Une chose nous chiffonnait. Nous regrettions que sa crèche dédaigne le paysage de Champtercier. Cette négligence nous chagrinait. La crèche, on la dispose toujours dans le pays qu'on habite. C'est comme ça. C'est la loi. La crèche, elle se fiche de la Judée, de Bethléem et de la Samarie ! Elle est une miniature du coin où on est soi-même né, la Bretagne pour un Breton, les Alpes pour un Dignois, le désert de l'Atacama pour un Chilien.

Or, il ne faut pas oublier que, dans notre famille, l'univers se réduisait à la haute plaine de Champtercier. Même la ville de Digne était exotique. De la voûte de la nuit, nous ne connaissions que les étoiles qui tournent au-dessus du clocher de Champtercier. Bien sûr, comme nous avions l'âme douce et le sens du devoir, nous consentions, si les nécessités professionnelles, les plans de carrière des parents, nous y contraignaient, à résider non pas à Champtercier mais à Ancenis, à Solliès-Pont, à La Côte-Saint-André, à Épinal ou même à Oran pour quelques saisons.

Seulement, c'était de la frime. Du trompe-l'œil. Nous faisons semblant d'être en Algérie ou en Bretagne ou en Savoie mais, en vrai, nous ne quittions jamais le pays essentiel, le pays de Champtercier, le nombril du monde et l'Éden, le pays de Canaan, et c'est pourquoi le petit Jésus, même en Algérie ou dans les Vosges, naissait toujours entre le pic d'Oise et le Siron.

Aujourd'hui encore et bien que j'aie pas mal vieilli, je maintiens que les meilleurs Jésus sont les Jésus domestiques. Les Jésus casaniers. Pas les Jésus de grand vent. Dans notre enfance, et même quand nous étions à Dellys ou à Oran, notre petit Jésus ne se formalisait pas de venir à la vie à Champtercier plutôt qu'à Bethléem. C'était aussi une façon d'étendre nos propriétés en multipliant les Champtercier : il y avait un pic d'Oise dans la crèche que nous faisions à Oran, un autre pic d'Oise à Solliès-Pont, un autre à Chambéry, un à Épinal et un à Ancenis etc., un pic d'Oise dans chaque crèche de la famille. Peu à peu, le pic d'Oise envahissait toute la France et une partie de l'Empire français. Je ne me suis pas gêné pour le dire à Julien.

Julien a pris mon regret au sérieux. Il a répondu que l'année prochaine, on verrait, si du moins il y avait une année prochaine, et j'ai dû faire une drôle de tête car il a imaginé que je pensais à M. Judrin et à parrain Élie et il s'est repris :

– Mais non. Je te promets que M. Judrin sera là l'été prochain. Et encore plus parrain Élie. Je ne pensais pas à eux du tout. Je pensais à ces Boches qui sont partout, à tous ces résistants.

J'ai bougé l'oreille. Il disait : « les résistants ». Il ne disait pas « les terroristes » comme Fasbellon. J'ai essayé de le pousser sur les résistants mais il ne m'en a pas laissé la chance, ce qui m'a confirmé qu'il devait être un chef. Peut-être avait-il pris pour nom de guerre celui que nous lui avions donné, des années plus tôt : « Moi, si j'étais moi. » Ça serait pas mal. Et en cas de capture par les SS, ça pouvait lui rendre service : qu'est-ce qu'ils comprendraient, les Schleus, à un maquis dont le commandant en chef s'appelait « Moi, si j'étais moi » ! En attendant, il était là, et il a dit :

– Parce que tu trouves que ma crèche, elle ne ressemble

pas à ce pays de Champtercier ? Alors, tu attends deux minutes, tu veux ?

Il a grimpé dans sa chambre. Il est revenu avec la carte, sa vieille carte de Colbert ou du cardinal La Balue, qu'il a déployée sur le sol. Avec son doigt, il passait de la mappemonde à la crèche. Il me montrait que les chemins étaient semblables dans sa crèche et sur ses cartes.

– Tu vois, vieux frère. C'est le même pays. C'est les mêmes chemins. Bien sûr, ce n'est pas exactement les mêmes, mais j'ai fait au plus près, non ?

Il a replié la carte. Il a fait très attention car elle était sèche et cassante. Il est sorti de la petite pièce. Avant de refermer la porte, il m'a fait un signe de la main.

– Je vais te dire, vieux frère. Parrain Élie, il les connaît bien les chemins de la carte. Avec la loupe, tu comprends, avec la loupe, je les lui ai tous montrés, tu vois. Alors, comme ça, il va être content, parrain Élie, quand il verra la crèche. Il ne sera pas dépaysé. Il ne se perdra plus, d'accord ?

Vous pensez si j'ai été désarçonné. J'ai regardé Julien. Il m'avait souvent inquiété, voyez-vous, mais ce jour-là, ce matin-là, j'étais transi. J'ai balbutié :

– Mais, Julien, qu'est-ce que tu chantes ? Comment tu veux qu'il se perde ou qu'il se perde pas, parrain Élie, dans ta crèche ? Il la verra jamais, ta crèche.

– Et pourquoi ça, vieux frère ? Il la verra jamais pourquoi ?

– Mais comprends, à la fin ! Ta crèche, Julien, il la verra même pas, parrain Élie. Il pourra jamais la voir. Il la verra pas. D'abord, il y voit presque pas et puis, c'est pas ça : elle est en bas, la crèche, et parrain Élie, il est en haut.

Il peut pas descendre. Il a pas de jambes, parrain Élie. Il est dans son fauteuil, il est dans son étage, parrain Élie, il pourra plus jamais changer d'étage, Julien...

Je n'ai pas terminé parce qu'on ne peut pas parler et sangloter à la fois. En tout cas, moi. De toute façon, si je croyais désarçonner Julien, je m'étais mis le doigt dans l'œil. C'est Julien qui désarçonnait les gens. Pas le contraire.

– Si on veut, a-t-il dit d'une voix placide, si on veut, tu as raison. Mais réfléchis, c'est pas pareil. Enfin. Si on veut, d'accord, c'est pareil, je suis d'accord avec toi, mais si on veut pas ? Ah ! Ah ! Tu es attrapé.

C'est plus tard seulement, bien plus tard, et après que tout s'est abîmé et que tout fut au silence que j'ai eu l'impression de comprendre ce qu'il avait essayé de me dire ce jour-là, et encore je n'en suis pas sûr du tout.

Surtout que le professeur Judrin est mort quelques jours plus tard, le deuxième jour de la nouvelle année 1944, le 2 janvier 1944, dans la lueur des cierges de la tante Catherine qui avaient raté leur coup puisqu'il était mort quand même malgré leurs lueurs. Pour cette fois, ils avaient fait long feu. Il y a eu les obsèques. Nous n'avons pas fait la rentrée de janvier au lycée de Digne. Dans ma détresse, j'ai eu une pensée. Quand nous étions petits, M. Judrin nous avait expliqué que la rentrée des classes, c'est comme l'étoile Polaire, c'est un point fixe autour duquel tournent les constellations. Ça ne bouge jamais. Même la guerre ou la révolution ne peuvent pas en changer la date. Il nous donnait l'exemple du 14 juillet et de la prise de la Bastille par les sans-culottes. Ça nous faisait bien rire. Eh bien, le grand-père Judrin s'était fourvoyé. En ce janvier triste de l'année 1944, il n'y eut pas de rentrée des classes pour nous et on ne pouvait pas être plus malheureux que moi.

Je repensais aux derniers étés de M. Judrin. Il s'intéressait aux fleurs car il ne lisait presque plus. Il ne tournait plus les pages du Gaffiot, même en été. Il n'y avait pas tellement de fleurs au Verger, des arbres plutôt. Il descendait à la ferme. Il passait des après-midi entières dans le jardin de Chaussegras, si on peut appeler ça un jardin. Plutôt des herbes de bonne femme, de la folle avoine, des zinnias et des géraniums. Je n'allais pas le voir. J'y serais allé, j'aurais vu quoi ? J'aurais vu le grand-père assis sur le petit mur, occupé à pousser du bout de sa bottine, un caillou, ou une feuille morte. De temps en temps, il lèverait la tête et il regarderait un point dans la vallée ou sur la montagne, sans le fixer vraiment, comme on fait quand on attend quelque chose et j'ai horreur de souffrir.

29

JULIEN s'en allait. Quand il revenait, il était noir de fatigue. La cruauté des Allemands augmentait à mesure de leurs malheurs. Ils reculaient en Pologne, à Leningrad, en Italie. Les SS étaient fous. Ils ont détruit le maquis du plateau des Glières. J'écoutais la radio de Londres dans la cuisine de Digne ou bien, quand nous étions au Verger, dans le grenier. J'aimais ce moment-là. Je baissais le son, bien qu'il ne traînât aucune oreille ennemie dans notre haute plaine sauf sans doute dans les Robines, mais le danger ajoutait à mon plaisir. Je réduisais tellement le volume du son que je n'entendais plus rien du tout. Alors, Londres était belle comme une magie, comme une morte, et la guerre était terrible.

Nous montions au château du Verger chaque samedi en passant par la montagne. La grosse maison était délaissée. Seule, et mourante déjà. Au printemps, l'odeur des jeunes pigeons était aigre. Les vieux pigeons roucoulaient. Ils disaient la même chose du matin au soir. Ils étaient ramollis. Il n'y avait presque plus de cousins ni d'oncles, et des tantes encore moins.

Fasbellon disait que le Débarquement aurait lieu dans

le ventre mou de l'Europe, dans les Balkans. Il faisait mine de nous rassurer, ce sale pétainiste. Il disait : « N'ayez pas peur : les Allemands écraseront les Américains qui sont des juifs et les juifs ne sont pas courageux ! » Je l'aurais pilé. Je lui volais dans les plumes : « Et Samson ? Et le roi David ? Vous le comptez pour du beurre, le roi David ? Et Salomon ? »

Les résistants étaient insaisissables. Ils pullulaient mais on n'en apercevait pas un seul car ils étaient rusés. Je regardais le Siron, la cloche de Barles, les Trois-Évêchés, la barre des Dourbes. Je regardais les soirs. Rien de nouveau. Le mois d'avril plaçait ses couleurs comme si de rien n'était, là où elles étaient l'année dernière. Tout respirait la paix, mais nous savions que ce paysage silencieux était un miroir aux alouettes et qu'un autre paysage s'étendait derrière lui, sous lui, avec canons, batailles, mutilés, torturés et morts. Et cris épouvantables. Les horizons s'empilaient les uns sur les autres. J'aurais voulu les désunir, comme on sépare deux feuilles de papier, car j'ai toujours aimé le petit grésillement que les horizons font quand on les décolle.

Je songeais à certains jeux de société dans lesquels on donne à voir les détails masqués d'une gravure, soit en recouvrant un de ses motifs par un cache – soit en faisant glisser sur elle un transparent qui camoufle les figures visibles et révèle au contraire des figures noyées.

Je parlais avec le cantonnier. J'avais l'impression de l'intéresser. Je payais d'audace. Un jour, je me suis lancé. Je lui ai dit que le « challenge » – il faut dire que j'étais assez bon en anglais grâce aux cours de Mlle Gordon, au lycée Gassendi, qui était de Grenoble, un peu irlandaise, et qui nous plaisait bien –, ce n'est pas de voir ce qu'on voit mais de voir ce qu'on ne voit pas. Après, je me suis mordu la langue car ça n'avait ni queue ni tête mais Julien était si intelligent qu'il comprenait tout. Il a eu ce gloussement de plaisir que j'aimais. Il m'a charrié. Il m'a donné une tape sur le crâne. Il a dit :

– Dis-moi, il y en a, là-dedans !

Il a abondé dans mon sens :

– C'est plutôt... non, moi, je dirais, c'est plutôt comme une encre sympathique. Tu vois ce que c'est, l'encre sympathique ? Tu écris un texte sur une feuille de papier. Seulement, au lieu de tremper ton porte-plume dans un encrier, tu le plonges dans du jus de citron et tu écris ce que tu veux avec ça. Si tu n'as pas de citron sous la main, tu peux prendre ton urine, ça marche.

J'ai demandé pour rire :

– Même l'urine de Gertrude Blanchet ?

– Surtout celle-là, je te dis que c'est une « encre sympathique ». Alors... Bon. Parlons sérieux. Eh bien, tu me croiras ou non : tes lettres et tes mots sont bien là, sur le papier, mais tu les vois pas. Tu peux pas les lire. Pour les voir, tu es obligé de chauffer le bout de papier à la flamme d'une bougie.

– Et si tu as pas de bougie sous la main ?

– Tu en achètes une chez les demoiselles Magnan.

Je riais sous ma cape. Je riais parce que je me faisais une bonne réflexion. Je me disais qu'il était pareil à cette encre-là, le vieux Julien. À coup sûr, depuis qu'il avait planté son bivouac chez nous, une quinzaine d'années plus tôt, et même vingt ans si on comptait les cinq ans où on l'avait perdu de vue, et peut-être même depuis plus longtemps encore, allez savoir, à coup sûr il écrivait quelque chose mais il ne trempait pas sa plume dans un encrier. Il la trempait dans un flacon de citron ou d'urine. Et quand on lisait ces encres-là, on n'y voyait que du bleu. Et ses sentiers et ses chemins, il devait les tracer à l'encre de citron ou à l'encre d'urine, aussi.

Ça collait avec cette manie qu'il avait de s'évanouir tout soudain, sans prévenir, comme il avait fait la première fois, cette fois de la fin de l'été où il avait surgi dans le chemin aux prunelles pour s'esbigner tout de suite, pour déserter, et sous les yeux de M. Judrin, placidement, comme ces prestidigitateurs qui font leur tour en pleine clarté pour humilier leur public. Et voilà qu'avec le maquis, il recommençait ses manigances.

Il ne nous disait pas qu'il allait se tailler. Et quand il rappliquait aussi, c'était sans préavis. Tout à fait comme la première fois. Il nous donnait mal à la tête : certains jours, on ne le trouvait plus et est-ce qu'il avait décampé ? Est-ce qu'il n'était pas toujours là, au milieu de nous, mais dessiné à l'encre sympathique, à l'encre de citron ou d'urine, quelque part sous notre lorgnon, blotti dans la chambre de parrain Élie, caché dans une clarté, appuyé à la fenêtre qui donnait sur le châtaignier et sur Campanelle, ou allongé sous les noisetiers du grand pré, son minable chapeau de castor de Nantucket rabattu sur les yeux, ou dans un de ces chemins qu'il avait ouverts ici et là pour la sauvagine ?

Le village était tout en rumeurs. Il y en avait un tas dans la boutique des sœurs Magnan. Comme disait Quelian père, Quelian fils aussi du reste, les sœurs Magnan tenaient boutique de ouï-dire. On puisait à pleines mains dans le sac aux ragots pendant qu'on feignait d'acheter un kilo de riz ou d'épeautre ou de rutabagas car, avec les restrictions, même pour les J 3, il n'était plus question de faire la petite bouche. On apprenait que douze résistants avaient été fusillés à Sisteron, ou que la femme d'un fermier ou la femme d'un ferblantier appréciait les Allemands, et qu'à Saint-Auban un groupe de Francs-Tireurs et Partisans avait fait sauter l'arsenal des Schleus. C'était vrai ? C'était pas vrai ? Voilà. Une guerre mondiale, je veux bien, mais écrite à l'encre sympathique ? À l'urine ou au citron ?

Julien haussait les épaules. Il reconnaissait qu'il se passait probablement des choses. La preuve, c'est qu'à Champtercier, comme dans tous les villages de la région, il y avait des gens qu'on ne voyait plus, mais peut-être qu'ils étaient morts de tuberculose ou de vieillesse. Même pendant les guerres, les gens meurent. Même pendant l'Apocalypse, il y aura des gens qui continueront à avoir la grippe ou à éternuer, les pauvres, déjà qu'il y aura l'Apocalypse, et même des broncho-pneumonies. En tout cas, s'il y avait des batailles dans la région, ce n'était pas des grosses batailles. Jamais les soirs de Champtercier n'avaient été plus purs, placides en vérité, c'est ce qu'il me disait et moi, je pensais : « Beau masque ! », et que M. Judrin avait bien vu.

Je n'allais pas le contredire. Ne venait-il pas de l'autre monde, du monde réel ? Du monde où il y a des guerres, des maquis, du bruit, des Allemands, des pelotons d'exécution ? Je me sentais détenteur d'un secret. J'avais à ma portée un de ces résistants prodigieux dont tout le monde parlait et que personne n'apercevait. Je pouvais le toucher. Je possédais une preuve de l'existence de cette guerre. Je pouvais parler à cette preuve. J'ai tenté de lui faire avouer qu'il résistait. Je faisais des allusions fines comme des mouches. Il parlait d'autre chose. Il m'exaspérait. Je le mettais en garde contre Me Fasbellon qui l'admirait peut-être mais qui ne l'aimait pas et le décrivait comme le chef du maquis des Basses-Alpes. Et comme Fasbellon avait ses entrées à la Kommandantur de Nice, n'y avait-il pas péril ? Julien souriait et j'étais le bec dans l'eau.

J'ai dit plus haut qu'il s'absentait et qu'il revenait. Ce ne sont pas les mots justes. J'ai de nouveau recours à des métaphores. Julien était toujours là mais il y avait des moments, des lumières, qui permettaient de le voir, et d'autres fois, il y avait d'autres lumières et on ne le voyait pas. Il y avait des moments où on voyait seulement son absence, si on peut dire. Il y avait des moments où il allait dans un arrière-pays. Mais l'arrière-pays et le pays, je voudrais bien savoir si ce n'est pas le même, certaines fois, même si j'aime mieux les arrière-pays.

J'ai envie de prendre un exemple puisé dans l'histoire religieuse. Je ne suis pas un dévot. J'ai un peu la foi mais pas trop. Je ne suis pas comme tante Catherine – comme était tante Catherine car elle est partie à son tour, dans les années 1950, la caressante et la grasse Catherine, et elle avait tellement maigri à la fin que j'ai envie de pleurer. Je ne passe pas ma vie « avec un rosaire dans les pinces », comme disait le poète Arthur Rimbaud à ce cochon de Verlaine. Certes, je vais de temps à autre à la messe. Il ne manquerait plus que ça, mais j'y vais comme le soleil se lève et se couche. On ne peut pas me soupçonner de bondieuseries ni d'exaltation.

Il n'empêche : un des épisodes qui me plaît, dans le Nouveau Testament, c'est cette période durant laquelle Jésus-Christ, après être ressuscité, se balade en Judée ou en Samarie. C'est un écrivain qui m'a mis la puce à l'oreille,

Julien Gracq, qui avait publié un très mauvais roman avant la Deuxième Guerre mondiale mais duquel je goûte les essais. Je ne vais pas jusqu'à les acheter. Je les prends à la bibliothèque municipale, rue du Colonel-Payan. C'est M. Judrin qui avait fondé cette bibliothèque de la rue du Colonel-Payan après la Première Guerre mondiale. Dans un de ces livres, ce Julien Gracq parle d'un moment très fugitif, quelques semaines seulement, entre la Résurrection et l'Ascension.

Le Christ a l'air d'un somnambule. On ne sait pas ce qu'il fabrique. Il marche comme on tâtonne. Comme au bord d'un toit. Par exemple, il aperçoit les pèlerins d'Emmaüs près d'un puits ou sur la route. Il leur dit bonjour. Ils répondent « Bonjour ». Il est tranquille comme Baptiste (ce n'est pas Gracq qui dit ça, je le dis pour m'amuser, à cause de saint Jean Baptiste, car, comme type tranquille, celui-là !).

Sa journée est faite. Il a bouclé son bagage. Il se promène. Je me dis qu'il n'a pas eu le temps, avec toutes ces occupations, toutes ces urgences, ces publicains et ces pharisiens et ces Romains, et le Sanhédrin, et la femme Hemorrois, et son frère Jacques qui est toujours de sortie, et sa mère, et son père, et surtout Marie-Madeleine, il n'a pas eu le temps de profiter de la douceur des choses et maintenant il va partir et il se fait une petite réserve de beauté, un peu comme ce garçon que Julien avait connu en Belgique après la Première Guerre mondiale et qui se gorgeait de toutes les couleurs car il était en train de devenir aveugle.

C'est ça, voyez-vous. Tout est réconcilié et tout est miséricorde, mais Jésus est triste, surtout que les soirs sont des bonheurs et comme des bonheurs. On dirait des lacs. C'est un peu comme si une dernière flaque de soleil illuminait les sources et elle va glisser et elle ne sera plus là. Oui, il croise ces habitants et ce que dit l'évangéliste Luc me plaît beaucoup. Il dit plus ou moins : « Jésus en personne fit route avec eux, mais leurs yeux étaient empêchés de le reconnaître. »

Voilà. C'est du Julien craché : le coup de l'encre sympathique. Jésus était illisible. Des femmes sont en train de puiser de l'eau dans un puits. Brusquement, il y a quelqu'un. Tout est vide. La campagne est une bénédiction. Personne ne l'a vu approcher et il est là. Il dit qu'il est là et qu'il va pleuvoir demain ou il dit que cette lueur qui passe sur les collines, il l'a vue une autre année. Il y a beaucoup de tendresse dans la campagne.

Qu'on ne me comprenne pas à tort. Je ne me moque pas du tout. Si je n'ai pas beaucoup de religion, je respecte Dieu, son fils et ses anges. Le sacrilège, ce n'est pas mon genre. Je vais un peu à la messe, surtout depuis que M. Judrin est mort, car je m'impose de prier à sa place, c'est la moindre des choses. Quand je n'y vais pas, ce n'est pas grave. Horace, dès que sonne le « second », entre dans l'église et va s'asseoir sur le banc et il attend l'*Ite missa est.* Mais, des fois, je me fais du souci car Horace est extrêmement âgé, mine de rien, et quand il sera mort, Horace, que deviendra-t-il, M. Judrin ? Pauvre grand-père ! Déjà qu'il est mort ! Pour l'instant, heureusement, Horace est d'attaque. Le banc de la famille Judrin est toujours occupé.

Donc, je ne vais pas raconter que Julien était un saint. Il allait à la messe seulement pour faire plaisir à la famille. Moins chrétien que Julien, et moins que moi tu meurs, comme disent mes élèves aujourd'hui ! Enfin, moi, je suis assez christique mais pas trop chrétien. Donc, je me sers seulement de cet Évangile de Luc pour dire de quelles couleurs étaient les collines et les prairies, pendant ces semaines de la fin de la guerre, quand le temps qui passe était en perdition. Tout ce que l'on voyait ressemblait au sommeil, à la paix, et le monde allait mourir et les saisons allaient mourir.

30

JULIEN avait laissé tomber son travail de cantonnier. Quand il revenait à Champtercier, il passait le plus clair de son temps au Verger. Il parlait un peu à l'oncle Jules et à la tante Marie qui avaient bien vieilli, et surtout il montait chez parrain Élie. Je le suivais. À mon habitude, je me recroquevillais entre la penderie et la malle-cabine sur laquelle étaient les étiquettes de l'Hôtel des Phares et Balises, à Saigon, ou de l'hôtel du Lagon d'Or à Dakar, toujours l'Empire français. Je n'aurais pas donné ma place pour un boulet de canon. J'étais plus silencieux que le silence. Julien tendait la loupe à parrain Élie. Il la lui installait dans la main en repliant ses phalanges les unes sur les autres. Parrain Élie se laissait faire mais il ne se servait pas de cette loupe. Il écoutait bien ce que disait Julien. Je me souviens. Je revois le nez si pur de parrain Élie, sa bouche un peu ouverte comme d'un idiot, et Julien qui parlait et il parlait de quoi ? Je vous le donne en mille. Il parlait de ses cartes.

J'ai déjà dit que Julien était un sacripant. Il brouillait toutes les pistes. Une fois, il disait que c'était épatant, les cartes, et que les géographes sont des dieux, des génies, et il aurait aimé être un cartographe, mais un autre jour ils ne valaient plus tripette, les mêmes géographes ! Des fripons. Des besogneux. Il ne fallait pas croire tout ce que les cartes disent, surtout les cartes anciennes parce que les rois et les nobles s'en servaient pour agrandir leurs apanages : ils truquaient les cartes. L'Histoire, ils la faisaient avec de la géographie, les rois. En trafiquant la géographie, ils faisaient avancer l'Histoire. Je n'aimais pas ces imbécillités car j'étais très bon en histoire, au lycée Gassendi, avec le professeur Lunet que nous appelions, je ne sais pas pourquoi, le Potozi, qui est le nom d'un volcan du Mexique. C'était même la seule matière dans laquelle je brillais. Alors, si Julien allait me la ratatiner, l'Histoire, il me resterait quoi ? Il faudrait que je me mette à la géographie mais je me perdais tout le temps, même avec une boussole, dès que j'entre dans une forêt, je me perds, vous parlez d'un géographe !

C'était bien de lui, ça ! Dans mon coin, plié en quatre derrière mes malles, je retenais ma respiration.

– Vous comprenez, disait Julien, ce sont des pauvres types, les cosmographes, comme on les appelait. Les cartes, c'est leur gagne-pain. Il leur faut des chemins et des montagnes, des mers, des ponts, des grottes, des éboulis, sinon ils crèvent la dalle. Alors, qu'est-ce qu'ils font ? Ils prennent la chaise de poste à Paris. Ils vont en Bretagne ou dans le Bourbonnais. Bien. Mais s'ils reviennent à Versailles bredouilles, ils ont l'air de quoi ? Et qu'est-ce qui leur arrive, aux géographes malchanceux ? Je vais vous le dire, parrain Élie : ils sont sur la paille ! Sur la paille !

Il faisait une pause.

– C'est comme ça que la France, par exemple, contient tellement de montagnes et de pics, tellement de torrents, de rivières, de villages. Plus qu'aucun autre pays dans le monde.

Elle est bourrée de géographie, la France, elle est pleine comme un œuf. Regardez, parrain Élie, rien que si vous allez à Digne par la montagne, huit kilomètres au pire, vous devez franchir quatre ou cinq sommets, suivre vingt vallées, trente combes, dix torrents, vingt talwegs, de quoi faire une province tout entière. Ah, il faut reconnaître qu'ils n'ont pas ménagé leurs efforts, les géographes. Et les frontières ! Ils en ont collé partout, c'est même pour ça, toutes ces guerres... quand il y a une frontière, il faut bien en faire quelque chose...

Parrain Élie écoutait religieusement. Désespérément. Je vois ses longues mains sèches, crispées sur le manche de la loupe, presque violettes. Il riait afin de camoufler son malaise. Ce jour-là, il s'était renversé en arrière pour rire à l'aise et il a été secoué d'une toux carabinée car il était âgé mais il a fait signe à Julien de continuer. Il s'est envoyé dans la gorge deux pastilles Valda, il a défait un bouton de son gilet, et Julien a allumé une feuille de papier d'Arménie. Cette odeur ! Est-ce que je ne pourrais pas l'oublier, celle-là, une fois pour toutes ? Parrain Élie a laissé tomber la loupe. Julien parlait, parlait.

– C'est pour ça, parrain Élie, qu'on dit « menteur comme un géographe ». Ça vous bourre le mou, ces types-là, comprenez-vous ? Ça invente tout, les panoramas et le reste. « Vous voulez une colline, Majesté, tenez, je vous en mets deux, et j'ajoute une pénéplaine et quatre torrents. Et une combe ! Est-ce que je dois vous les empaqueter, Sire ? » Non, croyez-moi, parrain Élie : ce sont de tristes bonshommes, les géographes.

» C'est vrai que, dans château de Versailles, s'ils veulent toucher un bel appartement, au-dessus de l'œil-de-bœuf, ils doivent rapporter tellement de forêts, tellement de torrents ! Il est comme ça, Louis XIV. C'est un glouton ! Il se remplit de géographie ! Mais pas n'importe quelle géographie, des géographies pour accroître sa fortune.

» Vous savez ce qu'il dit quand le géographe Roberval revient à Versailles et lui montre une nouvelle carte de la France ? Il prend son "air Soleil", et il laisse tomber entre ses sales dents pourries : "Roberval, vous avez réduit d'un tiers la superficie de mon royaume. Même le margrave du Palatinat n'a pas fait autant de dégâts. Je vous remercie, Roberval ! Je remercie la géographie, Roberval !"

» Surtout les routes. Parce que les routes, c'est ce qu'ils préfèrent, les rois. Alors, bien obligé, c'est pour ça que les géographes, ils mettent des routes dans tous les coins et ils racontent que des fables.

– Des fables, Julien ? Allons, allons ! a dit parrain Élie pour le relancer.

– Des fables, oui !

– Enfin, disait parrain Élie, vous n'allez pas me dire qu'il n'y a pas de routes, non ?

– Mais, parrain Élie, est-ce que j'ai dit que ça n'existe pas, les fables ?

Là, Julien a replacé la loupe dans la main du vieux monsieur et il a guidé cette main vers le coin droit inférieur de la carte.

– Vous voyez. Vous voyez, ici. Là. Au bas de toutes les cartes, vous avez un petit tableau, un cadre, c'est pareil sur toutes les cartes, toutes, oui, même celles des militaires, les cartes d'état-major, celles des Allemands, des Russes, des Boliviens, toutes, pour expliquer les symboles de la carte, pour dire comment on signale une route vicinale, une route nationale et n'importe quoi. Eh bien. Comment on l'appelle, ce petit tableau ? Voyez, c'est écrit là, parrain

Élie, vous arrivez à lire ? Là. Un peu à droite. Là. On appelle ça la « légende ». La « légende » de la carte, rien que ça !

– Par exemple ! s'était exclamé parrain Élie. Vous !

– La légende, oui.

– Voyons, Julien ? Si les cartes mentent, alors qu'est-ce qu'il faut faire ? Qu'est-ce qu'on va devenir ? Surtout moi. Parce que moi, les cartes...

Il n'a pas achevé. Il a gardé la bouche ouverte et je pensais que demain Julien serait au loin et nous l'avons perdu de vue parce que le printemps était plein de fureurs. Nous ne pouvons même pas savoir quel jour il a disparu pour de vrai parce que nous n'en parlions jamais à la Lurette, ni au lavoir public et pas au Jus de la Treille. Pas davantage au château du Verger. Nous avions la peur au ventre. Parrain Élie ne disait rien et il passait la main dans ses cheveux si beaux, si légers, si brillants, et les cousins étaient loin de Champtercier maintenant. Ceux qui restaient, deux ou trois peut-être, jouaient au croquet ou aux boules à longueur de journée.

Personne ne parlait du cantonnier. Nous ne disions pas : « Il est parti. » Nous faisions comme pour Léonie Cranchard, voyez-vous. Et quand parrain Élie est mort, dans ces jours de la fin de la guerre, dans les journées de juin, à peu près, juste avant les accords monétaires de Bretton Woods, le curé Portes l'a conduit à notre cimetière où le drapeau de la guerre de 1914 se décolorait de plus en plus, devant un cortège moins imposant que celui du fils Chaussegras. Il a redit à peu de chose près le prône qui avait si bien marché à la mort du jeune Chaussegras, le « pays sans géographie et sans chemins », et toute la sauce... Ça a encore très bien marché. C'était une matinée. Nous étions un petit cortège. Julien avait-il appris que parrain Élie était mort ? Langue au chat. En tout cas, il n'était pas là. Je l'avais attendu comme un fou et il n'était pas là. J'étais sûr qu'il serait au cimetière mais il n'était pas au cimetière. Il n'était pas au rendez-vous. Il était où ? Il s'était tellement occupé du vieil homme, cependant ! Il l'avait tellement aimé et il n'était pas là ! Le curé Portes a parlé du pays du silence et se souvenait-il, même, notre curé, que ce « pays du silence » lui avait été soufflé, des années auparavant, par le cantonnier, le jour de la mort du jeune Chaussegras ? Je me disais ces choses-là et Julien n'était pas tout à fait absent.

Les mois de juillet et d'août ont été très longs. Les soldats américains et les FFI ont débouché sur la Bléone le 25 août. Ils avaient commencé par prendre Fréjus et Notre-Dame-de-la-Garde à Marseille. J'étais resté à Champtercier. J'étais presque seul avec une tante et deux cousins, des petits. Avec aussi une nouvelle femme de ménage, Roberte Lions, qui venait de Mélan, près du col de Fombelle, et qui avait remplacé sa grand-tante Gertrude Blanchet, celle de l'urine, et qui disait qu'il faisait chaud. Si j'avais eu encore huit ans ou même neuf ans, je me serais promené sous les ormes du bosquet d'en haut en disant que je m'ennuyais mais j'avais dix-huit ans et je n'avais plus l'âge de grimper au sommet du cèdre.

J'allais au grenier pour lire les histoires de Nick Carter. Les petits volumes étaient mangés de moisissure. Les bêtes s'y étaient mises. Je les entendais. Elles grignotaient. Je faisais une course de vitesse avec elles, c'est fou ce qu'elles grignotaient vite, elles grignotaient plus vite que je lisais, et à cause de toute cette vermine, je ne connaissais jamais la fin des histoires.

En réalité, je me fichais de Nick Carter. Maintenant, Nick Carter, c'était de la poussière ou des déjections de vers. Si je montais quand même au grenier c'était surtout pour passer devant la chambre de parrain Élie. Pour entendre les pigeons également. Malheureusement, la porte de la chambre obscure de parrain Élie était fermée parce que la nouvelle femme de ménage, cette petite Roberte Lions, ne voulait rien comprendre et c'était comme si parrain Élie était mort. Gertrude, elle, aurait laissé la porte ouverte. Elle était fine comme une aiguille, Gertrude. Je n'aurais même pas eu besoin de le lui recommander. Mais elle était chez sa sœur, maintenant, à La Côte-Saint-André, et c'est cette Roberte Lions qui avait pris sa place.

Alors je poussais la porte de parrain Élie. Je détestais le grincement qu'elle faisait. Je l'entrebâillais avant de monter au grenier, de façon que, plus tard, quand je redescendrais, je sois obligé de marcher à pas légers, plus silencieux que la mort, en faisant attention, quand je passerais devant la porte entrouverte de parrain Élie, à ne pas faire craquer les lattes du plancher.

Nous sommes restés à Champtercier jusqu'au milieu de septembre. Ça donnait le temps à Julien de revenir de son maquis puisque la guerre dans les Basses-Alpes était finie depuis le 25 août. Je me rappelle ce 25 août. Les Américains et les FTP avaient pris l'hôtel Ermitage, de l'autre côté de la Bléone, sur la route de Nice, sans coup férir, avec le concours de quelques-uns de mes copains de classe, parmi lesquels Gabriel Hermelin qui était gentil et qui plus tard se maria avec une de nos voisines de la Sèbe, et plus tard, il fut un colonel et le maire de Senez et on l'appelait Biel.

Pas de Julien, ni à Digne, ce 25 août, ni à Champtercier

dans les jours qui suivirent. À moins qu'il ne se soit embrigadé dans les troupes de De Lattre de Tassigny ou de Monsabert et, dans ce cas-là, il combattrait en Allemagne et dans la Forêt-Noire, mais il était un peu vieux pour faire troufion. Le soir et le matin, je faisais quelques pas dans le bosquet d'en haut. Je regardais le clocher. Et, comme si de rien n'était, en prenant soin de ne pas m'en rendre compte, je ne manquais jamais de couler un regard sur le chemin aux prunelles car on ne sait jamais.

L'hiver suivant, nous ne sommes pas restés à Digne, dans la maison de la Sèbe. Nos parents avaient jugé bon de se replier sur Aix à cause de la faculté de lettres, qui était encore dans la rue Gaston-de-Saporta, en face de Saint-Sauveur. Ils avaient loué une grande bâtisse pleine de tendresses et de fleurs, avenue des Belges, entre la Rotonde et la grande descente vers le pont de l'Arc. La guerre était passée. Julien n'était plus au milieu de nous. Julien était passé. « Dites-moi où n'en quel pays », comme dit si bien François Villon et je trouve que ce poème est déchirant et je pleure, et quel âge avait-il alors, Julien, s'il avait encore un âge ? J'avais beau me dire que je m'en fichais pas mal, mais la nuit, dans ma chambre d'Aix, avenue des Belges, je faisais des calculs d'apothicaire. Je comptais les années sur mes doigts. Posons qu'il avait trente ans aux Dardanelles, en admettant qu'il ait fait les Dardanelles. Ça lui donnait quoi ? Cinquante-cinq ans, soixante ans. Certaines insomnies, je prenais le problème par l'autre bout. En 1937, j'avais douze ans et il en avait sans doute cinquante. Donc, en cette année de la Libération, c'était à mon tour d'avoir vingt ans et Julien aurait tourné autour des soixante ans.

Il n'était pas là. Même en décembre, il n'était pas là. Il

n'était plus jamais là. Nous lui avions laissé le temps. Toute la fin de l'été d'abord, et ensuite octobre. Nous l'avions attendu. Même la mort de parrain Élie ne l'avait pas fait revenir et pourtant, parrain Élie, pour Julien... Nous lui avions alloué un délai supplémentaire, un rabiot, jusqu'à Noël, et il n'était toujours pas là, vieux Julien. Il est vrai que nous n'étions plus à Digne. Nous étions à Aix mais de toute façon, s'il était revenu à Digne ou à Champtercier, après notre déménagement sur Aix, nous l'aurions su. Le père Chaussegras ou le curé Portes ou le curé Lhuilier nous auraient envoyé un mot. Vieux Thomas était toujours en activité, que je sache ! Eh bien, non, rien ! Pas de Julien.

Je veux bien que, dans les jours qui avaient suivi la Libération, il n'ait pas pu quitter son groupe de maquisards mais en décembre, vous n'allez pas me dire que les Francs-Tireurs et Partisans battaient toujours leurs montagnes, comme ces soldats japonais idiots dans leurs îles du Pacifique !

Pour nous consoler, nous nous disions qu'il était mort ou blessé dans les échauffourées du maquis mais *Le Méridional* ou *Le Provençal* en auraient fait état. (Une observation pour mettre un peu de rire dans cette fin de souvenirs. Je dis bien *Le Méridional* et *Le Provençal*, parce que les journaux ont changé de nom, à la Libération. Avant, c'était *Le Petit Marseillais* ou *Le Petit Provençal*, c'est à se demander si on n'a pas fait toute cette Deuxième Guerre mondiale, le Japon, la Russie soviétique, Pearl Harbor, l'Amérique du Nord et le Canada, Sainte-Mère l'Église, seulement pour que nos deux journaux deviennent moins petits.)

Et s'il n'était pas mort, il aurait pu nous adresser un signe. Nous dire par exemple qu'il avait dû faire un saut à Nantucket pour racheter un bonnet de castor, ou à Tamanrasset, ou à Chypre pour voir les sardines qui pètent dans la soie, nous aurions compris. En résumé, il ne pouvait pas être mort et il ne pouvait pas être vivant. C'était bien de lui. Il le savait, cependant, qu'il nous laissait du froid et du silence et que le beau village était vide et qu'il allait mourir. Même Fasbellon nous l'avait dit, nous avait dit que le jour où Julien partirait avec tous ses chemins...

Julien récitait souvent un poème. Le début, c'était : « Une Amérique à mon réveil, chavire de tout son espace. » Un poète qu'il avait connu à Verdun ou aux Dardanelles, un certain Robert Ganzo mais je crois qu'il avait connu surtout les deux filles de ce Ganzo, qui étaient superbes, blondes, d'après certains demi-mots, toute sa vie, il avait connu des gens et des gens et des filles.

M. Portes écrivait à nos parents, mais il ne faisait pas allusion à Julien.

Tout le monde se donnait le mot pour le gommer, pour l'anéantir. Ou bien s'il en parlait, le vieux Portes, c'était par le détour d'Horace. Cher Horace ! Il ne ratait jamais la messe de dix heures, le dimanche. M. Portes se demandait s'il attendait le professeur Judrin qui n'était plus là ou le cantonnier, qui était perdu.

On pense à la mort mais qu'est-ce qu'on en sait ? C'est comme Christophe Colomb. Qu'est-ce qu'il sait de l'Amérique, celui-là, avant de l'avoir trouvée ?

Nous sommes remontés à Champtercier pour la Noël. Comme pour donner une dernière chance d'être vivant à Julien. Il n'y avait personne. Il y avait nos parents et nous. Il y avait aussi l'oncle Jéricho et la petite-nièce de Gertrude, Roberte Lions. La maison était un désert. J'ai fait la crèche. Je ne faisais pas de bruit en passant devant la porte de parrain Élie. Je marchais comme un voleur. De nouveau, la porte était entrebâillée car j'avais demandé à Roberte de la laisser ouverte, tout le temps, tout le temps, et le village était comme un désert. J'ai fait la crèche. Je n'ai pas lésiné sur les étoiles, les guirlandes, les ribambelles et les boules de verre. Les oranges. Exprès. Pour moi, c'est ça, la crèche ! Et puis, j'étais incapable de construire des montagnes aussi sauvages que celles du soldat !

Le dernier jour, le fils Quelian est venu nous chercher pour nous conduire à Digne. La neige était tombée pendant toute la nuit et elle continuait. Une grosse neige onctueuse. Elle avait l'air pressée de recouvrir toute la campagne et toute la ville. Nous longions la Bléone. Il y avait des îles au milieu de la rivière. Les rouvres et les chênes-lièges ressemblaient à des buissons de corail et à des dentelles et à des charpies. À la Sèbe, on ne voyait même plus le chemin qui va de la maison à l'église Sainte-Thérèse. Il n'y avait plus que de la neige dans le monde.

Nous avons passé la matinée en ville pour faire des emplettes, dans les rues biscornues qui s'enroulent autour de la cathédrale et sous la prison. Le train de Marseille était à deux heures. On ne voyait pas grand-chose. Rue de l'Hubac, Mlle Kruhl avait allumé sa lampe à pétrole. Elle n'ouvrait jamais sa boutique avant dix heures mais elle était déjà debout au milieu de ses bannettes et de ses fougasses.

Le frère de Mlle Kruhl était le meilleur boulanger du pays. On ne le voyait jamais. Il cuisait des fournées minuscules et comme sa réputation était grande, à vingt kilomètres à la ronde, on devait retenir sa bannette plusieurs jours à l'avance. Mlle Kruhl régnait sur la boutique. Elle était extrêmement gentille. Elle notait les commandes dans un cahier d'école. Elle était inexorable.

Certains jours, elle refusait d'enregistrer votre commande. Ou bien elle la réduisait. Vous lui demandiez de mettre de côté deux boules pour le lendemain. Elle disait : « Non. Une boule ! » Ce n'était pas la peine de parlementer. Elle ne fournissait jamais d'explication. Elle était la loi. Si vous insistiez, la punition était immédiate. Elle reprenait son cahier, sans un mot, et barrait la boule qu'elle vous avait accordée la minute d'avant. Le plus angoissant, c'est que ses décisions n'avaient aucun rapport avec les sentiments qu'elle vous portait. Elle pouvait très bien vous aimer et vous punir. Elle avait fait de l'arbitraire son gouvernement. Jamais d'explication. Le bon Dieu. Des fois, elle ne se donnait pas la peine de parler. Elle bougeait la tête de droite à gauche et elle barrait votre commande sur son cahier d'écolière. Elle souriait. Personne ne se révoltait. Ou alors il eût fallu être un fou ou un étranger, un Marseillais surtout.

Ce matin-là, le jour où nous étions descendus de Champtercier pour prendre le train d'Aix, nous avons aperçu, devant la boulangerie de Mlle Kruhl, un monsieur très chic qui faisait le pied de grue dans la clarté jaune qui tombait à travers la vitrine. Les flocons montaient et descendaient autour de lui et se posaient sur le col de velours noir de son manteau. Il attendait que Mlle Kruhl ouvre sa porte. Ma mère nous a dit que ce monsieur était le préfet des Basses-Alpes. Avant la guerre, il venait à la Lurette, en automne, car il chassait avec Cheillan et avec quelques oncles mais, désormais, il était préfet.

Mlle Kruhl avait une main sur le bec-de-cane mais elle ne l'abaissait pas. Les yeux posés sur le préfet, elle était inerte.

Pas la moindre hostilité. Elle attendait que sonnent les dix coups à la cathédrale. Elle n'allait pas modifier ses règlements et ses horaires sous le prétexte qu'il neigeait, et qu'en plus il y avait un préfet dans la neige. Les préfets, ce sont des choses qui arrivent. Ce préfet-là avait des chaussures très fines. Il avait dû les acheter à Marseille, sur le cours Belzunce ou rue Saint-Ferréol, chez Raoul. Il tapait du pied sur la bordure du trottoir pour en décoller la boue glacée.

Nous avons croisé des bandes de gosses tout excités à cause de la neige. Des vieillards avaient perdu leur chemin car la neige avait tout effacé. Ils ne savaient plus où ils en étaient. Nous avons déjeuné dans un restaurant, sur le Tampinet. Il s'appelle La Marmite de Gassendi. Des femmes sortaient de la neige et elles disparaissaient dans la neige. Elles avaient des fourrures autour du cou. Elles étaient belles et comme en fuite.

Quand nous sommes montés dans le train de Marseille, la neige tombait toujours et la ville était une ville très lointaine. Je me disais que je reviendrais à Digne et à Champtercier. Les flocons tombaient sur les eaux brunes de la Bléone et je me suis dit que je ne reviendrais plus jamais à Digne et plus jamais à Champtercier. Les flocons voletaient sur le jardin public, sur les grands arbres et sur les boulingrins du quartier des Mexicains, sur le lycée Gassendi. Digne était sous la neige. Le train s'est mis en route. J'ai toujours beaucoup aimé les appuie-tête en dentelle que le PLM disposait sur les banquettes de ses wagons. Le convoi allait à petite vitesse, sans doute à cause de la neige. On aurait juré qu'il était immobile et que la campagne s'en allait, à reculons et très doucement. Le matin, quand nous étions arrivés à Digne, la neige tombait, et à présent, elle tombait.

DU MÊME AUTEUR

Aux Éditions Albin Michel

UTOPIE ET CIVILISATIONS, Flammarion, 1977 ; rééd. Albin Michel, 1991.

LES FOLIES KŒNIGSMARK, 1989.

L'INCENDIE DE COPENHAGUE, 1995.

LE BRUIT DE LA NEIGE, 1996.

LA MISSION DES FRONTIÈRES, 2002.

EN ÉTRANGE PAYS, 2003.

Chez d'autres éditeurs

ANARCHISTES D'ESPAGNE, en collaboration avec Jean Bécarud, Balland, 1970.

LES PIRATES, Balland, 1969 ; rééd. Phébus, 1987.

MICHEL-ANGE, Screpel, 1970.

LA RÉVOLUTION SANS MODÈLE, en collaboration avec François Châtelet et Olivier Revault d'Allonnes, Mouton, 1975.

ÉQUINOXIALES, Flammarion, 1977.

UN SOLDAT EN DÉROUTE, Gallimard, 1981.

LE SINGE DE LA MONTRE, Flammarion, 1982.

LA BATAILLE DE WAGRAM, Flammarion, 1986.

BELÉM, MANAUS, SÃO LUIS : LES CAPITALES ENGLOUTIES, Hermé, 1996.

BESOIN DE MIRAGES, Le Seuil, 1999.

PIRATES, BOUCANIERS, FLIBUSTIERS, Le Chêne, 2002.

Composition IGS
Impression : Imprimerie Floch, juillet 2006
Éditions Albin Michel
22, rue Huyghens, 75014 Paris
www.albin-michel.fr
ISBN broché : 2-226-17333-1
ISSN luxe : 2-226-13964-8
N° d'édition : 24445 – N° d'impression : 66069
Dépôt légal : août 2006
Imprimé en France